SARAH PINBOROUGH

TIEF INS HERZ

THRILLER

Aus dem Englischen von Ulrike Thiesmeyer

Rowohlt Taschenbuch Verlag

Die Originalausgabe erschien 2018 unter dem Titel
«Cross Her Heart» bei HarperCollins Publishers, London.

Deutsche Erstausgabe
Veröffentlicht im Rowohlt Taschenbuch Verlag,
Reinbek bei Hamburg, März 2019
Copyright © 2019 by Rowohlt Verlag GmbH,
Reinbek bei Hamburg
«Cross Her Heart» Copyright © 2018 by Sarah Pinborough
Redaktion Werner Irro
Umschlaggestaltung Hafen Werbeagentur, Hamburg,
nach der Originalausgabe von HarperCollins Publishers
(Gestaltung: Claire Ward)
Umschlagabbildung Peter Hatter / Trevillion Images
Satz aus der Minion 3 bei Dörlemann Satz, Lemförde
Druck und Bindung CPI books GmbH, Leck, Germany
ISBN 978 3 499 27607 1

*Für Irvine,
danke für dein Vertrauen!*

1

DANACH

ER

Miststück.

Er hält das Blatt so krampfhaft fest, dass sich die säuberlichen Zeilen auf dem Papier zu einem unregelmäßigen Zickzack verzerren. Manche Sätze werden dadurch verstümmelt, andere springen deutlich hervor, wie um ihn zu verspotten.

Ich kann nicht mehr.
Du bist zu jähzornig.
Du machst mir Angst, wenn du mir weh tust.
Ich liebe dich nicht mehr.

Die Welt gerät ins Wanken, er atmet schwer, während er den Text bis zum Ende überfliegt.

Komm nicht, um mich zu holen. Versuche nicht, mich zu finden. Versuche nicht, uns zu finden.

Er muss den Brief dreimal lesen, ehe er den Inhalt voll erfasst hat. Sie ist fort. *Sie* sind fort. Er weiß, dass es stimmt – er kann die frische Leere im Haus spüren –, hastet aber noch einmal durch die Zimmer, reißt leer geräumte Schränke und Schubladen auf. Da ist keine Spur mehr von ihr; kein Pass, kein Führerschein, keines jener wichtigen Dokumente, die den Rahmen ihres Lebens bilden.

Versuche nicht, uns zu finden.

Er kehrt zum Küchentisch zurück und zerknüllt den Brief, erstickt ihre Worte in seiner geballten Faust. Sie hat recht. Er ist jähzornig. Auch jetzt ist er außer sich vor Wut. Einer weiß glühenden, heiß lodernden Wut. Er starrt aus dem Fenster, mit dem zusammengeknüllten Brief in der schwitzigen Hand. Wodka. Er braucht Wodka.

Während er trinkt, keimt in ihm der Ansatz eines Plans auf und nimmt nach und nach Gestalt an.

Sie hat kein Recht, ihm das anzutun. Nicht nach allem, was sie zusammen durchgemacht haben.

Er wird sie dafür vernichten.

ERSTER TEIL

2

JETZT

LISA

«Alles Gute zum Geburtstag, Schatz», sage ich von der Tür aus. Es ist erst halb sieben, und ich bin noch ein wenig verschlafen, aber die Küche summt vor Teenagerleben. Es ist wie eine Welle, die mir entgegenbrandet. Ich kann mich nicht erinnern, jemals so voller Energie gewesen zu sein. Es ist ein gutes Gefühl. Voller Hoffnung und Zuversicht.

«Du hättest nicht aufstehen müssen, Mum. Wir sind doch schon auf dem Sprung.» Sie kommt lächelnd auf mich zu und gibt mir einen Kuss auf die Wange, in eine Wolke von Apfelshampoo und rosa Deo gehüllt, doch sie wirkt müde. Vielleicht mutet sie sich zu viel zu. Ihre Abschlussprüfungen in Klasse zehn stehen bevor, und bei ihren Aktivitäten – mehrmals die Woche Schwimmtraining, morgens und abends, die ganze Zeit, die sie mit diesen Mädchen verbringt, die Schule natürlich – bekomme ich sie kaum noch zu Gesicht. Was auch völlig normal ist, wie ich mir immer wieder vor Augen halte. Sie wird eben erwachsen. Entwächst mir. Ich muss lernen, loszulassen. Aber es ist nicht leicht. So lange hieß es, wir zwei gegen den Rest der Welt. Jetzt ist es beinahe so weit, dass sie sich die Welt auf eigene Faust erschließt.

«Mein kleines Mädchen wird aber nicht alle Tage sechzehn.» Ich fülle den Wasserkessel und zwinkere ihr zu. Sie sieht Angela und Lizzie an und verdreht die Augen, aber ich weiß, dass es sie freut, dass ich noch immer morgens aufstehe, um sie zur Schule zu verabschieden. Sie ist groß geworden und trotzdem noch mein Baby. «Und außerdem», füge ich hinzu, «habe ich heute meine große Präsentation und muss früh los.»

Ein Handy summt. Die drei Köpfe senken sich über Displays, und ich wende mich wieder dem Kessel zu. Ich weiß, dass es einen Jungen namens Courtney in Avas Leben gibt. Erzählt hat sie mir noch nicht von ihm, aber ich habe eine SMS von ihm gesehen, letzte Woche, als sie ihr Handy auf dem Küchentisch hatte liegenlassen, was so gut wie nie vorkommt. Früher habe ich hin und wieder ihr Handy überprüft, aber inzwischen benutzt sie ein Passwort, und sosehr es mich auch schmerzt, muss ich zugeben, dass sie ein Recht auf Privatsphäre hat. Ich muss lernen, meiner aufgeweckten Tochter zu vertrauen. Darauf, dass sie so vernünftig ist, auf sich aufzupassen.

«Möchtest du deine Geschenke jetzt haben oder heute Abend im Pizza Express?», frage ich.

Ava drückt kleine Geschenktüten an sich, aus denen bunter Zellstoff ragt, aber sie verrät mir nicht, was ihre Freundinnen ihr besorgt haben. Vielleicht holt sie das später nach. Vor ein paar Jahren noch hätte sie es kaum erwarten können, mir ihre Geschenke zu zeigen. Jetzt nicht mehr. Die Zeit rast. Irgendwie bin ich beinahe vierzig, und Ava ist sechzehn. Bald wird sie flügge sein und das Nest verlassen.

«Jodie steht draußen», sagt Angela und hebt den Blick von ihrem iPhone. «Wir sollten los.»

«Heute Abend geht klar», sagt Ava. «Jetzt habe ich keine

Zeit.» Sie lächelt mich an, und ich glaube zu sehen, dass sie eines Tages sehr schön sein wird. Einen Augenblick lang spüre ich einen Verlustschmerz in der Brust, also rühre ich konzentriert in meinem Tee und vergewissere mich, dass die Ausdrucke für die Präsentation noch auf dem Tisch bereitliegen, während die Mädchen ihre Mäntel, Schwimmbeutel und Schultaschen einsammeln.

«Bis heute Abend, Mum», ruft Ava über die Schulter. Sie verschwinden in den Flur, und ich spüre einen Schwall feuchtkühler Luft, als sie das Haus verlassen. Einer Eingebung folgend, schnappe ich mir meine Tasche, nehme zwanzig Pfund heraus und eile ihnen hinterher. Die Haustür lehne ich an.

«Ava, warte!» Ich trage nur meinen dünnen Bademantel, während ich ihr auf dem Weg durch den Vorgarten folge, den Geldschein in der Hand schwenkend. «Für dich und die Mädels. Gönnt euch vor der Schule ein kleines Frühstück.»

«Danke!» Auch die beiden anderen bedanken sich, und dann steigen sie zu Jodie ins Auto ein, die winzig und blond am Steuer sitzt, und ich bleibe an unserem offenen Tor zurück. Kaum dass alle eingestiegen sind, fährt Jodie los, und ich zucke leicht zusammen, während ich ihnen nachwinke. Sie fährt ziemlich schnell, und es macht nicht den Eindruck, als hätte sie vor dem Losfahren in die Rückspiegel geschaut. Hat Ava sich angeschnallt? *Besorgnis, Besorgnis.* So bin ich nun einmal. Ihnen ist gar nicht klar, wie kostbar das Leben ist. Wie kostbar *sie* sind. Wie auch? So jung und mit einem unbeschwerten Leben.

Es ist fast Sommer, aber der Himmel ist grau bewölkt und verheißt weiteren Regen, und die Luft ist empfindlich kühl. Ich sehe ihnen nach, bis Jodie um die Ecke gebogen ist, und will eben wieder ins warme Haus zurück, als mir ein Auto ins Auge fällt, das in unserer stillen Straße geparkt ist. Ein Prickeln überläuft mich. Es ist ein fremdes Auto. Dunkelblau. Keines, das ich schon mal gesehen hätte. Ich kenne alle Autos in unserer Straße. Ich habe es mir angewöhnt, solche Dinge zu registrieren. Dieses Auto ist neu.

Das Herz pocht mir in der Brust, ein Vogel, der hinter einer Scheibe gefangen ist. Ich wage nicht, mich zu rühren; das ist nicht Kampf oder Flucht, sondern eine kalte Furcht. Der Motor ist abgestellt, es sitzt jemand am Steuer. Korpulent. Zu weit weg, um sein Gesicht zu erkennen. Sieht er zu mir herüber? In meinem Kopf ist ein Geräusch wie das Summen von Fliegen, ich bemühe mich, ruhig zu atmen. Als mich meine Panik schon zu überwältigen droht, sehe ich einen Mann aus seinem Haus kommen; er eilt durch den Vorgarten und winkt dem Fahrer zu, während er sich zugleich ein Anzugsakko überstreift. Der Motor wird angelassen, und der Wagen setzt sich in Bewegung. Erst da sehe ich den Schriftzug an der Seite: *EezyCabs*. Ein Taxi.

Vor Erleichterung muss ich beinahe lachen. Beinahe.

Du bist in Sicherheit, sage ich mir, als das Taxi vorbeifährt, ohne dass einer der Insassen zu mir hersieht. *Du bist in Sicherheit, und Ava ist in Sicherheit. Du musst dich entspannen.*

Was natürlich leichter gesagt als getan ist. Das habe ich im Lauf der Jahre gelernt. Die Angst verlässt mich nie wirklich. Es gibt immer wieder Phasen, in denen ich mich fast von der Vergangenheit lösen kann, aber dann versetzt mich ein beliebiger Moment wie dieser in Panik, und mir wird bewusst, dass sie immer da sein wird, wie heißer Teer, der an meiner Magenschleimhaut klebt. Und in letzter Zeit habe ich dieses Gefühl, eine Art Unruhe, als wäre etwas nicht ganz in Ordnung, etwas, das ich wahrnehmen müsste, aber nicht wahrnehme. Vielleicht liegt es an mir. An meinem Alter. An den

Hormonen. Daran, dass Ava langsam erwachsen wird. Vielleicht hat es gar nichts zu bedeuten. Aber trotzdem ...

«Ich würde ja gerne wissen, was Sie gerade denken?»

Ich zucke zusammen und lache dann, wie man eben so reagiert, wenn man sich erschrickt, obwohl dieser Schreck nichts Komisches hat. Die Hand auf die Brust gelegt, drehe ich mich um und erblicke Mrs. Goldman, die an ihrer Haustür steht.

«Alles in Ordnung?», fragt sie. «Ich wollte Sie nicht erschrecken.»

«Ja, Entschuldigung», sage ich. «War schon ganz woanders, bei der Arbeit. Sie wissen ja, wie das ist.» Ich kehre zu meiner Haustür zurück. Bin mir nicht sicher, ob Mrs. Goldman wirklich weiß, wie es ist. Sie bückt sich vorsichtig nach der Milchflasche, die auf der Haustürstufe steht, und ich sehe, wie sie dabei das Gesicht verzieht. Was steht bei ihr heute so an? Fernsehen? Spieleshows, Quizsendungen? Ihre Söhne haben sich auch schon länger nicht blickenlassen.

«Ich glaube, es gibt später noch Gewitter. Soll ich Ihnen irgendwas aus dem Supermarkt mitbringen? Ich muss sowieso Brot und noch dies und das besorgen. Wobei ich erst ziemlich spät wieder zurück sein werde, weil ich mit Ava nach der Arbeit Pizza essen gehe. Sie hat heute Geburtstag.» Tatsächlich brauche ich gar kein Brot, aber mir behagt die Vorstellung nicht, dass Mrs. Goldman bei Regen vor die Tür muss. Ihre Hüften machen ihr zu schaffen, und auf den Straßen kann es glatt werden.

«Ach, wenn es keine Umstände macht.» Ich kann ihr die Erleichterung anhören. «Sie sind zu liebenswürdig.»

«Kein Problem.» Ich lächle und verspüre einen jähen Schmerz, den ich nicht ganz verstehe. Eine Art Mitgefühl für jemandes Gebrechlichkeit. Für alles, was Menschen für sich behalten. So etwas in der Art jedenfalls. Ich höre zu, während sie mir die wenigen Dinge aufzählt, die sie benötigt. Alles gerade genug für eine Person. Ich werde noch einen Dominokuchen hinzufügen. Als kleines Geschenk. Ich sollte wohl auch versuchen, am Wochenende mal auf eine Tasse Tee bei ihr vorbeizuschauen. Ihre Tage müssen sehr lang sein, und man übersieht so leicht all die einsamen Menschen in der Welt. Ich weiß, wovon ich rede. Ich war auch lange Zeit einsam. In gewisser Weise bin ich es immer noch. Heute bemühe ich mich, zu einsamen Menschen freundlich zu sein. Ich habe gelernt, wie wichtig Freundlichkeit ist. Worauf sonst kommt es an, im Grunde?

Seit PKR eine zweite Niederlassung eröffnet hat, sind wir in ein kleineres, aber eleganteres Büro umgezogen. Obwohl es noch etwas dauert, bis Simon Manning eintreffen wird, ist mir vor Nervosität leicht übel, als ich um acht an meinen Arbeitsplatz komme. Meine Hände sind ganz zittrig. Das ist bloß der Präsentation wegen, rede ich mir ein. Unsinn. Es liegt auch an Simon Manning. Simon ist in eine seltsame Grauzone gerückt, er ist ein potenzieller Neukunde, aber auch etwas anderes. Ein Flirt. Eine Anziehung. Die Art, wie er mich ansieht, hat sich verändert. Ich weiß nicht, wie ich damit umgehen soll. Es ist wie ein leises elektrisches Summen in meinem Kopf.

«Hier, für dich.»

Ich blicke von meinen Unterlagen auf, die ich gerade noch einmal durchgehe, und sehe Marilyn vor mir stehen. Sie hält eine Dreierpackung Ferrero Rocher hoch. «Soll dir Glück bringen. Und das hier» – mit der anderen Hand bringt sie einen Piccolo zum Vorschein, den sie hinter ihrem Rücken verborgen hatte – «ist für später, wenn du ihn überzeugt hast.»

Ich lächle sie an, während mir ganz warm ums Herz wird. Dem Himmel sei Dank für Marilyn. «Falls mir das gelingt. Ich weiß, dass er noch mit anderen Personalagenturen im Gespräch steht.»

«Oh, keine Sorge. Falls du es versemmelst – ich hab auch noch Wodka in der Schublade.»

«Du denkst auch an alles.»

«Wofür sonst hat man eine beste Freundin?»

Das Tolle an diesem neuen Großraumbüro ist, dass unsere Schreibtische sich gegenüberstehen, meiner und der von Marilyn, eine kleine Insel für zwei. Marilyn hat die Raumaufteilung geplant, und sie funktioniert gut. Sie hat ein Auge für Räumlichkeiten. Vielleicht, weil sie schon so lange mit einem Bauunternehmer verheiratet ist.

«Sieh dir Toby an.» Sie deutet mit dem Kopf durch den Raum. «Diese neuen Mädels sind für ihn wie ein gefundenes Fressen.»

Sie hat recht. Wir lehnen uns an ihren Schreibtisch und beobachten, wie er sich eitel in Pose wirft. Die neuen Kolleginnen scheinen alle noch unter fünfundzwanzig zu sein, und mit seinen dreißig Jahren kommt Toby ihnen vermutlich wie ein erfahrener älterer Mann vor. Jedenfalls spielt er diese Rolle voll aus. Nervöses Gekicher dringt herüber, als er eine offenbar ungeheuer witzige Bemerkung macht, während er ihnen den Kopierer erklärt.

«Die kommen auch noch dahinter», sage ich. Auf alle Fälle werden wir eine Zeitlang beste Unterhaltung haben. Es ist gut, bei der Arbeit zu sein, unter den hellen Lichtleisten, mit den einheitlichen Schreibtischen und roten Bürostühlen und mit der gepflegten Kleidung. Meine kurze Unruhe vom Morgen wird hier im Nu zerstreut, wie die letzten Überreste eines schlimmen Traums.

Um neun Uhr ruft Penny uns alle zusammen, unsere glorreiche Chefin, die für das PK in PK Recruitment steht. Wir scharen uns in einem Halbkreis um ihre Bürotür, wobei Marilyn und ich uns etwas im Hintergrund halten, wie Schafhirten vielleicht, oder Kindermädchen. Ich mag Penny. Sie ist forsch und effizient und verspürt kein Bedürfnis nach allzu großer Vertraulichkeit mit ihrer Belegschaft. Ich arbeite seit über zehn Jahren hier, und ich glaube nicht, dass wir je ein persönliches Gespräch geführt haben, nur wir zwei. Marilyn findet das merkwürdig, ich nicht. Penny mag ungefähr in meinem Alter sein, ist und bleibt aber meine Vorgesetzte. Ich möchte gar nicht, dass sie versucht, meine Freundin zu sein. Dabei wäre mir eher unwohl zumute.

«Es ist eine große Freude, endlich unsere neuen Teamangehörigen willkommen heißen zu können», fängt sie an. «Dass Emily, Julia und Stacey uns nun verstärken, ist wunderbar, und ich hoffe, dass Sie sehr gern hier arbeiten werden.»

Die drei jungen Dinger, gebräunt und aufwendig geschminkt, lächeln sie strahlend an und wechseln dann freudig-aufgeregte Seitenblicke miteinander. Ich wünsche ihnen, dass sie auch künftig so freundlich miteinander umgehen wie heute. Ich habe Marilyn an meinem ersten Tag hier kennengelernt, und ich kann mir ein Leben ohne sie nicht mehr vorstellen. Kollegin und beste Freundin, beides in einem. Sie lindert meine Einsamkeit.

«Daneben bin ich Toby, Marilyn und Lisa zu großem Dank verpflichtet, dass sie in dieser Übergangsphase so hervorragend die Stellung gehalten haben. Marilyn und Lisa sind hier leitende Angestellte. Falls es Probleme gibt, fragen Sie sie jederzeit um Rat – sie kennen sich mit dem täglichen Betrieb hier in der Agentur vermutlich besser aus als ich.»

Marilyn lächelt, als sich uns neugierige Blicke zuwenden, während ich verlegen zu Boden sehe und mir wünsche, dass die Begutachtung ein Ende hat. Wäre ich doch bloß so souverän und selbstbewusst wie Marilyn. Sie kann nichts so schnell erschüttern.

«Wie dem auch sei, es gibt später Kuchen in der Küche, und nach der Arbeit noch einen Umtrunk im Green Man an der Ecke, für alle, die Lust haben – wobei ich hoffe, dass das für Sie alle gilt.»

Sie verschwindet wieder in ihr Büro, und unsere kleine Versammlung löst sich auf. Ich blicke auf die Wanduhr. Es dauert noch eine Weile bis zu meinem Termin mit Simon, und angesichts der Tatsache, wie wichtig dieses Treffen ist, verflüchtigen sich lachhafte Gedanken an irgendeine Anziehung im Nu. Mein Magen rumort, und ich atme einige Male tief durch. Das schaffe ich schon, beruhige ich mich, ohne selbst ganz daran zu glauben. Ich muss es schaffen. Der Auftrag ist die Aufregung wert, und ein höherer Jahresbonus würde für mich im Erfolgsfall wohl auch herausspringen. Womöglich sogar eine Gehaltserhöhung. Ich muss Geld sparen, für den Fall, dass Ava studieren möchte. Sie soll nicht mit einem Schuldenberg in ihr Erwachsenenleben starten, ich bin entschlossen, ihr zu helfen. Ich werde sie vor der Welt beschützen, wo ich nur kann.

Ich sehe es als meine Pflicht an. Ich weiß, wie schrecklich es da draußen sein kann.

3

AVA

In der Cafeteria ist es wie in der Umkleide im Schwimmbad, warm und feucht. Die Fenster sind beschlagen, während draußen der Sommerregen gegen die Scheiben prasselt. Mir macht der Regen nichts aus. Ange schon, weil ihr sorgfältig mit dem Brenneisen geglättetes Haar sich zu ringeln beginnt, sobald der erste Tropfen fällt. Aber wenn die Sonne nicht gerade richtig vom Himmel knallt, verbringe ich die Mittagspause lieber drinnen. Das war schon früher so, als ich noch mit Caz und Melanie abhing, was mir jetzt vorkommt, als wäre es eine halbe Ewigkeit her. Es ist das Einzige, was mir fehlt, wenn ich an die beiden denke. Angela ist lieber an der frischen Luft, deshalb essen wir normalerweise draußen auf den Bänken. Nicht bei diesem Wolkenbruch allerdings. Heute sitzen wir sicher und geborgen in der Cafeteria, mit allen anderen.

«Also, was meinst du?», sagt sie. «Wegen Samstag? Bei Jodie übernachten? Wir könnten erst in den Pub und uns danach noch eine Bowle machen oder so. Sehen, ob sonst noch wer da ist?» Eine dichte schwarze Augenbraue, dick mit Schminkstift angemalt, windet sich wie eine Nacktschnecke auf ihrem olivfarbenen Gesicht, als sie versucht, sie zweideutig in die Höhe zu ziehen. Wenn ich meine Brauen so schminken wollte, würde ich mir am Ende lauter Braun übers Gesicht schmieren. Ange hat für Make-up und Klamotten ein viel besseres Händchen als ich. Wenn sie richtig zurechtgemacht ist, könnte sie für zwanzig durchgehen. Ich sehe eher nach hundertzwanzig Kilo aus. Ich bin das hässliche Entlein unserer Gruppe, das ist mir klar. Lieber Gott, bitte mach, dass aus mir eines Tages ein schöner Schwan wird.

«Ja, klingt gut», sage ich. «Wenn die anderen auch können.»

Angelas Finger fliegen über die Tastatur ihres Handys, und ich weiß, dass meines gleich lossummen wird, sobald sie die Nachricht an unsere WhatsApp-Gruppe *MyBitches* verschickt hat. Den Namen hat Lizzie sich einfallen lassen. Schließlich sind wir ja Bitches und gehören einander, hatte sie gesagt, und wir lachten alle. Sie hatte recht. Kaum zu fassen, dass ich erst seit einem Jahr bei den Larkrise Swimmers bin, dem hiesigen Schwimmverein. Ich kenne diese Mädels erst seit etwa zehn Monaten. Es fühlt sich an, als wären wir schon ewig befreundet. Na ja, Angela kannte ich in gewisser Weise schon, weil wir auf dieselbe Schule gehen, aber wir haben immer verschiedenen Cliquen angehört, sodass sie für mich nur ein Gesicht in der Menge war, so wie umgekehrt auch. Heute sind wir unzertrennlich. *MyBitches*. Ich muss immer noch darüber lächeln. Wobei mir, glaube ich, *Die Fabelhaften Vier*, wie unser Trainer uns nennt, besser gefällt. Wir sind seine Siegerinnen. Spornen uns immer gegenseitig zu Bestleistungen an, auch wenn wir gegeneinander antreten. Bei uns hat es sofort *klick* gemacht, vom ersten Morgentraining an, wie bei Puzzleteilen, die sich bruchlos ineinanderfügen und gemeinsam ein prächtiges Bild ergeben. Dank uns räumt Larkrise nun auch bei Wettkämpfen ab.

Dass wir unterschiedlich alt sind, macht nichts, im Gegenteil. So haben wir mehr zu reden. Ich und Ange sind die Einzigen von der King Edward's Grammar School, Lizzie ist Oberstufenschülerin an der Harris Academy, auch bekannt als *Arse Academy*, die Dreckloch-Schule in der Innenstadt, und Jodie studiert im ersten Jahr an der Allerton Uni. Sie ist fast zweiundzwanzig und tritt bei Wettkämpfen in der Erwachsenenklasse an, aber sie ist trotzdem eine von uns. Es scheint ihr nichts auszumachen, dass wir jünger sind als sie. Sie trainiert mit uns, weil ihre Vorlesungen sich mit dem Erwachsenentraining überschneiden, und sie trainiert ohnehin lieber morgens, sagt sie. Sie wohnt nicht im Studentenwohnheim, sondern zu Hause bei ihrer Mutter, hier in Elleston, deshalb spielt sich ihr Leben nicht so viel an der Uni ab wie bei anderen Studenten. Sie hilft uns bei der Technik und ist ziemlich cool. Sie gibt mir nie das Gefühl, dass ich viel jünger bin als sie. Nicht, dass fünf Jahre einen so himmelweiten Unterschied machen, aber die Oberstufler an der KEGS behandeln uns immer derart von oben herab, als wären sie schon dreißig oder so.

«Lizzie ist drin», murmelt Ange, den Blick auf ihr Handy geheftet, als ob ich meine aufplingenden Nachrichten nicht selbst lesen könnte. «Jodie sagt, dass ihre Mum auch dieses Wochenende nicht zu Hause ist. Sie will noch mal nachfragen, aber sie ist sich ziemlich sicher.»

Ein weiterer Vorteil einer Freundin, die schon studiert – viel weniger strenge Erziehung. Jodies Mutter verdient ihr Geld als Innenarchitektin oder so was für reiche Leute, und sie hat einen Freund in Paris, bei dem sie zurzeit lebt, während sie an irgendeinem Projekt arbeitet. Es klingt alles sehr glamourös, aber was noch viel wichtiger ist: Sie ist kaum je zu Hause. Ich bin ihr noch nie persönlich begegnet, Jodie hat das Haus mehr oder weniger für sich.

«Cool», sage ich. Ich würde gern mein Facebook checken, habe mir aber vorgenommen, damit bis nach dem Essen zu warten. Stattdessen stochere ich an den Resten meiner inzwischen kalten Ofenkartoffel herum. Meine Schultern schmerzen von dem Delfin heute Morgen – nicht meine beste Lage – und von den Übungen im Kraftraum gestern Abend. Wir trainieren hart, aber in letzter Zeit habe ich etwas nachgelassen, und das spüre ich jetzt. Ich muss mich wirklich am Riemen reißen, sonst merken die anderen noch, dass ich nachgelassen habe, oder schlimmer noch, ich fange an, den Verein hängenzulassen. Ich musste immer schon mehr tun als die anderen, um fit zu bleiben. Lizzie hat von Natur aus eine straffe Figur und läuft wie eine Gazelle. Jodie ist gerade mal eins sechzig groß, besteht aber nur aus Muskeln, sie sieht schlank, wütend und jungenhaft aus in ihrem Badeanzug, und Ange hat die Rundungen. Ihre eigenen *persönlichen Schwimmkörper*, wie Lizzie es wohl ausdrücken würde. Nicht, dass ihr Busen sie daran hindern würde, schnell durchs Wasser zu zischen. All ihre Weiblichkeit fällt von ihr ab, sobald sie unter die Oberfläche taucht. Wie ich in das Quartett passe, weiß ich nicht recht. *Mehr Hintern als Titten*, habe ich letztes Schuljahr Jack Marshall mal über mich sagen hören, diesen Arsch – eine Aussage, die immer noch schmerzt –, doch ganz unrecht hatte er damit vermutlich nicht. Ich habe die Birnenform meiner Mutter geerbt. Wenn ich zunehme, schlägt sich das sofort auf meine Oberschenkel nieder, und die sind so schon dick genug, auch wenn ich kaum was esse.

Vielleicht erzähle ich Mum, dass Jodies Mutter dieses Wochenende wieder da ist, damit sie sich keine Sorgen macht.

Kurz bekomme ich ein schlechtes Gewissen. Von unseren Eltern hat meine Mum den stärksten Beschützerinstinkt. Das ist mir bisher nie so aufgefallen. Wir beide sind immer schon allein auf uns gestellt – und da ist noch Tante Marilyn –, und ich weiß, dass sie mich von Herzen liebhat, und ich habe sie natürlich auch lieb, aber ich bin jetzt sechzehn und muss meinen Freiraum haben, so wie meine Freundinnen. Schick mir eine SMS, wenn du ankommst. Schick mir eine SMS, wenn du aufbrichst. Ich komme vorbei und hol dich ab, nein, wirklich, kein Problem. Sie meint es nur gut, klar, aber so benimmt sich keine andere Mutter, und es ist mir peinlich. Weil ich mir dabei vorkomme wie ein kleines Kind, und das bin ich nicht mehr. Ich bin jetzt eine Frau, mehr oder weniger. Ich habe meine eigenen Geheimnisse.

Unsere Handys summen erneut, und wir lachen beide über die Nachricht, die Lizzie uns geschickt hat. Ein .gif mit einem eklig abspritzenden Schwanz.

«Also, machst du's?»

Ange verfällt immer in diesen seltsamen halb amerikanischen Akzent, wenn es um Sex geht. Sie bricht ein Stückchen von ihrem Donut ab, schiebt es sich in den Mund, ihre braunen Augen aber lassen mich nicht aus dem Blick, während sie kaut.

Ich zucke lässig mit den Schultern, obwohl ich heftiges Herzklopfen habe. Mache ich es? Ich habe gesagt, dass ich mit sechzehn dazu bereit wäre, und ein Teil von mir wünscht es sich auch – oder hat es sich zumindest gewünscht –, aber ich sehe nicht ein, warum es so dringend ist, dass ich es sofort mache. Aber Courtney ist heiß, und er ist total anders und vor allem cool, das mehr als alles andere. Coole Jungs haben sich bisher nie für mich interessiert, und ich habe so ein bisschen das Gefühl, dass ich es ihm schuldig bin. Er ist es wahrscheinlich nicht gewohnt, warten zu müssen, obwohl wir erst seit ein paar Monaten zusammen sind, mehr oder weniger.

«Wahrscheinlich», sage ich. Ange reißt aufgeregt die Augen auf und grinst.

«Cool, ich wette, er ist total erfahren. Viel besser für dein erstes Mal.»

«Bisher ist er ziemlich gut gewesen.» Ich strecke ihr die Zunge entgegen, bewege sie anzüglich hin und her und zwinkere ihr zu.

Diesmal kreischt sie so laut auf, dass sich einige Mädchen an anderen Tischen neugierig nach uns umdrehen.

Das Herumalbern macht Spaß, und ich weiß, dass ich es dieses Wochenende mit Courtney wahrscheinlich machen werde, und sei es nur, um es hinter mich zu bringen. Es ist nicht so, als hätten wir, *davon* abgesehen, die meisten Sachen nicht sowieso schon gemacht, aber ich empfinde für ihn nicht mehr dasselbe wie früher. Bin von ihm nicht mehr so hin und weg wie zu Anfang. Nicht mehr, seit ... na ja ... seit es mit den Nachrichten losgegangen ist. Jetzt gibt es ein neues Geheimnis. Eins, das ich nicht mal den Mädels anvertraut habe. Ausgeschlossen. Es ist etwas, das allein mir gehört, und es lässt Courtney und seine Coolness zu bloßem Teeniebübchen-Quatsch verblassen.

Mein neuer Facebook-Freund. Jemand, mit dem ich wirklich reden kann.

Über uns schrillt die Glocke, die Mittagspause ist vorbei, und ich bekomme umgehend Herzrasen. Ich habe die Stunde durchgehalten, ohne einen Blick auf Messenger zu werfen. Das tue ich ungern, wenn Ange oder die anderen dabei sind, daher habe ich meine Benachrichtigungen deaktiviert. Wir haben nicht nur kräftige Muskeln, sondern auch Augen, denen nichts entgeht. Wir wollen alles voneinander wissen.

Wenn mein Handy piepste, müsste ich sofort Rede und Antwort stehen. Wir sind *eins*.

Während Ange sich auf den Weg zu ihrer Erdkundestunde macht, räume ich noch unsere Tabletts weg. Erst dann klicke ich, voller Vorfreude, den Facebook-Messenger an. Aber dann: Keine neuen Nachrichten. Ich bin maßlos enttäuscht. Es ist mein sechzehnter Geburtstag. Ein wichtiges Datum. Ich dachte, ich bedeute ihm etwas.

Später vielleicht, sage ich mir, als ich das Handy einstecke, wild entschlossen, es nicht zu tragisch zu nehmen. Ihm zu vertrauen, ganz so, wie er es von mir erbeten hat. Später wird schon eine Nachricht da sein.

4

LISA

Es läuft viel besser, als ich erwartet hatte, und zwei Stunden nach Beginn unserer Unterredung ist die Sache unter Dach und Fach. Ich zittere noch immer, aber dieses Mal vor Stolz und Freude, und vor Erleichterung, die Sache nicht vermasselt zu haben. Alle drehen sich zu uns um, sogar Marilyn, als ich Simon hoch erhobenen Hauptes zu Peggys Büro geleite. Nicht nur, weil ich offensichtlich den Vertrag mit Erfolg ausgehandelt und damit einen dicken Fisch an Land gezogen habe, sondern auch weil Simon Manning ein Mann ist, der die Blicke auf sich zieht. Er ist kein Schönling wie Toby, Typ aalglatter Immobilienmakler, mit Gel im Haar und nach Herrenparfüm duftend, doch er wirkt trotzdem attraktiv. Schön ist überhaupt das falsche Wort; seine Nase ist etwas ramponiert, als wäre sie mehr als einmal gebrochen worden, seine Statur breit und kräftig, Typ ehemaliger Rugbyspieler. Nicht mehr ganz so muskulös zwar, aber noch immer fit. Er hat graue Schläfen und strahlt Selbstbewusstsein aus, wirkt dabei jedoch nicht arrogant, sondern freundlich und zugänglich. Er hat auch allen Grund, selbstbewusst zu sein, denke ich, als ich mich von ihm verabschiede, um ihn Penny zu überlassen, und einen ausgesprochen angenehmen, festen Händedruck mit ihm wechsle. Er ist im Begriff, sein fünftes Hotel mit integriertem Wellnessclub zu eröffnen. Dürfte kaum älter als vierzig sein und ist auf dem besten Wege, ein Geschäftsimperium aufzubauen.

Ich schließe die Bürotür hinter ihm, damit er und Penny ungestört sind. Vermutlich habe ich glühende Wangen, ich kann die Hitze auf meiner Haut spüren. Ich kann noch immer nicht ganz fassen, wie gut es gelaufen ist. Er hat Bedarf an Reinigungskräften, Küchen- und Hotelpersonal, und er ist bereit, das alles von PKR – von *mir* – regeln zu lassen. Wenn ich nach meinem ersten Kontakt geahnt hätte, um was für ein Personalvolumen es geht, hätte ich wahrscheinlich umgehend Penny eingeschaltet, um sich darum zu kümmern. Sie ist die Inhaberin, und es handelt sich um einen Großauftrag, einen der größten Aufträge womöglich, den die Firma je erhalten hat. Eigentlich ist es ganz gut, dass ich nichts wusste. Ich war auch so schon aufgeregt bei dem Gedanken, dass er vielleicht dreißig Arbeitskräfte benötigt; hätte ich die wahren Zahlen gekannt, hätte ich vermutlich einen Nervenzusammenbruch bekommen. Aber ich habe uns den Auftrag gesichert. Und zwar problemlos. Ich kann mein Lächeln nicht unterdrücken, als ich in den Bürobereich zurückkehre, wo gerade lebhaft geplaudert wird.

«Oh, ich versuche immer, zu Fuß zur Arbeit und wieder zurück zu laufen, egal, wo ich bin», sagt Julia gerade, die Neue mit der dunkelbrünetten Bobfrisur. «Hält mich fit.»

«Na, alles gut gegangen?» Toby sieht zu mir auf; das Gerede der Mädchen interessiert ihn offenbar nicht länger. Aus seinen Augen spricht ein Anflug von Neid. Er ist extrem ehrgeizig und erfolgsfixiert. Ihm sind solvente Kunden aus der IT-Branche am liebsten, solche, die Graphikdesigner oder

Web-Entwickler für befristete Einjahresverträge zu fünfzig- oder sechzigtausend Pfund suchen, und ja, wenn er jemanden vermittelt, springen dabei vermutlich höhere Provisionen für ihn heraus, aber solche Jobs gibt es nicht jeden Monat. Mir ist immer schon die andere Seite des Marktes lieber. Leuten zu helfen, die wirklich Arbeit suchen, egal, was für eine. Leute, die sich nach einem geregelten Einkommen sehnen und nach dem Selbstwertgefühl, das einem dadurch vermittelt wird. Ich kann mich mühelos in sie einfühlen. Ich war selbst schon in dieser Lage.

«Besser als gut sogar. Es wird wohl ein richtiger Großauftrag, wie sich herausgestellt hat. Mindestens hundertfünfzig Leute.» Es klingt wie Prahlerei, aber ich kann nicht anders. Diese kleine Genugtuung muss ich mir einfach gönnen, obwohl ich spontan an den Hochmut denken muss, der vor dem Fall kommt.

«Wow, gut gemacht!» Es ist eins der neuen Mädchen, Stacey. Lange blonde Haare, künstliche Fingernägel. Ihre Worte könnten gönnerhaft klingen, aber das tun sie nicht. Unter der Fassade aus Make-up und künstlicher Bräune erahne ich ihre Nervosität. Sie sehnt sich danach, gemocht zu werden, dazuzugehören und ihre Arbeit gut zu machen.

«Danke.»

«Da müssen wir heute Abend auf jeden Fall auf Sie anstoßen», sagt Julia.

«Ich werde leider nicht mitkommen. Ich trinke kaum Alkohol, und meine Tochter hat heute Geburtstag, sie wird sechzehn. Ich gehe mit ihr essen.»

«Das ist nett», sagt sie. «Mit sechzehn wollen sie ja normalerweise nur mit ihren Freundinnen zusammen sein, nicht wahr? Bei mir jedenfalls war das so.»

Sie hat einen leicht schnippischen Unterton, und das behagt mir nicht. Dafür, dass heute ihr erster Arbeitstag ist, trumpft sie ganz schön auf.

Ich mustere sie etwas genauer. Sie ist nicht so jung, wie ich zunächst dachte, sosehr sie auch diesen Eindruck zu vermitteln versucht. Sie ist definitiv schon über dreißig. Botox vermutlich.

«Wir haben ein sehr enges Verhältnis.»

Sie lächelt, zuckersüß, aber mit einer Spur Zyanid, und entblößt dabei makellos weiße Zähne, die an einen Hai erinnern. Sie bringt mich aus dem Tritt, und das ärgert mich.

«Ich will keine Kinder», verkündet sie. «Dazu ist mir meine Karriere zu wichtig. Würde ich auch nie hinbekommen, so als alleinerziehende Mutter. Hut ab.»

Es ist eine als Kompliment verpackte Beleidigung. Stacey reißt die Augen auf, anscheinend schockiert über Julias Unverfrorenheit, und Toby – der ja offensichtlich über mich geplaudert hat – ist so klug, auf seinen Bildschirm zu starren, als würde er eine überaus wichtige Mail lesen.

«Zum Glück ist Lisa eine Superfrau, die alles in den Griff bekommt und noch mehr. Von ihr können wir uns alle eine Scheibe abschneiden, so tüchtig, wie sie ist.» Marilyn ist neben mir aufgetaucht. Haifischlächeln trifft auf Haifischlächeln, und diesmal ist es Julia, die leicht auf ihrem Stuhl zurückweicht. «Gehen wir essen?» Marilyns letzte Worte sind an mich gerichtet, als wären die anderen gar nicht da; lästige Fliegen, die sie bereits verscheucht hat.

«Eine ist immer dabei», murmelt sie, als wir unsere Taschen und Jacken holen gehen, «vor der man sich in Acht nehmen muss. In jeder Gruppe von Frauen. Zumindest wissen wir jetzt, welche von den dreien es ist.» Sie wirft Julia einen finsteren Blick zu. *Warum muss es immer so eine geben?*, frage ich mich. *Warum kann nicht einfach alles nett sein?*

«Er sieht auch blendend aus.» Marilyn trägt unsere Getränke, zwei Gläser Prosecco, und ich habe unser Besteck in der Hand, als wir uns an einem Ecktisch niederlassen. «Auf eine etwas raue Art. Und es ist so offensichtlich, dass er dich mag. Diese unnötigen Meetings. Wie er dich die ganze Zeit angestarrt hat, als er dir durchs Büro gefolgt ist.»

«Ach, sei still», sage ich.

«Ich verstehe nicht, warum du da nicht zuschlägst.»

«Kannst du dir Pennys Reaktion vorstellen, wenn ich derart die Arbeit mit dem Vergnügen vermischen würde? Und überhaupt – nein.»

Sie blickt mich versonnen an. Dass mir ein Mann fehlt, kommt mindestens einmal im Jahr *ernsthaft* zur Sprache, und die restlichen Monate über spielt sie fortwährend darauf an. Ich frage mich, ob sich mich wieder mal ins Gebet nehmen will. Aber darauf verzichtet sie gottlob. Stattdessen hebt sie ihr Glas in die Höhe. «Prost, und meinen Glückwunsch!»

Wir stoßen an und nippen an unserem Schaumwein. Ich mag es, wie er mir im Mund prickelt. Wenn ich trinke, dann am liebsten mittags, weil es dann bei einem Glas bleibt.

«Ach, ehe ich's vergesse», sie wendet sich zur Seite und kramt in ihrer großen Umhängetasche, «ich habe etwas für Ava.» Sie bringt ein kleines Geschenkpäckchen zum Vorschein. «Von mir und Richard. Mein Gott, nicht zu fassen, dass sie schon sechzehn wird. Wo sind bitte schön die Jahre geblieben? Wenn sie sechzehn ist, wie alt sind wir dann?»

«Alt», sage ich, aber mit einem Lächeln, ehe ich einen weiteren Schluck trinke.

Ich nehme das Päckchen entgegen und stecke es in meine Tasche. Nicht nur ich kann von Glück sagen, dass ich Marilyn habe. Für Ava gilt das ebenso.

Ich habe das Frühstück ausgelassen, weil ich so nervös war,

und obwohl ich kaum ein halbes Glas getrunken habe, steigt mir der Prosecco bereits zu Kopf. Die Anspannung in meinen Schultern lässt langsam nach. Dann sehe ich Marilyns Gesichtsausdruck und weiß, was bevorsteht – wieder mal ein Verhör. Ich habe mich vorschnell in Sicherheit gewiegt.

«Nichts von Avas Vater gehört?»

«Nein.» Ich reagiere gereizt, obwohl sie ganz behutsam fragt. Sie kennt das Spiel zur Genüge. Ein Gespräch, das sie für meinen Geschmack zu oft anfängt. «Und ich rechne auch gar nicht damit.» Ich muss dringend das Thema wechseln. «Wie dem auch sei. Wie geht's *dir*? Du kamst mir gestern ein bisschen still vor. Ein bisschen verstimmt. Alles in Ordnung bei dir?»

«Ich hatte Kopfschmerzen. Weiter nichts. Du weißt doch, dass ich hin und wieder dieses Kopfweh habe.» Sie blickt zu der Kellnerin, die nun mit unserem Essen durchs Lokal kommt. Will sie meinem Blick ausweichen? Es ist nicht das erste Mal, dass sie über Kopfschmerzen klagt; seit Monaten hat sie schon damit zu tun.

«Vielleicht solltest du mal zum Arzt gehen.»

«Und vielleicht solltest du dich mal auf ein Date mit Mr. Manning verabreden.»

Ich werfe ihr einen bösen Blick zu.

«Schon gut, schon gut. Entschuldige. Aber Ava ist nun fast erwachsen. Du solltest dich wirklich wieder umtun da draußen in der Welt.»

«Können wir das nicht mal vergessen und uns stattdessen darauf konzentrieren, wie großartig ich bin?» Ich versuche die Stimmung aufzuhellen und bin froh, als die Kellnerin mit unseren Sandwiches und Pommes frites an den Tisch kommt und uns mit Essen ablenkt. Wie könnte ich mich Marilyn je ganz offenbaren? Sie weiß zwar, dass es kein One-Night-

Stand war – diese Lüge habe ich Ava erzählt –, aber die Wahrheit kennt sie nicht. Die volle Wahrheit. Sie hätte kein Verständnis dafür. Marilyn mit ihrem wundersam geborgenen Leben, mit dem tollen Ehemann, dem schönen Haus, dem guten Job – die glückliche, zauberhafte Marilyn. Wenn ich ihr alles erzählte, würde sie mich mit völlig anderen Augen sehen. Bitte nicht missverstehen: Ich wünschte, ich könnte ihr alles erzählen. Ich habe sogar schon oft davon geträumt. Manchmal ist mir, als lägen mir die Worte bereits auf der Zunge, als wollten sie jetzt gleich aus mir heraussprudeln, aber ich muss sie herunterschlucken wie bittere Galle. Es geht nicht. Ich kann nicht darüber sprechen.

Ich weiß, wie Worte sich verbreiten. Sie fangen Feuer und wandern von einer Person zur nächsten und zur nächsten.

Ich kann nicht riskieren, gefunden zu werden.

5

AVA

Der Regen hat fast aufgehört, als wir nach Hause kommen, aber mein Mantel ist feucht. Als ich zum Auto gerannt bin, ging gerade ein Wolkenbruch nieder, und jetzt trete ich auf dem Bürgersteig leise von einem Fuß auf den anderen, als ob mir kalt wäre, um meine Ungeduld zu kaschieren.

«Wir können einen Film schauen, wenn du magst», sagt Mum, als sie endlich aussteigt. «Es ist ja noch früh.»

«Ich muss lernen.» Es ist gerade mal sieben, und ich habe nicht vor, vor Mitternacht schlafen zu gehen, aber ich möchte in mein Zimmer und allein sein. Sie ist enttäuscht, aber schließlich reitet *sie* ja ständig auf meinen Abschlussprüfungen herum. Trotzdem meldet sich mein schlechtes Gewissen. Früher haben wir immer Filmabende auf dem Sofa verbracht, gemütlich mit Decke und Popcorn aus der Mikrowelle. Das fand ich jedes Mal toll und finde es immer noch toll. Aber das Leben ist jetzt eben komplizierter. Er wartet. Ich *muss* mit ihm reden. Manchmal habe ich das Gefühl, ich müsste sterben, wenn ich es nicht tue.

«Oh, verflixt», sagt Mum unvermittelt und stöhnt. «Jetzt hab ich vergessen, für Mrs. Goldman einzukaufen. Ich werde noch mal zu dem kleinen Sainsbury's müssen. Kommst du allein zurecht? Ich bin in zehn Minuten wieder da. Oder du kommst mit.»

Ärger steigt in mir auf, was mir lieber ist als das traurige Schuldgefühl, immer mehr Risse in unsere Beziehung zu bringen. Das fragt sie mich jedes Mal, wenn sie außer Haus geht und mich allein lässt. *Jedes Mal*. Was denkt sie denn, was passieren wird? Dass ich den Finger in eine Steckdose stecke, weil sie nicht zu Hause ist? «Ich bin sechzehn», blaffe ich. «Du solltest mal aufhören, mich zu behandeln, als wäre ich noch ein Kleinkind.»

«Entschuldige, entschuldige.» Sie ist zu sehr in Eile, um es mir krummzunehmen, und das ist mir sehr recht. Weil ich sie eigentlich nicht verärgern will. Ich lege es gar nicht darauf an, sie zu verärgern, aber sie wird nun langsam so *bedürftig*, jetzt, wo sie nicht mehr alles kontrollieren kann, was ich mache, wie früher, als ich noch klein war. Unsere Pizza war gar nicht so übel, und ich weiß, dass sie sich wirklich Mühe gegeben hat, damit wir eine gute Zeit hatten, aber alle ihre Fragen sind so süßlich und anhänglich und aufdringlich. Sie will immer alles über mich wissen, und irgendwie kann ich ihr jetzt nichts mehr erzählen. Ich *will* ihr nichts mehr erzählen. Jedes Mal, wenn es mich überkommt, mit ihr über irgendwas zu reden – über Courtney und die Sache mit dem Sex etwa –, bleiben mir die Worte im Hals stecken und ich bekomme schlechte Laune. Alles verändert sich. Ich brauche meinen Freiraum. Jetzt mehr denn je.

Aber davon abgesehen, sie hat mir tolle Sachen zum Geburtstag geschenkt. Einen iPad und einen wasserdichten MP3-Player, viel teurer als der, den ich mir gewünscht hatte. Ich liebe auch die Halskette, die Marilyn mir geschenkt hat – dick und schwer, aus gewundenem Silber, mit einem

Anhänger aus dunkelviolettem Glas. Sie ist klobig und cool und genau richtig für mich. Manchmal wollte ich, Mum wäre ein bisschen mehr wie Marilyn. Sie ist locker und immer gut drauf. Wenn Mum etwas lässiger wäre, würde ich ihr vielleicht mehr von mir erzählen. Nicht alles, denke ich, während ich in betont normalem Tempo auf die Haustür zugehe. Aber das eine oder andere schon. Über *das* könnte ich nicht mit ihr reden. Sie würde ausflippen.

«*Lust auf einen Chat heute Abend, Geburtstagsmädchen? Ich habe ungefähr eine Stunde Zeit, wenn du nicht gerade unterwegs bist und feierst!*» Die Facebook-Nachricht war eingetroffen, als ich mein Handy auf dem Klo gecheckt habe, vor dem Dessert. Ich würde zusehen, dass ich so schnell wie möglich nach Hause komme, habe ich geantwortet, er solle bitte warten. Wie bedürftig *ich* mich anhörte, war mir gar nicht bewusst, als ich die Antwort abschickte, aber etwas lahm und verzweifelt klingt es schon. Verwandle ich mich in meine Mum? Aber, zum Teufel, wieso können die Leute nicht einfach Messenger auf ihre Handys installieren? Als wären die Daten von allen nicht sowieso schon da draußen, so oder so? Alle unter fünfundzwanzig haben sich längst damit abgefunden. Es sind nur die Erwachsenen, die glauben, es würde irgendwen interessieren. Wo ist der Sinn, einen Nachrichtendienst zu haben, den man nur von seinem Computer aus nutzt?

Eine andere Art von Privatheit.

Der Gedanke schleicht sich mir in den Kopf. Vielleicht ist es die Sorte Privatheit, die man braucht, um Geheimnisse vor jenen zu verbergen, die einem am nächsten stehen. Vor einer Ehefrau möglicherweise? Was auch immer *seine* Gründe sein mögen, diese Art von Privatheit hat mich dazu veranlasst, meine Benachrichtigungen zu deaktivieren.

Geheimnisse haben wir alle.

So langsam komme ich dahinter, dass Geheimnisse vielleicht sogar etwas Tolles sind.

Ich gebe mir Mühe, nicht enttäuscht zu sein, als ich zwanzig Minuten später nach unten gehe, um etwas zu trinken. Unser Chat war nur kurz, und er hat immer nur ganz einsilbig geantwortet. Abgelenkt und ohne auf meine Fragen wirklich einzugehen. Ich will mich nicht ärgern – immerhin hatten wir etwas Zeit zusammen –, aber ich bin doch frustriert. Courtney spammt mich gerade bei WhatsApp voll. Ich weiß, was er will. Lustig, wie er mich damit inzwischen fast nervt. Vor ein paar Wochen wäre ich noch superglücklich darüber gewesen, dass er so hinter mir her ist und mir das Gefühl gibt, hübsch und sexy zu sein. Jetzt geht er mir einfach nur auf den Wecker, wie so vieles andere.

In meinen Socken mache ich auf der Treppe kein Geräusch, und als ich um die Ecke biege, um in die Küche zu gehen, halte ich inne. Mum ist dort. Sie steht am Küchentisch und starrt vor sich hin, reglos, ganz seltsam stocksteif, es wirkt vollkommen verkehrt. Ein total merkwürdiger Anblick, und ich weiß nicht warum, aber ich bekomme Herzrasen, und mein Magen krampft sich zusammen. Einen Augenblick später greift sie in ihre Tasche und nimmt die Piccoloflasche Prosecco heraus, die Marilyn ihr geschenkt hat, schraubt sie auf und trinkt, direkt aus der Flasche.

Ich rühre mich nicht vom Fleck, verwirrt und beunruhigt. Bin ich schuld? Weil ich mich so mies benommen habe? Ich stehe weiter im Flur, weiß nicht recht, was ich tun soll. Soll ich sie fragen, was los ist? Ich fühle mich wieder wie ein kleines Kind. Ich will einen Schritt vorwärts machen, zögere aber doch. Etwas an der Art, wie sie dasteht – die Reglosigkeit –, vermittelt mir den Eindruck, als sei ich Zeuge von etwas Privatem. Etwas, bei dem ich nichts verloren habe. Gehen die Risse in unserer Beziehung auch von ihrer Seite aus? Hat auch sie Geheimnisse? Es fällt mir schwer, das zu glauben. Sie ist wie ein offenes Buch, meine Mum.

Doch es ist beunruhigend. Der Inhalt dieser kleinen Flaschen entspricht nur einem Glas oder so, aber wer schenkt sich denn den Sekt nicht ein, ehe er ihn trinkt? Was könnte einen dazu veranlassen, ihn praktisch auf ex runterzukippen? Letzten Endes schleiche ich wieder leise nach oben, mit ungut rumorendem Magen. Ich kann auch ohne Tasse Tee leben.

6

LISA

Draußen ist es stockfinster, vom erlösend diffusen Grau der Morgendämmerung noch keine Spur. Ich sitze hellwach da, mit hochgezogenen Knien, und starre hinaus in die trostlose Nacht. Mein Magen macht mir fürchterlich zu schaffen. Es war nicht Peter Rabbit. Das weiß ich. Peter Rabbit ist längst fort. Es wäre ein Ding der Unmöglichkeit, dass es Peter Rabbit war, *der* Peter Rabbit, aber ich würde trotzdem am liebsten zum Wertstoffcontainer am Ende der Straße laufen und ihn noch einmal herausangeln, nur um ganz sicher zu sein. Ich atme tief durch. Es ist nicht Peter Rabbit. Es ist bloß ein Zufall.

Als ich das Stofftier da draußen im Regen gesehen habe, traurig zusammengesunken an Mrs. Goldmans Gartentor gelehnt, wäre mir fast das Herz stehengeblieben. Es war schmuddelig und durchnässt, lag vielleicht schon seit Stunden dort, aber die Hose hob sich leuchtend blau von dem angegrauten weißen Pelz ab. Es war nicht derselbe Hase, so viel war klar, als ich ihn mit zitternden Händen und einem erstickten Schrei auflas, aber er ähnelte ihm. Ähnelte ihm *so* sehr. Ich wollte ihn an mich drücken und laut aufheulen, aber da öffnete sich die Haustür und Mrs. Goldman erschien, deshalb riss ich mich zusammen und fragte beiläufig, ob sie vielleicht wisse, wem dieses Stofftier gehöre. Natürlich wusste sie es nicht. Woher auch? Sie hört sehr schlecht, und sie verbringt ihre Tage vor dem Fernseher und achtet nicht darauf, was vor ihrem Haus vor sich geht.

Ich händigte ihr die Tüte mit den Einkäufen aus und versuchte, lächelnd ein paar Worte mit ihr zu wechseln, aber der Stoffhase hing nass und schwer an meiner Hand, und das Fell fühlte sich kalt an. Mein einziger Gedanke war, dass die blaue Latzhose genau dieselbe Farbe und Form hatte wie *jene* Latzhose, und dass *jene* Latzhose von Hand genäht worden war, und mir wurde ganz schwindlig, und Übelkeit stieg in mir auf. Als Mrs. Goldman endlich wieder in ihr Haus gegangen war, entfernte ich mich durch ihren Vorgarten und zwang mich, dabei halbwegs die Fassung zu wahren. Erst ein Stück weiter weg, außer Sichtweite sowohl von ihrem als auch meinem Haus, drückte ich den Stoffhasen endlich an mich, als wäre er ein totes Tier, das ich mit meiner Körperwärme irgendwie wieder zum Leben erwecken könnte.

Ich atmete einige Male tief durch, eine Technik, die mir in jahrelanger Therapie eingebläut worden war, als könne beständige Sauerstoffzufuhr irgendwie helfen, obwohl ich die meiste Zeit über den Wunsch verspüre, überhaupt nicht mehr atmen zu müssen, ehe ich entschlossen ans Ende der Straße marschierte und den Stoffhasen in einen der großen Wertstoffcontainer dort entsorgte. Den geisterhaften Abdruck von nassem Fell aber konnte ich noch immer an meinen Fingerspitzen spüren, und ich war mir nicht sicher, ob ich es heil nach Hause zurück schaffen würde, ohne zusammenzuklappen.

In der Küche – von Ava fehlte jede Spur, und ich war

ausnahmsweise froh, dass sie sich endlich zu der Sorte launischem Teenie entwickelt, der sich in seinem Zimmer verkriecht – nahm ich den Piccolo aus der Tasche, den Marilyn mir geschenkt hatte, schraubte das Fläschchen auf und leerte es in zwei Zügen. Die säuerlichen Bläschen bescherten mir ein Brennen in der Brust, und meine Augen tränten, aber das störte mich nicht. Alles war besser als der entsetzliche Schmerz und die Angst in meinem Inneren, meinem Wesenskern, der jetzt, wie ich mir mühsam einzureden versuche, bestenfalls leer ist. Bis etwas wie das hier passiert, der Grind abgerissen wird und der fürchterliche, fürchterliche Schmerz wieder zum Vorschein kommt, der dort hineingezwängt ist, und ich mich am liebsten ganz klein zusammenrollen und sterben würde.

Beim letzten Rest Schaumwein verschluckte ich mich und musste mich hustend und keuchend an den Frühstückstresen lehnen. Das kleine Malheur war eine willkommene Ablenkung, um meine Gedanken zu beruhigen. Das Summen in meinen Ohren ließ allmählich nach. Es war ein Zufall, was sonst. Viele Kinder haben Plüschhasen. Irgendwo weinte jetzt vermutlich ein armes Kind nach dem Hasen, den ich so skrupellos im Container versenkt hatte. Er trug eine blaue Latzhose, na und? Stofftiere in Latzhosen gab es vermutlich wie Sand am Meer. Es war *nicht* Peter Rabbit.

Diesen Satz wiederholte ich im Geist immer wieder, wie ein Mantra, froh darüber, dass ich den Hasen nicht in einer unserer Mülltonnen draußen im Vorgarten entsorgt hatte, sondern in dem städtischen Container, zu weit weg, um ständig hinzurennen und ihn mir anzusehen, ohne dass es auffällig würde. Es war *nicht* Peter Rabbit. Das Stofftier hatte mich aus der Fassung gebracht, ja, aber es war nicht vorsätzlich dort hingelegt worden. Mich mit dem zweiten Satz zu versöhnen fiel mir nicht ganz so leicht. Es handelt sich weniger um eine Tatsachenfeststellung als um eine Vermutung. Dass jemand ihn dort absichtlich abgelegt hat, ist äußerst unwahrscheinlich, aber das vermag ich nicht mit derselben Gewissheit zu sagen, mit der ich vernunftmäßig *weiß*, dass das gefundene Stofftier *nicht* Peter Rabbit war.

Es ist diese *Unruhe*, die ich in letzter Zeit verspüre. Das Gefühl, dass irgendetwas nicht ganz in Ordnung ist. Was, wenn sich mehr dahinter verbirgt als meine übliche Paranoia? Was, wenn es ein Fehler wäre, dieses Gefühl zu verdrängen? Ich stehe auf und gehe leise durch den Flur zu Avas Zimmer. Im Haus ist es dunkel und still, und ich drehe den Türknauf, ganz langsam und vorsichtig, um keinen Lärm zu machen.

Ich betrachte sie von der Tür aus, mein perfektes Mädchen. Sie liegt auf der Seite da, mit dem Rücken zu mir, klein zusammengerollt, ganz so, wie sie schon als Kleinkind immer geschlafen hat. Sie ist so kostbar. So unvergleichlich, und ihr Anblick beruhigt mich und erinnert mich daran, dass ich am Leben bleiben muss, weiteratmen muss. Für sie. Sie hat mir zu neuem Lebenswillen verholfen, und ich werde sie immer beschützen. Sie wird nie erfahren, was ich in meinem Inneren verberge. Nicht, wenn ich es irgendwie vermeiden kann. Ich möchte, dass sie glücklich und frei ist. Es muss wunderbar sein, glücklich und frei zu sein.

Ich verweile noch einige Minuten, weil Avas Anblick für mich ungleich beruhigender ist als noch so ausgiebiges, tiefes Yoga-Atmen, ehe ich mich widerstrebend entferne, um sie ungestört schlafen zu lassen. Es ist fast drei Uhr früh. Jetzt Schlaftabletten zu nehmen ist keine gute Idee, aber ebenso graut mir davor, mich dem Tag nach einer schlaflosen Nacht zu stellen. Ich wähle eine Kompromisslösung und schlucke nur eine statt der üblichen zwei, die ich sonst brauche, wenn mich diese beklommenen, traurigen Stimmungen im Würgegriff halten. Den Vormittag über wird es mir zwar dreckig gehen, aber zwei, drei Stunden seligen Vergessens sind jetzt alles, wonach ich mich sehne. Um aus diesem Teufelskreis von Angst und Kummer auszubrechen. Sonst drehe ich bis Morgengrauen durch, so viel steht fest. Das schlechte Gefühl hat nichts zu bedeuten, ich bin bloß überängstlich. Der Stoffhase war nicht Peter Rabbit. Die Worte hämmern mir durch den Schädel, wie um mich zur Vernunft zu bringen, als ich unter die Decke krieche.

Ich wünsche mir völliges Vergessen, stattdessen träume ich. Es ist *der* Traum, in herrlichstem, strahlendem Technicolor, und er ist wundervoll, während ich mich dort aufhalte.

In dem Traum halte ich Daniels Hand. Sie ist weich und klein und warm, und seine Fingerchen halten sich kräftig an meinen Fingern fest, wie man es von Kleinkindern kennt, während er zu mir hochschaut und lächelt. Mir geht vor Freude das Herz auf, und ich bücke mich, um ihn zu küssen. Die glatte, weiche Haut an seinen Pausbäckchen ist ganz rosig von der Luft hier im Freien, und er kichert vor Überraschung, als ich ihm einen Schmatzer auf die Wange drücke, seine Augen aber leuchten vor Liebe. Er hat die gleichen Augen wie ich, blau, mit grauen und grünen Sprenkeln, und ihr Blick verrät mir, dass ich sein *Ein und Alles* bin.

In der anderen Hand hält er Peter Rabbit, und er hält ihn vielleicht noch inniger umklammert als meine Finger. Für ihn ist es unvorstellbar, dass ich nicht da bin, Peter Rabbit aber hat er schon einige Male um ein Haar verloren. Einmal blieb er in einem Bus liegen, konnte aber im letzten Moment noch geborgen werden. Ein andermal vergaß er ihn auf einem Tresen im Kiosk an der Ecke. Daniel quält die Angst, dass Peter

Rabbit eines Tages nicht mehr da sein könnte; schon bei dem Gedanken bricht er in Tränen aus. Er ist zweieinhalb Jahre alt, und Peter Rabbit ist sein bester Freund.

Ich fühle, wie etwas an mein Unterbewusstsein pocht, eine düstere Wahrheit, die sich nicht ausblenden lässt, nicht einmal im Traum – *Es ist nicht Peter Rabbit, der eines Tages nicht mehr da sein wird. Diese kleine Hand in der meinen wird kalt und reglos sein und nie mehr nach mir greifen* –, aber ich schiebe sie beiseite und gehe mit Daniel in den kleinen Park mit den schäbigen Schaukeln und Klettergerüsten, deren Lack so abgeblättert ist, dass das rostige Metall darunter an regnerischen Tagen Flecken auf der Kleidung hinterlässt, aber er quietscht vor Freude, als er diesen heruntergekommenen Spielplatz sieht. Er ist zweieinhalb, Rost und Verfall und Lieblosigkeit nimmt er überhaupt nicht wahr. Er sieht nur das Gute auf der Welt. Er *ist* das Gute auf der Welt.

Seine Hand lässt mich los und rennt mit Peter Rabbit zu den Schaukeln. Ich laufe ihm nach, mit etwas Abstand, weil ich so gern beobachte, wie sich Daniels kleiner Körper bewegt, so niedlich und unbeholfen, eingepackt in seinen kleinen Mantel. Er sieht sich über die Schulter nach mir um, und ich möchte mir dieses herzige Bild am liebsten für alle Zeit einprägen, um mich daran zu erinnern, wenn er zu einem Jungen und dann zu einem Mann herangewachsen sein wird und dieses *Ein und Alles*, das ich bin, nicht mehr existiert.

Es ist der vollkommene Traum. Ein Nachmittag im Park. Die Liebe ist überwältigend. Sie ist rein. Sie ist so stark, dass sie mich fast erdrückt, so überschäumend, dass sie mir förmlich aus den Poren quillt. Sie ist uneingeschränkt. Ohne irgendwelche Barrieren. In dem Moment gibt es keine Schlechtigkeit in der Welt, und mir kommt der Gedanke, wenn ich mich ganz von der Liebe erfassen lasse, werde ich mich in einen reinen Lichtstrahl verwandeln, der auf Daniel leuchtet.

Ich wache auf, schmerzhaft in mein Kissen japsend und nach Bruchstücken langsam verblassender Bilder haschend, in der vergeblichen Hoffnung, eines zu fassen zu bekommen und ihm folgen und seine kleine Hand für immer festhalten zu können. Es ist immer so nach dem Traum, immer. Es tut so weh, dass ich am liebsten sterben würde, dieses schmerzliche Verlangen, zurückzukehren und ihn zu retten. Ich versuche an Ava zu denken, mein perfektes Mädchen, das Kind, das *danach* kam, unwissend, frei und wundervoll und von der Welt unbefleckt. Sie ist hier und sie lebt, und ich liebe sie von ganzem Herzen oder was noch davon übrig ist.

Meine Liebe zu Ava macht alles vielleicht noch schlimmer, wenn das überhaupt möglich ist. Ich denke an den Plüschhasen in dem Müllcontainer. Er ist *nicht* Peter Rabbit. Das weiß ich. Ich weiß, wo Peter Rabbit ist.

Er wurde mit Daniel zusammen beerdigt.

7

AVA

Ich weiß nicht ganz, was in der Bowle alles drin ist, aber es ist eine verdammt wilde Mischung. Fruchtsaft, Limonade, der Wodka, den Ange mitgebracht hat, und eine Flasche Bacardi aus dem Spirituosenschrank von Jodies Mutter. Die werde das Fehlen der Flasche gar nicht bemerken, behauptet Jodie, aber so ganz bin ich nicht davon überzeugt. Bei dem trotzigen Ausdruck auf ihrem Gesicht, als sie den Bacardi in die Schüssel kippte, hat sich mir eher der Gedanke aufgedrängt, dass ihre Mum es auf jeden Fall bemerken wird, wenn sie aus Frankreich zurückkommt. Als würde Jodie es bewusst darauf anlegen, sich Ärger einzuhandeln. Schon komisch, wie gegensätzlich unsere Mütter sind. Jodies Mum ist nie da, und meine wird mir langsam echt zu anhänglich. Club der komischen Mütter, so nennen wir es. Den anderen haben wir aber nichts davon erzählt. Die würden das nicht kapieren.

Mir schwirrt der Kopf. Vorhin im Pub haben wir Cider getrunken, und das hier ist mein zweites Glas Bowle. Ich bin dabei, mir richtig einen anzutrinken, was vermutlich die beste Voraussetzung ist, um es zu machen. Um so richtig aus sich herauszugehen.

Ich lehne mich, halb liegend, auf dem Bett zurück, mit dem Kopf an der Wand. Meine Mutter würde ausrasten, wenn sie mich jetzt sehen könnte, auf dem Bett meiner Freundin, zusammen mit meinem Freund, mehr oder weniger. Sie hat bereits eine SMS geschickt, um sicherzugehen, dass wir alle bei Jodie sind. Ich hab mein Handy stummgeschaltet. Man stelle sich vor, sie würde eine SMS schicken, wenn wir gerade mitten dabei sind? Wenigstens ist sie heute Abend mal ausgegangen. Sie geht nicht oft aus, weshalb ich ein noch schlechteres Gewissen habe, weil ich mir mein eigenes Leben wünsche. Ich ziehe die Nabelschnur jetzt seit etwas mehr als einem Jahr beharrlich in die Länge und möchte, dass sie endlich zerreißt, obwohl ich spüren kann, wie sie mich ständig zurückzuziehen versucht.

Ich bin noch immer ein bisschen erschrocken wegen neulich Abend. Dieses eigenartige Trinken in der Küche war schon schlimm genug, aber dann ist sie noch mitten in der Nacht in mein Zimmer gekomen und hat mich angeschaut, während ich mich schlafend stellte. Warum hat sie das getan, wie kommt sie auf so was? Es hat mich beunruhigt, als wäre die Welt auf einmal aus den Fugen.

Ich trinke einen großen Schluck Bowle und höre, wie hinten im Flur die Klospülung betätigt wird. Ich bekomme ein bisschen Herzklopfen. Scheiße. Ich werde tatsächlich gleich vögeln. Kurz beschleicht mich eine total irrationale Sehnsucht nach meiner Mum. Worauf ich mir noch einen Schluck genehmige. Sie ist die Letzte, die ich jetzt brauche. Ich bin kein Kind mehr. Ich bin eine Frau. Sagt *er* jedenfalls immer.

«Alles klar?», fragt Courtney, als er ins Zimmer zurückkommt, ein Gästezimmer hier bei Jodie, und anfängt, auf seinem Handy rumzutippen, um ein paar Songs aufzurufen. Ich nicke ihm lächelnd zu und trinke noch mehr Bowle. Sie ist viel zu süß, aber das macht nichts. Ich will mir richtig einen antrinken, und das klappt ganz gut, weil ich nichts im Magen habe. Ob er wohl nervös ist? Wahrscheinlich nicht. Wenn an den Geschichten was dran ist, hat Courtney es schon zigmal getrieben.

Ich fühle mich nicht so ängstlich, wie ich erwartet hätte. Es war ein voller Tag, ich bin müde und hätte nichts dagegen, mich gemütlich einzukuscheln und zu schlafen. Ich hab früh am Morgen mit Training im Kraftraum angefangen, bis meine Beine und Schultern vor Anstrengung zitterten und weh taten, und mich dann noch gezwungen, eine Stunde zu schwimmen. Um zehn habe ich mich mit Ange getroffen, die sich was Neues zum Anziehen kaufen wollte. Etwas Hautenges natürlich. Angela wird im Pub bedient, seit sie zwölf ist. Mit ihren Titten und wenn sie richtig zurechtgemacht ist, wirkt sie oft sogar älter als Jodie.

Courtneys Mund ruht heiß und feucht an meinem Hals, und seine Hand gleitet zu meiner Hüfte hinab. Jetzt wird's ernst. Ich fühle mich seltsam unbeteiligt, als wäre ich hier und doch nicht hier. Mein Körper ist ganz da, aber mein Geist nicht, als würde ich uns irgendwie von oben zusehen und dabei denken, *nun macht schon*. Ich kann hören, wie mein Atem immer schwerer geht, obwohl ich nicht wirklich erregt bin. Es ist eine mechanische Reaktion. Während ich jetzt mit Courtney rummache, muss ich unwillkürlich an *ihn* denken. Ich habe heute nichts von ihm gehört. Er hätte zu tun, hat er gesagt, aber jeder findet doch wohl die Zeit, ein kleines «Hallo» zu schicken? Oder sonst etwas, zum Zeichen, dass er an mich denkt.

Courtneys Mund legt sich auf meinen, und ich öffne brav die Lippen, damit unsere Zungen einander erkunden können. Er versteht was vom Küssen, verglichen mit den meisten anderen Jungen, mit denen ich bisher zusammen war, aber heute Abend fühlt es sich zudringlich an.

Warum hat er nichts von sich hören lassen?

Er reibt sich fest an meinem Oberschenkel. Ich muss es tun. Was bleibt mir sonst übrig – alle erwarten es. Unten werden sie jetzt gerade lachen und tanzen und plappern, im Stillen aber fragen sie sich alle, ob wir es schon gemacht haben. Wird es weh tun? Werde ich danach anders sein?

Ich hatte darüber nachgedacht, irgendwie einen Rückzieher zu machen, aber dann hat diese Frau im Pub meine Tasche vom Tisch gerissen, und meine Sachen sind überall hingeflogen. Die Mädels haben die Kondome gesehen, und Ange hat wieder einen auf Amerikanerin gemacht. Als das Gelächter und die Späße sich wieder gelegt hatten, meinte sie, dass schwarze Jungs keine Kondome benutzen, worauf wir sie als Rassistin bezeichnet haben, aber sie hat steif und fest darauf bestanden, dass es so ist. Lizzie hat zugestimmt und gesagt, das würden nicht nur die Schwarzen so machen, sondern alle Jungs, wenn man es ihnen durchgehen ließe, weshalb sie auch die Pille nähme. Ich habe mit ihnen gelacht, aber Jodie hat wohl gesehen, wie unwohl mir zumute war, denn als wir später zusammen aufs Klo gegangen sind, hat sie mir zugeflüstert, dass man sowieso nur an ein paar Tagen im Monat schwanger werden kann, ich solle mir also keine Sorgen machen.

«Willst du es auch?» Courtney hat mir den BH über die Brüste hochgeschoben, und seine Augen sehen ganz komisch aus, und er klingt außer Atem. *Bedürftig.*

Ich nicke, obwohl es nicht der Wahrheit entspricht: Ich bin mit alldem nicht mehr einverstanden. Er schiebt bereits meinen Rock hoch. Alles wirkt unbeholfen. Nicht so, wie ich es mir ausgemalt hatte.

Was würde er denken, wenn er wüsste, was ich gleich tun werde? Wäre er eifersüchtig?

Das Kondom befindet sich noch in meiner Tasche am anderen Ende des Zimmers. Einen ganzen Kontinent entfernt. Wie soll ich das Thema anschneiden? Ich hätte das schon vorher mit ihm abklären sollen. Seine Jeans sind inzwischen aufgeknöpft und runtergezogen, und er packt meine Hand und führt sie an sein Genital. Er stöhnt auf, als ich ihn berühre, und seine zitternden Hände zerren an meinem Slip herum, aber wir verknäueln uns irgendwie, und unsere Zähne stoßen hart gegeneinander. Ich übernehme die Initiative, und es tritt eine kurze Pause ein, als ich mich aus dem Slip schäle, und während ich dabei bin, sieht er mich eingehend an.

«Du weißt, dass ich dich echt mag, oder?», fragt er. «Mit einem Mädchen wie dir bin ich noch nie zusammen gewesen.»

Das gibt mir ein bisschen Auftrieb, also nutze ich die Gelegenheit, mir noch das Oberteil auszuziehen. Auch wenn er nicht nackt ist. Wenn ich das schon mache, dann nicht, während ich von meinem BH halb erdrosselt werde.

«Du bist wunderschön.»

Diesmal versuche ich voll im Moment zu sein, als er mich küsst, obwohl wunderschön *sein* Wort ist, nicht Courtneys. Courtney sagt normalerweise, ich sei *heiß*, obwohl mir klar ist, dass ich das nicht bin. Nicht wirklich. Ich denke noch einmal an das Kondom, aber jetzt ist es zu spät, davon anzufangen. Er stochert und stößt und stupst, während er sich damit abmüht, ihn reinzubekommen, und da wird mir klar, dass er vielleicht auch noch nicht so viel Erfahrung damit hat.

Und dann machen wir es. Oder vielmehr, Courtney macht es. Ich liege einfach nur da und versuche nicht daran zu denken, wie anders es jetzt mit *ihm* wäre.

8

LISA

«Hey, alle zusammen! Bitte lächeln!» Es ist Emily, die mit leuchtendem Gesicht ein Handy über uns in die Luft hält. Ich wende mich reflexhaft ab, halte mir eilig die Hand vors Gesicht. «Keine Fotos», sage ich.

«Es war doch nur für Facebook.» Emily klingt verletzt. «Damit mein Freund und meine Familie sehen können, wie meine Kollegen aussehen.» Sie ist süß, aber auch sehr jung.

«Ich möchte auch keine Fotos von mir auf deiner Facebook-Seite», sagt Julia. Ihre Stimme klingt schneidend, eine scharfe Klinge, die keine Gefangenen nimmt. Sie hat sich verspätet, ist erst vor wenigen Momenten eingetroffen, und ich frage mich unwillkürlich, ob ihre Gereiztheit darauf zurückzuführen ist, dass sie so erhitzt und derangiert aussieht, nicht so kühl und souverän wie sonst immer. Trotzdem bin ich über ihre Bemerkung angenehm überrascht und sogar froh. Marilyn weiß, wie ungern ich mich fotografieren lasse, aber diesmal bleibt es mir erspart, mich den neuen Kolleginnen gegenüber erklären zu müssen. Vielleicht gibt es ja doch Gemeinsamkeiten zwischen Julia und mir. «Und überhaupt», fährt sie fort, «das ist wohl kaum professionell, Selfies bei einer Firmenzusammenkunft zu machen. Wir sind doch hier nicht in irgendeinem billigen Club.»

«Mehr eine Feier als eine Firmenzusammenkunft», wirft Marilyn ein, die offenbar sieht, wie geknickt Emily ist. Die Ärmste wirkt ganz so, als wäre sie den Tränen nahe. «Aber ganz unrecht haben Sie nicht. Es muss nicht alles im Leben sofort bei Facebook und Instagram landen.»

All das sagt sie nicht zuletzt mir zuliebe. Ich habe kein einziges Social-Media-Account, obwohl Marilyn hoch und heilig schwört, dass man sein Profil komplett auf privat stellen kann. Ich würde der Sache trotzdem nicht über den Weg trauen, und wen hätte ich denn schon als Freund? Nur Marilyn wahrscheinlich, und sie sehe ich ja praktisch täglich. «Oh, verdammt, ich klinge uralt.» Sie stöhnt übertrieben auf. Sie weiß, wie man die Stimmung auflockert. «Komm, Lisa, gehen wir noch mal Wein für uns alle holen, ehe das Geld hinter der Bar ausgeht.»

Wir trennen uns von den anderen, lassen Toby ungestört weiterbalzen, der es offenbar auf Stacey abgesehen hat, und steuern auf die Bar zu. Eigentlich wollte ich heute Abend gar nicht kommen. Sosehr ich mich auch bemüht habe, die Begebenheit abzuschütteln – seit ich auf den Stoffhasen gestoßen bin, ähnelt mein Magen einem Flussbett voller sich ringelnder Aale, und die Vergangenheit klebt an mir wie Öl an Vogelgefieder. Mir bricht von neuem das Herz. Es hat mich meine ganze Beherrschung gekostet, mich nicht rund um die Uhr an Avas Fersen zu heften, um sicherzugehen, dass ihr nichts passiert. Ich habe wirklich hart daran gearbeitet, jetzt, wo sie mehr Freiheiten hat. Es ist anstrengend, sich die ganze Zeit zu verstellen und so zu tun, als ob nichts wäre, und wenn es eine Möglichkeit gegeben hätte, mich vor der Feier zu drücken, hätte ich sie sofort genutzt. Aber das hätte ich mir unmöglich erlauben können. Diese Zusammenkunft von Mitarbeitern und Kunden mit Getränken und Häppchen hält Penny traditionell einmal im Jahr ab, und sie wäre über mein Fehlen alles andere als glücklich gewesen, zumal in Anbetracht der neuen Mitarbeiter, der Eröffnung der Zweigstelle und des neuen Auftrags, den ich an Land gezogen habe.

Was das betrifft, hatte Julia recht. Wir mögen zwar in einem Salsa-Club sein, aber das hier ist kein Mädelsabend. Sondern gehört immer noch zur Arbeit. Als ich neben Marilyn an der Bar lehne, stelle ich überrascht fest, dass ich froh bin, hergekommen zu sein: Es geht mir spürbar besser. Die Musik sprüht vor Lebensfreude, und da ich die Liedtexte nicht verstehe, kann ich auch nicht durch Zeilen über Liebe und Leid in Trauer gestürzt werden.

«Himmel, einen Tequila, den könnte ich jetzt wirklich gebrauchen», sagt Marilyn. Ich lache, bin aber insgeheim überrascht. Marilyn trinkt mehr als ich – was nichts heißen will, das tun alle. Ich weiß, was Alkohol im Übermaß mit Menschen anrichten kann, und nichts davon ist gut. Wenn ich betrunken bin, lässt meine Wachsamkeit nach, und ich muss schließlich auf Ava aufpassen. Trotzdem, Marilyn ist keine Trinkerin im eigentlichen Sinn. Ich kann mich nicht entsinnen, wann sie das letzte Mal Hochprozentiges getrunken hat. Ihre Augen glänzen ein bisschen zu sehr. Wie viele Gläser Wein hat sie schon intus?

«Alles klar bei dir?», frage ich. Sie geht nicht darauf ein.

«Sieh an, sieh an.» Sie blickt über meine Schulter, wo sie etwas entdeckt hat. «Schau mal, wer gerade angekommen ist. Der Herr Millionär höchstpersönlich.»

Ich drehe mich um. Simon Manning steht im Eingang, heute ganz zwanglos in dunklen Jeans und einem T-Shirt mit V-Ausschnitt. Das Weinglas in meiner Hand kommt mir auf einmal zu groß und rutschig vor, es fühlt sich an, als würde die Feier kurz eine Pause einlegen. Dass sich Großkunden bei diesen Zusammenkünften blickenlassen, kommt selten vor. Penny lädt sie zwar immer ein, aber es kommen eigentlich fast nur Mitarbeiter – jetzt aus zwei Zweigstellen – und einige unserer langjährigen Aushilfen. Für die wichtigen Kunden richtet Penny ein eigenes nobles Abendessen aus.

Der Raum ist ziemlich schummrig, und ihm ist anscheinend gar nicht bewusst, dass er einen regelrechten «Auftritt» hinlegt, während er dort steht, von hinten angeleuchtet. Auf der Suche nach bekannten Gesichtern sieht er sich um. Schließlich setzt er sich in Bewegung. Mir stockt der Atem.

«Was für eine Überraschung», stellt Marilyn in gedehntem Tonfall fest. «Er kommt auf uns zu.»

Ich schaue mich um und hoffe, Penny irgendwo zu erblicken, aber sie ist drüben bei den Tischen an der Wand, wo Julia sich mit James aus dem neuen Büro unterhält.

«Lisa.»

Mir bleibt nichts anderes übrig, als mich ihm zuzuwenden. Er steht ganz nah vor mir, kaum einen halben Meter entfernt. Mir flattern die Nerven, und ich werde ganz verlegen, während sein Aftershave und seine Körperwärme die Lücke zwischen uns ausfüllen. Mit Aftershave kenne ich mich nicht so aus, aber er riecht gut. Frisch und nach Citrus, aber nicht zu intensiv. Ich könnte mich dafür ohrfeigen, dass mir das auffällt.

«Hallo, Simon.» Marilyn reicht ihm zur Begrüßung die Hand. Sie rettet mal wieder die Lage für mich, während ich auf ganzer Linie versage. Ich nutze den Moment, mich, so gut es geht, zusammenzureißen. Ich muss aufhören, mich wie ein dummer Teenager aufzuführen. «Willkommen an Bord, wie ich höre.»

Würde es mir doch auch so leichtfallen, mit anderen zu reden. Marilyn ist so selbstsicher. Freundlich, ohne zu weit zu gehen. Ein offenes Buch. Ich kann so nicht sein. Ich glaube nicht, dass ich je so gewesen bin.

«Nun ja, Lisa hat die Firma so gut verkauft, dass ich nicht nein sagen konnte», erwidert er. Beide sehen mich erwartungsvoll an. Ich kann nicht den ganzen Abend stumm bleiben. Wo ist Penny bloß?

«Am Montag schicke ich Ihnen noch einige weitere Daten zu.» Etwas anderes fällt mir nicht ein, und es klingt so nichtssagend, dass sogar ich mich innerlich krümme.

«Wir haben Samstagabend.» Er nimmt das Glas Wein in Empfang, das Marilyn irgendwie herbeigezaubert hat. «Vergessen wir mal die Arbeit. Können Sie Salsa tanzen? Ich bin ein schrecklicher Tänzer, aber gern bereit, es mal zu versuchen, wenn Sie auch Lust haben.»

Meine Füße sind auf einmal wie am Boden festgenagelt. Ein paar Gäste nutzen die Hilfe des Salsa-Experten, der auf der Tanzfläche bereitsteht, aber nur eine Handvoll. Nicht genug jedenfalls, um uns ungesehen unter sie zu mischen, wenn wir uns zu ihnen gesellten. Mein Mund öffnet und schließt sich lautlos, während ich in Panik gerate wie ein Fisch auf dem Trockenen und angestrengt überlege, wie ich am besten ablehne, ohne unhöflich zu klingen. Obwohl ein Teil von mir auch denkt, dass es spaßig sein könnte, richtig ausgelassen zu der Musik zu tanzen, wenn ich jemand anderes wäre. Wenn ich etwa Marilyn wäre, oder Stacey, oder Julia. Aber das bin ich nicht. Ich bin ich, und ich möchte nicht, dass er gern mit mir tanzen würde. Und dennoch, noch während ich das denke, weiß ich, dass das gelogen ist. Ich hasse die Schlange in meinem Bauch, die nach den Lustbarkeiten giert, die das Leben zu bieten hat.

«Simon!» Da ist sie ja, endlich kommt Penny auf uns zugerauscht. Ich könnte vor Erleichterung weinen, als ich einen Schritt zurücktrete, um ihr Platz zu machen. «Wie nett von Ihnen, dass Sie gekommen sind!»

Marilyn sieht ihn lächelnd an und zuckt die Achseln, Schülerinnen in dem Moment, wenn die Lehrerin kommt, ich aber entferne mich bereits auf zittrigen Beinen.

«Hab dir doch gesagt, dass er dich mag», sagt Marilyn, als sie mich einholt.

«Lass gut sein.» Es klingt ruppiger als beabsichtigt, und sie folgt mir nicht, als ich zu dem Tisch hinten im Raum gehe, an dem wir unsere Sachen zurückgelassen haben. Stattdessen steuert sie auf Eleanor zu, die früher an dem Platz uns gegenüber gesessen hat, ehe sie in die neue Zweigstelle gewechselt ist.

Ich sollte sie um Entschuldigung bitten, doch ich lasse es bleiben. Ich will Ava eine SMS schicken. Um mich zu erkundigen, ob bei ihr alles in Ordnung ist. Ich möchte hier hinten bleiben, verborgen im Dunkel. Ich möchte, dass sich die Erde auftut und mich verschlingt. Will mich von Kälte und Feuchtigkeit begraben lassen. Mich zu Daniel und Peter Rabbit ins Erdreich verkriechen.

Ich setze mich, ehe mir die Beine wegknicken können, und atme bewusst tief und langsam. Ich kann Ava nicht ständig mit SMS bombardieren. Ich habe ihr bereits drei geschickt. Ich muss ihr den Freiraum lassen, jung und unbekümmert zu sein. Ich muss. Aber es fällt mir so schwer. Sosehr mich die Angst auch anstrengt und auslaugt, sie weigert sich, mich zu verlassen.

Während ich langsam durchatme, konzentriere ich mich auf die Gegenwart. Marilyn und Eleanor lachen über irgendetwas. Toby hat es geschafft, Stacey auf die Tanzfläche zu schleifen. Sie können beide gut tanzen, aber sie achtet darauf, Abstand von ihm zu halten, und ich merke, wie beinahe so etwas wie mütterlicher Stolz in mir aufkeimt. Sie mag nicht unbedingt die Hellste sein, aber sie legt offenbar keinen Wert darauf, eine weitere seiner Eroberungen zu sein.

Ich beruhige mich etwas, ich weiß, dass ich hier im Dunkeln praktisch unsichtbar bin. Niemand sucht mich. Penny und Simon kann ich von hier aus nicht sehen, aber ich weiß, dass sie ihm für den Rest des Abends nicht von der Seite weichen wird. Ich verdränge die Erinnerung an seine Körperwärme und an das Aftershave, so hartnäckig sie mich auch verfolgen mag.

Rechts von mir fällt mir ein Blinken ins Auge, reflektierendes Metall. Jemand kauert bei den Tischen seitlich an der Wand. Julia? In der Tat. Sie kramt in ihrer Tasche. Ich runzle die Stirn, weil sich mein Gespür dafür meldet, wenn etwas nicht stimmt. Das ist gar nicht ihre Tasche. Die Tasche, in der sie wühlt, gehört Penny. Die Schließe von Dolce & Gabbana blinkt im Schein der Lichter, der von der Tanzfläche herüberdringt, golden auf. Julias Tasche ist viel kleiner, kaum groß genug für ein Portemonnaie, Handy, Schlüssel, einen Lippenstift vielleicht. Kein Vergleich mit einer ebenso teuren wie praktischen Tasche für eine Frau mittleren Alters. Ich weiß nicht mehr, warum ich mir da so sicher bin, aber es ist nun mal so. Ich achte bei einer Person immer auf die Kleinigkeiten. So funktioniert mein Gehirn eben.

Auf jeden Fall Pennys Tasche.

Ich kann nicht erkennen, was Julia da macht, deshalb husche ich an der Wand entlang, bis ich etwas näher bei ihr bin. Sie richtet sich auf und sieht sich um, ohne sich dessen gewahr zu sein, dass sie beobachtet wird, ehe sie sich in Richtung Bar aufmacht, als ob nichts wäre. Ich hefte mich ihr an die Fersen, um sie einzuholen, und als ich nur noch ein, zwei Meter hinter ihr bin, sehe ich den zerknitterten Zwanzig-Pfund-Schein in ihrer Hand. Mein Herz schlägt schneller, wie um mir die Wahrheit einzuhämmern. Geld, das sie aus Pennys Tasche gestohlen hat. Das kann doch nicht sein. Ausgeschlossen. Ich möchte an dem Gespür zweifeln, das ich sowohl für Kleinigkeiten wie auch für Ärger habe. Ich möchte diese Tatsache nicht wissen, die sich jeden Tag bei der Arbeit in mir winden wird wie ein Wurm in einem faulen Apfel. Aber falls das Geld Julia gehört, warum hat sie es dann schon aus ihrer Tasche genommen? Sie hat die kleine Tasche bei sich – mit ihrer Geldbörse darin –, wieso also hält sie einen Zwanzig-Pfund-Schein in der Hand?

Penny und Simon unterhalten sich noch immer an der Bar, und obwohl er ihr zulächelt und auch lacht, wenden sich seine Augen von ihr ab und mir zu, als ich in sein Blickfeld komme. Ich sehe nicht einmal in seine Richtung. Für ihn habe ich jetzt keine Zeit. Ich bin ganz gefesselt von Julia, die sich mit einem selbstsicheren Lächeln an den Barkeeper wendet und eine Flasche Pinot Grigio bestellt.

«Ist für die Dame da drüben.» Sie deutet auf Penny. «Können Sie ihr sagen, dass es ein Dankeschön für die tolle Job-Chance ist? Von Julia? Ich möchte die beiden ungern unterbrechen.»

Ich stelle mich neben sie, und sie merkt, dass ich sie ansehe, bietet mir aber nicht an, mich zu einem Getränk einzuladen. Das könnte sie ohnehin nicht; der Wein, den sie bestellt hat, kostet genau zwanzig Pfund.

«Eine Cola light», murmle ich dem Barmann zu, während Julia sich entfernt und zu Marilyn und Eleanor geht, gleich neben der Tanzfläche, weit genug entfernt, dass Penny sich zu ihr begeben muss, um ihr zu danken, und auch, vielleicht wichtiger noch, am anderen Ende des Raums von der Dolce-&-Gabbana-Tasche, in der sie vor kurzem noch herumgewühlt hat. Ich beobachte, wie sie sich zu den beiden stellt, als wäre sie von ihnen eingeladen worden, und weiß nicht, was ich tun soll. Ich sollte etwas zu Penny sagen. Aber was? Ich *glaube*, Julia hat Ihnen Geld gestohlen, um Ihnen eine Flasche Wein zu spendieren? Es ist dunkel da hinten. So dicht war ich am Geschehen nicht dran. So eine schwerwiegende Anschuldigung sollte man nicht leichtfertig erheben.

Penny verlässt die Bar und eilt zur Tanzfläche, um sich überschwänglich bei Julia zu bedanken, die sehr glaubhaft die Verlegene mimt. Mir jedoch kann sie nichts vormachen. Wenn ihr das Trara peinlich wäre, hätte sie ihr Dankgeschenk nicht derart öffentlich überreichen lassen. Ich weiß, wovon ich rede; ich kann es nicht leiden, wenn um mich irgendwie Theater gemacht wird. Ich hätte überhaupt kein Geschenk gemacht. Ob die anderen denken, ich wäre eifersüchtig auf die Neue, falls ich etwas sage? Julia *leuchtet*. Im Gegensatz zu mir. Womöglich habe ich mich ja getäuscht. Womöglich versteige ich mich hier zu wilden Unterstellungen. Mir ist übel.

Ein Stück rechts von mir deutet Simon Manning ein dezentes Winken an, aber ich werde von Marilyn gerettet, die von Eleanor zu mir geflüchtet ist, um Julia zu entrinnen. «Gott, als ob sie kein Wässerchen trüben könnte», sagt sie. Auch Marilyn lässt sich nicht von ihr blenden.

«Entschuldige, dass ich dich so angepflaumt habe. Wegen Simon.» Ava mag mein Herz sein, aber Marilyn ist mein Fels. Ich sollte ihr schildern, was ich glaube beobachtet zu haben. Oder nein, das klingt, als wäre ich mir nicht sicher. Was ich gesehen habe. Sie würde nicht an meinen Worten zweifeln, und sie könnte mit der Angelegenheit viel besser umgehen als ich. Nach den zwei Gläsern Wein, die ich getrunken habe, fühle ich mich mutiger als sonst. Trotzdem bringe ich es nicht über mich, zu sprechen. Marilyn würde in der Sache umgehend aktiv werden, und dann käme es zu einer Konfrontation, und wer weiß, wo das hinführen könnte? Julia verheißt Scherereien. Das spüre ich.

Zum Glück schaut Marilyn gerade auf das leuchtende Display ihres Handys. «Ich wusste ja gar nicht, wie spät es schon ist», sagt sie. «Richard steht draußen, falls du eine Mitfahrgelegenheit nach Hause möchtest.»

Eine immense Erleichterung überkommt mich. «Ja, gerne. Mir reicht's für heute. Verschwinden wir unauffällig. Hab keine Lust, mich jetzt der Reihe nach zu verabschieden.» Ich gebe mir Mühe, nicht zu eifrig zu klingen, aber ich möchte von hier weg, weg von Simon Manning und Julia und der ganzen lärmenden Atmosphäre.

«Einverstanden», stimmt sie mir zu.

Meine Anspannung lässt erst nach, als ich mich auf dem Rücksitz von Richards Saab angeschnallt habe.

«Schönen Abend gehabt, die Damen?», fragt er.

«Ja, danke», sage ich.

«Es war okay.» Marilyn ist weniger begeistert. «Die Musik war zu laut, und, na ja, Leute von der Arbeit eben.» Sie verdreht die Augen, und er lacht.

«Mit Ausnahme meiner Wenigkeit, will ich mal hoffen», sage ich, und wir lachen zusammen, mehr aus Höflichkeit, wie es sich bei einem so altbackenen Scherz gehört. Ich starre in die Nacht hinaus, als wir losfahren, und blende Richards Fragen aus, während sich die beiden unterhalten. Es ist angenehm, in ihrer Gesellschaft zu sein. Geld. Julia. Penny. Ich mag nicht mehr daran denken.

Als ich wieder zu Hause bin, werde ich allen guten Vorsätzen untreu und schicke Ava eine letzte SMS.

> Ich bin von meiner Feier zurück, aber eure Schlummerparty ist sicher noch in vollem Gange! Grüß die Mädels lieb von mir, und bis morgen dann.
> xx

Schon beim Absenden wird mir bewusst, wie passiv und bedürftig diese Nachricht ist, bei aller aufgesetzten Munterkeit, und ich würde sie am liebsten rückgängig machen. Die anderen Mütter verschicken sicher nicht mal annähernd so viele SMS wie ich. Aber sie sind auch nicht ich. Sie haben nicht mein Leben geführt. Als das Handy gleich darauf ein Piepsen vernehmen lässt, bin ich mir so sicher, dass es Ava ist, die mich per SMS anblafft – *aber zumindest weiß ich dann, dass ihr nichts fehlt* –, dass ich erst mit kurzer Verzögerung registriere, eine unbekannte Nummer vor mir zu haben. Mir wird spontan übel. Der Plüschhase. Eine fremde Nummer. Die Vergangenheit purzelt mir entgegen, und ich zittere, als ich die Nachricht anklicke, um sie zu öffnen.

> Hey, Lisa, ich bin's, Simon. Ich weiß, das ist vollkommen unangebracht, und ich kann immer noch so tun, als ginge es um Arbeit, aber ich hab mir überlegt, ob Sie vielleicht nächste Woche gern mit mir essen gehen würden? Wie dem auch sei, Sie brauchen nicht direkt zu antworten. Lassen Sie es sich in Ruhe durch den Kopf gehen (ehe Sie ja sagen ;-)). Ihnen noch ein schönes Rest-Wochenende. Sx

Meine Gefühle sind von Ängstlichkeit zu Ruhe und dann wieder zu Ängstlichkeit umgeschlagen, ich weiß nicht recht, wie ich das verarbeiten soll. Die Erinnerung an warmen Citrusduft ist mir auf einmal ganz präsent.

Nein. Es geht nicht. Ich kann keinen Mann mehr an mich heranlassen. Es geht nicht.

Ich lösche die SMS und steige im Dunkeln die Treppe hoch.

9

MARILYN

Wir warten noch ab, wie jedes Mal, bis Lisa ihre Haustür aufgeschlossen hat, und winken ihr noch einmal zum Abschied zu, ehe Richard wieder losfährt.

«Entschuldige, dass wir dich haben warten lassen», sage ich. «Ich hab gar nicht auf die Uhrzeit geachtet.»

«So lustig war der Abend?»

«Ha, schön wär's.» Ich sehe ihn an und ziehe ein übertrieben angeödetes Gesicht. «Eine von Pennys Firmenfeiern eben. Du kannst es dir vorstellen. Alle reden nur über die Arbeit, und ich muss so tun, als würde ich mich amüsieren. Ich wäre lieber zu Hause geblieben. War drauf und dran, dich anzurufen, damit du etwas früher kommst, aber ich wollte Lisa nicht unter Druck setzen. Damit sie nicht das Gefühl hatte, auch schon gehen zu müssen.» Ich erkläre es etwas zu ausführlich, auch wenn ich um einen heiteren Tonfall bemüht bin. Richard arbeitet immer schon selbständig. Er versteht die ganze Sache mit der Büropolitik nicht, egal, wie viele Jahre ich diesen Job jetzt schon mache. Er denkt, es wäre den ganzen Tag nur eitel Sonnenschein.

«Hat Lisa nicht bald Geburtstag?», fragt er, den Blick

nach vorn auf die Straße gerichtet. «Sie wird doch vierzig, oder?»

«In ein paar Monaten, glaube ich.»

«Wir sollten was für sie vorbereiten. Eine Party organisieren. Du könntest die Kollegen von der Arbeit einladen. Alle Freunde, die sie sonst noch hat.»

Ich erstarre. Die Leute von der Arbeit zu einem so privaten Anlass einladen? Eine Horrorvision. «Partys sind nicht so ihr Ding.» Draußen zieht die Nacht vorüber. Wo sollten wir diese Feier steigenlassen? In irgendeinem Nobellokal? Um so richtig zu protzen? Von allem anderen abgesehen, übersteigt eine solche Sause schlicht unser Budget.

«Mag schon sein. Aber sie hat sich doch über die Jahre verändert. Ist nicht mehr ganz so scheu und verhuscht wie damals, als sie bei euch angefangen hat.»

Ja, das stimmt. Manchmal ist sie noch präsent, diese nervöse Unruhe, die von ihr abstrahlte wie Elektrizität, aber nur noch ganz vereinzelt. Sie hält sich jetzt viel aufrechter, nicht mehr so krumm, und sie lacht unbefangen. Anfangs habe ich mich mit ihr angefreundet, weil sie mir ein bisschen leidtat, nicht dass ich ihr das je verraten würde, aber dann habe ich die Person kennengelernt, die sich hinter der schüchternen Fassade verbarg, intelligent, mit trockenem Humor und herzensgut, und das hat alles verändert. Nun sind wir beste Freundinnen. Sind füreinander da, immer. Ich habe sie gern, so einfach ist das. Und ihr neues Selbstvertrauen finde ich grandios. Das ist einer der Gründe, warum ich ihr nichts von meinem Geheimnis erzähle. Sie braucht nicht noch mehr Mist in ihrem Leben. Davon hatte sie in ihrer Vergangenheit mehr als genug, denke ich, so oder so. Außerdem, wenn ich es ihr erzählte, müsste ich es mir selbst eingestehen. Das bringe ich nicht fertig.

«Wir haben uns alle verändert», sage ich mit Nachdruck. Er wendet mir das Gesicht zu, sieht mich fragend an. «Es sind ja schon zehn Jahre. Meine Oberschenkel haben sich in der Zeit auf jeden Fall verändert.»

«Deine Oberschenkel sind hinreißend.» Er richtet sein Augenmerk wieder nach vorn. «Aber sie wird nur einmal vierzig, und sie hat doch sonst niemanden, der etwas für sie auf die Beine stellt. Ava fällt ja wohl aus. Sie kann ihren vierzigsten Geburtstag doch nicht selbst ausrichten, und wir sind ihre besten Freunde.»

Der Gedanke hat was. Manchmal ist Richard so fürsorglich. Die Worte sprudeln mir unbedacht heraus, der Wein hat mir die Zunge gelöst. «Bis dahin könnte sie einen Freund haben, mit dem sie feiern kann.»

«Ach?» Jetzt sieht er mich richtig an – vor uns auf der Straße ist niemand unterwegs. «Na komm. Das interessiert mich.» Er lächelt, ich sehe seine Zähne im Dunkeln leuchten.

Jetzt bereue ich meine Worte. Hätte ich doch bloß den Mund gehalten. Das geht ihn nichts an. Das geht mich nichts an. Lisa würde mich dafür hassen, dass ich darüber rede. «Ach, es ist weiter nichts. Bloß jemand von der Arbeit.»

«Ein neuer heißer Typ bei euch? Davon hast du ja gar nichts erzählt.»

Der Autositz fühlt sich unangenehm warm an. «Es ist kein Kollege. Es ist ein Kunde von ihr. Inhaber einer Hotelkette oder so was.» Ich gebe mich desinteressiert, vielleicht *zu* desinteressiert. Es ist nicht leicht, den richtigen Ton zu treffen. «Er macht demnächst ein neues Hotel in der Stadt auf.»

«Ein heißer neuer Freund für Lisa? Klingt großartig. Sie ist schon viel zu lange allein. Wird auch Zeit, dass sie sich endlich was anlacht.»

«Schön ist er nicht direkt.» Draußen huschen Häuser vorüber, manche noch erleuchtet, und ich frage mich, wie wohl das Leben der Bewohner aussieht. Was für Wahrheiten sie hinter diesen Mauern verbergen. Was für Privatleben. «Aber sie sind sich offenbar sympathisch.»

Sympathisch sind sie sich, das steht fest, sosehr Lisa heute Abend auch gemauert hat. Das war nur aus Nervosität und Verlegenheit, weil sie nicht weiß, wie sie damit umgehen soll. Ich würde ihr so gern den Rat geben, sich zu entspannen. Sie hat etwas Glück verdient. Oder wenigstens ein bisschen Spaß. Es ist so schön, sie bei dem behutsamen Tanz umeinander zu beobachten, der einer sich anbahnenden Beziehung vorausgeht. Die hochroten Wangen, mit denen sie immer aus ihren Meetings kommt, den endlosen Meetings, von denen kein Kunde so viele benötigen kann, das Lächeln, das sie danach jedes Mal zur Schau trägt. Ich freue mich für sie. Simon hat das Potenzial für ein *Und sie lebten glücklich miteinander bis ans Ende ihrer Tage*.

«Vielleicht sollten wir mal mit ihnen essen gehen», sagt Richard, als er in die Auffahrt einbiegt. «Könnte ja sein, dass für mich ein Auftrag dabei herausspringt.»

«Das wäre nett», sage ich. Ich habe nicht die Absicht, ein Abendessen zu viert zu arrangieren. Die beiden hatten ja bisher noch nicht mal ein Date, und Richard würde pausenlos seine Dienste anpreisen, das weiß ich jetzt schon. Simon würde ihm dann entweder aus Mitleid eine Arbeit anbieten, oder er müsste Richards Andeutungen geflissentlich übergehen. Beides eher schreckliche Szenarien.

«Warten wir doch mal ab, bis die beiden ihre erste Verabredung hinter sich haben, in Ordnung?»

«In Ordnung. Es ist lieb, wie du dich um sie sorgst.» Er drückt mir einen Kuss auf die Stirn, ehe er die Haustür aufschließt.

Ich lasse Richard den Vortritt und atme noch einmal in der klaren, sauberen Nachtluft durch, ehe ich ihm folge. So oft schon war ich versucht, Lisa zu erzählen, was los ist, und ich bin froh, dass ich es bisher nicht getan habe. Was sie braucht, ist Hoffnung. In ihrer Vergangenheit ist ihr irgendetwas Schlimmes widerfahren, so viel ist klar, auch wenn sie sofort dichtmacht, wenn ich sie darauf anspreche. Ich kann sie nicht mit meinen Problemen belasten. Und vielleicht wird es ja wieder besser. Vielleicht wird es wieder so, wie es am Anfang war. Wir alle brauchen Hoffnung, ich eingeschlossen.

Richard lässt das Thema auf sich beruhen, bis wir uns bettfertig machen. Ich bin gerade dabei, mich abzuschminken, auf einmal hundemüde, als mir auffällt, wie er mich oder besser gesagt mein Spiegelbild ansieht.

«Was ist?», frage ich, mit einem Klecks Cold Cream auf den Wangen.

«Wie hast du das gemeint vorhin, als du gesagt hast, er sei nicht unbedingt schön?»

Und so fängt es an.

10

AVA

Ich bin froh, dass Courtney nicht über Nacht geblieben ist. Ich wollte ihn einfach nur aus mir rauswaschen. Er ist nicht derjenige, an den ich die ganze Zeit denke. Das Erste, was ich *danach* gemacht habe, war, mein Handy auf eine Facebook-Nachricht zu checken, aber es war nichts gekommen. Ich hätte heulen können.

Als wir nach unten kamen, waren alle betrunken, und Ange knutschte mit Darryl in der Küche rum, aber zehn Minuten später oder so hat Jodie zu den Jungs gesagt, sie müssten jetzt gehen. Es fühlte sich richtig klinisch an. *Wofür ihr hergekommen seid, ist erledigt, nun verpisst euch.* Ich hab keine Einwände erhoben. Es war mir recht, als sie abgehauen sind, obwohl hinterher das Verhör kam, weil die Mädels natürlich alles wissen wollten. *Hat's weh getan, so ein Stechen? Bei mir hat's beim ersten Mal gestochen. Hat er ihn halbwegs reinbekommen? O mein Gott, wie groß? Wie war er hinterher?* Ich gab mir alle Mühe, weiter ganz aufgeregt zu sein, aber ich hab mich traurig und leer gefühlt. So hätte mein erstes Mal nicht laufen sollen. So nichtssagend. Es ist nicht mal Blut auf dem Bett gewesen.

Heute Morgen kommt mir das alles vor wie etwas, das ich vielleicht geträumt habe, aber der leise, dumpfe Schmerz zwischen meinen Beinen erinnert mich daran, dass es tatsächlich passiert ist. Kann ich jetzt mit ihm Schluss machen? Nein. Ich würde wie die letzte Schlampe wirken, und er würde sich aufregen. Wer weiß, was er tun würde, was er sagen oder tweeten würde. Mich fett und hässlich nennen und all so was. Ich erinnere mich noch gut an den Snapchat-Mist, der Meg in der Zehnten passiert ist, als sie Christian mal Bilder von ihren Titten geschickt hat. So eine Eselei zumindest ist mir mit Courtney nicht unterlaufen. Wie dem auch sei, ich mag ihn ja. Ich möchte nicht seine Gefühle verletzen. Was für ein Durcheinander.

Ich lehne mich an den Türrahmen, während ich an der Zigarette paffe. Wir rauchen nicht viel oder oft – es ist schädlich für unser Lungenvolumen –, aber manchmal eben doch. Und jetzt ist so eine Gelegenheit. Jodies Mutter, Amelia, raucht anscheinend hin und wieder, und Jodie hat die Packung gestern Abend gefunden. Lizzie hat darauf bestanden, dass wir alle eine rauchen, zur Feier des Endes der Jungfräulichkeit und dass nun ein weiteres Mädel nachts vor Vampiren sicher ist. Eigenartige Bowle, und dann noch eine Zigarette. Was für eine Art, zu feiern. Ich habe mich die meiste Zeit auf die Toilette verzogen – *ich glaube, er hat mir mit seinem Riesenschwanz die Blase durchlöchert* –, um meine Nachrichten zu checken, und bin jedes Mal mit einem falschen Grinsen wieder rausgekommen, um meine Enttäuschung über meinen leeren Posteingang zu überspielen.

Der Tabak schmeckt scheußlich, jetzt, wo ich nüchtern bin, und ich inhaliere den Rauch nicht. Nur Jodie und Lizzie inhalieren. Ob er wohl raucht? Ich habe ihn noch nicht gefragt. Im Geist füge ich es der Liste von Dingen hinzu, die ich über ihn wissen möchte. Falls er sich je wieder bei mir meldet. Ob er gestern Nacht Sex hatte? Hat er dabei an mich gedacht?

«Ich werde noch mal duschen müssen, ehe ich gehe», sage ich, während ein Windzug mir meinen Rauch entgegenweht. «Meine Mum flippt aus, wenn ich nach Rauch miefe.»

«Sag ihr einfach, meine Mum wäre hier gewesen und hätte geraucht.»

«Das ist den Stress nicht wert. Du weißt doch, wie sie ist. Sie vergisst manchmal, dass ich kein Kind mehr bin.»

Die anderen sind schon gegangen. Ange musste nach Hause zum Mittagessen mit ihrer Familie, und Lizzie ist vor einer halben Stunde von ihrer Mutter abgeholt worden. Sie könnten mich mitnehmen und zu Hause absetzen, hat sie mir angeboten, aber ich kann meiner Mutter noch nicht unter die Augen treten. Sie wird reden wollen, mich ausfragen, wie mein Abend war, und ich werde mir was einfallen lassen müssen, um sie zu beschwichtigen, oder einfach nach oben in mein Zimmer stürmen und mich unter der Bettdecke verkriechen, was ich, ehrlich gesagt, am liebsten täte. Ich bekomme schlechte Laune wegen ihr, und das verletzt dann ihre Gefühle. Wie auch immer, es ist noch nicht mal halb elf. Wenn Angela nicht hätte aufstehen müssen, würden wir jetzt alle noch im Bett liegen.

«Hat sie je geraucht?», fragt Jodie.

«Nein. Sie trinkt auch nicht viel. In meinem Alter war sie vermutlich eine totale Verliererin.» Es lässt mich cooler klingen, obwohl es sich wie Verrat anfühlt. Ich bin die graue Maus in unserer Clique, die Durchschnittlichste von uns. Vielleicht stört mich genau das. Vielleicht sind wir uns zu ähnlich, ich und Mum. Beide langweilig und mittelmäßig.

«Wenigstens ist sie für dich da.» Jodie sieht mich nicht

an, sondern blickt starr geradeaus in den Garten, ehe sie ihre Kippe wegwirft. Sie ermuntert mich mit einem Nicken, es ihr gleichzutun. «Die entsorge ich später.»

Sie bereitet uns beiden einen Milchkaffee, und dann gehen wir mit den großen Tassen ins Wohnzimmer und fläzen uns in die Polstermöbel. Ihr Zuhause ist wie ein Musterhaus – wunderschön, aber unpersönlich. Es überrascht mich jedes Mal wieder.

«Ich hab keine Ahnung, warum wir hier eingezogen sind», sagt Jodie, während sie es sich mit untergeschlagenen Beinen im Sessel bequem macht. «So übel war unser altes Haus gar nicht, aber jetzt ist sie ständig in Paris. Sie kommt einmal im Monat her und bleibt eine Nacht, wenn ich Glück habe, und das bestimmt auch nur, um nachzusehen, ob ich auch nichts kaputt gemacht habe. Das mit dem Hauskauf hätte sie sich eigentlich sparen können.»

Klingt ja himmlisch, denke ich. Jodies Gesichtsausdruck aber gibt mir zu denken; vielleicht ist es doch nicht so toll, wie ich es mir vorstelle.

Jodie zuckt die Achseln. «Weißt du, dass ich ihren neuen Typen noch nie kennengelernt habe?» Sie schweigt kurz. «Früher war sie wenigstens an den Wochenenden zu Hause, aber das spart sie sich inzwischen. Muss anscheinend in Frankreich bleiben, um ihn zu sehen. Dass sie den Wunsch hätte, mich zu sehen – da sei Gott vor! Nicht, dass ich mir wirklich wünschen würde, dass sie hier ist, aber ich fänd's einfach schön, wenn sie den Wunsch hätte, hier zu sein. Wenn du verstehst, was ich meine.»

So offen redet Jodie nur mit mir. Wir haben uns von den anderen ein bisschen abgespalten. Sie ist älter, und in der letzten Zeit fühle ich mich auch älter. Seinetwegen.

«Aber andererseits war sie immer schon etwas komisch»,

fährt sie fort. «Als wäre ich gar nicht richtig da. Keine echte Person. Mehr ein Haustier vielleicht. Sie sorgt dafür, dass ich alles habe, was ich brauche, aber das war's auch schon. Ich kann nicht behaupten, dass ich sehr viel über sie weiß. Sie hat mich bekommen, als sie ganz jung war, habe ich dir das mal erzählt? Ich hab die ersten Jahre gar nicht bei ihr gelebt. Bis ich etwa acht war. Sie hat ein paar Leute dafür bezahlt, sich um mich zu kümmern, wie verkehrt ist das denn? Sie war in der Zeit auf Reisen oder hat gearbeitet, oder beides.»

«Wie oft siehst du deinen Dad?» Ihr Vater ist nicht Teil ihres Lebens, mehr weiß ich nicht. Schwimmen, Klamotten, Musik, Sex, Tratsch, Alkohol, das sind die Themen, über die wir vier, die Fabelhaften Vier, uns meist unterhalten.

«Ich sehe ihn überhaupt nicht», sagt sie. «Er ist nach meiner Geburt auf und davon. Meine Mum hat mir mal ein Foto gezeigt, damit ich sehe, wie er aussah. Aber ich bin mir nicht mal sicher, ob er das wirklich war.»

Wir haben uns über die Wochen immer enger angefreundet, aber jetzt fühle ich mit einem Mal eine wirkliche Verbundenheit mit ihr. Als würde es nun eine Grundlage geben. Das ist etwas, woran die anderen nicht teilhaben können.

«Mir ist es egal, wer mein Vater ist», sage ich. «Ehrlich. Total egal.» Ich lege eine kurze Pause ein. «An der Schule hat mal jemand gesagt, ist schon etwas her, dass mein Vater vielleicht ein Vergewaltiger war. Dass er meine Mutter vergewaltigt hat und sie mich nicht abgetrieben hat, weißt du? Und dass sie deswegen auch nie einen Freund oder so was gehabt hat.»

«Wow.» Sie sieht mich mit aufgerissenen Augen an. «Das ist aber mal 'ne harte Nummer.»

«Ja. Ich meine, ich glaube nicht dran, aber es war das einzige Mal, dass ich mich für ihn interessiert habe. Alles Weitere, na ja. Ein Gespenst kann einem schlecht fehlen. Ich hab nicht mal ein Foto von ihm.»

«Hast du deiner Mum davon erzählt? Von dieser Theorie mit dem Vergewaltiger?»

«Ja. Sie war entsetzt. Hat ein Riesentheater gemacht, um mich zu beruhigen.» Ich lache. «Wie kaputt ist es bitte schön, wenn dir die eigene Mutter versichert, dass dein Vater bloß ein Typ war, den sie hinter einem Pub gevögelt hat, als sie ein Glas zu viel intus hatte?»

Ich sehe ihren Gesichtsausdruck.

«Ich hab übertrieben. Es war nicht hinter einem Pub, aber sie sagt, dass es ein One-Night-Stand war, nach einem feuchtfröhlichen Abend.»

«Da kann sie dir zumindest keine Vorwürfe machen, wenn es um Sex geht.»

Ich lache erneut, aber dabei muss ich an letzte Nacht denken. Meinen ersten Sex. Der einzige Sex, den ich bisher gehabt habe. Beschissener Sex. One-Night-Stands zu haben, kann ich mir irgendwie nicht vorstellen. «Von Courtney habe ich ihr noch nichts erzählt.»

«Seid ihr beide jetzt richtig zusammen?»

Ich senke den Blick auf meinen Kaffee, der langsam kalt wird. «Er möchte schon. Ich bin mir nicht so sicher.»

«Ich dachte, du wärst verrückt nach ihm. Liegt's am Sex? Das erste Mal ist nie so toll, also beurteile ihn nicht danach. Es sei denn, es lag an dir.»

Ich werfe halbherzig mit einem Kissen nach ihr. «Klappe, ja. Daran liegt's nicht. Es ist kompliziert.»

«Ein anderer?»

Sie richtet sich etwas auf und sieht mich neugierig an, und da merke ich, dass ich besser gelogen und gesagt hätte, dass alles bestens ist. Ich muss das Thema irgendwie abwürgen.

«Schon möglich.» Alles, was ich sage, macht es potenziell noch schlimmer. Hätte ich doch bloß den Mund gehalten. Falls Jodie Ange erzählt, dass ich mich für einen anderen interessiere, wird sie davon ausgehen, dass es jemand von der Schule ist, und mir pausenlos nachschnüffeln, um herauszufinden, wer. Ich werde mir jemanden ausdenken müssen. Wahllos irgendeinen Jungen herauspicken. Mir fällt kein einziger aus der Dreizehnten ein, den ich nett finde. «Aber es ist nur eine Schwärmerei.» Ich spüre, wie ich vor Beunruhigung knallrot anlaufe. «Nichts, woraus irgendwas werden könnte.»

«Keine Sorge. Ange erfährt nichts von mir.» Es ist, als hätte Jodie meine Gedanken gelesen. «Ich hab sie echt gern, aber sie hat schon eine große Klappe, und ich würde auch nicht wollen, dass sie meine Geheimnisse kennt. Wenn ich welche hätte.»

«Die anderen auch nicht?», frage ich. «Ich möchte nicht, dass es zu Gerede kommt. Ich und Courtney, wir klären das schon, ganz sicher.»

«Großes Ehrenwort», sagt sie. «Dein Geheimnis ist bei mir gut aufgehoben. Aber wenn sich irgendwas tut, musst du es mir als Erste erzählen. Abgemacht?»

«Abgemacht.»

Kurz verspüre ich den Impuls, ihr alles zu beichten. Ihr zu erzählen, warum ich Courtney nicht mehr ganz so heiß finde. Die Freundschaftsanfrage. Die Nachrichten. Alles über *ihn*. Da aber springt sie plötzlich auf und sagt, ich solle die Dusche im Gästezimmer benutzen, sie würde bei sich im Bad duschen, und dann sollten wir los.

«Mist.» Jodie hat vor unserem Haus haltgemacht, und ich krame hektisch in meiner Tasche. «Ich hab meine Schlüssel verloren.»

«Schau mal auf dem Boden nach.» Sie beugt sich zu mir herüber. «Ich finde Sachen immer da unten wieder.»

Ich taste unter dem Sitz herum, werde aber nicht fündig. Mein Haustürschlüssel sowie die Schlüssel für den Schwimmbad- und den Schulspind, alle an einem Schlüsselring mit roten Mick-Jagger-Lippen als Anhänger. Futsch.

«Nein. Verflucht. Wo können sie bloß abgeblieben sein?»

Jodie tastet auch noch mal unter meinem und ihrem Sitz herum, ebenfalls vergeblich. Da geht mir ein Licht auf. «Die dusselige Kuh im Pub, die meine Tasche vom Tisch gerissen hat.»

«Was ist mit der?»

«Ich kann mich nicht erinnern, meine Schlüssel vom Boden aufgehoben zu haben.»

«Musst du aber doch.» Sie nimmt sich meine Tasche vor, als hätte ich irgendwas übersehen. «Sie hat ja dabei geholfen, die Sachen aufzuheben. Vielleicht hat sie sie in eine Seitentasche gesteckt?»

Ich lasse sie machen, obwohl ich schon alles abgesucht habe.

«Deine Mutter ist doch zu Hause, oder?», fragt sie.

«Ja, aber ich nehme lieber den Ersatzschlüssel, aus dem Versteck an der Seite. Sonst will sie gleich die Schlösser auswechseln lassen, wenn sie meint, dass ich meinen Schlüssel verloren habe, obwohl ja keine Adresse und nichts draufsteht. Du weißt ja, wie sie ist.»

«Deine Mum brauchst du mir nicht zu erklären. Vergiss nicht, wir sind doch der Club der komischen Mütter.»

Ich grinse und würde ihr gern tausend Sachen sagen. Aus Sorge, mich dabei lahm anzuhören, sage ich stattdessen nur: «Wir hören uns, Schwester», und steige aus. «Bis Montag beim Training. Aber schick mir eine SMS, Bitch.»

«Viel Spaß beim Büffeln!», ruft sie mir noch zu, und ich stöhne. Drei Prüfungen diese Woche, die mich alle, offen gesagt, einen Dreck scheren.

Sie hupt noch einmal, als sie losfährt, und ich laufe runter zum Seitentor, hebe den losen Backstein oben auf der Mauer hoch und löse den Schlüssel ab, der mit Klebeband an der Unterseite befestigt ist. Mum dürfte das Auto gehört haben, so viel ist klar. Sie wird mich schon erwarten.

11

LISA

Es geht ein heftiger Sommerregen nieder, aber es ist so schön, Ava mal wieder zur Schule zu fahren. Das habe ich früher immer gemacht, bis es cooler wurde, den Bus zu nehmen. Es ist wundervoll, dass meine Tochter so unabhängig und selbständig ist, doch es freut mich jedes Mal, wenn ich sie kutschieren darf, obwohl ich dann einen Umweg zur Arbeit in Kauf nehmen muss, und das im morgendlichen Stoßverkehr.

Schwimmtraining hat sie heute Morgen nicht – das ist auch besser so, denn Ava hat heute zwei Prüfungen –, und bei diesem Wetter ist eine Fahrt mit Mum eindeutig angenehmer, als auf den Bus zu warten. Bei aller Sportlichkeit hat Ava immer schon eine Abneigung gegen schlechtes Wetter. Sie friert zu leicht, und heutzutage kommt noch die Sorge hinzu, wie sich der Regen auf ihr Aussehen auswirken könnte. Sie zaubern mir ein kleines Lächeln aufs Gesicht, diese Besorgnisse ihrer Jugend. Dass sie derlei Nebensächlichkeiten so wichtig nimmt, scheint mir ein Beleg dafür, dass sie ein relativ sorgenfreies Leben führt. Und das habe ich ihr ermöglicht. Ich will nicht prahlen, aber ich denke schon, dass ich auf meine Art eine gute Mutter bin.

Im Radio läuft das übliche Programm, ein Lokalsender, der vor allem Musik aus den Achtzigern und Neunzigern spielt, aber Ava beklagt sich nicht. Sie ist ganz in ihr Handy vertieft, tippt SMS oder was auch immer heute angesagt ist, wenn Jugendliche miteinander kommunizieren.

«Alles okay bei dir?», frage ich, während ihre Finger über die Tastatur flitzen, und zwar betont beiläufig. Es ist nicht ungefährlich, heutzutage Interesse an Avas Leben zu bekunden. Wenn sie schlecht drauf ist, und das kommt in letzter Zeit häufiger vor, kann sie mir förmlich den Kopf abreißen. Nicht weiter ungewöhnlich, ich weiß. Ich habe genug TV-Reportagen über bockige, aufsässige Kinder gesehen, um mir darüber im Klaren zu sein, dass ich bis vor kurzem einen ganz guten Lauf hatte. Aber es tut trotzdem weh, wenn sie so aufbraust.

«Ja. Bloß etwas aufgeregt und alles.» Sie blickt auf und sieht mich an. «Ist es okay, wenn die Mädels nach meiner Nachmittagsprüfung noch mit zu mir kommen?»

Ich bin drauf und dran, nein zu sagen, weil ihr noch eine ganze Woche mit Prüfungen bevorsteht, aber nach zwei Klausuren heute kann sie etwas Entspannung vermutlich gut gebrauchen. Ich habe mir ihren Prüfungsplan angesehen, und sie hat morgen nur Gruppensitzungen, in denen Stoff repetiert wird, ein paar Stunden mit ihren Freundinnen dürften also nicht schaden. Und wenn sie bei uns zu Hause sind – ich hasse mich für diesen Gedanken –, weiß ich obendrein, wo Ava ist.

«Klar, warum nicht. Haben die heute auch Prüfungen?»

«Lizzie wird, glaube ich, in Erdkunde geprüft. Ange schreibt am Nachmittag mit mir zusammen die Geschichtsklausur, wird aber heute Morgen nicht in Bio geprüft. Jodie ist so weit fertig. Ihr Semester ist so gut wie zu Ende.»

Ihr Handy verstummt, und sie wendet sich zur Seite und blickt aus ihrem regenüberströmten Fenster, hinaus auf die Autoscheinwerfer, die durch den diesigen Morgen flackern. «Ihre Mutter ist wieder in Paris», sagt sie. «Hat dort wohl auch einen neuen Freund. Früher dachte ich immer, es wäre cool, dass ihre Mum so viel weg ist, aber ich glaube, es nervt Jodie ganz schön. Muss sich komisch anfühlen, in dem großen Haus die ganze Zeit allein zu sein und für ihre Mum darauf aufzupassen, statt mit den anderen Studis im Wohnheim Party zu machen.»

Ich kenne Jodies Mutter nicht. Angelas Mutter bin ich einige Male bei Elternabenden begegnet, und Lizzies Mutter habe ich, glaube ich, mal bei einer Schwimmveranstaltung gesehen, von weitem. Jodie ist etwas älter als die anderen, und ihre Mutter hat offenbar ihr eigenes, vielbeschäftigtes Leben. Unsere Mädchen sind schon zu groß, als dass wir uns über sie hätten anfreunden können, aber ein wenig wissen wir alle voneinander. Was sie wohl über mich wissen mögen … *Überbesorgt. Geht nicht viel aus. Kein Freund.*

«Sie hat nicht mal bei ihr gelebt, bis sie ungefähr acht war. Nicht so richtig jedenfalls. Wie seltsam ist das bitte schön? Sie ist immer auf Achse und arbeitet. Es kommt regelmäßig eine Putzfrau vorbei, und der Kühlschrank und die Gefriertruhe sind immer voll mit Fertiggerichten, aber es muss mit der Zeit langweilig sein, immer nur von Nobelpizza und Mikrowellenmenüs zu leben.»

Avas Tonfall ist beiläufig, aber mir kann sie nichts vormachen. Ein wohliges Kribbeln durchströmt meine Adern. Das ist beinahe ein Kompliment. Auch wenn sie es eher durch die Blume ausdrückt – vielleicht erkennt meine Tochter ja, dass es gar nicht so schlecht ist, eine Mutter zu haben, die für einen da ist. Ich sage nichts, tippe aber beschwingt mit den

Fingern auf dem Lenkrad herum, im Takt von Salt-n-Pepa's «Push It», das gerade im Radio läuft, während sie sich wieder ihren Kurznachrichten widmet.

Die Scheibenwischer gleiten hin und her durch den Regen, und im Zusammenspiel mit dem Song hat ihr Rhythmus fast etwas Tröstliches. Angeblich bleibt das Wetter nur noch einige Tage so schrecklich, danach stehen uns dem Vernehmen nach herrlich sonnige Sommertage bevor. Perfekt abgestimmt auf das Ende von Avas Prüfungen. Vielleicht sollte ich vorschlagen, dass wir übers Wochenende irgendwohin fahren, wenn sie alles hinter sich hat. Nur wir beide, wie früher immer. Nach Paris vielleicht.

«Und nun erfüllen wir einen Hörerwunsch!» Ich weiß nicht, wer dieser Sprecher ist, aber er hat nicht ganz den typischen Tonfall drauf, den man sonst von Moderatoren auf allen Sendern hört. Dieses gewisse Locker-Flockige. «Das haben wir länger nicht getan, aber dieser hier hat mir gefallen. Der Anrufer wollte anscheinend anonym bleiben – schüchtern offenbar –»

«Oder verheiratet, Steve.» Der freche Co-Moderator. Er darf in keinem Programm fehlen.

«Oh, sei nicht so zynisch, Bob. Ich bleibe lieber bei schüchtern. Wie dem auch sei, der Anrufer wollte nicht nur selbst ein Geheimnis bleiben, er wollte auch nicht den Namen der Person nennen, der er das Lied widmen möchte! Die Person würde schon Bescheid wissen, hat er gesagt. Es wäre ihr gemeinsames Lied. Und an so ein Lied erinnerten sich zwei Menschen ihr Leben lang.»

Wir kommen zum Kreisverkehr, und ich setze den Blinker und schaue nach rechts, um eine Gelegenheit abzupassen, mich in den Verkehr einzufädeln.

«Da wir also keine Namen haben, spiele ich diesen Song

für alle unsere Hörer da draußen. Falls Sie im Regen im Verkehr feststecken, dieser Song ist nur für Sie.»

Ich rolle mit dem übrigen Verkehr vorwärts, über den schmalzigen Tonfall des Sprechers schmunzelnd, und strecke die Hand zum Radio aus, um es lauter zu stellen.

«Es ist ein Klassiker von 1988. Frankie Vein mit ‹Drive Away, Baby›.»

Meine Hand erstarrt förmlich in der Luft, und ich schaue bestürzt das Radio an, als der so wohlvertraute Song, den ich seit Jahren nicht mehr gehört habe, anfängt. Übelkeit steigt in mir auf.

Leave with me baby, let's go tonight,
You and me together, stealing into the night.
Is that a deal, is that a deal? We can make it all right.
Drive away with me, drive away, baby, let's take flight.

Die Worte sind wie ein Angriff auf mich.

Mich persönlich. Das Lied ist für mich bestimmt. Es war unser Lied.

Ein anonymer Anrufer. Der Plüschhase. Das eigenartige Gefühl, dass etwas nicht ganz stimmt, dass mich jemand beobachtet, und hier ist nun das Lied, *unser Lied*, von einem namenlosen Menschen gewünscht. Mir ist zumute, als könnte mir vor blankem Horror das Herz in der Brust zerspringen. Frankie Veins heisere Stimme erfüllt den Wagen, erfüllt meinen Kopf, und die Jahre schmelzen dahin. Jede Textzeile ist wie ein Messerstich in mein Gehirn.

«Mum, verdammte Scheiße!»

Ich schrecke jäh zusammen, während Ava sich krampfhaft am Armaturenbrett abstützt, und von draußen, einem fernen und verschwommenen Ort, der anderen Menschen jenseits meiner Panik gehört, dringt das Quietschen von Bremsen und gellendes Hupen herein. Der Wagen säuft ab, als ich zu abrupt bremse, meine Füße rutschen von den Pedalen, und mein Atem geht kurz und stoßweise, während ich mühsam ins Hier und Jetzt zurückkehre.

Ava sieht mich mit aufgerissenen Augen an. «Was machst du denn?»

Ich stehe auf halber Höhe im Kreisverkehr, und in meiner Benommenheit nehme ich nichts wahr außer der Wut und dem unbändigen Hass, die mir aus den verzerrten Gesichtern anderer Fahrer entgegenschlagen, während sie an mir vorbeifahren.

«Hast du denn nicht aufgepasst?», schnauzt Ava mich an.

«Ich ... ich hab nicht ... ich dachte, es wäre frei.»

Frankie Vein singt noch immer und beschert mir ein Pochen in den Schläfen. Ich würde das Radio am liebsten ausschalten, möchte aber nicht, dass Ava sieht, wie sehr meine Hände zittern.

«Hätte ich doch bloß den Scheiß-Bus genommen», brummt sie vor sich hin. Da ist sie wieder, meine launische Teenie-Tochter. Ihre Verachtung holt mich in die Realität zurück, und ich zwinge mich, den Motor neu zu starten und weiterzufahren, wobei ich diesmal die Ausfahrten sorgsam im Auge behalte, heilfroh darüber, dass es jetzt nicht mehr weit zur Schule ist. Dann endlich verklingt das Lied.

«Toller Song», stellt Steves körperlose Stimme fest. «Was ist eigentlich aus Frankie Vein geworden?», fragt er. «Wo ist sie heute?»

Ich kann das Radio nicht schnell genug abschalten. *Wo ist sie heute?* Bei der Frage schießt mir heiß das Blut ins Gesicht, und ich drücke mich tief in den Sitz, als könnte ich mich irgendwie im Gewebe verbergen.

«Viel Glück», sage ich mit belegter Stimme, als Ava gleich darauf aussteigt. Sie dreht sich noch einmal nach mir um. Ich rechne mit weiteren Vorwürfen, aber stattdessen sieht sie eher besorgt aus.

«Fahr jetzt vorsichtig, okay?»

Ich setze ein mattes Lächeln auf und nicke. Meine Tochter macht sich Sorgen um mich. Oder ist sie eher ängstlich? Habe ich ihr Angst eingejagt? Natürlich, was sonst. Ich hätte fast einen Unfall gebaut. Bei all meinen heimlichen Befürchtungen hätte ausgerechnet ich ihr am Ende Schaden zufügen können. Als sie die Tür geschlossen hat, fahre ich eilig los und muss aufpassen, dass ich nicht über die Verkehrsschwellen brettere. Ich biege um eine Ecke ab und fahre weiter, bis ich auf jeden Fall vor den neugierigen Blicken anderer Eltern sicher bin, ehe ich am Straßenrand anhalte. Ich lehne mich aus der Tür und muss heftig würgen, während ich vom Regen durchnässt werde. Das Erbrochene ist heiß und brennt mir scharf in der Brust, während ich mein Frühstück mitsamt Kaffee und Magensäure von mir gebe. Ich warte, bis ich mich vollkommen entleert fühle, ehe ich mich auf den Sitz zurücksinken lasse.

Ich zittere am ganzen Leib, alles tut mir weh. Ich habe meinen Mageninhalt von mir gegeben, aber es ist eine trügerische Leere. Meine Angst kann ich durch Erbrechen nicht loswerden. Meine grässliche Furcht wird mich niemals verlassen. Und auch nicht der Kummer, den ich in mir verberge wie ein kostbares Juwel, ein harter Diamant, der aus der schwarzen Kohle meines ausgebrannten Herzens entstanden ist.

Der Stoffhase.

Das Lied.

Das Gefühl, das ich seit einiger Zeit habe, dass etwas nicht ganz in Ordnung ist.

Wie viel davon kann Zufall sein? Bloßes, wahlloses Zusammentreffen? Nichts davon? Alles? Verliere ich den Verstand?

Ich starre aus dem Fenster auf die normale Alltagswelt und frage mich, wie sehr meine Schminke wohl verlaufen sein mag. Ich muss bei der Arbeit präsentabel aussehen. Ich trage eine Jacke, meine Bluse ist also relativ trocken geblieben, und mein Haar ist nicht so beschaffen, dass es sich nach etwas Regen gleich ringelt. Zur Not kann ich es immer noch unter den Handtrockner im Büro halten und zu einem Dutt hochstecken.

Schließlich schiebe ich alle Gedanken an die Vergangenheit beiseite – aber nicht fort, das nie – und überprüfe mein Aussehen im Rückspiegel. Es ist nicht so arg wie befürchtet. Jedenfalls muss ich nicht nach Hause zurück, um alles noch mal zu erneuern.

Wenigstens bin ich keine Heulsuse, denke ich, als ich den Motor wieder anlasse. Das bin ich noch nie gewesen. In der Stille geht mir der Liedtext durch den Kopf, und ich weiß, dass er mich noch den ganzen Tag verfolgen wird. Ich kann es kaum erwarten, zur Arbeit zu kommen. Julia und das Geld sind mir einerlei. Auch Simon Manning ist mir einerlei. Ich möchte bloß in einem Umfeld sein, in dem ich mich sicher fühle.

12

AVA

Mein Zimmer ist eigentlich mehr wie ein kombiniertes Wohn- und Schlafzimmer. Ich habe mein Doppelbett, meinen Schreibtisch mit einem kleinen Getränkekühlschrank darunter und sogar noch ein Sofa an der Wand – eins von dieser ganz bequemen, niedrigen Sorte, auf der man lässig abhängen und fernsehen kann. Diese Sachen habe ich seit letztem Jahr, als wir mein Zimmer renoviert haben. Mum hat ihr Zimmer nicht renovieren lassen. Sie fände es prima, so wie es sei, hat sie gesagt, und wolle nichts daran verändern, ich aber sei kein Kind mehr und benötige eine neue Einrichtung. Ich war naiv und habe ihr das abgenommen. Heute weiß ich, dass ihr Geld wahrscheinlich nur für ein Zimmer gereicht hat, und vielleicht hatte sie die Hoffnung, die coole neue Einrichtung würde dafür sorgen, dass ich mehr Zeit zu Hause verbringe. Um diese Zeit fing ich nämlich an, öfter allein auszugehen. Wie ein richtiger Teenager halt. Ihr Plan ist ein bisschen nach hinten losgegangen, denn seit neuestem hängen wir eigentlich meist bei Jodie ab, nicht hier.

«Gott sei Dank morgen keine Prüfungen.» Lizzie liegt auf dem Sofa, Ange hat es sich neben mir auf dem Bett gemütlich gemacht, in Seitenlage, die ihre Hüften und weiblichen Rundungen zur Geltung bringt, und Jodie sitzt auf dem alten Sitzsack an der Wand, den ich schon als Kind hatte. Der niedrige Couchtisch ist mit Coladosen und leeren Chipstüten übersät.

«Aber wir sind beinahe durch», sage ich. «Und dann – Freiheit.»

Es sind nicht nur die langen, heißen Sommerferien, die mich diesmal erwarten, sondern das Gefühl einer neuen Zukunft. Ange und ich bleiben zwar noch an der KEGS, um die Oberstufe zu absolvieren, aber es wird so sein, als wären wir an einer ganz anderen Schule. Andere Regeln und Freiheiten. In einer Stufe *über* allen anderen zu sein. Eine neue Grenze zu überschreiten. Ein weiterer Schritt in Richtung Erwachsenwerden. Es erinnert mich an Samstagabend. Da habe ich auch eine Grenze überschritten. Klar, an der KEGS zu bleiben fühlt sich irgendwie auch etwas lahm an, aber das College ist zu weit weg, und wir haben eine hohe Erfolgsquote bei den Abiturprüfungen.

«Morgen schwimmen?», fragt Ange. «Wir sollten trainieren, auch wenn wir momentan keine Wettkämpfe vor uns haben.»

«Es ist so lahm, dass man uns während der Prüfungszeit nicht an Wettbewerben teilnehmen lässt.»

Mein Handy piepst. Courtney. Wieder mal. Ob wir uns heute Abend treffen sollen?

«Er schon wieder?», fragt Lizzie. Ich nicke wortlos und kaue auf der Unterlippe, während ich überlege, was ich ihm antworten soll.

Es kommt Leben in unsere lethargische Gruppe, und ich bin mir fast sicher, Ange schnurren zu hören. Wir sind die ganze Zeit läufig. Im Sommer ist der Sex überall, und wir sind wie Hündinnen, die von dem Aroma geweckt werden und es in der Luft erschnüffeln. Wir sind fast erwachsen, und Sex gehört zum Erwachsensein dazu. Ist in vieler Hinsicht sogar damit gleichzusetzen. Eigentlich hatte ich keine Lust, es am Samstag mit Courtney zu machen, aber *machen* wollte ich es schon, und die Erinnerung daran, wie er sich in mir angefühlt und was er für Laute von sich gegeben hat, als er gekommen ist, finde ich seltsam erregend. Es schien so anders als die Sachen, die wir davor schon getrieben hatten, obwohl mir das alles eigentlich besser gefallen hat. Ich denke so oft und viel über Sex nach. Aber eben nicht Sex mit Courtney. Sex mit *ihm*.

«Er liebt dich, er will dich küssen ...», sagt Ange spöttisch.

«Ach, sei still.»

«Wann macht ihr es noch mal?», will Lizzie unverblümt wissen. Sie ist immer so direkt. «Beim zweiten Mal ist es besser.»

«Als würdest du das wissen», sagt Ange.

«Besser als du.»

Was vermutlich stimmt. Lizzie ist ein Jahr älter und nimmt die Pille. Ange meint, das sei nur, um ihre Tage zu regulieren, aber an Weihnachten, als Lizzie schon einige Monate mit Chris oder wie er hieß zusammen war, hat sie geschworen, dass sie es gemacht hätten. Sie hat es in ziemlich drastischen Einzelheiten beschrieben, und Lizzie ist keine Lügnerin. Vielleicht sollte ich sie mal darauf ansprechen, was für eine Pille sie nimmt. Für alle Fälle. Nicht, dass ich mir Sorgen machen würde. Meine Tage sind bald fällig, und meine Brüste fühlen sich wund an, wie jedes Mal davor, also bin ich mir sicher, dass alles in Ordnung ist.

«Ich kann ihn heute Abend nicht sehen. In der Prüfungswoche lässt meine Mutter mich abends nicht vor die Tür.»

«Deine Mutter will dich ja nie nach acht noch ausgehen lassen», sagt Ange. «Als seist du noch in der Grundschule.»

«Das sieht sie inzwischen lockerer», erwidere ich. Ja, sie lässt mir etwas mehr Freiheiten inzwischen. Und sosehr sie mich auch zum Wahnsinn treibt, ich hänge immer noch an ihr. Wir beide waren immer ein Team, nur sie und ich, und jetzt werde ich erwachsen und löse mich von ihr. Ich lästere selbst gern über sie, aber es stört mich, wenn Ange schlecht über sie redet.

«*Ava!*» Die Stimme hinter der Tür klingt weit weg, ist aber unverkennbar.

«Sag mal, kann sie hellsehen oder was?», sagt Jodie und lächelt. Sie sagt es ohne Bosheit, anders als Ange. Weil sie kapiert, was Sache ist. Der Club der komischen Mütter.

«*Ava! Kannst du mal kurz nach unten kommen?*»

Ich stöhne und verdrehe die Augen, als gäbe es nichts Nervigeres auf der Welt, in Wahrheit aber bin ich froh, damit dem Thema Courtney zu entrinnen. Ich weiß, dass ich mich nicht so benehme, wie sie es von mir erwarten, deshalb versuche ich meine Spuren zu verwischen. Beim Mittagessen habe ich bei Ange erwähnt, dass er so bedürftig ist, und während ich nicht im Zimmer bin, kann sie das den anderen erzählen. Wir sind beste Freundinnen. Reden fast so oft übereinander wie miteinander. *MyBitches*. Mitunter ist der Name unserer WhatsApp-Gruppe fast zu wahr. Die Gruppe ist wie ein Zentrum, ein Dreh- und Angelpunkt, aber dann spalten wir uns ab, um Dinge zu besprechen, die eine der anderen sagt und die uns gegen den Strich gehen.

Unterwegs nach unten auf der Treppe überlege ich, ob die Freundschaften von Jungen wohl mit denen von Mädchen zu vergleichen sind. Legen sie auch so viel Wert auf Kleinigkeiten – einen Blick oder eine Bemerkung, ein, zwei Pfund

Gewicht, die man zugenommen hat –, der ganze Kram, der für uns so unglaublich wichtig ist und nach dem wir uns gegenseitig beurteilen? Eher nicht, glaube ich. Ich glaube nicht, dass sie aneinander die gleichen hohen Erwartungen stellen wie Mädchen. Wir *verlangen* alles voneinander, und solche Ansprüche sind unmöglich zu erfüllen.

Aber egal. Auch wenn wir uns zeitweilig anzicken, wenn es hart auf hart kommt, halten wir zusammen. Wie Pech und Schwefel.

«Hast du das runtergeworfen?» Sie steht am Flurtisch und hält ein beschädigtes Bild in die Höhe – ein Foto von uns beiden, von vor ein paar Jahren. In Alton Towers? Marilyn hat es, glaube ich, aufgenommen. Das Glas im Rahmen ist zerbrochen.

«Nein.» Ich hatte völlig vergessen, dass es überhaupt dort stand.

«Und was ist mit dem anderen?»

«Was für ein anderes?» Sie sieht wütend aus, ihr weiches, teigiges Gesicht ist ganz verzerrt, und ich schalte spontan auf Abwehr. Sie wird sonst nie wütend. Enttäuscht und verletzt und so weiter, das schon, aber Wut ist selten bei ihr. Mein Gefühl von Anhänglichkeit schwindet dahin.

«Hier stand noch ein anderes Bild. Von dir. Von deinem ersten Tag in der achten Klasse. Es ist weg.»

«Du wirst es wohl weggeräumt haben.» Ich verstehe nicht, wieso sie sich so aufregt. Es sind doch bloß ein paar alte Fotos.

«Nein», blafft sie. «Habe ich nicht.»

«Wie auch immer, ich hab nichts damit zu tun!», gebe ich ebenso aufgebracht zurück; es dauert nie lange, bis es zwischen uns knallt.

«Was ist mit deinen Freundinnen? Könnten sie es runtergestoßen haben? Aus Versehen? Und das andere haben sie vielleicht weggeworfen?»

«Nein. Dann hätten sie was gesagt. Es sind doch keine Idiotinnen.»

Sie senkt den Blick auf unsere jüngeren Gesichter hinter dem zerborstenen Glas, als wäre die Sache für sie ein mittlerer Weltuntergang.

«Kann ich jetzt gehen?» Ich bin ungehalten. Mein schlechtes Gewissen, wegen dem Sex, wegen *ihm*, äußert sich jetzt in schlechter Laune. Er meint, sie klammert zu sehr. Dass sie mir mehr Freiheit lassen sollte. Er hat recht. Er versteht mich. Sie will, dass ich immer das kleine Mädchen bleibe.

«Sag's mir einfach, falls du es warst. Ich werde dir nicht böse sein.»

Und da ist er wieder. Der bettelnde Tonfall zusammen mit dem kläglichen Gesichtsausdruck, bei dem die Fältchen auf ihrer Stirn und rings um ihren Mund sich so hässlich vertiefen.

«Herrgott noch mal!», schreie ich, als hätte sie mich des Diebstahls beschuldigt oder so. Ich merke, wie sich vor Zorn mein Kiefer anspannt. Meine Finger krümmen sich zu Krallen. Ich fühle mich mehr wie ein Tier als ein Mensch. «Hörst du mir nicht zu? Nein, ich war's nicht! Und außerdem, wen kratzt es schon, es sind doch bloß ein paar blöde alte Fotos! Vielleicht spukt's hier ja oder so!» Ich warte ihre Antwort nicht ab, drehe mich um und stampfe wieder die Treppe hoch.

«Ach, und meine Prüfungen sind gut gelaufen – danke der Nachfrage!», rufe ich noch nach unten, in einem so ätzenden Tonfall, dass die Worte sie wie Giftpfeile treffen dürften, mitten ins Herz, und lasse sie einfach stehen, mit dem zerbrochenen Bilderrahmen in der Hand. Vielleicht bin ich deswegen so wütend. Diese alten Zeiten fehlen ihr, das weiß ich. Und mir fehlen sie auch. Das Leben war einfacher damals, ohne Titten und ohne Sex und ohne dass ich mich zu etwas Neuem verändere, aber jetzt werde ich nun mal erwachsen – ich möchte auch erwachsen werden –, und sie soll mich dabei einfach in Ruhe lassen.

«Alles in Ordnung?», fragt Ange, als ich energisch die Zimmertür hinter mir zuklinke.

«Ja. Es ging um die Prüfungen. Du weißt schon.» Ich ringe mir ein Lächeln ab. Es ist eine Lüge, und ich habe den Eindruck, dass Jodie das durchschaut, denn als ich an ihr vorbeigehe, wirft sie mir einen mitfühlenden Blick zu, den die anderen nicht mitbekommen. Der Club der komischen Mütter eben. Oder sie haben mich hier oben alle schreien hören.

«Jodie hat uns gerade erzählt, dass sie auf alte Männer steht.» Lizzie schnaubt abfällig, als ich mich wieder aufs Bett fallen lasse. «So eklig.»

«Ich hab nicht gesagt alt, sondern *älter*.»

«Ich finde es nicht eklig.» Ich bemühe mich um einen möglichst neutralen Tonfall. «Viele ältere Typen sind heiß.»

«Sie meint aber keine Dreißigjährigen, glaube ich.»

«Ich auch nicht. Brad Pitt ist immer noch heiß, und der ist schon fünfzig oder so.»

«Ihr könnt sagen, was ihr wollt.» Jodie lässt den Spott und übertriebenen Ekel der beiden einfach an sich abperlen. «Es ist einfach so. Ältere Männer haben was.»

«Erfahrung», sagt Lizzie mit einem Kichern. «Und Kohle.»

«Dein Dad ist ziemlich heiß, Lizzie.» Jodie beugt sich vor, sie hat sichtlich ihren Spaß an dem Gespräch. «Wie alt ist er? Vierundvierzig? Fünfundvierzig?»

Lizzie kreischt auf. «Pfui, du bist ekelhaft!»

«Aber er ist gut in Form.» Jodie zieht vielsagend eine Augenbraue in die Höhe. «Ich wette, er kann sich nackt sehen lassen!»

Lizzie wirkt dermaßen entsetzt, dass wir anderen spontan losprusten, und dann versuchen wir uns gegenseitig mit Beschreibungen zu übertreffen, wie Jodie es mit Lizzies Vater treiben könnte, und bekommen dabei solche Lachanfälle, dass uns irgendwann die Tränen übers Gesicht laufen und wir kaum noch Luft bekommen. Vor lauter Gelächter vergesse ich ganz, Courtneys SMS zu beantworten, und es ist mir auch egal. Ich brauche niemanden auf der Welt als diese Mädels. *MyBitches.* Die Fabelhaften Vier.

13

LISA

Das war heute nicht mein Tag.

Der Gedanke ist so komisch, dass ich in eine Art hysterisches Prusten ausbreche. Es ist die Sorte Spruch, die mein altes Ich von sich geben würde. Bevor alles begann. Vor Daniel. Damals, als ich noch Humor hatte. Mein Lachen schlägt in ein ersticktes Aufschluchzen um, und obwohl es noch sehr warm ist, ziehe ich mir die Decke bis ans Kinn hoch wie ein Kind, das sich in der Nacht fürchtet.

You and me together, stealing into the night.
Is that a deal, is that a deal? We can make it all right.

Den ganzen Tag ist mir das Lied durch den Kopf gegangen, immer und immer wieder.

Auch bei der Arbeit lief es nicht optimal. Marilyn hatte sich krankgemeldet, wegen einer ihrer Migränen, und hat nicht reagiert, als ich mich per SMS nach ihrem Befinden erkundigte, was mein Unbehagen zusätzlich vertiefte. Irgendetwas stimmt nicht mit ihr, aber sie redet nicht darüber. Und dann war Julia am Nachmittag außer Haus, bei einem ersten

Kundenmeeting, von dem sie mit Kuchen für alle zurückkam, rotbackig und offenbar sehr zufrieden mit sich selbst. Dabei kam mir wieder die Sache mit dem Geld in den Sinn, und Marilyn fehlte mir mehr denn je.

Simon kam für ein weiteres Meeting vorbei, um einige Tätigkeitsbeschreibungen zu präzisieren, und ich erklärte mich bereit, mit ihm essen zu gehen, wenn Ava ihre Prüfungen hinter sich hat, weil ich zu schwach war – und weiche Knie hatte –, um nein zu sagen. Es war einfacher, ja zu sagen. Weniger konfliktträchtig. So habe ich es mir hinterher erklärt. Der Weg des geringsten Widerstands. Aber das ist nicht wahr. Ich habe ja gesagt, weil ich gern wollte. Weil ich einsam bin. Weil er in mir Saiten zum Klingen bringt, die ich für längst verstummt hielt. Weil in seiner Nähe zu sein ein bisschen so ist, als würde man aus Schichten von zartem Krepppapier einen Schatz zum Vorschein bringen, den man an irgendeinen sicheren Ort weggepackt und dann ganz vergessen hat.

Lebendig. Er gibt mir das Gefühl, wieder lebendig zu sein.

Aber dann kam ich nach Hause, und dort empfing mich das zerbrochene Bild und das fehlende Foto. Mein erster Gedanke war: *Das wird mich lehren, glücklich sein zu wollen*, und mein Magen krampfte sich auf dieselbe Art zusammen wie *damals*. Scharfe, brutale Schmerzen, als ob meine Magenwände zusammengeleimt wären und jemand versuchen würde, sie mit aller Gewalt auseinanderzureißen. Ich musste erst fünf Minuten warten, vornübergekrümmt, bevor ich Ava nach unten rufen konnte, weil ich kaum Luft bekam, geschweige denn sprechen konnte.

Die Zimmerdecke über mir wirbelt im Grau der Nacht wie gefährliche Stromschnellen in einem Fluss. Ich wünsche mir, dass sie mich nach oben saugt und ertränkt und mich zu nichts zerbricht.

Es waren weder Ava noch ihre Freundinnen, die das Bild von uns beiden zerbrochen und das andere Foto, von ihr allein, an sich genommen haben. Nachdem ich sie zur Rede gestellt hatte und sie wütend nach oben gestürmt war, habe ich fieberhaft alle Taschen durchsucht, die die Mädchen in der Küche abgestellt hatten, wahrscheinlich ehe sie die Schränke nach Knabberkram abgesucht haben. Ich habe nichts gefunden, kein Glas, keinen Bilderrahmen, gar nichts. Auch meine Suche im Küchenabfalleimer und in den Mülltonnen im Garten verlief ergebnislos. Ich zwang mich sogar, den Wertstoffcontainer zu überprüfen, in den ich den Stoffhasen entsorgt hatte. Obwohl ich wusste, dass er neulich geleert worden ist, rechnete ich halb damit, darin das schmutzige, durchnässte Plüschtier vorzufinden, das mit unheilvollem Blick zu mir hochstarrt. Meine Befürchtung erwies sich als unbegründet. Ebenso wenig aber fand ich irgendwelche Spuren von zerbrochenen oder entwendeten Bildern.

Drive away with me, drive away, baby, let's take flight ...

Vielleicht drehe ich langsam durch.

Als die Mädchen sich auf den Heimweg machten – alle in hautengen Klamotten, die nichts der Fantasie überließen –, fragte ich Jodie, ob sie noch zum Abendessen bleiben wolle. Von den dreien kenne ich sie am wenigsten, und obwohl sie schon älter ist, gefiel mir die Vorstellung nicht, dass sie in ein leeres Haus zurückkehren und sich dann etwas in der Mikrowelle aufwärmen würde. Außerdem wollte ich mich nicht länger mit Ava streiten. Dachte, dass meine Gereiztheit sie vielleicht so aggressiv machte, und dass sie sich beruhigen würde, wenn ich bei ihren Freundinnen guten Willen zeigte. Aber Jodie huschte eilig aus dem Haus, mit gesenktem Kopf, und bei dem Gedanken, was Ava wohl über mich erzählt haben mochte, ging es mir noch schlechter.

Ich kochte uns Abendessen wie auf Autopilot, mit einem seltsam tauben Gefühl im Kopf, mein Blick aber huschte zwischendurch immer wieder durch die Diele zu dem nun bilderlosen Flurtisch, und so saßen wir dann annähernd schweigend bei Tisch, sie noch immer verstimmt über meine Anschuldigungen, und ich im Würgegriff einer paranoiden Furcht. Am Ende kam es fast einer Erlösung gleich, als Ava ihren Teller nahm und sich damit ins Wohnzimmer verzog, um eine Sendung auf MTV zu schauen, während ich allein zurückblieb und mein Spiegelbild im Küchenfenster anstarrte.

Ein Foto verschwunden, eines zerbrochen. War das eine zerbrochen zurückgelassen worden, um als Fingerzeig auf das verschwundene Bild zu dienen? Handelt es sich um eine Art Botschaft? Ein Bild von meinem kleinen Mädchen entwendet, und das Foto von uns beiden, auf dem wir fröhlich in die Kamera lächeln, rabiat zerbrochen. Was das zu bedeuten hat, ist nicht weiter schwer zu erraten, oder?

Ava. Mein Baby. Ich muss sie um jeden Preis beschützen.

Mein Atem fährt heiß und säuerlich gegen die Bettwäsche, während ich nicht in Hysterie zu verfallen versuche. Ich habe sämtliche Türen und Fenster überprüft. Nirgendwo ein Anzeichen, dass jemand eingebrochen war. Die Tür, die von der Küche in den Garten hinausführt, war abgeschlossen. Wie konnte jemand herein- und wieder hinausgelangt sein, ohne die kleinste Spur zu hinterlassen?

Vielleicht war es ja doch Ava. Der Gedanke ist eine winzige Rettungsboje, an der ich mich im dunklen Ozean der Furcht festklammere. Vielleicht sind die Beweise irgendwo in ihrem Zimmer versteckt. Der einzige Ort immerhin, den ich nicht habe absuchen können. Vielleicht war es ja doch Ava, wiederhole ich im Geist immer wieder, bin aber selbst nicht davon überzeugt. Ich sehe ständig ihr Gesicht auf der Treppe vor mir. Sie war verwirrt. Wusste zuerst gar nicht, wovon ich rede.

Meine Augen brennen vor Müdigkeit, trotz der Gedanken, die sich in meinem Kopf schier überschlagen. Sie würden gern zu einem Ende kommen, ausruhen, schlafen, aber das kann ich nicht zulassen. Mir graut vor den Träumen. Ich kann mich Daniel heute Nacht nicht stellen.

Und ich weiß, dass er kommen wird, weil ich ihn nicht loslassen kann. Wie könnte ich ihn auch je loslassen?

Sie müssen lernen, im Hier und Jetzt zu leben. Sich auf jeden Tag zu konzentrieren, einen nach dem anderen. Auf Ava.

Ich hielt es für blanken Unfug, als eine Therapeutin mir das erste Mal diesen Ratschlag erteilt hat, und ich habe mich darum bemüht, weiß Gott, wirklich bemüht, aber es bleibt unerreichbar. Die Vergangenheit ist mein Schatten, der immer da ist und mich nicht loslässt.

Vielleicht sollte ich Alison anrufen. Sie würde mir zuhören. *Was willst du ihr denn erzählen?*, fragt meine innere Stimme hämisch. *Ich habe ein komisches Gefühl? Ein Foto ist verschwunden? Ich habe ein Lied im Radio gehört?* Ich kann mir ausmalen, was sie sagen würde. Ich habe sie in letzter Zeit schon zu oft angerufen. Sie hält mich wahrscheinlich für übergeschnappt. Das bilde ich mir alles nur ein. Immer schön tief durchatmen. Einfach loslassen, das alles. Ich sollte das Essen mit Simon absagen. Vielleicht hört das dann alles auf. Es war dämlich, zu glauben, ich könnte eine Verabredung eingehen. Ich hätte es besser wissen müssen.

Ich ziehe mich zurück, wie eine Schnecke, die sich in ihrem Haus versteckt.

*We're gonna live wild and free, on the road, you and me,
It's a deal, a done deal, now drive away baby ...*

Vielleicht ist es gar nichts. Vielleicht verliere ich bloß langsam den Verstand. Vielleicht habe ich ja die Fotos zerbrochen. Vielleicht bin ich es, die zerbrochen ist.

14

AVA

In meinem Zimmer ist es dunkel, bis auf das Leuchten, das von meinem iPad und dem iPhone ausgeht wie von zwei Monden in der Nacht. Ich starre auf das iPad, auf dem meine Facebook-Seite geöffnet ist, und warte. Ich warte immer auf ihn, es ist wie ein Jucken innen an meiner Haut, an das ich nicht herankomme. Ich denke ständig an ihn, pausenlos. Besonders in einem Moment wie jetzt, er ist in Eile oder mit irgendetwas in seinem langweiligen richtigen Leben beschäftigt. Er wäre in zehn Minuten wieder zurück, hat er gesagt, aber inzwischen sind schon fast zwanzig Minuten vergangen.

Habe ich ihn mit der Schimpftirade über meine Mum vergrault? War das irgendwie unreif und kindisch? Ich kaue nervös an der Unterlippe, die Haut ist dort schon ganz wund. Gestört hat es ihn anscheinend nicht. Tatsächlich hatte er volles Verständnis dafür, wie peinlich es mir war, als sie Jodie eingeladen hat, doch noch zum Abendessen zu bleiben. Die anderen hat sie nicht eingeladen, es war also total offensichtlich, dass der Grund dafür war, dass Jodies Mutter nie zu Hause ist. Ich habe Jodie wirklich gern, und ich hatte das Gefühl, sie irgendwie verraten zu haben, indem ich meiner

Mum vom Verhalten ihrer komischen Mutter erzählt habe. Glücklicherweise hat es Jodie nichts ausgemacht. Oder falls doch, hat sie jedenfalls nichts gesagt und wirkt so weit ziemlich normal, wie immer.

Ich werfe einen Blick auf unseren letzten WhatsApp-Chat auf meinem Handy.

Also, ist es ein Lehrer? Dein Schwarm?

So in der Art, hatte ich geantwortet.

Weiter hat sie nicht nachgehakt. Das mag ich so an ihr. Sie weiß, wann Zurückhaltung angesagt ist. Umgekehrt würde ich vermutlich nicht aufhören, ihr den Namen zu entlocken. Ich mache einen geistigen Vermerk in meiner endlosen Liste *Wie man ein besserer Mensch wird*. Nicht lange nachbohren, wenn jemand ein Geheimnis hat. Tatsächlich hat mich das eher in dem Wunsch bestärkt, es ihr zu verraten. Denn irgendwem möchte ich es erzählen. Es brennt mir förmlich auf den Nägeln.

Mein WhatsApp enthält auch drei unbeantwortete Nachrichten von Courtney, obwohl er wahrscheinlich gesehen hat, dass ich online war. Vorhin hatte ich ihm geschrieben, dass meine Mum mir gemeinerweise verboten hat, in der Prüfungswoche abends auszugehen, und er hat es anscheinend geschluckt.

Ich hatte ein bisschen ein schlechtes Gewissen, weil er so nett zu mir ist, aber ich möchte hier abends niemanden haben. Nicht nach neun oder zehn Uhr, wenn *er* womöglich Zeit zum Chatten hat.

Es ist Mitternacht. Jodie ist vor einer Stunde schlafen gegangen, und Courtney hat es mittlerweile auch aufgegeben, auf eine Antwort von mir zu warten, deshalb fahre ich meinen iPad runter, lehne mich gemütlich in die Kissen und öffne Messenger auf meinem Handy. Vor einiger Zeit habe ich mal Lizzie versehentlich eine SMS geschickt, die eigentlich für Angela bestimmt war. Nichts Zickiges glücklicherweise, aber seither bin ich extra vorsichtig, nicht zu viele Unterhaltungen gleichzeitig auf einem Gerät zu führen. Wäre mir total unangenehm, etwas, das für ihn bestimmt ist, an jemand anderen zu schicken.

In der Stille des Hauses lausche ich unwillkürlich, ob draußen im Flur irgendwelche Geräusche zu hören sind. Was, wenn Mum wieder in mein Zimmer kommt, wie neulich nachts? Vielleicht sollte ich mich besser unter die Decke verziehen.

    Bist du da, meine Schöne?

Alle Gedanken an andere sind im Nu wie weggewischt, und ich richte mich mit Herzrasen im Bett auf. Er ist wieder da.

    Ja. Ich bin da, in meinem Bett. Warte auf dich. ;-)

Mir ist ganz warm vor Verlegenheit über meine Worte, aber ich tippe trotzdem auf Senden. Ich versuche sexy und kokett zu klingen, möchte aber gleichzeitig nicht zu weit gehen – mit Bildern und Videos und so. Er hat schon mal danach gefragt, letzte Woche, und ich habe nein gesagt. Ich war zu schüchtern. Seither hat er nicht mehr gefragt und sich auch entschuldigt. Er sei nicht ganz nüchtern gewesen, hat er erklärt, er hätte an mich gedacht und sich ein bisschen hinreißen lassen. Gefallen aber hat es mir schon. Dass er so an mich gedacht hat. Ob er wohl auch so viel an mich denkt wie ich an ihn?

Trotzdem, vielleicht hätte ich ihm was schicken sollen. In meiner Unterwäsche. Ohne dass mein Gesicht zu sehen ist natürlich – so blöd wie Meg bin ich nicht –, aber etwas, um ihm zu zeigen, dass ich kein Mädchen mehr bin, sondern eine Frau. Aber ich hasse meinen Körper und kann mir nicht vorstellen, wie er auf einem Selfie gut aussehen soll, so wie bei all den Mädels auf Instagram, die sich im Bikini ablichten. Meine Oberschenkel würden schrecklich aussehen. Vielleicht ist das der wahre Grund, der mich davon abhält. Meine eigene Verlegenheit.

> Kann nicht lange chatten. Wollte bloß gute Nacht sagen.

Meine Enttäuschung lodert heiß in mir auf, wie eine Flamme, die kräuselndes Papier verzehrt.

> Ich hab nur ein paar Minuten. Tut mir leid, dass ich hier so krass versage. Nächstes Mal habe ich mehr Zeit, versprochen. Eines Tages werden wir alle Zeit der Welt haben.

Ich erwidere nichts darauf. Ich möchte nicht sauer klingen, und ich brauche kurz, um mich zusammenzureißen. Er sagt immer, dass er nächstes Mal mehr Zeit hätte und in der Zukunft alles anders würde, aber was ist mit jetzt?

> Ich dachte, du wärst heute Abend vielleicht mit Courtney zusammen. Freut mich, dass es nicht so war.

Meine Haut kribbelt, und ich spüre, wie sich unsere Positionen verschieben. Ich habe ihm weisgemacht, dass Courtney an meinem Geburtstag hier war. Er weiß, dass wir mehr oder weniger zusammen sind, obwohl ich ihm gesagt habe, dass ich wahrscheinlich Schluss machen werde.

> Ich habe darüber nachgedacht, tippe ich. Er schickt mir ständig SMS. Möchte mich unbedingt sehen. Ich weiß nicht, was ich tun soll.

Tatsächlich habe ich gar nicht darüber nachgedacht. Ich habe Courtneys Nachrichten nicht beantwortet, aber davon braucht er ja nichts zu erfahren. Nicht solange er sich offenbar Gedanken deswegen macht. So hatte ich mir die Liebe nicht vorgestellt, als ich klein war. Ich dachte damals, Leute würden sich verlieben, und damit sei alles gut. Dabei hätte ich von meiner eigenen Familie her wissen müssen, dass das eben nicht der Fall ist, aber niemand hat mir je erklärt, wie egoistisch die Liebe ist. Wie sie einen auffrisst. Wie viele Spielchen man treiben muss, um zu bekommen, was man sich wünscht.

> Ich möchte nicht, dass du ihn siehst, aber das ist dir gegenüber nicht fair.

Mein Herz macht einen Sprung.

> Wieso? Bist du eifersüchtig?

Das ist zu direkt.
Ich ärgere mich über mich selbst, aber ich muss es wissen. Er soll nicht denken, dass ich es darauf angelegt hätte, ihn eifersüchtig zu machen. Obwohl ich genau das getan habe.

> Ein bisschen. Er scheint mir zu jung für dich. Du bist zu reif für einen Jungen wie ihn. Er wird dich nicht glücklich machen.
>
> Nein, antworte ich. Du machst mich glücklich. Aber du bist nicht hier. Wir sind uns noch nie begegnet. Courtney ist hier.

Ich bin stolz auf mich. Ich schiebe ihm den Schwarzen Peter zu.

> Wir sollten uns treffen.

Die Worte erschrecken mich so sehr, dass mir das Display vorübergehend leicht vor den Augen verschwimmt. Vor lauter Adrenalin bekomme ich schwitzige Hände.

> Wann?

Klingt das zu fordernd? Aber ich möchte es wissen. Würde ihn am liebsten jetzt gleich treffen. Würde sofort mein Bett verlassen und hingehen, wohin er mich auch bestellt, um ihn leibhaftig zu sehen und mit ihm zu reden und all das andere.

> Wenn deine Prüfungen vorbei sind. In zehn Tagen etwa? Ich kümmere mich um Zeit und Ort und gebe dir Bescheid. Wird allerdings abends sein müssen. Ist das okay?

Ob das okay ist? Ich grinse so sehr, dass es sich anfühlt, als würde mein Gesicht gleich entzweigehen.

> Ja, ja, ja! xxxxxxxxxx

Ich bin zu aufgeregt für weitere Spielchen. Und für ihn ist es gut, wenn er weiß, wie glücklich mich das macht.

> Aber behalte es für dich, ja? Nur wir. Es wird lustig. Kein Druck.

Mein Herz explodiert geradezu.

> Ich verrate es keiner Menschenseele, versprochen.

Und das ist mein Ernst. Ich werde es für mich behalten. Hinterher werde ich es den Mädels vielleicht erzählen – falls es was zu erzählen gibt –, aber nicht vorher. Sie würden wahrscheinlich mitkommen wollen, und das geht auf keinen Fall.
Er schweigt eine kurze Weile, und dann:

> Muss Schluss machen, tut mir leid. Du fehlst mir, meine Schöne. Bis bald. Xx.

Ich verabschiede mich mit etwa hundert Küsschen und lasse mich wieder in die Kissen zurücksinken. Wir werden uns treffen. Wir werden uns tatsächlich treffen.
Das ist das Beste überhaupt.

15

LISA

Es ist nun über eine Woche ruhig geblieben. Meine grässliche Beklommenheit jeden Morgen, die Sorge, was der Tag wohl bringen mag, hat sich als unbegründet erwiesen; keine Frankie Vein mehr, keine durchnässten Plüschtiere auf der Straße, keine verschwundenen Bilder. Einige Nächte lang habe ich zu Schlaftabletten gegriffen, um mich auszuknocken, ungeachtet der Benommenheit am nächsten Morgen, aber jetzt lässt meine Anspannung endlich langsam nach. Auch das Wetter hat sich gebessert, der Regen hat sich verzogen, und es ist warm und sonnig. Bei diesem schönen Sommerwetter fällt es mir leicht, mir zu sagen, dass das alles bloß Zufälle waren.

Auch hier bei der Arbeit hat sich das Leben mit den neuen Kolleginnen mittlerweile eingependelt. Schon seltsam, wie schnell man sich an neue Gesichter gewöhnen kann. Die in die neue Zweigstelle gewechselten Kollegen sind in meiner Erinnerung bereits zu Gespenstern verblasst, was irgendwie tröstlich ist – wie leicht man Menschen vergessen kann.

Ein Kichern – das schnell wieder unterdrückt wird – dringt quer durch den Raum. Entgegen meiner anfänglichen

Vermutung, dass Stacey gegen Toby und seine Sprüche immun wäre, flirten die beiden immer offener miteinander; ich habe mich offenbar getäuscht. Eine Art Hitze steht zwischen ihnen, eine warme Unterströmung, die man spüren kann, wenn man hindurchgeht. Aber mit Kritik muss ich mich wohl zurückhalten, schließlich bin ich heute Abend selbst mit Simon verabredet.

Abendessen mit Simon Manning. Mir ist ganz übel vor Nervosität. Doch ich bin auch aufgeregt, offen gestanden. Es ist eine willkommene Ablenkung von dieser Unruhe – dieser Angst –, die mir zu schaffen macht. Aber jetzt muss ich nicht nur mit der Angst fertigwerden, sondern auch noch damit. Mit diesen Gefühlen. Das ist ungewohnt für mich. Bisher habe ich ein eher zurückgezogenes Leben geführt. Das hat vieles vereinfacht, deswegen.

Marilyn weiß noch nichts davon. Ich sollte es ihr endlich erzählen, und das werde ich auch. Doch ich weiß, wie begeistert sie darüber wäre, was bloß den Druck erhöhen würde, dass etwas daraus wird, obwohl ich mir einrede, dass es ja bloß ein harmloses Essen ist. Hinzu kommt, ich möchte wirklich nicht, dass sich das hier im Büro herumspricht. Ich halte es zwar nicht direkt geheim, aber ich gehe auch nicht damit hausieren. Er wird es wohl genauso halten.

Ich sehe auf die Uhr. Fast zwei. Ava dürfte gerade ihre letzte Prüfung ablegen – dann hat sie den Realschulabschluss in der Tasche. Ich bin noch immer fassungslos, dass mein Baby nun bald in die Oberstufe kommt. Nach den letzten Tagen kann sie es wahrscheinlich kaum erwarten, diese beiden Schuljahre auch noch hinter sich zu bringen. Es war keine gute Woche für uns. Ich habe zu sehr geklammert – dieses Lied, das mir pausenlos durch den Kopf ging und meine Nerven bis aufs Äußerste strapaziert hat, und ich habe jedes Mal Todesängste ausgestanden, wenn sie nicht in meiner Nähe war. Ich wollte einen Blick auf ihr Handy und ihr iPad werfen, während sie schlief, aber sie hat beide durch ein Passwort gesichert. Im Gegenzug hat sie mir bei jeder Gelegenheit die Hölle heißgemacht. Ich kann es ihr schwerlich verübeln.

Ich suche mein Handy raus und schicke ihr rasch eine SMS.

> Hoffe, die letzte Prüfung ist gut gelaufen! Ich habe ein bisschen Geld für dich, falls du mit den Mädels ausgehen und feiern willst. Erinnere mich daran, wenn ich nach Hause komme. Xx

Ich werde ihr fünfzig Pfund geben. Viel zu großzügig, schon klar, und ich überhöre die Stimme in meinem Kopf, die warnend darauf hinweist, dass sie das Geld in ihrem Alter wahrscheinlich eher für einige Flaschen Wodka ausgeben wird. Aber so können sie und ihre Freundinnen sich zumindest erst mit einer billigen Pizza stärken. Außerdem, sie sind alle sportliche Mädchen. Würden wohl kaum ihr Schwimmen durch leichtsinnig ungesundes Verhalten aufs Spiel setzen. Das zumindest rede ich mir ein. Das ist der vorbeitreibende Ast, an den ich mich klammere, in dem wilden Sturzbach, dem das Leben meiner Tochter ähnelt.

Morgen ist das Stadtfest. Wahrscheinlich wird sie einiges von dem Geld dafür aufsparen. Ich gehe mit Marilyn und Richard hin – vorbei die Zeit, als Ava sich an meiner Hand festgehalten hat –, und ich freue mich schon darauf. Livemusik, eine Kirmes, Sonnenschein, Hot Dogs und Zuckerwatte. Genau das Richtige, um die leise Unruhe zu zerstreuen, die noch immer an mir nagt.

«Brownie gefällig?»

Leicht erschrocken blicke ich auf. Julia hält mir eine Tupperdose mit in grobe Würfel geschnittenem Schokokuchen entgegen. «Haben Sie die gemacht?» Ich klinge ungläubig. Die Worte sind mir zu rasch entschlüpft, um zu verbergen, wie wenig ich das mit meiner Vorstellung von ihr in Einklang zu bringen vermag.

«Ja», sagt sie. «Ich kann gut dabei entspannen.»

Jetzt muss ich wohl einen nehmen. «Danke. Den lasse ich mir gleich zu einem Kaffee schmecken.» Der Brownie fühlt sich schwer und feucht an, ganz so, wie es sich gehört. Sie versteht etwas vom Backen. Selbstverständlich. Sie bietet Marilyn die Dose an, und ich betrachte ihre gepflegten Nägel und versuche sie mir in einer mit Mehl überstäubten Küche vorzustellen.

Neulich hat sie morgens Blumen mitgebracht, «damit der Empfangsbereich etwas netter aussieht». Es waren Lilien; wunderschön und teuer und nach Trauer stinkend. Penny liebt sie heiß und innig, was ich nach dem Diebstahl im Salsa-Club umso befremdlicher finde. Da ich keine Beweise habe, versuche ich den Vorfall zu vergessen. Aber Julia ist schon seltsam. Ungeachtet dieser freundlichen Gesten, die förmlich um Sympathie buhlen, hat sie eine fast frostige Ausstrahlung, als wäre sie innerlich eiskalt.

«Wenn ich alles, was ich so backe, selbst äße, würde ich aufgehen wie ein Hefekloß.» Ihr Gesicht spannt sich an, und um ihren Mund herum springen dünne Falten auf, die ich bei ihr zum ersten Mal sehe. *Details, ich achte immer auf Details.* Ihr Botox oder was sie sonst benutzen mag, um jünger auszusehen, verliert wohl an Wirkung.

«Oh, da will ich mal Teewasser aufsetzen», sagt Marilyn. «Danke, Julia.»

«Ich helfe dir», sage ich. «Kochen wir doch gleich Tee für alle.» Ich muss Marilyn von dem Essen erzählen – von dem Date. Ich möchte keine Geheimnisse vor ihr haben, wenn es sich irgendwie vermeiden lässt. Wenn ich einem Menschen in meinem Leben vertrauen kann, dann ihr.

16

AVA

«Gott sei Dank, es ist vorbei!», sagt Ange, als wir uns in die Klokabinen einsperren. Wir haben die Meute abgehängt, die nach der Prüfung aus der Turnhalle geströmt ist, uns schnurstracks auf den Weg zur Toilette gemacht, während alle anderen noch aufgeregt darüber plappern, was bei ihnen gut und weniger gut gelaufen ist.

Anges zufriedenes Seufzen wird von Plätschern begleitet, während sie ihre volle Blase ins Klo entleert. Hemmungen sind für sie ein Fremdwort. Sie läuft auch nach dem Schwimmen nackt in der Umkleide herum, während wir Übrigen uns damit abmühen, unsere Unterwäsche unter den feuchten Badetüchern anzuziehen.

«Ja», sage ich. «Zum Glück.» Ich bin nicht ganz bei der Sache. Ich starre nach unten in meinen blütenweißen Slip. Ich war mir sicher, absolut sicher, vor einer Stunde die ersten Regungen meiner Periode gespürt zu haben. Wie lange ist sie jetzt überfällig? Eine Woche oder so? Dumm, dass ich es nicht genauer weiß, aber wer führt darüber schon Buch? Seine Tage bekommt man einfach. Sie setzen irgendwann ein. Das haben sie so an sich. Zum ersten Mal in dieser Woche bin ich ... nicht direkt beunruhigt deswegen, aber mir wäre schon wohler zumute, wenn sie nun bald einsetzten. Ich nötige mir ein, zwei Tropfen Urin ab, obwohl ich eigentlich gar nicht muss, und werfe nach dem Abwischen zur Sicherheit noch einen Blick aufs Klopapier. Auch hier keine Spur von Blut.

Türen schlagen, andere Mädchen kommen in die Toilette, deshalb drücke ich eilig die Klospülung und verlasse die Kabine. Ange steht bereits an den Waschbecken und zieht sich vor dem Spiegel die vollen Lippen mit schimmerndem Lipgloss nach, und als ich mein Handy wieder einschalte, piepst es mehrmals. Courtney und Mum. Ich schreibe Courtney rasch, dass wir heute Abend ausgehen, und dann öffne ich die SMS von Mum.

«Der Geldautomat spuckt was aus», sage ich, während ich die Nachricht überfliege. Es kommt mir ein bisschen gemein vor, Mum so zu nennen, aber diesen Spitznamen hat Ange ihr zu Beginn der zehnten Klasse verpasst, und er hat sich schnell eingebürgert. «Habe ich dir doch gesagt, dass sie was springenlässt. Genug für heute Abend und für das Stadtfest morgen.»

«Kommt Courtney auch heute Abend?» Diesmal verzichtet Ange auf ihren blöden aufgesetzten amerikanischen Akzent, aber sie gibt sich betont gelangweilt, was darauf hindeutet, dass sie neugierig ist. Ich frage mich, ob Ange vielleicht selbst auf ihn steht. Sie fragt mich am häufigsten nach ihm aus.

«Ja, warum nicht. Vielleicht könnten wir uns alle treffen.» Ich hab nichts dagegen, Courtney heute zu sehen. Wir können zusammen feiern, und falls er mir an die Wäsche will, kann ich behaupten, ich hätte meine Tage. Ein bisschen fehlt er mir schon, komischerweise. Nicht auf *diese* Art, aber es war schon immer ganz lustig, als wir am Anfang alle zusammen abgehangen haben. Die Jungs lockern alles ein bisschen auf. Wenn wir Fabelhaften Vier zusammen sind, wird es nämlich manchmal schon etwas heftig. *MyBitches.*

Außerdem ist Courtney jetzt kein solches Problem mehr. Er ist bloß eine Ablenkung, um die Tage auszufüllen, bis ich *ihn* treffe. Nur noch etwas über eine Woche, dann ist es so weit. Eine Woche. Ich kann's kaum fassen.

Wäre bloß gut, wenn ich bis dahin endlich meine Tage hinter mir hätte.

17

MARILYN

«Und, wie war dein Tag?», fragt Richard, während er durch die Sender schaltet, auf der Suche nach Sport oder einer Heimwerkersendung, um die Zeit bis zum Schlafengehen herumzubringen. Was er laufen lässt, ist mir, offen gesagt, ziemlich egal. Ich möchte eigentlich nur in Ruhe essen, dann vielleicht noch ein langes, heißes Bad, später rasch nachhorchen, wie Lisas Verabredung gelaufen ist, und dann zu Bett.

«Ach, nicht weiter bemerkenswert. Die neuen Mädels müssen immer noch etwas eingearbeitet werden.» Wir sitzen mit unseren Tellern vor uns auf dem Sofa. Es gibt Tiefkühl-Lasagne und Backofen-Pommes-frites, garniert mit ein paar Erbsen, um ausgewogene Ernährung vorzutäuschen. Ich habe mittags durchgearbeitet, um mit Lisa zusammen eher Schluss machen zu können und ihr ein neues Kleid zu besorgen, und jetzt komme ich halb um vor Hunger. Auf einmal beneide ich sie richtig um ihren Abend. Ein schönes Restaurant. Nette Gesellschaft. Ein neues Kleid, ein neuer Anfang. Doch es ist kein boshafter Neid. Ich kann ihr das unmöglich missgönnen. Ich freue mich für sie. Es ist höchste Zeit, dass sie etwas Romantik in ihr Leben lässt, obwohl mich insgeheim die Sorge plagt, dass er sie mir wegnehmen könnte, und was wird dann aus mir? Mit vierzig findet man nicht mehr so leicht eine neue beste Freundin. Ich denke jedenfalls nicht, dass ich das könnte. Besonders jetzt nicht.

Ich schiebe mir einen Bissen Lasagne in den Mund, und sie schmeckt überraschend gut, und ich brauchte mich dafür auch nicht extra schick zu machen. Das biedere Sofaleben hat schon auch sein Gutes.

«Du hast doch gesagt, du wolltest uns Curry machen.» Richard mustert seinen Teller, als hätte ich ihm ein frisches Hundehäufchen vorgesetzt, und spontan würde ich am liebsten schreien, *Herrgott, nun iss es doch einfach*, aber ich lasse es bleiben. Ich bin hundemüde, und es ist die Sache nicht wert. Bloß keinen Unfrieden stiften.

«Du magst doch Lasagne lieber. Und ich habe mir überlegt, ob wir morgen nach dem Stadtfest vielleicht noch ein Curry essen gehen sollen, wenn du Lust hast? Mit Lisa zusammen? Im Bekash an der Hauptstraße haben sie ein spezielles Angebot, ein Mehrgänge-Menü eigener Wahl zum Sonderpreis. Spottbillig.» Ich sehe ihn lächelnd an. «Das könnten wir nötig haben, nach dem Bier an der frischen Luft.»

Er lächelt nicht zurück. Beißt lustlos in ein Pommes-Stäbchen. «Ich war heute Nachmittag in der Stadt unterwegs. Musste einige Materialien für das Außenbüro besorgen, das ich für die Granges in Arbeit habe», sagt er. «Ich hab dich und Lisa vom Auto aus gesehen. Bin mir ziemlich sicher, dass ihr es wart. Ihr seid in diesen Dessous-Laden gegangen.»

Mir sinkt der Mut. Zunächst einmal weiß ich, dass die Granges den Auftrag storniert haben. Sie sind zu dem Schluss gekommen, dass sie sich den Anbau doch nicht leisten können. Er hat offenbar vergessen, dass er mir das schon erzählt hat.

«O ja.» Es reicht, wenn einer auf diesem Sofa lügt. Ich starre zum Fernseher, während ich merke, wie mir der Appetit vergeht. Ich bin heute Abend zu müde dafür. Für seine Launen. «Sie geht heute Abend mit diesem Kunden essen. Du weißt schon, der, von dem ich dir erzählt habe. Der ein Auge auf sie geworfen hat.»

«Du hast ja gar nicht erzählt, dass sie eine Verabredung haben.»

«Ich hab's selbst erst heute erfahren.»

Er glaubt mir nicht, das sehe ich ihm an. «Und da hast du also gedacht, sie braucht dafür neue Unterwäsche?»

«Es war nur zum Spaß. Damit sie sich sexy fühlt.»

Er lacht. «Ja, wie, wenn sie sich wie eine Schlampe anzieht, benimmt sie sich auch wie eine?»

Ich laufe knallrot an. Ich kann nichts dafür. «Lisa ist keine Schlampe, und das weißt du auch. Wennschon, dann ist sie eher eine Nonne.»

«Ich habe nicht behauptet, dass sie eine wäre. Sich mit Reizwäsche aufzudonnern, war auch sicher nicht ihre Idee.»

Jetzt vergeht mir der Appetit endgültig. «Willst du damit sagen, dass ich eine bin?»

Er mustert mich abschätzig. «Neue Unterwäsche würde bei dir auch nicht viel ausrichten. Du hast zugenommen. Zu viel Wein und ungesunder Fraß mit den Wichsern bei dir in der Firma wahrscheinlich. Du verwandelst dich immer mehr in eine fette Kuh. Na ja. Dass dich irgendwelche reichen Kunden vögeln wollen, die Sorge zumindest brauche ich mir nicht zu machen.»

Es wird also einer dieser Abende. Wieder einmal. Geschäftliche Probleme, die anscheinend irgendwie meine

Schuld sind. Es gab Zeiten, als wir auf diesem Sofa zusammen gelacht haben. Scheint eine Ewigkeit her zu sein.

Meine Lasagne wird kalt. Verschmäht und unangerührt. Ich weiß, wie sich das anfühlt.

18

LISA

Völlig ausgeschlossen, dass ich auch nur einen Bissen herunterbekomme. Ich leide fürchterlich. Solche Krämpfe wie letzte Woche habe ich zwar nicht auszustehen, aber mein Magen fühlt sich an wie zugeschnürt. Vermutlich sehe ich auch lächerlich aus. Als ich Marilyn ins Vertrauen gezogen und ihr von der Verabredung erzählt habe, hat sie mich angesehen, als wäre sie völlig sprachlos. Aber sie hat sich im Nu wieder erholt und darauf bestanden, dass wir bei der Arbeit früher Schluss machen, um mir für diesen Anlass etwas Neues zum Anziehen zu besorgen.

Zumindest hat sie es beim Einkaufen nicht übertrieben, denke ich, als ich aus dem Taxi steige und mit wackligen Knien auf den Restauranteingang zugehe. Ein schwarzes Kleid, für meinen Geschmack etwas zu eng anliegend, aber immer noch besser als das superkurze Modell, das sie mir als erstes schmackhaft machen wollte, und schwarze Lacklederpumps, auf denen ich etwas unsicher dahinstöckle. Sie hat mich auch dazu gedrängt, mir neue Unterwäsche zu kaufen. «Nicht für ihn», hatte sie gesagt. «Für dich. Es ist so, als würdest du eine Verkleidung tragen.» Das hat mich kurz aus dem

Tritt gebracht. Verstecken. Immer geht es ums Verstecken. Der BH sitzt ziemlich eng, aber ich trage ihn trotzdem. Vielleicht hat sie recht. Mit der Spitzenwäsche an meiner Haut empfinde ich schon etwas mehr Selbstvertrauen. Als wäre ich jemand anderes.

«Das ist die schönste Zeit», hatte sie etwas wehmütig festgestellt und sich bei mir eingehakt, als wären wir zwei junge Mädchen. «Das Flirten. Die Verheißung der Zukunft. Die Vollkommenheit, ehe man sich wirklich kennengelernt hat.» Inwiefern das die schönste Zeit sein soll, erschloss sich mir nicht wirklich. Ich war zu sehr damit beschäftigt, eine Art Panikattacke, jemanden an mich heranzulassen, abzuwehren und mir die Frage zu stellen, ob es wohl zu spät war, um noch abzusagen.

Aber hier bin ich nun, und als ich sehe, wie er sich von seinem Platz an der eleganten Bar erhebt, wo er bereits auf mich wartet, fühlt es sich ganz so an, wie sich ein Date anfühlen sollte. Ich habe zittrige Hände, komme mir lächerlich vor. Unbeholfen. Hässlich. Auffällig zurechtgemacht. Er scheint nichts davon wahrzunehmen.

«Ich hatte schon Angst, Sie würden absagen.» Er beugt sich vor, um mich zur Begrüßung auf die Wange zu küssen, und ich nehme die Mischung aus Citrusduft und Wärme wahr, die eine so verwirrende Wirkung auf mich entfaltet. Meine Nerven jedenfalls flattern eher noch mehr, als ich ein schüchternes «Hallo» murmle.

«Wunderschön sehen Sie aus», sagt er und tritt ein wenig zurück. Ich würde mich am liebsten irgendwo verkriechen. Ich sehe nicht wunderschön aus. Ich habe nach wie vor plumpe Oberschenkel und die unregelmäßige Hautfarbe einer nicht mehr ganz jungen Frau. Mein Haar könnte ein paar blonde Strähnchen vertragen. All so etwas. Bei seinen

Worten muss ich daran denken, wie Ava mich angestarrt hatte, als ich das Haus verließ. Sie hatte mich «hübsch» genannt, und das war offenbar ihr Ernst, so verblüfft, wie sie mich ansah. Ein Gefühl von Wärme durchströmte mich, ich fühlte mich glücklich und traurig zugleich. Hübsch zu sein ist nur eine Frage des Glücks oder der Bemühung darum, und dennoch kann es eine so nachhaltige Wirkung entfalten. Dem Hübsch-Sein sollte niemand über den Weg trauen, nicht wirklich. Nicht als Eigenschaft um ihrer selbst willen.

Er trägt keine Krawatte, sein oberster Hemdknopf ist offen, und der Anzug wirkt so teuer und elegant, dass er vermutlich von Paul Smith oder einer ähnlichen Nobelmarke ist. Tatsächlich bin ich mir ziemlich sicher, dass es Paul Smith ist. Ein Anzug, der nicht in ein Büro passen würde. Ava wäre über meine Sachkenntnis vermutlich erstaunt. Sie denkt, dass ich mich für Mode nicht interessiere. Da täuscht sie sich. In ihrem Alter und sogar schon früher war ich von Mode regelrecht besessen, ich betrachtete eingehend die Fotos in allen Hochglanzmagazinen, die ich in die Finger bekam, bis meine Lieblingsseiten ganz abgegriffen waren. Vor ihrer Geburt suchte ich eine Zeitlang regelmäßig die großen Designergeschäfte auf, einfach nur um die verschiedenen Stoffe zu berühren und die stilvollen Schnitte und Details zu bewundern. Gekauft aber hätte ich dort nie etwas, selbst wenn ich es mir hätte leisten können. Diese Kleidungsstücke waren nichts für jemanden wie mich.

Ein Kellner geleitet uns an unseren Tisch, und Simon bestellt Brot und Oliven sowie Mineralwasser. Ich bin froh, mich mit meinen noch immer wackligen Knien setzen zu können, und freue mich über die schummrige Beleuchtung.

«Wie sind Avas letzte Prüfungen gelaufen?», erkundigt er sich, als mir ein Kellner eine große Speisekarte reicht. Die

Worte schimmern auf der Oberfläche der Karte, als könnten sie jeden Moment herunterrutschen.

«Oh, gut – glaube ich.» Meine Kehle ist trocken wie Sandpapier, und ich trinke etwas Wasser. «Sie ist sechzehn. Da wird man nie eine wirkliche Auskunft erhalten. Aber sie hat keine Türen zugeknallt und wirkt so weit ganz glücklich.»

«Zieht sie heute los und feiert?»

Ich nicke. «Und morgen ist das Stadtfest, ich werde sie also kaum zu sehen bekommen. Sie hat eine Gruppe enger Freundinnen. Allzu viele Sorgen mache ich mir also nicht.» Die Lüge geht mir so leicht über die Lippen. Ich mache mir pausenlos Sorgen. «Ist nicht ganz leicht zu entscheiden, wie viel Freiheit ich ihr lassen soll», fahre ich fort. «Mit sechzehn sind sie schon so erwachsen und doch noch vollkommen unreif.»

Er vertieft sich in seine Karte, und mir wird bewusst, wie sehr ihn das langweilen muss. «Entschuldigung, ich vergesse immer wieder, dass Sie keine Kinder haben.»

«Ja, das ist richtig. Aber ich höre gern zu, wenn Sie von Ihrer Tochter erzählen.»

«Wieso?», frage ich vorsichtig.

Er lächelt. «Weil ich Sie mag, Lisa. Ich möchte gern mehr über Sie wissen, aber Sie sind nicht besonders zugänglich.»

«Ach, da gibt's eigentlich nicht viel zu wissen. Ich bin ziemlich langweilig.» Ich versuche, es witzig und kokett klingen zu lassen, aber es gelingt nicht ganz. *Daniel.* Die Erinnerung an ihn lastet schwer auf meinem Herzen.

«Das glaube ich Ihnen keine Sekunde lang. Stille Wasser und so weiter.»

«Tja. Es stimmt aber.»

Glücklicherweise taucht der Kellner wieder auf, und ich wähle aufs Geratewohl die Jakobsmuscheln und die Dorade sowie ein Glas Chablis.

«Ich trinke kaum Alkohol», sage ich. «Bestellen Sie also nur dann eine Flasche, wenn Sie bereit sind, sie allein zu trinken.»

Er lacht. «Ich muss heute Abend noch nach Kent fahren, weil ich morgen früh ein Meeting in meinem Grainger House Hotel habe. Selbst schuld. Für mich also auch nur ein Glas. Offen gesagt, ich halte auch nichts davon, sich volllaufen zu lassen. Für den Kater am Morgen danach bin ich mittlerweile zu alt und beruflich zu stark eingespannt.» Ich bin gleich doppelt erleichtert: Er ist kein großer Trinker, und er wird nicht versuchen, mich heute Abend ins Bett zu kriegen. Ohnehin ein lachhafter Gedanke, dass er den Wunsch haben könnte, mit mir Sex zu haben, aber ich fürchte mich trotzdem davor. Ich bin seit Jahren nicht mehr im Beisein eines Mannes nackt gewesen. Tatsächlich bin ich seit Jahren keinem Mann mehr nahegekommen.

«Also», fängt er an, und ich ahne sofort, was nun für eine Frage folgt. Mal wieder eine Variante von *Erzählen Sie mir mehr über sich*. «Sie sind seit etwa zehn Jahren bei PKR, haben Sie erwähnt. Und was war davor?»

«Ava», erwidere ich schlicht. O Gott, wo sollte ich da anfangen? Es ist so viel, was davor war. Zu viel. Ein ganzer Kosmos von Leben. Es wäre schön, wenn ich alles in einem kurzen, knackigen Absatz zusammenfassen oder die Jahre, die hinter mir liegen, in Form einer lustigen Anekdote erzählen könnte. Beides ist leider unmöglich.

«Ah.» Seine Augen blicken mich forschend an. Heirat, Scheidung, Avas Vater, andere Freunde – all das, wofür sich Männer interessieren. Um den Stellenwert einer Frau in Relation zu anderen Männern zu erfassen, statt nur für sich genommen, als Individuum. Die intimeren Informationen kommen später. Jene Gespräche finden nachts statt, wenn man zusammen im Bett liegt und sich die Gesichter nur schattenhaft im Dunkel abzeichnen. Das sind die Stunden, wenn Menschen voreinander die Waffen strecken, in der Hoffnung, nicht irgendwann einmal nachts damit erstochen zu werden.

Der Wein kommt, und ich probiere ein Schlückchen. Er sieht mich noch immer an, abwartend, erwartungsvoll. Schließlich breche ich mein Schweigen. «Jemand hat mir mal erklärt, dass der menschliche Körper über einen Zeitraum von sieben Jahren seine sämtlichen Zellen komplett erneuert. Im Wesentlichen sind wir also jemand ganz anderes als noch sieben Jahre zuvor, und die Person damals war wiederum anders als jene sieben Jahre davor. Das wirft für mich die Frage auf, warum alle immer so fasziniert sind von der Vergangenheit anderer Leute, weil ja im Grunde keiner von uns noch mit jenem früheren Menschen identisch ist.»

Er trinkt einen Schluck Wein. «Davon habe ich ja noch nie gehört. Glauben Sie, das stimmt?»

Ich zucke mit den Schultern. «Ich weiß es nicht. Vielleicht sollte ich es mal googeln, aber falls es nur erfunden ist, geht für mich der Zauber verloren. Ich möchte gern glauben, dass es wahr ist.»

«Ja, ich auch. Der Gedanke hat etwas sehr Befreiendes.» Dann blickt er mich an, ganz offen. Wir sind zwei Erwachsene, nicht ein Mann und eine Frau, die infolge einer gewissen chemischen Reaktion umeinander herumtanzen. «Ich habe in jüngeren Jahren manches angestellt, worauf ich nicht gerade stolz bin», sagt er. «Kein schlechter Gedanke, wenn ich das alles hinter mir lassen könnte, zusammen mit den alten Zellen.»

«Ich werde Sie nicht nach Ihren alten Ichs fragen, wenn Sie mich nicht nach meinen fragen. Abgemacht?»

«Abgemacht.»

Das Leben ist eine Reihe von Abmachungen, so viel habe ich gelernt. Die meisten werden nicht eingehalten. Die Abmachung, die wir gerade getroffen haben, braucht nur die nächsten Stunden über zu halten. Danach komme ich wieder zur Vernunft, und ein Abend wie dieser wird sich nicht wiederholen. Wir stoßen leicht mit den Gläsern an. Aber, Herrgott, er ist sexy. Ein Herzensbrecher. Wie kommt er nur dazu, mich zum Essen einzuladen?

Als wir gegen halb zwölf unser Essen beendet haben, hat sich meine Anspannung fast völlig in Luft aufgelöst, und ich muss immer wieder spontan lächeln. Tatsächlich fühle ich mich so wohl und amüsiere mich so gut, dass ich das Gefühl habe, ich könnte gar nicht mehr aufhören zu lächeln. Wir haben uns über so viele Dinge unterhalten, ohne die Grenze zu Vergangenem zu überschreiten, dass ich langsam daran glaube, dass man sich auf das Hier und Jetzt konzentrieren und daran völliges Genügen finden kann. Wir haben uns über Filme und Fernsehsendungen ausgetauscht, über unsere Vorlieben und Abneigungen auf diesem Gebiet, über Angewohnheiten und Dinge, die wir hassen wie die Pest, und ich habe ihm mehr von Ava erzählt, von ihrem Schwimmsport und wie intelligent sie ist und was ich mir alles für sie erhoffe. Er hat von seinen Hotels erzählt, dass es sein Traum ist, sich in etwa fünf Jahren aus dem Geschäft hier in Großbritannien zurückzuziehen und eine Ferienanlage in der Karibik zu eröffnen – klein und exklusiv, mit einem Schwerpunkt auf Tauch- und Wassersport und guter einheimischer Küche. Die Art von entspanntem Betrieb, der praktisch von allein läuft, sodass er seine Zeit hauptsächlich auf dem Wasser oder mit Malerei verbringen könnte. Vielleicht würde er sich sogar an der Schriftstellerei versuchen, ein Buch schreiben. Er wirkte etwas verlegen, als er mir das erzählte, aber ich fand, es hörte sich ganz wundervoll an.

Er bietet mir an, mich noch nach Hause zu fahren, aber ich lehne dankend ab und werde ein Taxi nehmen. Schließlich hat er noch eine lange Fahrt vor sich. Das Restaurant ruft mir eins, und wir gehen nach draußen und warten zusammen in der frischen Sommernacht.

Wir unterhalten uns, bis das Taxi eintrifft.

«Können wir das noch mal wiederholen?»

«Draußen in der Kälte stehen?» Ich lächle. «Klar doch.»

«Sehr komisch. Nein, das Abendessen. Wein.»

Obwohl das Wort *Date* unausgesprochen in der Luft hängt, nicke ich spontan. «Ja, das würde mir gefallen.»

Er strahlt und neigt sich zu mir vor. Ich wende im letzten Moment das Gesicht zur Seite, und seine Lippen landen auf meiner Wange. Sie sind weich und warm. «Gute Nacht», sage ich. Ich habe panisches Herzflattern, aber es fühlt sich gut an. «Fahr vorsichtig.» Wir sind im Lauf des Abends zum Du gewechselt.

«Viel Spaß morgen mit Ava beim Stadtfest.»

«Ha!» Ich steige ein. «Ich glaube kaum, dass ich viel von ihr zu sehen bekomme.»

«Nun, dann viel Spaß mit Marilyn. Tut mir leid, dass ich nicht dabei sein kann.»

Die Tür schließt sich, und ich lasse mich in den Sitz zurücksinken.

«Netten Abend gehabt?», fragt der Fahrer, als wir auf die Hauptstraße abbiegen.

«Ja», antworte ich und merke dabei, dass ich gar nicht mehr aufhören kann zu lächeln. «Ja, sogar sehr nett.»

19

AVA

Das Stadtfest auf den Flusswiesen ist einer der jährlichen Höhepunkte in der Stadt. In der Schule lästern immer alle darüber, wie lahm es ist, in Wirklichkeit aber mögen wir es alle nicht missen. Ganz wie wir hat es sich über die Jahre jedoch verändert. Wo es früher nur ein paar Stände und Spielbuden gab und vielleicht noch ein Kanurennen veranstaltet wurde, erstreckt sich das Fest inzwischen über die Wiesen zu beiden Seiten des Flusses. Die beiden alten Fußgängerbrücken verbinden die Schauplätze, auf einer geht man hinüber, und auf der anderen kommt man zurück. Es gibt eine komplette Kirmes, verschiedene Musikbühnen, Clowns und Wahrsagerinnen, Kunstausstellungen, Buden, an denen es Waren aller Art zu kaufen gibt, ein riesiges Café in einem Festzelt, das von den Frauen vom Women's Institute betrieben und nur von den älteren Leuten genutzt wird, diverse Bierzelte und massenhaft Imbisswagen, die Fast Food für jeden Geschmack anbieten.

Ich liebe das Stadtfest. So wie wir alle, obwohl wir lieber sterben würden, als das zuzugeben. Wir stolzieren durch die Menge, mit vorgeschobenen Hüften, die von Lipgloss glänzenden Lippen halb geöffnet, die Augen hinter unseren verspiegelten Sonnenbrillen verborgen. Von allen Seiten ist das Kreischen von Kindern und Müttern zu hören. Die letzten paar Jahre bin ich immer erst gegen vier hergekommen, wenn die Kleinen, sosehr sie sich auch sträuben, nach Hause gebracht werden, aber nach zu viel billigem Wein gestern Abend hat es mich – uns, besser gesagt – dringend hinaus an die frische Luft gezogen. In der Sonne vergeht der Brummschädel schneller. Den Wein haben die Jungs mitgebracht, und nach einigen Gläsern habe ich sogar mit Courtney rumgeknutscht. Ich hätte meine Tage, habe ich ihm weisgemacht – die übrigens immer noch auf sich warten lassen –, habe ihm aber einen runtergeholt, damit er mich in Ruhe lässt. Lizzie hat mit Jack rumgemacht, aber auch nur, weil sie besoffen waren, glaube ich – Jack ist sonst überhaupt nicht ihr Typ. Die Typen sind überhaupt alle so unreif. Ich spüre ein Flattern im Unterleib. Nur noch eine Woche, bis ich *ihn* treffe.

«Suchen wir uns ein Plätzchen unten am Ufer», murmelt Jodie, «wo wir uns ein bisschen in die Sonne legen können. Was meint ihr?»

Wir sind alle einverstanden. Für eine Karussellfahrt fühlen wir uns alle noch nicht stabil genug. Davor müssen wir erst was essen und eine Cola trinken.

Die Jungs kommen später auch noch, aber ich bin froh, dass wir Mädels jetzt erst mal unter uns sind. Es steht noch nicht mal fest, ob wir uns überhaupt mit ihnen treffen wollen. Nach gestern Abend ist Lizzie nicht unbedingt wild darauf, und ich finde, dass ihr rauer Charme, verglichen mit den eher braven Jungs auf der KGSE, sich langsam doch etwas abnutzt. Wir gehören verschiedenen Stämmen an. Unter der Haut mögen wir gar nicht so verschieden sein, aber in unserem Alter ist es nur die Oberfläche, auf die es ankommt.

Wir stehen früh auf und gehen schwimmen. Sie bleiben bis tief in die Nacht auf und kiffen. Sie schauen Fußball. Wir schauen uns Wiederholungen von *Glee* an. Vielleicht ist es nur der Sex, der uns zusammenführt, überlege ich, während wir auf den Fluss zubummeln. Vielleicht wird es mit *ihm* ja genauso. Wenn die Lust erst mal abgeklungen ist, werde ich mich langweilen. Ein seltsamer Gedanke. Im Vergleich zu uns Mädchen wirken die Jungs unreif, und im Vergleich zu ihm wirken *MyBitches* unreif. *Eine Woche. Noch eine Woche.*

Es fällt mir schwer, mir das Lächeln zu verkneifen. Zu Hause war heute alles wieder fast ganz normal. Die komische Laune von letzter Woche scheint sich wieder verzogen zu haben, Mums Arbeitsessen gestern Abend ist anscheinend gut gelaufen, denn sie strahlte geradezu heute Morgen. Sie hat mir zwanzig Pfund extra hingelegt, und ich hab ausnahmsweise gesagt, dass ich die nicht bräuchte. Sie hat darauf bestanden, dass ich die Kohle annehme, nur für den Fall, dass dieses Jahr alles teurer wäre. Mir wurde dabei ganz warm ums Herz. Ich fühlte mich ihr wieder ganz nah. Ich und sie gegen den Rest der Welt, und das, während mich die Welt zugleich von ihr wegzieht. Sie ist immer noch meine Mum. Und ich habe sie lieb, auch wenn sie noch so vorsichtig und überbesorgt ist.

Auf der Wiese am Fluss sind überall Picknickdecken ausgebreitet, wie Stoffflicken, die zu einem Quilt verarbeitet werden sollen. Das Stadtfest ist bereits gut besucht, obwohl es offiziell erst ab ein Uhr losgeht. Heutzutage kommen die Leute oft schon vor elf Uhr, auch wenn der Karussellbetrieb noch ruht. Doch es gibt bereits Essen und Getränke und Verkaufsbuden, die man sich ansehen kann. Der offizielle Stargast dieses Jahr ist dieser heiße Typ von *Hollyoaks*, der letztes Jahr bei *Let's Dance* gewonnen hat und ständig Thema in allen möglichen Zeitschriften ist. Auf den Flugblättern stand, dass er Bilder signieren würde und auch für gemeinsame Fotos zur Verfügung stünde. Lizzie möchte sich mit ihm ablichten lassen. Wir haben ihr gesagt, dass sie allein in der Schlange warten kann.

Wir finden eine Stelle etwas abseits der Familien, wo die Böschung steil zum Wasser hin abfällt und die Kinder nicht herumplanschen können. Ich lasse mich aufatmend im Gras nieder, das sich kühl anfühlt und an meinen Beinen leicht kitzelt.

«Ich hab Hunger», verkündet Jodie.

«Ich auch, und wie», pflichtet Lizzie ihr bei. «Wir hätten erst bei Mac Do vorbeigehen sollen. Außerdem muss ich dringend mal Pipi.»

«Ich mag mich nicht von der Stelle rühren», sage ich. Es ist die Wahrheit. Ich möchte einfach nur hier in der Sonne sitzen und meine Gedanken schweifen lassen. «Aber falls du was zu essen besorgst, hätte ich auch gern was.» Ich krame den Zwanziger aus der engen Tasche meiner abgeschnittenen Jeans. «Egal was, dasselbe wie du. Und eine Cola. Ich halte uns den Platz frei.»

«Ich hab Geld», wehrt Jodie ab und setzt sich in Richtung der Imbisswagen in Bewegung; ihre kleine, zierliche Gestalt verliert sich bald im hellen Sonnenlicht. Lizzie zieht los, um die Toiletten zu suchen, und Ange setzt sich im Schneidersitz neben mich, während ich mich auf den Rücken sinken lasse und die Augen schließe.

«Ich könnte jetzt einschlafen», sage ich.

«Ich weiß, was du meinst.»

«Weck mich, wenn Jodie mit dem Essen wieder da ist.»

Aber ich schlafe nicht, sondern liege mit offenen Augen da, blicke durch meine Sonnenbrille zu den Ästen hoch und denke an ihn. Ist es möglich, jemanden zu lieben, den man noch nie getroffen hat? Ist das verrückt? Ich kenne die Warnungen, dass man im Internet nicht mit Fremden reden soll, aber das hier ist etwas anderes. Zunächst einmal bin ich kein Kind mehr – das Internet braucht mir niemand zu erklären. Und zweitens ist er kein zwielichtiger Typ. Er ist wundervoll. Und er sorgt dafür, dass ich mich wundervoll fühle.

Ich spähe zur Seite. Ange sitzt vornübergebeugt da, ganz vertieft in ihr Handy, und ihre Finger sausen nur so über die Tastatur. Ich habe kein Piepsen gehört, sie hat es also anscheinend stummgeschaltet. Hat sie auch Geheimnisse? Ich frage mich, ob sie gerade mit Courtney chattet. Das würde mich nicht weiter stören, wir sind schließlich Freundinnen, doch es wäre schon komisch, wenn sie das für sich behielte. Sie redet auch über keinen anderen Typen, und Ange redet sonst gern und viel. Womöglich steht sie ja doch auf ihn. Vielleicht sollte ich die beiden ermuntern. Falls sie zusammenkämen, würde ich nicht gar so sehr wie ein Miststück dastehen, wenn ich und *er* ganz offen ein Paar sind.

Ich atme tief durch und spüre, wie sich die Anspannung in meinem Hals und den Schultern löst, als ich die Augen schließe. Vom Wein habe ich immer noch leichte Kopfschmerzen, deshalb lasse ich meine Gedanken dahinschweben wie dünne Wolkenfetzen an einem sonnigen Tag. Die Sonne wird langsam wärmer, und selbst der Wind ist schon so lau, dass ich davon keine Gänsehaut mehr bekomme. Es ist ein herrlicher Sommertag.

Im ersten Moment halte ich den schrillen Lärm für meinen Wecker. Ich bin halb eingedöst und habe geträumt, von Prüfungen und von der Schule und vom Zuspätkommen, und während ich zur Haltestelle renne, um den Bus noch zu erwischen, höre ich auf einmal dieses schreckliche laute Geräusch. Als ich erschrocken die Augen aufschlage und mich aufsetze, dauert es kurz, bis ich begreife, wo ich gerade bin. Beim Stadtfest. Samstag. Keine Prüfungen mehr. Und es ist auch kein Wecker, der da zu hören ist, sondern verzweifeltes Geschrei. Obwohl ich hinter der Sonnenbrille noch verschlafen blinzle und mein Mund wie ausgedörrt ist, habe ich mich bereits aufgerappelt. Mein Herz rast wie verrückt und sorgt dafür, dass ich im Nu hellwach bin.

«*O Gott! Hört mich denn niemand! Mein Junge! Ben! Ben! Bitte, ist da drüben jemand! Tun Sie doch etwas, bitte!*»

Ich sehe mich um, aber Ange ist verschwunden, und da fällt mein Blick auf die Menschenmenge unten am Ufer. Ein beleibter Mann zieht gerade seine Schuhe aus. Ich blicke aufs Wasser. *Eine kleine Hand. Panisch plätschernd. Ein Haarschopf. Haut. Dicht beim anderen Ufer. Der dicke Mann wird es nicht bis dorthin schaffen. Die Strömung ist sehr stark, und das Wasser ist voller Algen. Seine Füße werden zu tief hinabhängen, und wenn er es schließlich bis zu dem Kind geschafft hat, kann es schlimmstenfalls passieren, dass er es mit sich in die Tiefe zieht, statt es zu retten.*

All das schießt mir durch den Kopf, zusammen mit der Frage *Wo ist denn nur Ange?*, während ich die paar Meter zum Ufer hinunterhaste und ins Wasser springe, mit vorsichtshalber angezogenen Beinen, für den Fall, dass der Fluss hier nur seicht ist. Die Rufe und Schreie sind mit einem Mal nur noch ganz gedämpft. Das Wasser ist eiskalt, eine stinkende Brühe, und ich kann den Schmutz im Mund schmecken, aber meine starken Beine strecken sich und treten kräftig, der Strömung entgegen, die das Kind in Richtung Wehr mitreißen wird. Ich tauche schnaufend aus dem Wasser auf und schwimme los.

20

LISA

Ich lächle immer noch. Die Sonne scheint, es ist herrliches Wetter, und Ava war heute Morgen so gut aufgelegt, dass es anmutete wie ein Blick in eine Zukunft, in der meine erwachsene Tochter und ich wie beste Freundinnen sind, die zusammen plaudern und lachen. Es war einfach schön.

Zum Frühstück traf eine SMS von Simon ein, um mir zu sagen, wie sehr ihm der Abend gefallen habe und dass er sich *nicht* darauf freue, diesen schönen Tag mit Meetings in stickigen Räumen zu verbringen; viel lieber wäre er bei diesem Wetter mit mir unterwegs. Beim Lesen überkam mich erst die übliche Beklommenheit, die aber gleich darauf von einem absoluten Hochgefühl abgelöst wurde. Es könnte am Wetter liegen oder daran, dass Ava ihre Prüfungen hinter sich hat, aber es geht mir tatsächlich besser. *Die* Angst habe ich immer noch, sie wird mich nie verlassen, und auch die Verunsicherung der letzten Woche habe ich noch nicht ganz abgeschüttelt – *es war nicht Peter Rabbit, und das Lied im Radio war bloß ein dummer Zufall* –, doch ich fühle mich stärker, entschlossener. Ich kann lernen, im Hier und Jetzt zu leben. Vielleicht kann ich mir sogar erlauben, wieder glücklich zu sein.

«Hier.» Richard reicht mir eine Eiscreme, in der zwei kleine Waffeln stecken. «Streusel habe ich weggelassen, weil wir keine Kinder mehr sind.» Er zwinkert mir zu, und ich lächle. An der Waffeltüte läuft bereits geschmolzenes Eis herunter, ich lecke es eilig ab.

«O Gott, eigentlich darf ich ja nicht», sagt Marilyn. «Diesen Monat habe ich irgendwie zwei Pfund zugelegt.»

«Red keinen Blödsinn.» Richard legt ihr einen starken Arm um die Taille. «Du siehst hinreißend aus.»

Nach kurzem Zögern nimmt sie die Eistüte entgegen. «Ach, was soll's.»

Sie lächelt vergnügt, und ich stelle mir unwillkürlich vor, wie Simon und ich mit den beiden etwas unternehmen, wir vier als Quartett. Würde er seinen Arm auch so um mich legen? Schützend und liebevoll? Marilyn hat nicht gefragt, wie mein Abend war – wahrscheinlich hat sie die Sache vor Richard geheim gehalten, mir zuliebe. Oder sie hatte ihre eigenen Gründe dafür. Sie wünscht mir von Herzen Glück, aber sie weiß, wie schnell ich zuklappen kann wie eine Auster, dazu kennt sie mich gut genug. Bei zu viel Druck, dass aus der Sache etwas werden soll, besteht durchaus die Gefahr, dass ich nach all den Jahren als Single kopfscheu werde und alles abbreche.

Ich für meinen Teil kann es kaum erwarten, ihr davon zu erzählen. Vielleicht können wir uns später irgendwohin verziehen, wo wir ungestört reden können. Nicht, dass es viel zu sagen gäbe, doch ich möchte den Abend einfach noch mal Revue passieren lassen. Ihre Meinung zu ihm, zu mir, zu allem hören. Meine Güte, ich führ mich ja auf wie ein junges Ding, das ganz nervös und aufgeregt ist wegen eines Jungen.

«Mensch, was ist denn da drüben los?» Richards Lächeln

schlägt in ein Stirnrunzeln um, während sein Blick über meine Schulter hinweggeht. «Unten am Fluss.»

Ich drehe mich um, wie auch die anderen Leute, die mit uns vor dem Eiswagen stehen. Es breitet sich wie kleine Wellen auf dem Wasser von einem zum anderen aus, dieses Gefühl, dass etwas nicht stimmt. Die Sonne scheint sehr hell, ich blinzle dagegen an. Am Flussufer da vorn tut sich irgendetwas. Die Leute, die dort eben noch auf Decken lagen oder saßen, sind nun auf den Beinen und schauen in die andere Richtung. Mütter drücken ihre kleinen Kinder an sich. Ich kann bis hierher spüren, was in dieser schützenden, bergenden Umarmung zum Ausdruck kommt: die Erleichterung und das Schuldgefühl bei dem Gedanken, Gott sei Dank ist es nicht mein Kind.

Kind ... Fluss ... ein Mädchen ist reingesprungen ... hat schon jemand den Krankenwagen gerufen ... Mensch, wo war denn die Mutter ... was ist heutzutage bloß mit den Leuten los ...

Die Gesprächsfetzen dringen zu uns herüber, eine Art Stille Post, die sich verbreitet, und mit einem Mal weiß ich, dass meine Ava sich irgendwo hinter diesen Leuten befindet, dass sie im Mittelpunkt des Geschehens steht. Ich weiß es einfach.

Ich lasse mein Eis fallen und spurte los.

«Lisa?», ruft Marilyn mir verwirrt hinterher, doch ich höre sie kaum vor lauter Panik. Das ist meine Schuld, nur meine Schuld, und Hochmut kommt vor dem Fall, auf Glück folgt der Verlust, und ich laufe wie von Sinnen, drängle mich rücksichtslos zwischen den Leuten hindurch, um zum Epizentrum zu gelangen. Lieber Gott, bitte lass meinem Baby nichts passiert sein, lieber Gott, bitte lass meinem Baby nichts passiert sein ... immer wieder sende ich im Geist dieses Stoßgebet an einen Gott, von dem ich weiß, dass er mir nicht zuhört, und ich spüre die Tränen, die mir vor Angst und Sorge in die Augen steigen.

Als ich die letzte Reihe von Schaulustigen durchbreche, sehe ich als Erstes die Rettungssanitäter von unserem hiesigen Krankenhaus, St. John's, große Gestalten in grüner Montur, die mir die Sicht versperren. Sonnenlicht fällt auf eine silbrige Rettungsdecke, vor Glitzern und Funkeln kann ich kurz nichts erkennen, und dann steht sie auf, und ich sehe sie. Mein Baby. Tropfnass, aber quicklebendig.

Ich laufe zu ihr, schließe sie in die Arme, schmiege mein Gesicht in ihr stinkendes Haar. O Gott, sie lebt. Ihr ist nichts passiert. Meinem Baby ist nichts passiert.

«Alles in Ordnung, Mum. Mir fehlt nichts.»

Sie bringt ein schiefes Lächeln zustande, das ich mit einem halben Auflachen beantworte, das aber beinahe ein Schluchzen ist. Und dann sind plötzlich ihre Freundinnen auch da, und wir scharen uns ganz eng um sie, und ihre jungen Stimmen gellen mir in den Ohren: *Was ist passiert, ich war gerade nur, o mein Gott, ich fass es nicht, Herr im Himmel, Ava, du hast ihn gerettet, das ist zu abgedreht ...* Ich klammere mich an sie, und auch an die anderen, bringe kein Wort heraus, am ganzen Leib zitternd vor Erleichterung.

Der Arm einer Frau schiebt sich zwischen uns, versucht Ava zu erreichen, und wir weichen auseinander. Auf dem Gesicht der jungen Frau sehe ich meine eigenen Gefühle widergespiegelt, eine Mischung aus Angst und Erleichterung. Sie kann kaum älter als fünfundzwanzig sein. Etwas hat sich heute in ihr Gesicht eingeprägt, glaube ich. Etwas, das vorher noch nicht da gewesen ist.

«Danke», sagt sie unter Tränen. «Danke. Ich hab keine Ahnung, wie er da drüben hingekommen ist. Er sollte eigentlich bei den anderen sein ...»

Sie hält ihn auf dem Arm, drückt ihn an sich. Ein kleiner Junge, in eine silberne Rettungsdecke eingehüllt, ganz wie mein kleines Mädchen, aus der er mit großen Augen herausspäht. Er weint nicht. Ist zu sehr damit beschäftigt, das alles in seinem jungen Kopf zu verarbeiten. Die Gefahr. Mir bleibt kurz das Herz stehen. Wie alt mag er sein? Zwei, oder drei? Im selben Alter wie Daniel. Wie Daniel damals war. Die Welt um mich herum zerbricht wieder, das Glück, das vorsichtig in mir aufgekeimt ist, weht durch die Risse davon wie Löwenzahnsamen. *Das passiert, wenn du nicht wachsam bleibst*, höre ich meine innere Stimme sagen. *Das passiert, wenn du versuchst, glücklich zu sein.*

«Bitte mal hierhersehen!» Die Aufforderung erfolgt mit so viel Nachdruck, und ich bin vor Erleichterung wegen Ava und durch die Erinnerung an Daniel so benommen, dass ich ihr umgehend Folge leiste. Wie auch der Rest unseres Grüppchens.

Das Blitzlicht der Kamera flammt auf und blendet mich.

21

**Dramatische Rettung aus dem Fluss –
hiesiger Teenager bewahrt Kleinkind
vor dem Ertrinken**

Beim diesjährigen Stadtfest von Elleston wäre es beinahe zu einer Tragödie gekommen, als der kleine Ben Starling, 2, in den Fluten des Stour zu ertrinken drohte; dank dem beherzten Eingreifen von Ava Buckridge, 16, konnte das Schlimmste gerade noch einmal abgewendet werden. Ava, Bild unten, döste gerade in der Sonne, als sie durch Schreie auf die Notlage des kleinen Ben aufmerksam wurde, der hilflos im Wasser trieb. Die geistesgegenwärtige Sechzehnjährige sprang, ohne zu zögern, in den Fluss und zog den Jungen an Land. Der Kleine hatte mit seinen Cousins und ein paar älteren Kindern gespielt, sich aber dann von der Gruppe entfernt. Von seiner Mutter unbemerkt, überquerte er auf eigene Faust die Brücke und purzelte dann am Ufer gegenüber von der steilen Böschung ins Wasser. Zum Glück war Ava in der Nähe, die Mitglied im Ellestoner Schwimmverein ist und für die Larkrise Swimmers bei regionalen Wettkämpfen antritt, und dank ihr konnte Ben seiner Mutter schließlich wieder übergeben werden, wohlbehalten und unversehrt.

Die hübsche Sechzehnjährige ist nicht nur mutig, sondern glänzt auch durch Bescheidenheit. Auf Nachfrage erklärte sie unserem Reporter: «Ich habe den Kleinen im Wasser gesehen, und am Ufer zog sich gerade ein Mann die Schuhe aus, um in den Fluss zu springen. Ich schwimme jeden Tag und wusste daher, dass ich gegen die Strömung eine bessere Chance hätte, also bin ich losgerannt. Ehrlich, es war keine große Sache. Aber das Wasser war schon ziemlich kalt!»

22

LISA

Ich nehme mir immer vor, nicht hinzusehen, aber jedes Mal, wenn ich am Empfang vorbeikomme, schaue ich dann doch hin. Marilyn hat den Zeitungsartikel für mich laminiert, aber Penny hat sogar ein Exemplar einrahmen und im Empfangsbereich aufhängen lassen. Weil der Vorfall, wie sie sagt, ein gutes Licht auf die Firma wirft. Marilyn bewahrt sämtliche Artikel, die dazu in der Presse erschienen sind, fein säuberlich ausgeschnitten in einem Umschlag auf. Ganz wie Ava. Ich mag nicht einmal das Papier berühren. Es kommt mir vor, als würde mein Gesicht auf allen Fotos besonders hervorstechen, obwohl ich es tatsächlich auf den meisten halb abwende.

Ich versenge mir beinahe die Hand an dem Becher, als ich an meinen Platz zurückkehre. Er hat fast etwas Tröstliches, dieser Schmerz, der mich im Hier und Jetzt verankert.

«Du musst doch riesig stolz sein», sagt Marilyn zum etwa tausendsten Mal diese Woche, als ich ihr ihr Getränk hinstelle. Sie hat eine neue Internetseite geöffnet, von den Larkrise Swimmers. Avas Trainer hat darauf einen Text über sie veröffentlicht, der in die Empfehlung mündet, dass alle Kinder schwimmen lernen sollten. Mein Kiefer schmerzt vor Anspannung. Warum können mich alle nicht einfach in Ruhe lassen?

«Natürlich bin ich das, wie oft soll ich es denn noch sagen?» Ich halte den Becher noch etwas fester umfasst. «Offen gesagt, ich bin einfach nur froh, dass es dem Kleinen gut geht.» Ben. Er heißt Ben, aber wenn ich sein Gesicht in der Zeitung sehe, stockt mir jedes Mal kurz der Atem, als wäre es Daniel. Er ist nicht Daniel. Ben ist am Leben. Daniel ist tot. Es sind mehr Bilder von Ava als von Ben und seiner Mutter erschienen. Das wundert mich nicht. Sie sieht auf den Fotos aus wie ein amerikanisches Starlet, in ihrer kurz abgeschnittenen Jeans und dem T-Shirt, das ihr nass am Körper klebt. Mir war die Sache furchtbar unangenehm, ich habe versucht, sie fortzuziehen, aber sie sonnte sich förmlich in der Aufmerksamkeit. Sie und ihre Freundinnen posierten bereitwillig für die Kamera. Zu viele Fotos. Zu viele mit mir, die sich im Hintergrund herumdrückt.

Die Meldung erscheint ja nur in der Lokalpresse, sage ich mir immer und immer wieder. Niemand achtet darauf. Die Sache gerät bald wieder in Vergessenheit, so lautet Alisons Einschätzung. Ich habe sie am Sonntag angerufen, außer Atem und panisch, ganz zerknirscht darüber, sie am Wochenende zu stören. Ihre Stimme, wohltuend und beruhigend, tröpfelte mir kühl und professionell ins Ohr. Das würde ich schon überstehen, sagte sie. Es würde vorübergehen, sagte sie. Falls mir die Angstzustände zu viel würden, solle ich mich noch mal bei ihr melden. Sie empfahl mir, meine Atemübungen zu machen. Ich hörte Kinder im Hintergrund. Sie mir in ihrem eigenen Leben vorzustellen fällt mir schwer. Schon komisch, wie wir Menschen in Schubladen einsortieren. Ihr Umgang mit mir ist immer betont professionell.

Meine Ruhe hielt etwa fünf Minuten an, nachdem ich

aufgelegt hatte, dann hatten mich die Ängste und Sorgen wieder am Wickel, Es ist mir bisher nicht gelungen, sie abzustreifen, während ich mich von Tag zu Tag schleppe. Meine Anspannung hat sogar eher noch zugenommen. Dass ein Reporter des auflagenstärksten Lokalblättchens sich irgendwoher meine Handynummer beschafft hat und mich gestern anrief, um ein Mutter-Tochter-Interview anzufragen, war auch nicht sonderlich hilfreich. Danach habe ich mein Handy abgeschaltet und seither auch nicht mehr eingeschaltet.

Mit von dem heißen Becher inzwischen knallroter Hand versuche ich, mich auf den Serienbrief zur Bestätigung eines Arbeitsvertrags zu konzentrieren, den ich gerade formuliere, werde aber vom moschusartigen Geruch der rosaroten Lilien abgelenkt, die in einer Vase auf dem Tisch gleich neben meinem Schreibtisch stehen. Normalerweise würde mich ihr Anblick erfreuen, aber diese Lilien sind von Simon, und sie erinnern mich an ihn und damit daran, wie naiv es von mir war, zu glauben, ich könnte mich entspannen und einfach nur glücklich sein. Diesen Strauß hat er für mich vorbeibringen lassen, und noch einen kleineren aus bunten, ungewöhnlichen Blumen, die ich nicht zu benennen wüsste, für Ava. Sie stehen in einer Vase in der Büroküche. Ich habe sie nicht mit nach Hause genommen. Es ist schon genug los, da will ich ihr nicht auch noch erklären müssen, was es mit Simon auf sich hat. Penny hat ihr schließlich auch keine Blumen geschickt, warum also sollte ein Wildfremder das tun? Ava würde sofort darauf schließen, dass meine Beziehung zu diesem Mann nicht nur geschäftlicher Art ist.

Ich wollte ihr selbst etwas besorgen, um ihr zu zeigen, wie stolz ich auf sie bin. Ich möchte ihr irgendwie deutlich machen, dass sie mein Ein und Alles ist, und Stolz ist als Wort viel zu schwach, um auszudrücken, was ich empfinde, wenn ich sehe, wie sie sich lieb und nett und selbstlos verhält. Doch all das ist so eng damit verknüpft, was in mir los ist, dass ich, selbst wenn ich den Versuch unternähme, es ihr zu erklären, die Knoten unmöglich aufschnüren könnte.

«Hat eine von Ihnen Geld aus der Handkasse genommen?»

Ich bemerke erst jetzt, dass Penny aus ihrem Büro gekommen ist, so war ich in Gedanken und in meinen Bildschirm vertieft. Sie kehrt dem restlichen Raum den Rücken zu und hat sich mit gedämpfter Stimme an uns gewandt.

«Nein», sagt Marilyn.

«Ich auch nicht», schließe ich mich ihr an. Mein Mund ist wie ausgedörrt. Auf einmal ergibt das, was ich am Morgen beobachtet habe, sehr viel mehr Sinn.

«Zwanzig Pfund fehlen, glaube ich», sagt Penny. «Das ist jetzt schon ein paarmal passiert.»

«Wie oft müssen wir Ihnen denn noch sagen, dass Sie die Kasse abschließen sollen?» Marilyns Tonfall ist mütterlich-tadelnd. Schade eigentlich, dass sie keine Kinder hat. «Da bedienen sich wahrscheinlich die Putzfrauen.»

«Ich schließe meinen Schreibtisch immer ab.» Pennys Miene verrät, dass das nicht ganz der Wahrheit entspricht. «Na ja, wenn ich dran denke.»

«Achten Sie einfach von jetzt an darauf», sage ich.

«Vermutlich habe ich den Schein selbst rausgenommen», murmelt Penny. «Bin ein bisschen vergesslich in letzter Zeit. Verdammte Hormone.»

Als sie sich wieder entfernt, sehe ich Julia, die gerade zum Kopierer unterwegs ist. Penny lächelt ihr zu; ein herzlicher Ausdruck ihrer offenen Zuneigung. Julia, das neue Goldmädchen. Ich sollte wirklich etwas sagen. Das wäre mehr als angebracht.

«Alles klar bei dir?», fragt Marilyn.

«Äh, ja», sage ich. «Ich überlege bloß gerade, was ich heute Abend kochen soll.»

«Rock'n'Roll, Lisa.» Sie sieht mich grinsend an. «Unsere Leben sind der reinste Rock'n'Roll.»

Ich starre auf meinen Computerbildschirm und atme mehrmals bewusst tief durch. Es wird mir alles zu viel. Die Welt hat mir ihre Finger um den Hals gelegt und fängt langsam an, mich zu ersticken.

23

AVA

Seit der Sache am Fluss geht es drunter und drüber, aber zugegeben, die Aufmerksamkeit ist schon nett. Noch besser ist, dass ich auf den meisten Fotos, die in der Presse erschienen sind, okay aussehe, das freut mich besonders. Mein Facebook spielt verrückt. So viele neue Freundschaftsanfragen – scheint so, als wollten nun alle von der KEGS mit mir befreundet sein – und dazu so viele Kommentare, wie toll und großartig ich bin. Insgeheim ärgere ich mich, dass die Prüfungen alle gelaufen sind und ich nicht mehr in die Schule kann, um mich ausgiebig in meiner neuen Popularität zu sonnen. Aber mir ist natürlich klar, wie oberflächlich das ist.

Der Einzige, der mich nicht wie eine Heldin behandelt, ist Courtney. Er ist ein bisschen kühl zu mir, und ich glaube, er rafft so langsam, dass ich mit ihm Schluss machen will. Oder vielleicht ist er eifersüchtig, dass ich so viel Aufmerksamkeit bekomme.

Auch Mum ist ziemlich unausstehlich, immer schlecht gelaunt. Könnte es sein, dass sie eifersüchtig ist? *Er* sagt, sie sei eine Belastung für mich. Dass es egoistisch von ihr sei, wenn sie verlangt, dass ich immer ihr Baby bleibe. Sie ziehe mich runter, sagt er, und dass ich mich gegen sie behaupten soll. Da könnte er recht haben, glaube ich. Er war allerdings ganz großartig. Meine Tat hätte ihn kein bisschen überrascht, hat er gesagt, weil er mich als Frau genau so eingeschätzt hätte. Mutig und stark und wunderschön, und er sei sehr glücklich, mich zu kennen. Ja, er hat mich eine *Frau* genannt.

Schon bei dem Gedanken überläuft mich ein Schauer. Kein Mädchen mehr. Eine Frau. Seine Frau. Ich bin es, die sich glücklich schätzen kann. Wenn er mich wunderschön nennt, spüre ich das. Wenn mir jemand ein Kompliment macht, hat das normalerweise die gegenteilige Wirkung auf mich. Dann komme ich mir plump und unbeholfen vor und bin mir erst recht all der Dinge bewusst, die bei mir nicht stimmen. Nur bei ihm ist das nicht so. Vielleicht ein Zeichen dafür, was Liebe wirklich bedeutet. Und in ein paar Tagen treffe ich ihn! Ich kann's kaum erwarten. Ich bin so aufgeregt. Vorher muss ich bloß noch eine andere Sache regeln.

Ich starre die Apothekentüte auf meinem Bett an. Ich sollte es hinter mich bringen. Vielleicht nach dem Abendessen. Es wird nicht positiv ausfallen, das wäre ja verrückt, aber trotzdem spüre ich eine leise Angst in der Magengegend. Wenn ich es erledigt habe und das Ergebnis kenne, so oder so, wird's mir besser gehen. Und wie Jodie schon gesagt hat, selbst wenn es positiv ausfällt – bitte, lieber Gott, lass es nicht positiv ausfallen –, geht davon die Welt nicht unter. Das lässt sich ohne weiteres beheben. Wenigstens sind nun Sommerferien. Sollte ich eine Abtreibung brauchen, kann ich das erledigen, während Mum bei der Arbeit ist. Sie wird nie etwas davon erfahren.

24

LISA

«Du warst nicht zu erreichen. Auf deinem Handy bin ich jedes Mal sofort auf der Mailbox gelandet. Richard ist ein Stündchen außer Haus, um einen Kostenvoranschlag zu erstellen, also habe ich mir gedacht, ich schneie mal bei dir vorbei.»

Ich vermag nicht zu entscheiden, ob ich mich freue, sie zu sehen, oder nicht. Ich habe gerade den Abwasch erledigt, nach einem eher unerfreulichen Abendessen mit Ava, Geflügelsalat, die auf meine Fragen nur einsilbige Antworten brummte und sich jetzt in ihrem Zimmer eingesperrt hat; ihre Freundinnen sind sicher schon hierher unterwegs, Gestalten, die dann jedes Mal eilig die Treppe hinaufhuschen. Ich weiß nicht recht, ob ich jetzt die Energie für Marilyn aufbringe. Ich bin einfach emotional ausgelaugt. Dieser Zustand permanenter, unruhiger Wachsamkeit, in dem ich mich befinde, ist wahnsinnig kräftezehrend.

«Was ist los?», frage ich, während ich Teewasser aufsetze.

«Bei mir gar nichts.» Sie hängt ihre Tasche an eine Stuhllehne, ehe sie sich auf den Sitz fallen lässt. «Aber du kamst mir heute Nachmittag ein bisschen verstimmt vor. Hast du irgendwas auf dem Herzen?»

Ich kann ihren Blick auf meinem Rücken spüren, während ich geschäftig mit Bechern und Teebeuteln und Milch hantiere. *Irgendwas* muss ich ihr erzählen. Sie kennt mich zu gut, und auch überhaupt nicht. Sie kennt meine Marotten und Eigenarten. Etwas muss ich ihr bieten, und da ich sie nicht in meine Sorgen vom Wochenende einweihen kann, entscheide ich mich für das kleinere Übel.

«Ich glaube, ich weiß, wer sich an der Kasse bedient hat.»

Sie sieht mich mit großen Augen an. «Aha. Und wer?»

Ich gieße das heiße Wasser in die Becher und setze mich zu ihr an den Tisch.

«Julia», sage ich. «Es war Julia.»

Marilyn bleibt kurz stumm und stößt dann laut die Luft aus. «Ich hätte es mir denken sollen. So wie sie sich immer bei Penny einschleimt, mit kleinen Geschenken fürs Büro oder Kuchen für alle. Wie bist du dahintergekommen?»

«Ich war heute schon früher im Büro.» Seit dem Wochenende bin ich jeden Tag früher zur Arbeit erschienen. Alles ist besser, als mit den ganzen Sorgen wach im Bett zu liegen, und jetzt, wo die Prüfungen gelaufen sind, muss ich ja auch Ava nicht mehr morgens wecken. «Um mich um die Feinheiten in den Manning-Verträgen zu kümmern. Jedenfalls habe ich sie erwischt, als sie gerade aus Pennys Büro kam. Sie war ganz schön erschrocken, mich zu sehen.»

«Hat sie gesagt, was sie da gemacht hat?»

«Sie hätte ihr ein paar Rechnungen auf den Tisch gelegt.»

«Vielleicht stimmte das ja?»

«Ich hab nachgesehen, als sie sich einen Kaffee holte, und es lagen in der Tat ein paar Unterlagen von ihr dort. Aber das ist typisch Julia. So dumm, Pennys Büro ohne Grund zu betreten, wäre sie nie.»

Marilyn blickt ein wenig skeptisch drein.

«Das ist noch nicht alles», fahre ich fort. «Im Salsa-Club ist seinerzeit auch was passiert. Du weißt schon, bei der Betriebsfeier. Etwas, das ich beobachtet habe.»

«Ich höre.»

Ich fange an, ihr den Vorfall zu schildern, und sie beugt sich gespannt vor und hört mir aufmerksam zu, bis ich fertig bin und wir uns beide wieder im Stuhl zurücklehnen.

«Warum hast du nichts gesagt?»

«Was hätte ich denn sagen sollen?» Ich zucke die Achseln. «Ich hatte ja null Beweise. Und auf frischer Tat ertappt habe ich sie auch nicht direkt, ich habe sie bloß quer durch den Raum beobachtet, und ehe ich begriff, was sie getan hatte, war sie schon unterwegs zur Bar. Es hätte Aussage gegen Aussage gestanden, und du kennst ja Penny. Sie hätte vermutlich gar keinen Plan gehabt, wie viel Geld sie in ihrer Börse hatte, geschweige denn, ob ein Betrag von zwanzig Pfund fehlte.»

«Wir müssen Penny davon erzählen», stellt sie fest, in entschiedenem Tonfall. Entschiedenheit ist ihr Markenzeichen.

«Aber wir haben doch immer noch keine Beweise.»

«Dann verschaffen wir uns welche. Wir können ihr eine Falle stellen. Die Geldscheine in der Kassette irgendwie markieren oder so, und dann eine Stichprobenkontrolle durchführen.»

«Wir sind nicht die Polizei, Maz», sage ich lachend. «Wir können nicht einfach von Leuten verlangen, dass sie uns den Inhalt ihrer Geldbörsen zeigen.» Die Wohltat, mir die Sache von der Seele zu reden, wird nun von der Besorgnis überlagert, was potenziell daraus folgt.

«Etwas müssen wir aber unternehmen. Penny denkt doch, dem Mädel würde die Sonne aus dem Hintern scheinen.»

«Sie ist kein Mädel mehr. Sieh sie dir mal genauer an. Ich wette, sie ist annähernd in unserem Alter.»

«Meinst du?»

Ich zucke mit den Schultern.

«Hab ich ein Glück, dass ich verheiratet bin, was? Ich kann mich unbesorgt gehenlassen.»

Ich muss beinahe lachen. Marilyn hat sich noch nie gehenlassen. Ich schon, möglicherweise. Wobei ich von vornherein keine Schönheit war.

«So schlecht siehst du auch wieder nicht aus», sage ich. «Für eine alte Tussi.»

«Kuh.»

Wir lächeln uns zu, und das ist ein schönes Gefühl, trotz meiner anhaltenden Übelkeit und Magenschmerzen.

«Jetzt müssen wir was trinken», stellt sie fest, wieder voller Entschiedenheit. «Ich bin zwar mit dem Wagen da, aber ein Glas ist schon drin. Scheiß drauf. Hol deine Tasche. Auf in den Pub.»

«Aber Ava ...», murmle ich.

«... ist schon sechzehn», beendet sie meinen Satz. «Lass ihr Freiräume, das sage ich dir immer wieder. Jetzt mach dich startklar, während ich mir noch mal die Nase pudern gehe. Damit wir loskönnen.»

Es ist schon nach elf, als ich ins Bett krieche. Es geht mir besser als die ganze Woche über. Der Pub war nett, altmodisch und gemütlich, und kein Mensch hat uns weiter beachtet; eine heilsame Erfahrung, die mir vor Augen geführt hat, dass die Angelegenheit mit Ava und dem Fluss, wenn überhaupt, nur in der Blase unseres sozialen Umfelds von Bedeutung ist. Den Rest der Welt interessiert das nicht weiter, da kümmert sich jeder um sein eigenes, mehr oder minder kompliziertes Leben. Wir haben noch ein bisschen über Julia gelästert, Marilyn hat sich nach Avas Plänen für den Sommer und die

Oberstufe erkundigt, und dann haben wir über Simon geredet – von dem wie aufs Stichwort eine SMS eintraf, in der er ein weiteres Abendessen anregte. Sie hat mich dazu genötigt, ja zu sagen. Es war nett, mal unter Leute zu kommen, aber sobald ich mich entspannte, fühlte ich mich komplett erledigt und musste ständig gähnen. Erleichterung und Erlösung. Die totale Erschöpfung nach mehreren Tagen extremer Anspannung und einem Zustand permanenter Wachsamkeit, immerzu im Kampf- oder Flucht-Modus. Ich bin aus der Übung.

Ich habe darauf verzichtet, Ava gute Nacht zu sagen, weil ich zu geschafft war, um mich weiteren Reibereien auszusetzen. Ich klammere mich verzweifelt an diesem dünnen Band der Ruhe fest. Falls es mir gelingt, einzuschlafen, ehe mich wieder die Angst beschleicht, besteht die Aussicht auf eine geruhsame Nacht, und dann sieht morgen früh schon alles viel besser aus. So ist das, wenn man ausgeruht ist. Und dazu noch die Sonne scheint. Was Julia betrifft, werde ich Marilyn die Führung überlassen. Und wie sie schon sagt, wir werden sie erst beschuldigen, wenn wir etwas gegen sie in der Hand haben. Beweise. Über Beweise möchte ich nicht nachdenken. Weil ich dann wieder anfange, mir Sorgen zu machen.

Obwohl es warm ist, lasse ich das Fenster zu, ziehe die Decke bis ans Kinn hoch und rolle mich darunter ganz klein zusammen. Ich schließe die Augen und atme bewusst tief und regelmäßig. Stelle mir vor, ich wäre der letzte Mensch auf Erden. Es verschafft mir ein Gefühl von Sicherheit. Der letzte Mensch. Nur noch ich. Allein. Ich drifte davon.

«Mum?»

Ich schlafe wie ein Stein, als Ava mich sanft an der Schulter rüttelt. Unvermittelt schrecke ich auf und weiß zunächst nicht, wo ich bin oder wie viel Uhr es ist. Ich springe aus dem Bett, als würde mein Leben davon abhängen. Und sehe blinzelnd ins helle Licht. Ist das Tageslicht? Nein, meine Vorhänge sind zugezogen. Sie hat das Licht angeschaltet. Durch den Vorhangspalt aber dringt bläulich weiße Helligkeit, es ist also schon Morgen.

«Es ist total verrückt, Mum.» Sie sprüht nur so vor Energie und Aufregung, trägt noch ihre Schlafsachen, ein T-Shirt und eine kurze Hose. Ich bringe kein Wort heraus, aber mein Herz hämmert wie wild. *Nein, nein, nein*, trommelt es gegen meine Rippen. *Bitte, nein.*

«Ich meine, es ist einfach nur verrückt.» Sie steht beinahe am Fenster, und ich möchte sie zurückziehen, sie unter die Bettdecke ziehen und mich dort mit ihr verstecken. Sie lacht. «Wer hätte gedacht, dass die Leute sich dafür interessieren, was ich getan habe? So eine große Sache war es ja nun auch wieder nicht. Aber schau doch nur, Mum, schau!» Sie öffnet die Vorhänge. «Siehst du das?»

Ich kann sie durch die Doppelglasscheibe hören. Das Geschrei. Das Klicken von Blitzlichtern. Das Geschnatter der Hyänen. Ich rühre mich nicht vom Fleck.

Avas Gesicht funkelt und strahlt regelrecht, als sie sich zu mir umwendet. «Schau.»

Ich rühre mich nicht. Bin wie erstarrt. Unten klingelt jemand an der Tür, lange und mit Nachdruck. Das Telefon beginnt zu läuten. Lärm. Der Lärm stürmt von allen Seiten auf mich ein, droht mich zu ersticken wie Treibsand. Mein Atem geht keuchend und stoßweise.

«Mum?» Ava runzelt die Stirn. Sie scheint unendlich weit weg, wie auf der anderen Seite des Universums. «Alles klar bei dir?»

«Komm vom Fenster weg.» Ein heiseres Krächzen. Es klingt kein bisschen nach mir.

«Was ist denn?» Sie kommt näher. Ich würde sie gern umarmen. Möchte ihr sagen, wie lieb ich sie habe. Aber ich tue es nicht. Es geht nicht. Nicht jetzt. Stattdessen sage ich ihr einfach die Wahrheit. Ich höre die Rufe draußen vor dem Haus.

«Die sind nicht deinetwegen hier.» Ich schlucke mühsam, während sich die Welt verfinstert und mich der Lärm schier ertränkt, und ich gebe mich geschlagen. Allem, was nun auf mich einstürmt.

«Charlotte! Charlotte! Wie lange leben Sie schon hier, Charlotte? Ist Ava Ihr einziges Kind?»

Meine Welt geht in Stücke, als hätte sie nie existiert.

«Die sind nicht deinetwegen hier», sage ich abermals. «Sondern meinetwegen.»

ZWEITER TEIL

25

DANACH

Auflagen für die bedingte Haftentlassung von Charlotte Nevill 1998:

1. Sie wird sich unter die Aufsicht der speziell zu diesem Zweck ernannten Aufsichtsperson stellen.
2. Sie wird sich nach ihrer Haftentlassung bei der derart benannten Aufsichtsperson melden und wird mit dieser Person, gemäß ihren spezifischen Anweisungen, in Kontakt bleiben.
3. Sie wird die Aufsichtsperson regelmäßig bei sich zu Hause empfangen, zu jeder Gelegenheit, wenn diese einen Hausbesuch für erforderlich hält.
4. Ihre Wohnsituation unterliegt anfänglich den vom Generaldirektor erlassenen Auflagen und wird in der Folgezeit von ihrer Aufsichtsperson geregelt.
5. Die Aufnahme einer Arbeit, auch ehrenamtlicher Art, darf erst nach Genehmigung durch ihre Aufsichtsperson erfolgen, und sie hat diese zeitnah über jede Änderung in dem Beschäftigungsverhältnis oder den Verlust desselben in Kenntnis zu setzen.
6. Sie wird keine Auslandsreisen ohne vorherige Genehmigung durch ihre Aufsichtsperson unternehmen.

7. Sie wird sich wohl verhalten und nichts unternehmen, das Zweck und Ziel der bedingten Haftentlassung unter Aufsicht untergraben könnte, nämlich den Schutz der Allgemeinheit zu garantieren, sicherzustellen, dass deren Sicherheit keinerlei Risiken ausgesetzt ist, und für ihre erfolgreiche Resozialisierung und Wiedereingliederung in die Gesellschaft zu sorgen.
8. Sie wird weiter unter der klinischen Aufsicht durch Dr. [...] oder einen anderen Gerichtspsychiater stehen, dem in der Folgezeit die besagte klinische Aufsicht übertragen wird.
9. Sie hat sich von dem Verwaltungsbezirk South Yorkshire fernzuhalten und wird ihn nur nach vorheriger schriftlicher Genehmigung durch ihre Aufsichtsperson betreten.
10. Sie wird keinen Kontakt zu [...] aufnehmen oder sonst wie versuchen, mit besagter Person Umgang zu pflegen.
11. Sie wird nicht ohne vorherige schriftliche Genehmigung durch ihre Aufsichtsperson in einem Haushalt wohnen oder übernachten, in dem sich ein Kind/Kinder unter 16 Jahren aufhält/aufhalten.
12. Sie wird nicht ohne vorherige schriftliche Genehmigung durch ihre Aufsichtsperson in Kontakt zu Kindern unter 12 Jahren treten oder mit ihnen im Rahmen einer Berufstätigkeit oder sonstigen organisierten Aktivität in Berührung kommen.

26

LISA

Es muss alles irgendwie herauskommen.
Es ist schlimmer, als ich es mir hätte vorstellen können. Es ist schlimmer als letztes Mal. Es ist grauenhaft, und ich habe es verdient. Nichts wird für mich jemals so schlimm sein wie meine eigene Schuld, meine eigenen Vorstellungen, mein eigenes Bedürfnis nach Strafe. Ich habe diesen Schmerz verdient, und ich kann damit fertigwerden. Ich nehme ihn in mich auf. Er steht mir zu. Aber nicht Ava. Nicht meinem Baby. Sie hat das nicht verdient. Auch ihre Welt ist zerbrochen, und sie ist ihr Leben lang immer nur *gut* gewesen.

Ich habe bei Ava nie daran gedacht, dass sie mein Blut ist. Das ist das Erfreuliche an ihr, dass sie so anders ist als ich, als *Charlotte*. Sie ist vom ersten Tag an gern zur Schule gegangen. So stolz in ihrer kleinen Uniform. Sie ist zielstrebig. Ein Erfolgsmensch. Sie hat nie Scherereien gemacht, nicht ernsthaft. War immer schon von Grund auf gut, von ihrem ersten vergnügten Babyglucksen an. Sie war lieb, immer fröhlich, hat viel gelächelt und war nie cholerisch; wenn sie verstimmt war, war ihre schlechte Laune ein lindes Lüftchen, kein Gewitter. *Sie war wie Daniel.*

Jetzt, bei diesem Wutausbruch, jetzt, wo sie es *weiß*, kommt sie ganz auf mich, und dabei bricht mir von neuem das Herz.

Zunächst war keine Gelegenheit zum Reden, während sich die Ereignisse überstürzten. Wir waren wie betäubte Zombies, als Alison und die anderen hereinstürmten, uns wie Puppen aus dem Zimmer beförderten – *Was geht hier vor, Mum, wieso sagen die Charlotte zu dir, wer ist Charlotte –*, draußen in verschiedene Fahrzeuge bugsierten, mit über den Kopf geworfenen Decken, eine Finsternis, in der sich unser gewohntes Leben in Luft auflöste, und dann schließlich in diese kleine, feuchtklamme Wohnung brachten, die mich an meine erste Bude erinnert und in der mich die Vergangenheit von allen Seiten attackiert wie ein schartiges Objekt, das mir blutende Wunden schlägt.

Ich stehe reglos da, lasse ihren Wutausbruch stumm über mich ergehen. Ich wollte, ich könnte weinen. Man hat ihr gesagt, was ich getan habe. Wie kann ich es Ava erklären, wo ich es mir doch nicht mal selbst erklären kann? Ich denke an das Märchen, an das ich mich klammere, an meine abgestoßenen Zellen, mein *neues Ich*, und verspüre einen fast hysterischen Lachreiz. Der Schmutz. Die Schuld. «Charlotte» kann ich niemals abstreifen. Sie ist immer da, unter den Schichten, in denen ich mich häuslich eingerichtet habe.

«Du ekelst mich an!» Ava weint, im Gegensatz zu mir, aber es sind Tränen des Zorns, die ihr über das schon rotfleckige Gesicht laufen; ihr Haar, das sie heute Morgen noch nicht gekämmt hat, ist zerzaust, ein Dornengestrüpp, das ihr hübsches Gesicht einrahmt. «Wie kannst du sagen, du hättest mich lieb? Wie kannst du überhaupt irgendwen lieben? Du ekelst mich an! Ich ekle mich vor mir selbst, wegen dir! Warum hast du mich nicht abgetrieben?»

Ich mache einen kleinen Schritt auf sie zu, in den Sturm ihres Zorns. Ich möchte sie in den Arm nehmen. Möchte, dass sie ihre Wut an mir abreagiert, mich schlägt. Möchte etwas tun, egal was, um ihr das irgendwie leichter zu machen.

«Komm mir nicht nahe!» Bei ihrem Kreischen zucke ich zusammen. Alison steht schweigend im Türrahmen. Sie wissen, dass Ava das nötig hat. Ich weiß, dass sie das nötig hat. «Bleib von mir weg! Ich hasse dich!» Und dann stürmt sie auch schon davon. Irgendwo wird eine Tür zugeknallt.

Ich stehe reglos da. Fühle mich wie gelähmt. Ist dies nun endlich meine gerechte Strafe? Mein Baby, das einzig Schöne und Gute in meinem Leben, meine Chance zu einer kleinen Wiedergutmachung, hasst mich. Wünscht sich, sie wäre nicht geboren. Ich bin schuld. Ich habe ihr Leben ruiniert. Ich ruiniere alles. Wie kann ich ihr begreiflich machen, wie gern ich alles rückgängig machen würde, ungeschehen? Wie gern ich von neuem Gelegenheit hätte, mich rechtzeitig zu bremsen. Oder mich umzubringen, ehe es geschehen konnte. Wie kann ich ihr erklären, wie oft ich von ihm träume, und wie niederschmetternd diese Träume für mich jedes Mal sind? Wie kann ich ihr irgendwas erklären, ohne dass es sich anhört wie ein kläglicher Versuch, mich herauszureden? Wie eine Bitte um Vergebung, obwohl mir bewusst ist, dass es eine Vergebung niemals geben kann. Ich werde auch nie wollen, dass mir vergeben wird.

Ihren Hass auf mich kann ich verstehen, das ist nicht das Problem. Dass es dazu kommen würde, *eines Tages*, darauf war ich immer gefasst. All diese Ängste und Sorgen, in dem Bewusstsein, wie leicht man gefunden werden kann – es war immer eine Wahnidee, zu glauben, dass Ava durchs Leben gehen könnte, ohne je etwas zu erfahren. Ich hatte bloß gehofft, dass es später käme. Wenn sie schon erwachsen wäre und ein eigenes Leben hätte, das ihr nicht weggenommen und von Grund auf umgekrempelt werden könnte, nur zu meinem Schutz. Dass sie *sich* hasst, das ist es, was ich unerträglich finde. War es so falsch von mir, ein Kind zu bekommen? Mir jemanden zu wünschen, den ich lieben kann? Der umgekehrt mich liebt? Oh, Charlotte, immer dieser Egotrip. Immer denkst du nur an dich.

«Sie beruhigt sich schon wieder.» Alison kommt ins Zimmer und schaltet den Fernseher an, als könnte mich das irgendwie ablenken und eine Art Normalität erzeugen. «Wir werden uns darum kümmern, dass sie Hilfe erhält. Nicht nur sie, ihr beide.» Sie blickt mich mitleidig an, aber ich nehme sie kaum wahr. Ich treibe bereits tief in mir selbst dahin. In meiner eigenen, persönlichen Hölle. «Ich koche dir einen Tee.» Sie verschwindet in Richtung Küche.

Ich glaube nicht, dass Ava sich beruhigen wird. Ich kenne diesen blindwütigen Zorn. Er erinnert mich an Charlotte. Sie ist schließlich meine Tochter, und das macht mir mehr Angst als alles andere. Ich weiß, zu was für schrecklichen Taten dieser Zorn führen kann. Gefolgt von einer Reue, die wie ein Grabstein ist, den man sein Leben lang auf dem Rücken mit sich herumschleppen muss, tonnenschwer und vollauf verdient.

Es muss alles irgendwie herauskommen.

27

JETZT

MARILYN

Ich habe Kopfschmerzen von der hellen Beleuchtung im Büro, ein Pochen direkt hinter meinen schlaflosen Augen. Es ist keine Migräne – einen richtigen Migräneanfall hatte ich das letzte Mal als Teenager, was auch immer ich Penny erzählen mag, wenn ich mal einen oder zwei Tage frei brauche –, es handelt sich um totale emotionale Erschöpfung. Ich fühle mich wie betäubt, als würde die Verbindung zwischen den Synapsen in meinem Hirn nicht ganz funktionieren, außerdem ist mir vom Magen her fortwährend übel.

Ich schalte das Radio aus. Erst jetzt, wo ich in meinem Wagen unterwegs bin, finde ich so etwas wie Ruhe und Frieden. Hier bin ich allein und kann endlich durchatmen. Kann den Versuch unternehmen, das alles zu verarbeiten. Auch wenn es im Büro gerade still war, konnte ich es förmlich spüren, dieses untergründige Summen. All die neuen Tabs, die hinter den Arbeitsdokumenten geöffnet waren. Diese jungen Dinger, für die das Jahr 1989 graue Vorzeit ist, die sich eingehend über jedes Detail informierten. Das Geflüster. Das entsetzte Japsen. Die Seitenblicke, die zwischen ihnen hin und her gingen, wenn sie auf etwas Neues gestoßen waren. Dieses grauenvolle Stück Geschichte, das nun Teil ihres Lebens ist.

An mich hat natürlich niemand irgendwelche Links weitergeleitet. Vielleicht hat Penny sie entsprechend instruiert. In guter Absicht vermutlich, aber es hat alles nur noch schlimmer gemacht und mich von den anderen isoliert. Und es ist ja nicht so, als hätte ich nicht bei mir zu Hause ebenfalls recherchiert und das Internet abgegrast, bis mir die Augen brannten. Doch für mich ist es anders als für die Neuen, Stacey, Julia, und selbst für Toby, die das Ganze nur als aufregende Geschichte konsumieren. Für sie ist es nicht *real*. Lisa – ich muss aufhören, sie Lisa zu nennen – war für sie nicht real.

Trotzdem, ich habe mir vor ihnen nicht anmerken lassen, wie schrecklich ich mich fühle. Jahrelange Übung in der Kunst der Verstellung. Ich habe auch die entsprechende Ausstrahlung. Immer ausgeglichen. Marilyn bringt nichts so leicht aus der Ruhe. Eine Haut aus Stahl, das bin ich.

Die einzige kleine Panne, die auf einen Riss in meinem Panzer hindeutete, bestand darin, dass ich mich heute Morgen verspätet habe; wobei die anderen gar nicht mit meinem Erscheinen rechneten. Die Nachricht war für uns alle ein Schlag, aber ich war danach wie versteinert. Dann musste ich mich heftig übergeben. Ich erinnere mich dunkel an einen fast hysterischen Weinanfall, daran, dass ich versuchte, Ava zu erreichen – *O Gott, die arme Ava* –, ehe Richard bemerkte, was ich da gerade tat und mir das Handy abnahm. Unter ihrer Nummer erreichte ich ohnehin nur die Mailbox. Ich hörte es noch klicken, ehe er den Anruf beendete. Als wir das *ausdiskutiert* hatten, Richard und ich, war ich über eine Stunde zu spät dran. Ich hatte nichts von Pennys Nachricht mitbekommen, mir den Tag ruhig frei zu nehmen, wenn ich wollte. Als ich ins Büro kam, hatte sie die Belegschaft bereits mit Nachdruck instruiert, auf keinen Fall mit irgendwelchen Presseleuten zu reden, wenn es mit den unvermeidlichen Anrufen losgehen würde, beunruhigte Kunden an sie weiterzuleiten und ansonsten so normal wie möglich weiterzumachen. Ich kam genau rechtzeitig durch die Tür, um noch ihre abschließende Bemerkung mitzubekommen: dass sie es nicht dulden würden, wenn irgendwer die Firma in Verruf brächte.

In Krisenzeiten, das muss man ihr lassen, läuft Penny zur Hochform auf. Trotzdem sah sie mich etwas komisch an, als ich hereinkam, was aber nichts im Vergleich zu den Blicken war, die mir die anderen zuwarfen. Ungefähr so, wie man jemanden ansieht, der einem fast leidtut, dessen Leiden aber ansteckend sein könnte. Alle lächelten eine Spur zu künstlich, und auch ihre Besorgnis wirkte nur geheuchelt. Weil sie, so viel war klar, in erster Linie neugierig waren. *Wie schrecklich für Sie. Sie fühlen sich bestimmt furchtbar.* Dabei stand eine Frage unausgesprochen im Raum: *Haben Sie's gewusst?* Also, wer es ernsthaft für nötig hielte, mich das zu fragen, der kann mich wirklich mal. In mir brodelt eine latente Wut. Ein gutes Gefühl! Besser als alles Übrige zumindest.

Am Ende gab Penny uns allen den halben Tag frei, während sie sich um die Anrufe von Kunden kümmerte, die bisher von Lisa betreut worden waren, und ihr Bestes tat, um auch alle anderen Anrufer zu beruhigen. Ich sprach sie nicht auf Simon Manning an, und auch sie erwähnte ihn nicht, als könnten wir durch unser Schweigen irgendwie bewirken, dass er zu viel zu tun hat, um etwas zu bemerken. Aber Penny ahnt nichts davon, dass Lisa – *Charlotte, Charlotte, nicht Lisa* – mit ihm essen war. Dass sie eine romantische Verabredung mit ihm hatte.

Ich fragte Penny, ob sie bei den Anrufen Unterstützung benötigte, und sie sagte, nein, es sei besser, wenn sie das persönlich übernehme. Was vermutlich zutraf, aber sie hat es dabei so auffällig vermieden, mich anzusehen, dass ich am liebsten geschrien hätte: «*Ich bin nicht Charlotte Nevill! Ich bin genauso getäuscht worden wie alle hier! Wenn nicht sogar noch schlimmer!*» Erst als ich gerade meine Sachen packte, um aufzubrechen, kam sie noch einmal aus ihrem Büro.

«Ich bräuchte ein polizeiliches Führungszeugnis von Ihnen.» Sie blieb an ihrer Tür stehen, die Sache war ihr sichtlich unangenehm. «Habe ganz vergessen, danach zu fragen, als Sie und Lisa hier angefangen haben. Ich war gerade erst dabei, hier alles aufzuziehen, und ich sah keine Veranlassung, irgendwie ... Na ja, sie war eine alleinerziehende Mutter. Redegewandt. Mit einem guten Lebenslauf.» Sie zuckte die Achseln, und ich begriff, warum sie als Arbeitgeberin so viel Wert darauf legte, die Angelegenheit möglichst rasch zu bereinigen. Weil sie das hätte verhindern können. In dem Moment tat sie mir leid. Sie hat gerade erst eine zweite Niederlassung aufgemacht, unter erheblichem finanziellen Risiko, und das scheint nun konkret gefährdet, weil sie es unterlassen hat, *eine* Bewerberin auf Vorstrafen hin zu überprüfen.

«Klar», erwiderte ich. «Ich fülle das Formular morgen früh aus.» Als sei an meinem morgigen Erscheinen nicht im Geringsten zu zweifeln. Die gute alte Marilyn, immer zuverlässig und tüchtig. Ein Fleißsternchen für mich.

«Kommen Sie klar?», fragte sie noch. Was sollte ich darauf antworten? Ich nickte und sagte, ich stünde unter Schock, nicht anders als alle anderen.

Die Ampel vor mir springt auf Grün, aber es bedarf erst eines wütenden Hupens hinter mir, ehe ich losfahre. Mein Schock ist *nicht* mit dem der anderen zu vergleichen. Ich war immerhin Lisas beste Freundin. Mir kommt noch einmal das nicht verlangte Führungszeugnis in den Sinn. Ein kleines Dokument, durch das sich alles geändert hätte. Lisa hätte die Stelle vermutlich nie angetreten – am Vorstrafenregister dürfte wohl auch eine falsche Identität nichts ändern. Ich hätte sie nie kennengelernt. Es wäre nie zu zehn Jahren Freundschaft gekommen. Das jetzt wäre nie passiert. Ich versuche die Vergangenheit aufzutrennen und Lisa daraus zu entfernen, als ich in unsere Auffahrt einbiege. Es geht nicht. Sie ist so innig mit mir verwoben, dass es unmöglich ist.

Gottlob, die Presse hat sich noch nicht hierher verirrt. Die Reportermeute grast vermutlich noch die Schule und Avas Freundinnen ab. *Oh, die arme Ava.* Offenbar haben sie Lisas Leben noch nicht weit genug zerpflückt, um auf mich zu stoßen, aber das ist abzusehen. Noch während ich versuche, geistig zu ihr auf Abstand zu gehen, stürmen die Erinnerungen auf mich ein – Avas Geburtstage, gemeinsames Lachen über *Let's Dance*, während wir uns Essen vom Chinesen reinziehen, ein Glas Wein nach Feierabend. Alles so stinknormal und unspektakulär, doch ich hätte es nicht missen mögen. Es hat mir gutgetan.

Heiße Tränen rinnen mir aus den Augen. Wie viel davon war eine Lüge? Wo endete Charlotte, und wo fing Lisa an? Ich vermag die beiden nicht zu einer Person zusammenzufügen. Das böse Kind, das diese schreckliche, schockierende Tat verübt hat, und die schüchterne Frau, die in aller Stille eine so wichtige Rolle in meinem Leben übernommen hat. Charlotte und Lisa. *Lisa hat es nie gegeben*, halte ich mir vor Augen, zum wiederholten Mal, und neuer Schmerz wallt in mir auf. Nein, es gab sie schon, aber sie war nicht real. Jetzt ist sie fort, und ich werde sie nie wiedersehen. Und das macht mich einfach nur traurig, sosehr ich mir einzureden versuche, dass es mir nichts ausmacht. Mag sein, dass ihre Identität gefälscht war, aber die Liebe ist echt.

Lisa war meine beste Freundin, und ich hatte sie von Herzen lieb. Aber was soll ich damit anstellen? Was sagt das über mich aus?

Ich sollte mich nicht wundern, denke ich, als ich müde aus dem Wagen steige und sehe, dass Richards Audi noch vor der Garage steht. Ich habe mir angewöhnt, Illusionen zu lieben. Meine Rippen tun weh. Gebrochen sind sie diesmal nicht, nur geprellt. Die Erfahrung lehrt einen die verschiedenen Arten von Schmerz, aber mein Rücken schmerzt, und an meiner linken Seite bildet sich gerade ein violetter Bluterguss, geformt wie ein Schmetterling.

Du hast Lisa auch etwas vorgelogen, sagt ein Stimmchen in meinem Kopf. *Diese perfekte Ehe, die sie so bewundert hat.* Ich bringe die Stimme zum Schweigen. Das war etwas anderes. Das war privat. Ich atme noch einmal unter Schmerzen tief durch, ehe ich die Haustür aufschließe.

Erst als Richard neben mir eingeschlafen ist, schleiche ich leise nach unten. Er hat mir mein Handy zurückgegeben, und die Küche glänzt und blinkt nur so; er hat nicht nur zu Abend gekocht, sondern hinterher auch noch gespült und alles abgewischt. Ich traue dem Braten nicht. Irgendetwas stimmt hier nicht. Sonst regt er sich nicht so schnell ab – auf den Wutausbruch folgen in der Regel mindestens vierundzwanzig Stunden, in denen er mich links liegen lässt und kein Wort mit mir spricht. Reue und Zerknirschung setzen erst später ein, gefolgt von der Selbstentlastung, indem er die Dinge so hindreht, dass es irgendwie meine Schuld ist, denn: *Du weißt, wie ich bin.* Das geht mir diesmal entschieden zu schnell.

Es sollte mich vielleicht beunruhigen. Aber ich bin zu

müde, um mir darüber den Kopf zu zerbrechen, was er von mir wollen könnte, als ich den Wasserkessel aufsetze. Mir geht nur Lisa durch den Kopf und meine Scham darüber, die beste Freundin gewesen zu sein, die es hätte wissen müssen. Doch während ich den Messerblock anstarre und dabei an Richard denke, oben im Bett, frage ich mich, was alles zusammenkommen muss, ehe jemand zum Mörder wird. Weiß Gott, viel fehlt bei mir auch nicht mehr, aber sosehr er mir auch die Liebe aus dem Leib prügelt, würde ich es doch nie fertigbringen, ihn zu töten. Als ich den Teebeutel wegwerfe, sehe ich, dass weitere letzte Mahnungen im Abfall liegen. Nein, so ruhig sollte er jetzt noch nicht sein.

Ich behalte die Treppe im Auge, während ich noch einmal Avas Nummer probiere. Ich liebe Ava so sehr, wie ich mir vorstellen kann, ein eigenes Kind zu lieben, ein Kind, das ich nie bekommen konnte, und auch wenn ich Lisa nicht länger zu lieben vermag, kann Ava dennoch weiter ihren Platz in meinem Herzen behalten. Ich brauche etwas in meinem Herzen.

Diesmal meldet sich keine Mailboxansage. Die Leitung bleibt tot. Als hätte es sie nie gegeben.

28

AVA

Dieser Moment geht mir pausenlos durch den Kopf, wie auf einer Wiederholungsschleife. Mum, die mich anstarrt. Ich, die sie anstarrt. *Warum sagen die Charlotte zu dir? Wer ist Charlotte?* Der Ausdruck auf ihrem Gesicht, ihre großen Augen, wie ein verängstigtes Karnickel.

Zunächst habe ich überhaupt nicht kapiert, was los war. Erst kam der Backstein durchs Fenster geflogen, dann wurden wir aus dem Haus gebracht und auf den Rücksitz eines Vans geschubst, um zum Polizeirevier zu fahren, aus dem man uns kurze Zeit später wieder ungesehen hinausschmuggelte und schließlich hierherfuhr, in diese schäbige Bude. Jetzt, wo ich langsam klarsehe, blocke ich alles ab und verschanze mich hinter einer Mauer der Wut, der Verletztheit, der Angst und noch tausend anderen Gefühlen, die dazwischenliegen.

Ich hasse diese Wohnung. Es riecht total falsch hier. Nicht wie zu Hause. Ich hab Sehnsucht nach meinem Zimmer. Kein gemütliches Sofa in dem schachtelartigen Raum, den ich hier habe. Es ist eine fremde Umgebung voll fremder Leute, und *sie* ist die größte Fremde von allen. Alles hat sich verändert.

Mein ganzes Leben löst sich in Luft auf, es ist total unfair. Ich bin vollkommen unschuldig. Ich habe nichts verbrochen. Ich hasse es. Ich hasse diese Leute. Ich hasse sie. Ich vermisse meine Mum, auch wenn sie mir ein bisschen schlapp und bedürftig vorkam, aber sie war trotzdem meine Mum, und wir haben auch manchmal zusammen gelacht. Ich wusste, dass sie mich liebhat. Nicht diese Frau. Nicht diese Fremde. Ich will nicht ihr Blut in meinen Adern haben. Will kein Monster sein, und sei es nur zur Hälfte.

Wenn meine Zimmertür zu ist, die meiste Zeit über also, kann ich trotzdem noch ihre Stimmen hören und das Knarren des Fußbodens, wenn sie in ihren zweckmäßigen Schuhen darauf umhergehen. Es sind vermutlich bloß vier oder fünf Leute, aber es kommt einem vor, als wären es mehr. Mindestens eine davon ist Kopfklempnerin – das weiß ich, weil sie mit mir ein Gespräch anfangen wollte, aber ich hab mich geweigert. Ich bin nicht die Irre hier. Sie verbringt viel Zeit mit Mu-, ich meine *Charlotte*, im Wohnzimmer. Nicht, dass die viel redet, was über ein Ja oder ein Nein als Antwort hinausgeht. Sie hat was von einem Zombie, hockt da und starrt auf den viel zu lauten Fernseher. Wirkt immer noch irgendwie armselig, als würde sie Mums Haut tragen. Nun, ich falle auf ihre Nummer nicht mehr rein. Warum sollte sie irgendwem leidtun? Sie ist doch diejenige, die es getan hat. Sie ist die Mörderin. Sie ist diejenige, die – ich mag noch nicht einmal daran denken – diese *Tat* verübt hat. Warum muss ich dafür büßen?

Ich will mein Handy und mein iPad wiederhaben, aber Alison hat gesagt, das muss warten, bis man entschieden hat, was mit *ihrer* Identität passieren soll. Und mit meiner. Man hat den Zeitungen streng untersagt, noch mal mein Foto abzudrucken, aber dem halblauten Getuschel vor meiner Zimmertür nach zu urteilen, ist die ganze Angelegenheit ein einziges Schlamassel. Man weiß nicht, was man mit uns machen soll.

Ich will keine neue Identität. Ich will weiter ich bleiben.

Alison ist *Charlottes* Bewährungshelferin. Ich hasse sie alle, diese Fremden, aber wenn ich das nicht täte, fände ich Alison, glaube ich, ganz nett. Wenn ich so richtig ausflippe und sie anbrülle, dass ich meine Freundinnen sehen will, sieht sie mich bloß mit einer Mischung aus Freundlichkeit und Mitleid an. Ich müsse Geduld haben, sagt sie immer wieder. Ja, sie hat gut reden.

Mir ist schlecht. Wobei mir aber zurzeit ständig leicht übel ist. Das ist die andere Sache, über die ich mit niemandem reden kann. Noch nicht, das bringe ich einfach nicht. Wie zum Teufel soll ich die Sache mit dem dünnen blauen Teststreifen regeln, wenn ich hier eingesperrt bin?

Ich weiß, dass ich mit daran beteiligt bin, dass nun alles so mies ist. Rein objektiv gesehen hat alles damit angefangen, was ich getan habe. Jemand, ein anonymer Anrufer, hat irgendwie ihr Gesicht auf einem der Fotos mit mir zusammen am Fluss erkannt. Es war einfach nur Pech, sagt Alison. So selten wie ein Sechser im Lotto. Aber das tröstet mich nicht. Was ich getan habe, hat allen Zeitungen und so einen Aufhänger geliefert. *Teufelsmutter, Engelstochter. Kindermörderin, Kinderretterin.* Sie pflücken unser Leben auseinander. Klar, berühmt werden wollte ich immer schon ein bisschen, wie jeder eigentlich, so eine Fernsehberühmtheit wie bei *X-Factor*, aber so wie jetzt hätte ich mir das nie vorgestellt. Was meine Freundinnen wohl von alldem halten? Fehle ich ihnen? Mit Sicherheit. Sie würden mich bestimmt gern sehen, genauso wie ich sie gern sehen würde. Ich denke an Jodie und stelle mir vor, wie sie sagt: «*Also, das setzt dem Club der komischen*

Mütter wirklich die Krone auf!» Ich muss beinahe darüber lachen und auch beinahe weinen. Aber ich hülle mich in meine Wut ein und tue keins von beidem.

Meine Facebook-Seite ist gelöscht worden. Und mein Instagram auch. Als Alison mir das erzählt hat, konnte ich ihr ansehen, dass meine Chancen, eine neue Seite anlegen zu dürfen, eher schlecht stehen. Schon begreiflich, oder? Jemand würde mich finden, und dann würde man *sie* finden, und damit hätte die Regierung einen weiteren Haufen Geld für nichts und wieder nichts aus dem Fenster geworfen.

Keine sozialen Medien mehr. Mir ist, als würde ich in eine endlose Finsternis starren. Warum werde ich bestraft? Für *sie* ist das alles nicht so schlimm. Sie hatte ja außer Marilyn keine Freunde, und bei der ist sie jetzt wahrscheinlich auch untendurch. Sie hat ihr Handy kaum benutzt, geschweige denn das Internet. Anders als ich. Im Netz und auf meinem Smartphone spielt sich praktisch mein ganzes Leben ab. Das verbindet uns alle. Und nun – keine *MyBitches* mehr. Keine Fabelhaften Vier. Wahrscheinlich werde ich sie nie wiedersehen. Erst wieder mit achtzehn oder wie auch immer, und bis dahin haben wir uns alle verändert. Es kommt mir noch immer total irreal vor, aber als Tatsache, an die ich mich nun mal gewöhnen muss, kann ich es beinahe, beinahe akzeptieren.

Allerdings künftig ohne *ihn* auskommen zu müssen, das geht gar nicht. Niemals. Ich könnte hier alles kurz und klein schlagen, vor Frust darüber, ihn nicht kontaktieren zu können. Was mag er denken? Wird er mich noch lieben? Mich für eine Art Freak halten? Oder wird er vor Sorge um mich gerade halb verrückt? Was wird aus unserem Treffen? Wir hatten alles schon fest geplant. Was nun? Das kann ich nicht sausenlassen. Auf keinen Fall. Und wenn ich Himmel und

Hölle in Bewegung setzen muss. Ich muss die Sache überlegt angehen. Wie eine Erwachsene. Nicht wie ein Kind, sondern wie eine Frau.

Ich höre Stimmen von der Küche her, ehe es leise an der Tür klopft. Alison steckt den Kopf herein. «Einen Tee?», fragt sie.

Ich nicke und lächle. «Gern, danke.»

Sie scheint ganz erstaunt, dass ich ausnahmsweise mal nicht schlecht drauf bin. Lächelt zurück.

«Ich komme gleich», sage ich.

Als sie die Tür wieder geschlossen hat, lasse ich mich auf die Kissen zurücksinken und starre zur Decke hoch, die mit einem scheußlichen Wirbelmuster verputzt ist. Sie müssten alle mal aus der Wohnung verschwinden. Nur einen Abend lang, genauer gesagt. Dann hätte ich freie Bahn.

Ich höre den Fernseher im Wohnzimmer dröhnen, irgendein Nachrichtensender, als würde sie versuchen, mit dem Krach alles um sich herum zu übertönen. Ich würde am liebsten zu ihr rübergehen und ihr noch mal ins Gesicht schreien, was ich von ihr halte, aber ich schlucke die Wut und den Schmerz herunter. Schreien bringt mir gar nichts. Ich muss auf die nette Tour umschalten. Kein Problem, wenn das bedeutet, dass ich ihn sehen kann. Für ihn tue ich alles. Er ist alles, was ich noch habe.

Ich liebe ihn.

29

DANACH

2000

Er kommt immer dienstags vorbei, deshalb beeilt sie sich an diesen Tagen morgens auf dem Weg zur Arbeit, als bekäme sie ihn dadurch auch früher zu sehen, was natürlich dämlich ist, klar, aber sie macht es trotzdem. Dabei redet sie gar nicht mit ihm. Nicht so richtig jedenfalls. Sie weiß nicht, was sie sagen soll, deshalb stammelt sie auf seine höflichen Fragen hin verlegen herum und läuft rot an. Dann setzt sie unbeholfen, was auch immer er drucken lassen möchte. Trotzdem mag sie die Dienstage am liebsten. Der Dienstag ist ihr Sonntag.

An manchen Tagen, wenn die Wintersonne vom wolkenlos blauen Himmel scheint, so wie heute, kann sie fast daran glauben, dass die Vergangenheit gar nicht zu ihr gehört. Sie stellt sich ihr Legatsleben, wie Joanne es nennt, ihre Bewährungshelferin, als unsichtbare Tätowierung vor, die langsam durch ihre Haut sickert und zu einem Teil ihrer selbst wird. Sie hat den Ausdruck «Legat» im Wörterbuch nachgeschlagen. Eine Gabe. Die Gabe eines neuen Lebens. Die Vorstellung gefällt ihr. Sie vermittelt ihr das Gefühl, etwas Besonderes zu sein. *Sie war von früh auf in Pflege. Bei einer ganzen*

Reihe Pflegeeltern. Sie redet nicht gern über ihre leiblichen Eltern und hat keinen Kontakt zu ihnen. Das alles kommt der Wahrheit so nahe, dass sie es selbst fast glauben kann.

Manchmal, wenn kurz der alte Übermut in ihr aufflackert, schmückt sie ihr neues Leben mit Geschichten aus, die sie sich anhand der Fotos ausdenkt, die sie entwickelt. Die Bilder sind mit ein Grund dafür, warum ihr dieser Job so gefällt. All diese glücklichen Erinnerungen zu sehen, die aus dem Apparat kommen. Bilder fremder Leben, die sie nie kennenlernen wird. Schnappschüsse von Urlaubern am Meer. Kindergeburtstage. Teenager, die zusammen in Bars und Clubs feiern. Diese Fotos sieht sie sich ab und zu genauer an. Das Make-up, die Kleidung, die lächelnden Gesichter. Die um Schultern und Taillen gelegten Arme. Lebhaft strahlende Augen. Sie übt die Posen zu Hause vor dem Spiegel, auch wenn sie sich dabei albern vorkommt.

Einmal waren auch «andere» Fotos dabei – sehr andersartige Bilder. Die wären zwar abstoßend, hat Mr. Burton zu ihr gesagt, aber sie zeigten nichts Illegales, sie solle sie also ganz normal eintüten. Doch er machte sich einen Vermerk auf dem Umschlag und achtete darauf, dass er den Kunden bediente, als er seine Fotos abholen kam. Sie wusste, dass er ihm «in aller Stille» klarmachte, dass es ihm nicht recht sei, wenn seine junge Assistentin solche Sachen zu sehen bekäme, und der Mann vielleicht in eine Digitalkamera investieren solle, mit der er Fotos zu Hause ausdrucken könne. Mr. Burton ist ein guter Mensch.

Ein Tag ist bei ihr wie der andere, und auch das gefällt ihr. Selbst der Horror der ersten Monate, als sie wieder Anschluss finden musste an den Rest der Welt, ist mittlerweile abgeklungen. Seit einem Jahr lebt sie in ihrer kleinen Wohnung über der DVD-Videothek und bezahlt ihre Miete und teilt sich ihr Geld selbst ein, noch kein einziges Mal hat sie um Almosen gebeten. Alle sind anscheinend «sehr zufrieden über ihre Fortschritte». Selbst der Innenminister. Er verkörpert eine dunkle Wolke. Dass der Innenminister ein besonderes Interesse an ihr und ihren Fortschritten hat, gefällt ihr nicht. Es erinnert sie daran, wer sie ist, es erinnert sie an ihr eigenes Fleisch, ihr klebriges rotes Fleisch unter ihrer Haut. Unter dem Legatsleben, das sie trägt wie den Tarnumhang in *Harry Potter.*

Sie verliert sich in der Alltagsroutine, so banal sie auch ist, aber das gefällt ihr. Aufstehen, Arbeit, wieder nach Hause, Abendessen, Schlafen, und dann das Ganze wieder von vorn. Es macht ihr Spaß, sich das Geld einzuteilen, das noch übrig ist, wenn sie von ihrem kärglichen Lohn die Miete bezahlt hat. Was sie für Lebensmittel ausgeben kann. Zu entscheiden, welche Dose sie vom Supermarktregal nimmt. Alles zu addieren. Das Kleingeld zu zählen, das noch übrig ist. Es bereitet ihr ehrliche Genugtuung.

Seit neun vollen Monaten ist ihr Laken morgens nun schon trocken, obwohl sie weiter die Matratzenauflage verwendet, zur Sicherheit. Ohne das vertraute Knistern von Plastik könnte sie womöglich gar nicht einschlafen. Sie ist fast dreiundzwanzig und hat endlich aufgehört, ins Bett zu nässen. Von allem, was sie erreicht hat – der Job, der Collegeabschluss, diese Kennzeichen ihres neuen Ichs –, ist sie darauf am stolzesten. Das sei ein sehr gutes Zeichen, sagt Joanne, dass sie sich in ihr neues Leben eingliedere. Eingliedern. Als wäre die Welt etwas auseinandergerückt, damit sie darin Platz findet, ein Legostein unter anderen.

Sie mag Joanne. Ist sie eine Freundin? So fühlt es sich jedenfalls an. Seit ihrer Entlassung ist sie immer bei ihr, während aller Höhen und Tiefen. Dass Joanne sich einen neuen

Job suchen oder woanders hinziehen könnte, ist eine der *Ängste*.

Die Ängste sind am schlimmsten an den Tagen nach den Träumen. Sie hat die Träume jetzt öfters, seit sie versucht, keine der Tabletten mehr zu nehmen. Beruhigungstabletten, Schlaftabletten, Tabletten, nach denen sie sich halbleer fühlte. Damals hatte sie die Träume nicht so oft, doch obwohl sie nun immer mit einem Gefühl von Grauen und Furcht erwacht, findet sie auch, dass sie das verdient hat. Die Träume nicht zu haben, kann sie sich gar nicht vorstellen. Das wäre noch schlimmer, als sie zu haben. Sie erinnern sie an früher, klar, aber sie sind auch wie Fotos, die sie nicht besitzt. Eine Möglichkeit, Daniel zu sehen, und zwar nicht auf einem Zeitungsbild. Eine Möglichkeit, seine Hand zu halten.

Oh, aber sie erwacht aus den Träumen immer mit so viel Angst, als läge Klarsichtfolie über ihrem Gesicht. Immer *die Ängste*. Dass Joanne sie verlassen könnte. Erkannt zu werden. Dass ihr irgendwas rausrutscht. Wieder zu Charlotte zu werden. Wieder irgendwas Schreckliches zu tun, obwohl sie sich sicher ist, dass sie das nicht tun wird. Weil sie es nicht könnte.

Am Anfang, als sie bei jedem Schritt vor die Tür der betreuten Wohnanlage stockte und zitterte und jedes Mal zögerte, ehe sie eine Tür öffnete, hat Joanne ihr etwas erklärt, das die Ängste gemindert hat. Es ist zu ihrem Talisman geworden. Joanne hat gesagt, dass sich die Zellen in einem menschlichen Körper fortwährend erneuern. Es dauert sieben Jahre, hat sie gesagt, bis alle Zellen eines Menschen anders sind als zuvor. Bei ihrer Freilassung war sie also im Grunde ein ganz anderer Mensch als zu der Zeit, als es passierte. Daran klammert sie sich in den dunklen Momenten. Sie ist *nicht* die Person, die sie damals war.

Doch heute ist Dienstag, und damit kein Tag für finstere Gedanken. Heute hat sie keine Magenschmerzen, wie so oft, wenn sie von Ängsten geplagt wird, sondern spürt eine Art Prickeln im Bauch, wie von Sekt. Dienstag ist sein Tag. Zehn Minuten bunte Farbe in dem öden Grau ihres Lebens.

Diesmal bleibt er etwas länger am Tresen stehen, als er wegen seiner Flyer vorbeikommt. Sie ist zu scheu, ihn direkt anzusehen, während er höflich mit ihr zu plaudern versucht, und sie nickt und murmelt ihre Antworten, während sie an einer Haarsträhne herumfummelt, die hinter ihrem heißen Ohr klemmt. Sie kann sehen, dass Mr. Burton sie von seinem Büro aus im Auge behält. Aber nicht beunruhigt oder verärgert; eher mit einem nachsichtigen Lächeln. Als hätte er geahnt, dass das bevorstand, ein Schock, denn sie war völlig ahnungslos. In dem Augenblick, als die Spannung zwischen ihnen nahezu unerträglich geworden ist, fragt er sie. Nichts Großes. Bloß, ob sie sich mal mit ihm auf ein Glas treffen wolle. In ihrem Kopf sprüht ein Feuerwerk los. Er hat nicht gefragt, ob sie mit ihm essen gehen würde, und sie ist froh darüber. Das wäre zu viel, und sie weiß nicht recht, ob sie das hinbekäme, «eine Verabredung zum Abendessen». Etwas trinken gehen ist in Ordnung. Das hat sie schon mal mit Annie gemacht, der Aushilfe, die immer samstags vorbeikommt. Ihre Haut glüht wie ein Leuchtfeuer, als sie auf seine Frage hin nickt. Ihr Erröten passt in die Farben der Welt. Er lächelt und bekommt leuchtende Augen, und sie verabreden sich für Freitag.

Den restlichen Tag über kann sie gar nicht aufhören zu lächeln. Das sind vollkommen neue Zellen, sagt sie sich. Ein neues Jahrhundert fängt gerade an. Sie muss das Geschenk ihres neuen Lebens annehmen. Ein Neuanfang. Zum ersten Mal seit sehr langer Zeit fühlt sie sich glücklich.

30

JETZT

MARILYN

Simon Manning ist ein Charmeur. Anders als Toby allerdings, der höchstens gern einer wäre. Er ist einer der Männer, die lächeln, weil sie intuitiv wissen, dass es anderen Menschen die Befangenheit nimmt. Ihnen ein gutes Gefühl beschert. Es ist eine seltene Fähigkeit. Heute aber, als er aus Pennys Büro kommt, ist jede Falte in seinem Gesicht zu sehen, jede Furche. Er sieht niemanden an, obwohl ihm klar sein dürfte, dass aller Augen auf ihm ruhen. Es war kein geplanter Termin. Sonst hätte Penny sich mit ihm in einem Besprechungszimmer zusammengesetzt, um ihm die neugierigen Blicke so gut wie möglich zu ersparen. Doch er ist ganz überraschend vorbeigekommen.

Er ist bereits in den Aufzug gestiegen, als ich im letzten Moment aufspringe und ihm nachlaufe, aber der zweite Aufzug ist glücklicherweise frei und auf unserer Etage. Ich springe hastig hinein und drücke auf den Knopf ins Erdgeschoss. Die Türen brauchen ewig, um sich zu schließen, und das Herz klopft mir bis zum Hals. Ich werde ihn wahrscheinlich verpassen. Was ich sagen werde, wenn ich ihn doch noch erwische, weiß ich noch nicht, aber etwas muss ich sagen.

Der Aufzug bimmelt dezent, und ich stürze hinaus in die Halle mit dem glänzend polierten Boden und haste zu der gläsernen Drehtür.

«Warten Sie!»

Er ist eben dabei, in seinen Wagen zu steigen, als ich winkend auf ihn zulaufe. Es ist ein schnittiger Jaguar. Die Sorte Auto, die Richard gefallen würde. Richard würde Simon Manning hassen. Er ist alles, was Richard gern wäre. Charmant. Erfolgreich. Ein Mann mit Ecken und Kanten. *Lieber Gott, bitte mach, dass Richard mich heute nicht beobachtet. Lass ihn das nicht sehen.*

«Warten Sie!», sage ich noch einmal, und er dreht sich um. Mir ist, als würde ich gleich in Tränen ausbrechen. Vom Laufen tun mir die Rippen weh, und ich bin es so leid, diese Fassade von kühler Gelassenheit aufrechtzuerhalten. Als ob alles in schönster Ordnung wäre. Wenn irgendjemand verstehen kann, wie mir zumute ist, dann Simon. Weil er einen Splitter davon abbekommen hat. Innerlich. Einen Schmutzpartikel, der sich in ihm eingenistet hat.

«Ich habe keine Zeit. Muss zu einem Meeting», sagt er.

«Blödsinn.» Das Wort rutscht mir ganz spontan heraus, aber scheiß drauf. Wenn er seinen Auftrag bei PKR zurückzieht, dann zieht er ihn zurück. Daran ändert auch meine Respektlosigkeit nichts. «Ich kann's Ihnen nicht verübeln, dass Sie hier so schnell wie möglich wegwollen – weiß Gott, für mich ist das auch kein Zuckerschlecken momentan –, aber erzählen Sie mir keinen Quark. Zum Reden haben Sie Zeit.»

«Ich muss wirklich wohin.»

«Lösen Sie den Vertrag mit uns auf?» Mein Blick ist ebenso direkt wie meine Frage, und er hat wenigstens so viel Anstand, verlegen dreinzusehen. «Das wäre nicht fair. Es wäre nicht fair Penny gegenüber, es wäre nicht fair der Firma gegenüber, und es wäre nicht fair all den Leuten aus unserer Bestandsdatei gegenüber, die sich schon auf einen fairen Arbeitsvertrag gefreut haben. Die haben es nicht leicht da draußen. Es sind viele darunter, die durchs Raster gefallen sind. Und eins muss man Lisa zugutehalten, sie –»

«Man muss Lisa etwas zugutehalten?» Er sieht mich mit aufgerissenen Augen an, ob konsterniert oder verärgert oder beides, weiß ich nicht ganz, und ich bereue meine Wortwahl umgehend.

«In diesem Zusammenhang, meine ich. Viele dieser Leute wären anderswo nicht untergekommen. Sie hat richtig für sie gekämpft. Sie dazu überredet, die kostenlosen Kurse zu besuchen. Und jetzt gehören sie zu unseren besten, zuverlässigsten Arbeitskräften.» Ich halte kurz inne, merke, wie ich langsam ruhiger werde. «Schauen Sie. Ich weiß, dass sie Ihnen gefallen hat. Ich weiß, dass Sie beide schon eine Weile geflirtet haben, und sie hat mir auch von Ihrem Abendessen erzählt.» Ich sehe den Zorn in seinen Augen aufblitzen, als würde er mich verdächtigen, ihn irgendwie erpressen zu wollen, und ich halte abwehrend die Hände in die Höhe. «Keine Sorge, von mir erfährt niemand was. Glauben Sie mir, ich würde am liebsten gar nicht über sie reden.» Mir steigen die Tränen in die Augen. «Weil ich eigentlich nicht weiß, wie. Zehn Jahre Freundschaft sind mir entrissen worden, einfach so, und mir ist, als wäre sie gestorben oder so, und doch glotzen mich alle an, als hätte ich es irgendwie wissen müssen, als hätte sie es mir vielleicht sogar erzählt. Aber Herrgott, wie hätte ich denn so etwas wissen sollen? Wer denkt denn, dass ein normaler Mensch zu so was fähig ist?»

Er lehnt sich an seinen Wagen, während ich mir über die Augen wische. «Ich bilde mir was darauf ein, dass ich auf

Schwindler nicht so leicht reinfalle», sagt er leise. «Ich hab dafür ein Gespür, wissen Sie? Weil ich auch kein ganz unbeschriebenes Blatt bin. Will mich jemand reinlegen, merke ich das sofort. Ein Grund, warum es bei mir geschäftlich ganz gut läuft. Weil ich Menschen einzuschätzen vermag. Aber dieses Mal ... ich hätte nicht gedacht ... ich komme mir vor wie ein Trottel.» Er ist verbittert, so viel ist klar. Hat wohl im Geist schon durchgespielt, wie es hätte weitergehen können. Was, wenn er sie geheiratet hätte, und dann wäre *das* herausgekommen? Wie hätte sich das auf sein Unternehmen ausgewirkt? Auf alles, wofür er so hart gearbeitet hat? Hätte sie ihm die Wahrheit gebeichtet? Wie hätte er sich gefühlt, wenn er sich ernsthaft in sie verliebt hätte? All die theoretisch denkbaren Szenarien.

«Ich glaube nicht, dass ich je wieder einer Freundin vertrauen werde», sage ich. Ein erschreckender Gedanke, finster und einsam, aber wie sollte ich einem anderen Menschen je wieder so nahekommen? Wie sollte irgendjemand die Lücke füllen, die Lisa in meinem Leben hinterlassen hat? «Und das Schlimmste ist» – ich vermeide es, ihn dabei anzusehen –, «dass sie mir zeitweilig richtig fehlt.»

Ich reiße mich zusammen und richte mich etwas auf. Ich bin ihm nicht nach draußen gefolgt, um mein eigenes Elend zu beweinen. «Wir haben alle an der Sache zu knabbern. Penny, ich, Sie. Aber wir dürfen dabei nicht vergessen, dass uns daran keine Schuld trifft. Das halte ich mir immer vor Augen. Wenn ich merke, wie mich alle so merkwürdig ansehen. Es ist nicht meine Schuld.» Ich blicke ihn direkt an. «Und es ist ganz sicher nicht die Schuld der Menschen, die schon ganz aufgeregt bei der Aussicht auf einen unbefristeten Arbeitsvertrag und ein regelmäßiges Einkommen sind. Sie sind deswegen kein Trottel und auch kein schäbiger Mensch.

Die Chancen, dass einem so was widerfährt, stehen eins zu einer Million. Ach was, eins zu dreißig Millionen. Gegen so etwas kann man sich nicht absichern. Wir hatten eben das Pech, in Lisas Welt zu geraten.»

«Charlottes Welt», verbessert er mich.

«Nein», sage ich mit Nachdruck. «Ich meine Lisa. Sie mag nicht wirklich Lisa gewesen sein, aber für uns war sie real. Sie sind kein schäbiger Mensch, bloß weil Sie sie nett fanden. Aber all diese Unbeteiligten dafür büßen zu lassen, weil Sie sich über sich selbst ärgern? Das wäre schäbig.» Ich lasse meine Worte kurz wirken. «Na ja, mehr wollte ich Ihnen nicht sagen.» Ich bin müde und angeschlagen und weiß nicht mehr, warum ich hier draußen bin. «Tun Sie, was Sie für richtig halten.»

Damit drehe ich mich um und steuere wieder aufs Gebäude zu.

«Marilyn?»

Ich bleibe stehen. Sehe mich um.

«Ich denke darüber nach, in Ordnung?»

Das ganze Büro starrt mich an, als ich wieder an meinen Platz zurückkehre, aber das übergehe ich einfach, als wäre ich bloß auf der Toilette gewesen oder so. Ich trage wieder meinen Stahlpanzer, fühle mich aber nach dem Gespräch mit Simon merklich erleichtert. Weil ich nun weiß, dass noch jemand meine Gefühle teilt, und sei es nur ansatzweise.

Nach der Mittagspause ruft Penny mich in ihr Büro. Bei der hellen Beleuchtung stelle ich verblüfft fest, wie abgespannt sie aussieht, aber ich sage nichts. Wer im Glashaus sitzt, und so weiter.

«Danke», sagt sie. Eine Nachfrage meinerseits erübrigt sich. Ihre Erleichterung ist mit Händen zu greifen.

«Nicht der Rede wert.»

Penny deutet mit dem Kopf in Richtung Tür. «Wie ist es da draußen?»

«Viel Klatsch und Tratsch», sage ich. «Wie zu erwarten. Das legt sich auch wieder.»

Auch heute gab es wieder selbstgebackenen Kuchen – *wir sind ein Team, wir müssen zusammenhalten* –, und obwohl sie noch für unter dreißig durchgehen könnte, übernimmt Julia nun bei den anderen die Mutterrolle, weil ich jetzt spürbar außen vor bin. Stacey sucht verstärkt Tobys Nähe, der nur zu gern bereit ist, sich um sie zu kümmern. Wenigstens Stacey hat etwas traurig reagiert. Sie ist ein so lieber Mensch, dass sie sich eine Äußerung wie «Aber ich mochte sie» erlauben kann, ohne gleich dafür verurteilt zu werden. Die Macht der Jugend, vermute ich mal. Mit so viel Nachsicht kann ich nicht rechnen. Ich bin zu alt. Völlig abgemeldet. *Ich hätte es besser wissen müssen.*

«So ganz begreife ich das immer noch nicht», sagt Penny. Vor lauter Schadensbegrenzung ist sie vermutlich noch gar nicht dazu gekommen, in Ruhe darüber nachzudenken.

«Ja, wem sagen Sie das!» Ich setze ein Lächeln auf. Vielleicht versteht sie jetzt langsam, dass es für mich nicht anders ist. Dass es für mich sogar schlimmer ist. Ich muss schließlich den ganzen Tag auf einen verwaisten Schreibtisch schauen, einen Schreibtisch, den ich unbedingt direkt vor mir haben wollte, als wir die neue Büroaufteilung geplant haben. Penny sieht mich nicht an, sondern blickt zur Tür, als könnte sie irgendwie hindurchsehen.

«Ich wette, dass sie es war, die das Geld aus der Handkasse gestohlen hat», sagt sie mit schneidender Stimme.

Ich öffne den Mund erst und schließe ihn dann wieder, wie ein Goldfisch. Wegen der Aufregung habe ich ganz vergessen, was Lisa bei der Betriebsfeier gesehen hatte. Was sie mir bei unserem letzten Treffen erzählt hat. Wie sie Julia einschätzte. War das alles bloß Ablenkung? War in Wirklichkeit Lisa die Diebin?

«Vielleicht.» So ganz bin ich nicht mit der Anschuldigung einverstanden. «Aber warum hat es erst in letzter Zeit angefangen? Dass immer Geld in der Kasse fehlt?»

Jetzt blickt Penny mich scharf an. «Vielleicht ist es mir bisher bloß noch nicht aufgefallen. Bei der Hektik hier.»

«Stimmt auch wieder», pflichte ich ihr schnell bei. «Und Ava ist neulich sechzehn geworden, und ich weiß, dass sie ihr ziemlich teure Sachen geschenkt hat. So wie an jedem Geburtstag.» *Arme Ava. Hat sie es Lisa erzählt?* Ich frage mich, was sie nun tun wird, und wünschte, ich könnte mit ihr reden. Hätte ich an diesem letzten Abend bloß etwas gesagt. Ich hätte zu ihrem Zimmer hochgehen und mit ihr reden sollen, statt so zu tun, als hätte ich nichts gesehen.

Pennys Miene wird etwas freundlicher, jetzt, da ich auf ihrer Linie bin. Auf keinen Fall werde ich von mir aus auf Julia und ihr verdächtiges Benehmen zu sprechen kommen. Für weitere Konflikte fehlt mir schlicht die Kraft, und warum sollte ich Lisa in Schutz nehmen? Ich bin hier nun ganz auf mich gestellt, während sie das nächste neue Leben unter neuem Namen vor sich hat. In dem sie sich vermutlich die nächste arglose beste Freundin anlacht, die nichts davon ahnt, dass sie es mit einer Kindermörderin zu tun hat.

Und es war nicht irgendein Kind, rufe ich mir in Erinnerung. *Sondern ihr eigener zweijähriger Bruder.* Mit elf ist man alt genug, um zu wissen, was man tut. Meine beste Freundin war ein Ungeheuer. Auch jetzt wieder steigt Wut in mir auf, und das fühlt sich gut an. Ein Energieschub, der mir Kraft verleiht.

«Haben Sie später Lust auf ein Glas Wein?», frage ich. «In

dem alten Pub, in den wir früher immer gegangen sind?» Mit Penny war ich schon ewig nichts mehr trinken – seit ihrer Entscheidung, zu expandieren, hatte sie dafür zu viel um die Ohren. Nach einer halben Flasche Sauvignon Blanc kommt bei ihr ein sarkastischer Humor zum Vorschein, und ein wenig Aufheiterung könnte ich gut gebrauchen.

«Oh, ich kann leider nicht.» Sie weicht meinem Blick aus, ihr Unbehagen ist nicht zu übersehen. «Ich hab noch so viel zu tun.»

«Kein Problem.» Ich lächle übertrieben. «War nur so eine Idee.»

«Ein andermal?»

«Klar. Wann Sie Lust haben.»

Sie scheint heilfroh, dass ich ihre Ausrede akzeptiert habe, und ich lasse mir nichts anmerken, als ich ihr Büro verlasse und an meinen Platz zurückkehre. Tatsächlich aber brodelt es in mir. Ich hätte Simon Manning nicht davon abhalten sollen, sich einen neuen Personaldienstleister zu suchen. Undankbares Miststück. Und scheiß auf dich, Lisa. Scheiß auf dich, dass du dich einfach verdünnisierst, und ich stehe nun da wie eine Komplizin von dir.

Als ich nach Hause komme, beendet Richard ein Telefonat, und zwar eine Spur zu eilig, als hätte er mich nicht reinkommen hören und fühlte sich irgendwie ertappt. Seine Augen strahlen, und er grinst. Ein hübscher Kerl. Früher fand ich, dass sein Lächeln etwas Wölfisches hätte, aber jetzt sehe ich die Hyäne. Jetzt geht er dazu über, mir die Hyäne zu *zeigen*.

«Ein neuer Auftrag?», frage ich. Es ist ein heikles Thema. In letzter Zeit ist die Arbeit rar gesät, gelinde gesagt. Der Schwung am Wohnungsmarkt hat nachgelassen, und seriöse Bauunternehmer scheinen nicht mehr gebraucht zu werden. Als das Geschäft lief, habe ich natürlich nie darauf geachtet, was er mit dem Geld anstellt, und von der Auftragsflaute hat er mir kein Wort erzählt, bis alles aus dem Ruder lief. Es ist ein schlimmer Kuddelmuddel. Auf unsere Ehe geht ein wahrer Konfettiregen aus letzten Mahnungen nieder.

«So was in der Art. Könnte sein, dass es wieder aufwärtsgeht!» Er zwinkert mir zu. «Zieh dir die Lippen nach, mein zauberhaftes Eheweib. Heute gehen wir im Peking Palace essen.»

Ich würde am liebsten nur die Schuhe ausziehen, ein paar Gläschen Wein trinken und dann ins Bett fallen, aber daraus wird wohl nichts, wie ich sehe. Er zieht sich bereits die Jacke an.

«Wir können erst auf einen Schluck im Navigation vorbeischauen. Uns einen richtigen Date-Abend gönnen.» Er beugt sich vor und gibt mir einen Kuss. Ich traue dieser aufgekratzt guten Laune nicht. Kein bisschen. Er führt irgendetwas im Schilde. Meine Nerven sirren, und in meinen Blutergüssen pocht es im Takt dazu, als ich hinter ihm das Haus verlasse und die Tür schließe. Und es wird nicht gut enden.

31

DANACH

2001

Sein Gesicht ist bloß ein Umriss im Dunkel. Sie sind beide sicher in der Nacht verborgen, nur das Rascheln der Bettwäsche verrät, dass sie da sind, während sie redet. Sie liebt ihn, so viel weiß sie. Er sagt, dass er sie liebt. Dass sie für immer zusammenbleiben werden. Er wird sich um sie kümmern. Er möchte, dass sie zu ihm zieht. Joanne freut sich, dass sie einen Freund hat, ermahnt sie aber, nichts zu überstürzen. Abzuwarten, bis sie ganz sicher sei. Joanne möchte, dass sie ihre Wohnung noch eine Weile behält, um sich nicht unter Druck zu setzen. Es sei ein großer Schritt, mit jemandem zusammenzuziehen, sagt Joanne.

Sie mag Joanne immer noch gern und kann sich ein Leben ohne ihre Unterstützung nicht vorstellen, aber es wäre ihr lieber, wenn sie sie nicht wie ein kleines Kind behandelte. Sicher, sie ist erst seit ein paar Monaten mit Jon zusammen, aber sie sind unzertrennlich, und sie ist eine Frau in den Zwanzigern. Das klingt älter als dreiundzwanzig. Wobei aber dreiundzwanzig auch kein Babyalter mehr ist.

Jon bringt sie zum Lachen. So sehr hat sie niemand mehr zum Lachen gebracht, seit ... na ja ... seit *damals*. Aber ihr

Körper besteht inzwischen aus anderen Zellen. Sie ist ein ganz anderer Mensch. Die Laken unter ihr sind feucht, aber nicht von schändlichem Urin, sondern von Erwachsenenschweiß. Das ist ihr neues Leben.

Sie lehnt sich zurück an ihr Kissen, während die Welt um sie herum ein wenig verschwimmt. Sie haben ein bisschen was getrunken – er mehr als sie –, er trinkt überhaupt viel mehr als sie, aber das machen Männer eben, oder? Sich betrinken? Es gefällt ihr, wenn seine Augen etwas benebelt sind und er sie so voller Liebe und mit einem spitzbübischen Grinsen im Gesicht ansieht. In diesen Augenblicken kann sie ihr Glück kaum fassen. Und manchmal, nur manchmal, wenn sie zusammen auf dem kleinen Sofa in ihrer Wohnung sitzen, sich eine Filmkomödie ansehen und dazu Schweinefleisch süßsauer und Hühnchen Chow Mein essen und er sich dafür entschuldigt, dass momentan einfach nicht mehr drin ist, während sie sich fühlt wie im siebten Himmel – kann sie vergessen, was sie vor ihm geheim hält. Wie gesagt, manchmal. So lange schon hat sie Angst davor, dass andere Leute ihr auf die Schliche kommen, aber jetzt hat sie das Gefühl, es ihm einfach erzählen zu *müssen*. Wie kann sie sagen, dass sie ihn liebt, ohne ehrlich zu ihm zu sein? Wie kann er sicher sein, ob er sie liebt, wenn er es nicht weiß?

Sein dunkler Umriss neben ihr bewegt sich, und er richtet sich auf, um einen Schluck Rotwein aus dem Glas zu trinken, das auf dem Nachttisch steht. Er hält es ihr hin, und sie trinkt ebenfalls. Sie bekommt einen trockenen Mund von dem Wein, aber er wärmt und steigt ihr angenehm zu Kopf. Diese Beschwipstheit erinnert sie auch an *früher*. Als sie noch eine andere war. In letzter Zeit denkt sie viel zu oft über die Vergangenheit nach. Fummelt und drückt daran herum wie an einem winzigen Holzsplitter unter einem Fingernagel, den man einfach nicht herausbekommt. Aber sie ist immer gegenwärtig, zwischen ihr und ihm. Selbst jetzt, nachdem sie miteinander geschlafen haben.

«Jon», fängt sie an und gerät dann ins Zaudern. Er will sie an sich ziehen, damit sie wieder auf seiner Brust zu liegen kommt, aber sie möchte jetzt nicht seinen Herzschlag spüren, der so wunderbar beruhigend ist. Nicht, ehe sie sicher ist, dass ihr sein Herz wirklich gehört. «Ich muss dir etwas erzählen.» Ihre Stimme schwebt wie körperlos durchs Dunkel. Sein Gesicht ist körnig, und ausnahmsweise ist sie froh über die dichten Vorhänge, die das Licht der Straßenlaterne draußen vorm Haus komplett aussperren. Sonst empfindet sie die Dunkelheit als erstickend, wenn sie nachts wach liegt und nicht einschlafen kann, heute aber ist sie wie eine Schmusedecke, unter der sie sich verbergen kann.

«Du klingst ja so ernst.» Er lacht ein wenig, aber es klingt leicht gequält, und da merkt sie, dass er glaubt, es ginge um sie beide, dass sie vielleicht irgendwas angestellt hat, dass es vielleicht einen anderen Jungen gibt. Dass er sich ernsthaft sorgt, dass sie ihn verlassen könnte, macht sie ganz sprachlos. Sie wird ihn immer lieben, bis ans Ende ihrer Tage.

«Es ist etwas, das du wissen musst. Aber auch etwas, das du unbedingt für dich behalten musst; wovon du nie irgendwem erzählen darfst.» Sie hat seine ungeteilte Aufmerksamkeit, das spürt sie. «Versprichst du es mir?»

«Großes Ehrenwort. Ich schwöre», sagt er. Seine Worte machen sie einen schaurigen Moment lang ganz schwach. Ihre Nerven beginnen zu flattern, und sie bekommt feuchte Hände. War das ein schlechtes Omen? Dass er diese Worte benutzt hat, die sie schon so lange verfolgen? Soll sie es doch lieber für sich behalten? Joanne hat ihr eingeschärft, bloß den Mund zu halten. Es liege in der Natur des Menschen, hat sie gesagt, sich mitteilen zu wollen. Was zwar verständlich sei, aber manches müsse man auch allein tragen. Wobei die Dinge anscheinend anders lägen, falls sie später mal ein Kind zusammen bekämen. Dann müsste er es vielleicht erfahren. Aber dann hätte er auch einen Grund, es für sich zu behalten.

Er wartet darauf, dass sie weiterredet, und sie öffnet den Mund und schließt ihn dann wieder, wie ein Guppy. Sie *werden* ein Baby haben, warum es ihm also nicht jetzt sagen? Babys sind einfach die natürliche Folge, wenn sich ein Junge und ein Mädchen verlieben, und es ist ja nicht so, als hätten sie immer aufgepasst. Sie hätte darauf achten müssen, dass sie aufpassen, aber aus irgendeinem Grund hat sie sich nicht die Mühe gemacht. Sie weiß, was das bedeutet. Über die Jahre hat sie so viel Zeit mit Therapeuten verbracht, dass sie ihre Beweggründe dafür klar erkennt. Sie wünscht sich ein Baby. Ein Gedanke, der ebenso aufregend wie beängstigend ist. Die Grundidee dahinter ist zu zerbrechlich und kostbar, um sie näher zu untersuchen.

Sie öffnet erneut den Mund, während sie noch überlegt, wie sie anfangen soll. Es war einmal? Um das Ganze in ein düsteres Märchen zu verwandeln? Oder es irgendwie mit einer Art Zuckerguss zu versehen? Ein dummer Gedanke. Wie auch immer sie es erzählt, schockierend wird es auf jeden Fall sein. Vielleicht spricht er dann nie wieder mit ihr. Oder erdrosselt sie gleich hier an Ort und Stelle, ein Wunsch, den so viele Fremde seinerzeit geäußert haben.

Sie wird es ihm erzählen. Aber das Geschehen an sich wird sie aussparen. Darüber hat sie noch nie gesprochen. Darüber *kann* sie nicht sprechen. Sie hat es getan, was gibt es da noch mehr zu sagen? Als Einstieg fängt sie mit ihrem Namen an. Gibt also die Pointe als Erstes preis. Ihre Zellen mögen mittlerweile rundum neu sein, aber es ist noch nicht so viel Zeit vergangen, dass ihr richtiger Name bei den Leuten schon völlig in Vergessenheit geraten wäre. Wie ein Butzemann, um kleinen Kindern Angst einzujagen. *Sei zum Tee wieder daheim, oder Charlotte Nevill holt dich.*

Sie spricht in die Düsternis, leise, gestelzte Sätze, die über ihr Gewicht hinwegtäuschen, und obwohl ihr nur zu bewusst ist, dass er neben ihr liegt und sich sein Körper bei ihren Worten unwillkürlich anspannt, wendet sie nicht einmal das Gesicht zur Seite, um ihn anzusehen, sondern gibt unbeirrt ihre Geschichte preis, bis sich eine zusätzliche Schicht Dunkelheit bildet, ein weiteres Laken, das sie beide bedeckt.

Als sie fertig ist, und es dauert wirklich nicht lange, ihm alles zu erzählen, wie überhaupt die Wahrheit meist schnell erzählt ist, sagt er kein einziges Wort. Er setzt sich auf, greift nach dem Weinglas. Sie hört sein Schlucken. Die Welt scheint stillzustehen. Sie hat einen schrecklichen Fehler gemacht. Wenn sie doch bloß weinen könnte. Die Stille scheint endlos, während es in seinem Kopf arbeitet. Sie blickt zu ihm hoch und fragt sich, ob dieser dunkle Umriss das Letzte ist, was sie von ihm zu sehen bekommt. Ihr Legatsleben kommt ihr auf einmal vor wie eins der Origami-Pferde, die Mr. Burton so gern aus Papierüberresten faltet. Wunderschön konstruiert. Und so leicht zu zermalmen.

«Es tut mir leid, Jon», flüstert sie, und obwohl ihre Augen trocken bleiben, versagt ihr fast die Stimme dabei. «Wirklich leid.»

Aber dann bricht er sein Schweigen. Sagt, ist schon gut, und dass er sie liebt, und er presst seine nackte Haut an die ihre, und sie küssen sich. Er liebt sie. Er liebt *sie*.

Wochen später, als sie sich darüber klarwird, dass die Übelkeit und Müdigkeit und der ständige Heißhunger kein

Grund zur Besorgnis sind und dass sie künftig nicht mehr zu zweit, sondern zu dritt sein werden, meint sie zu wissen, wann ihr Baby entstanden ist. In jener besonderen, offenen, ehrlichen Nacht.

Es ist, als ob Gott ihr vielleicht, vielleicht verziehen hätte.

32

JETZT

AVA

Endlich, endlich habe ich die Truppe dazu bewegen können, die Wohnung zu verlassen. Damit wir «eine Zeitlang für uns sein» können. Leicht war es nicht. Die führen sich auf, als wären wir Kinder, die man nicht allein lassen kann, aber nachdem ich eine Weile auf lieb und nett gemacht habe, habe ich endlich meinen Willen bekommen. Etwas Zeit allein mit Mum. Einen Abend und eine Nacht ohne unsere Aufpasser.

Es war merkwürdig, als sie alle fort waren. Diese winzige Wohnung fühlte sich auf einmal so groß an. Alison hat lauter Telefonnummern an den Kühlschrank gepinnt, was ganz normal wirkt, bis einem einfällt, dass es nicht die Nummern von Putzfrauen oder Babysittern sind, sondern von Psychiatern und Bewährungshelfern und der Polizei. Trotzdem, mir ist vor Aufregung und Nervosität ganz flau im Magen. Das ist nicht mehr mein Leben. Nicht nach heute Abend. Selbst wenn er nicht auftaucht – *er taucht schon auf, natürlich taucht er auf* –, hierher komme ich nicht zurück. Mein Entschluss steht fest. Mum versucht zwar, etwas normaler zu sein, aber *darüber* haben wir nicht geredet. Was sie an jenem Tag gemacht hat. Alison sagt, darüber schweigt sie sich aus. Man hofft, glaube ich, dass sie sich mir gegenüber öffnet, aber das wird nicht passieren. Ich will es nicht wissen, und ich will nicht, dass sie mit der Stimme meiner Mum redet. Sie ist nicht mehr meine Mum, bloß ein abartiger Freak aus den Zeitungen.

Alison war noch nicht ihre Bewährungshelferin, als ich geboren wurde. Das war damals eine gewisse Joanne. Alison hat ihren Job übernommen, als wir umgezogen sind, als ich noch klein war. Es ist ein früheres Leben, nicht meins. Mein Leben liegt in der Zukunft. Mum wird bald nur noch eine Erinnerung sein. Geschichte. Das ist sie jetzt schon, nach alldem. Wie soll ich auch nur versuchen, sie zu lieben oder für sie Verständnis zu haben, sosehr ich mir auch den Kopf über die Jahre vor meiner Geburt zerbrechen mag? Sie ist eine Fremde. Sie ist eine *Lüge*. Das sollte man nicht vergessen. Kein Problem, jetzt, wo wir so anders aussehen.

Ich wollte mir nicht die Haare abschneiden lassen, aber ich hab die Zähne zusammengebissen und sie machen lassen, und eigentlich finde ich, dass mir der halblange Bob steht. Sie haben mir einen Messerschnitt verpasst, und es sieht ganz cool aus. Ange wäre sicher begeistert. Außerdem bin ich jetzt ein Rotschopf – nicht fuchsrot, sondern ein dunkles Kastanienrot –, und sie haben mir auch braune Kontaktlinsen gegeben. Keine so großen Veränderungen, und doch bin ich kaum wiederzuerkennen. Ich habe auch geübt, mich anders zu schminken. Breitere Lidstriche. Selbstbewusste Farben. Wenn ich jetzt noch etwas andere Kleidung trage, werde ich aussehen wie eine ganz neue Person. Mum schien den Tränen nah, als sie mich sah. Aber sie hat nicht geweint. Sie weint überhaupt nie – das hat Alison auch erwähnt. Sie hat auch damals nicht geweint. Weder vor Gericht noch sonst wann.

Ich hab ihr gesagt, dass mir mein neues Aussehen gefällt,

das hat sie etwas beruhigt. Sie entschuldigt sich die ganze Zeit für alles. *Es tut mir so leid, Ava.* Als ginge es bloß um ein Kleid, das beim Waschen eingelaufen ist, nicht darum, dass unser ganzes Leben im Eimer ist.

Ihr haben sie auch ein neues Aussehen verpasst. Sie ist jetzt blond. Kein richtiges Blond, das irgendwie heiß aussieht, sondern eher so ein unscheinbares Aschblond. Straßenköterblond. Sie wirkt jünger damit, was aber auch daran liegen könnte, dass sie abgenommen hat. Wie *sie* aussieht, bereitet Alison und der Polizei weniger Kopfzerbrechen. Es gibt kaum Bilder von ihr, von denen her Leute sie erkennen könnten. Die Zeitungen dürfen sie nicht abdrucken. Immerhin verstehe ich jetzt, was es mit ihrer Heimlichtuerei auf sich hatte, warum sie kein Facebook wollte und sich immer so ungern fotografieren ließ.

Richtig geredet haben wir nicht an diesem Abend für uns, den ich durchgesetzt hatte. Alison hat uns im Kühlschrank chinesisches Essen dagelassen, aus der Tiefkühltruhe im Supermarkt, das habe ich in der Mikrowelle aufgewärmt und wir haben es dann vorm Fernseher gegessen. Ihre Haarfarbe gefiele mir, hab ich gesagt, und sie fing wieder an, sich zu entschuldigen. Halb so wild, habe ich gesagt, und dass wir das schon durchstehen würden. Sie wirkte so erleichtert. Wie kann sie denken, dass es so einfach wäre? Als könnten wir einfach so weitermachen wie vorher? Dieses Leben war doch ein einziges Lügengebilde.

Gestern, nachdem ich meine Nettigkeitskampagne gestartet hatte, kam sie in mein Zimmer, hat sich aufs Bett gesetzt und beim Reden die ganze Zeit nervös an ihren Fingern rumgeknibbelt. Ich solle alle Fragen aufschreiben, die ich an sie hätte. Eine Idee von Alison. Keine Fragen *darüber* – sie bringt es nicht über sich, auszusprechen, was sie getan hat –, sondern zu ihrem Leben und unseren Leben und allem anderen. Sie würde mir alles so gut wie möglich beantworten. Ich habe gesagt, gut, mache ich, aber das war nicht ernst gemeint. *Jetzt* interessiert mich das alles nicht mehr. Na gut, vielleicht interessiert es mich doch – *erzähl mir von meinem Vater* –, aber was sollte es jetzt noch bringen, das alles zu erfahren? Das tut alles nichts zu Sache. Jetzt nicht mehr.

Wir haben noch etwas ferngesehen und dazu Tee getrunken, als wäre es ein stinknormaler Abend zu Hause. Ich habe laufend auf die Uhr gesehen, weil ich wollte, dass die Zeit schneller vergeht, und mich dabei gefragt, ob es ihm wohl ähnlich ging.

Schließlich hat Mum ihre Schlaftablette genommen – ich frage mich, wie viele verschiedene Pillen sie ihr zurzeit verabreichen –, und ich hab demonstrativ gegähnt und gesagt, ich sei müde, und ihr noch einen Kuss aufs Haar gedrückt, ehe ich mich in mein Zimmer verzogen habe. Das war der einzige kritische Moment an diesem Abend. Beim Geruch ihrer Kopfhaut hat sich mir spontan der Magen zusammengekrampft, und ich hätte mich kurz am liebsten auf ihren Schoß gesetzt, so wie früher als Kind immer. Als sie meine ganze Welt war. Es war ein komisches, grässliches Gefühl, und ich hab es ganz schnell verdrängt. Ich weiß nicht, ob sie dazu fähig ist, mich zu lieben – wenn sie lieben könnte, hätte sie nicht getan, was sie getan hat –, und ich verstehe nicht, warum sie mich überhaupt bekommen hat. Lauter ungeklärte Fragen, von der Sorte, die ich wohl aufschreiben sollte, wenn es nach Alison geht. Aber die können mich mal. Hier bleibe ich nicht länger. Sie kommt in meinem neuen Leben nicht vor. Er ist meine Welt, und er wird schon auf mich warten. Wie sollte es anders sein.

Ich liege im Dunkeln im Bett, vollständig bekleidet unter

der Decke, die ich mir bis ans Kinn hochgezogen habe. Was er wohl von meinem neuen Look halten wird? Den werde ich sowieso wieder ändern müssen. Wenigstens die Haarfarbe, weil die Polizei bestimmt nach mir suchen wird. Aber ich bin sechzehn. Ich bin kein Kind mehr. Die werden denken, dass ich ausgerissen bin, und genauso ist es auch. Ich werde einen Brief hinterlassen – «Versucht nicht, mich zu finden». Nur diesen einen Satz. Ist zwar kurz, bringt es aber auf den Punkt, und ich wollte ihn nicht erwähnen. Ist schließlich nicht seine Schuld, dass die Situation jetzt so beschissen ist.

Hat Alison das Geld bemerkt, das in ihrem Portemonnaie fehlt? Ich hab mir dreißig Pfund rausgenommen, als sie noch mal mit Mum geredet hat, bevor sie gegangen ist, und von der Psychiaterin habe ich gestern einen Zwanni abgezweigt. Die war heute nicht da, also weiß der Geier, ob sie was bemerkt hat.

Fünfzig sollten jedenfalls reichen, für ein Taxi, falls ich eine Telefonzelle finde, oder für einen Bus, falls hier noch einer verkehrt. Ich muss irgendwie zu der Landstraße, wo wir uns treffen wollen. Wo uns niemand sehen kann. Ist von hier aus zwar weiter weg, aber immer noch machbar. Wir haben uns für vier Uhr früh verabredet, ich habe also noch massig Zeit. Falls er nicht hinkommt, fahre ich zu Ange oder Jodie. Aber er *wird* kommen. Er liebt mich. Wenn wir uns aus dem Staub gemacht haben und in Sicherheit sind, schicke ich meinen Freundinnen eine Nachricht, dass sie sich keine Sorgen machen sollen. Ich werde mich auch um die andere Sache kümmern müssen, den dünnen blauen Teststreifen. Jodie wollte mir helfen, dieses Problem aus der Welt zu schaffen, aber darum wird er sich schon kümmern. Das weiß ich, ganz sicher. Er hat so viel Verständnis wegen Courtney gezeigt, obwohl er deswegen auch eifersüchtig war. Werde ich mich nach einer Abtreibung irgendwie erwachsener fühlen? Werde ich *ihm* erwachsener vorkommen? Eines Tages werden wir vielleicht zusammen Kinder haben, er und ich, aber jetzt will ich einfach nur dieses Ding aus mir raushaben. Vielleicht geht es ja auch von allein weg. Wenn mir nicht gerade übel ist, kann ich mir beinahe einreden, dass es gar nicht da ist.

Ich warte, bis es in der Wohnung mucksmäuschenstill ist. Ich habe Herzklopfen und einen trockenen Mund. *Er wird dort sein, er wird dort sein,* sage ich mir immer wieder. *Er wird mich nicht hängenlassen.* Ich schlage die Decke beiseite und stehe leise auf. Meine Schuhe ziehe ich noch nicht an. Das kann warten, bis ich die Wohnung verlassen habe und draußen im Treppenhaus bin.

Ich suche meine Sachen zusammen und überzeuge mich noch mal, dass ich das Geld in der Hosentasche habe. Dann schleiche ich leise aus der Wohnung.

Auf geht's, denke ich. Und dann bin ich fort.

33

MARILYN

«Schau. Da. Siehst du das?» Richard streckt mir die Illustrierte entgegen. «*Die* hat's gemacht.» Von der Titelseite starrt mir Mrs. Goldman entgegen, Lisas betagte Nachbarin – *ehemalige* Nachbarin. Sie sieht gebrechlich aus. Hat sie jemand dazu genötigt, irgendwie unter Druck gesetzt? Es ist eine Frauenzeitschrift von der Sorte, die bei Zahnärzten und in anderen Arztpraxen im Wartezimmer ausliegt, mit Klatsch und Tratsch aus der Welt des Adels und der Promis, konzipiert für eine reifere Zielgruppe als *Heat* oder *Closer*. Die Schlagzeile über dem Foto von Mrs. Goldman vor ihrer Haustür verheißt reißerisch: *Charlotte Nevills Nachbarin packt aus – das geheime Leben der Kindermörderin*. Ich nehme die Illustrierte von ihm entgegen und schlage die entsprechende Seite auf. Ein Zitat ist fett gedruckt: *Sie war schon immer etwas seltsam. Eine Eigenbrötlerin.*

«Völliger Blödsinn.» Ich rühre in meinem Kaffee. «Und die Alte sollte sich schämen. Lisa hat regelmäßig für sie eingekauft und ihr von sich aus immer noch Kuchen spendiert, um ihr eine Freude zu machen. Sie hat öfters bei Mrs. Goldman nach dem Rechten gesehen als deren Angehörige.»

«Darum geht es nicht.» Da höre ich seinen Unterton. Hart und kalt. Auf die freundliche Tour hat er nichts erreicht, und er verliert langsam die Geduld mit mir. «Wenn die diesen Mist an so ein Blatt verkaufen kann, können wir das Angebot der *Mail* vermutlich noch in die Höhe treiben. Es ist *deine* Geschichte, um die sich alle reißen. Du hast sie von allen am besten gekannt.»

«Wie die Dinge stehen, würde ich eher sagen, ich habe sie eigentlich kein bisschen gekannt.» Ich habe jetzt keine Zeit dafür, ich muss zur Arbeit. Also schiebe ich mich an ihm vorbei – *immer schön sachte* –, um meinen Mantel zu holen, und kann dabei die Anspannung spüren, die von ihm ausstrahlt, während er mühsam die Beherrschung wahrt.

«Ich verstehe nicht, warum du dich so dagegen sträubst.» Er folgt mir in den Flur. «Es ist leicht verdientes Geld. Damit könnten wir unsere finanziellen Probleme lösen.»

Eine Bemerkung liegt mir auf der Zunge: *Nicht meine Probleme. Deine.* Ich verkneife sie mir. «Das sehe ich anders. Es hat was Schmutziges. Etwas Schmieriges. Das hast du selbst immer über Leute gesagt, die ihre Geschichte an die Medien verkaufen.»

«Es scheint ja fast, als wolltest du sie schützen», knurrt er. «So, wie du immer für sie Partei ergreifst.»

«Rede doch keinen Unsinn.»

«Du hast sie eben erst in Schutz genommen. Wegen dieser Alten.»

An der Haustür drehe ich mich noch einmal um. «Es wäre mir nicht recht, wenn Ava das zu lesen bekäme. Wie ich für Geld über sie und Lisa rede. Sie hat momentan niemanden, dem sie vertrauen kann.»

«Was spielt es für eine Rolle, du wirst sie doch nie wiedersehen! Warum geht das nicht in deinen Dickschädel rein?»

Ich lasse die Haustür laut hinter mir zufallen. Unten am Ende der Auffahrt lungern immer noch ein paar Reporter herum – man könnte auch sagen, Aasgeier –, aber ich beachte sie nicht weiter und reagiere auch nicht, als sie meinen Namen rufen. Ich steige ins Auto ein, setze meine Sonnenbrille auf und fahre los – viel zu schnell für unsere verkehrsberuhigte Siedlung –, bis ich sie abgeschüttelt habe.

Wenn es doch nur so leicht wäre, auch allem Übrigen zu entkommen. Ich denke an die 40 000 Pfund, die die *Daily Mail* uns angeboten hat. Sie hätten sich bei ihm gemeldet, hat Richard behauptet, aber das kaufe ich ihm nicht ab, sooft er mich dieses Jahr auch schon grün und blau geschlagen hat. Natürlich hat *er* da angerufen und ihnen von Lisa und mir und unserer Freundschaft erzählt, und was für Einblicke in ihr normales Alltagsleben ich ihnen liefern könnte. Was er für ein Gesicht gemacht hat, als ich nein gesagt habe! Er war völlig fassungslos. Besonders als ihm klarwurde, wie wenig Handhabe er selbst in der Angelegenheit hat. *Seine* Geschichte will niemand haben – die ist nicht annähernd so viel wert wie meine. Wie konnte ich mir je vormachen, dass dieser Mann mich liebt? Ich hätte schon viel früher ahnen müssen, dass es mal so enden würde. Schon zu Beginn unserer Beziehung, als ich ihm immer bei der Arbeit geholfen habe, mit ihm Raum und Form von Häusern diskutiert und Vorschläge für seine Kunden beigesteuert habe. *Wieso trägst du diesen roten Lippenstift? Für wen hast du den aufgetragen?* All die kleinen Anschuldigungen und Verdächtigungen hätten mir eine Warnung sein sollen, schon vor so vielen Jahren.

Mein Handy klingelt. Er. Ich lasse es klingeln, bis er es aufgibt, und an der nächsten roten Ampel schicke ich ihm eine kurze SMS: *Ich werd's mir überlegen.* Ich sollte es wirklich in Erwägung ziehen. Ich bin Lisa nichts schuldig, und Ava liest vermutlich ohnehin keine Zeitung. In Anbetracht der Gesamtsituation glaube ich auch nicht, dass es sie groß jucken würde. Aber mir würde es etwas ausmachen. Ich bin sauer auf Mrs. Goldman, sie hätte es besser wissen müssen. Wie ich Lisa kenne, würde sie die alte Dame noch in Schutz nehmen. *Sie ist einsam. Wird sich darüber freuen, so viel Aufmerksamkeit zu erhalten. Zumindest kann sie sich jetzt mal hin und wieder einen Kuchen leisten.* Ich rufe mich rigoros zur Ordnung. Lisa als Mutter Teresa in meinem Kopf, das geht zu weit. *Sie* ist immerhin das verfluchte Problem. Sogar jetzt, wo sie fort ist, muss ich für sie den Kopf hinhalten.

Die Atmosphäre im Büro ist anders, das spüre ich, noch ehe ich bei meinem Schreibtisch ankomme. Sie sind alle ein bisschen aufgedreht, wie Hundewelpen, die man von der Leine gelassen hat. Wie eine Meute, zu der ich jetzt nicht mehr so richtig gehöre. Stacey blickt in meine Richtung, ebenso wie Toby, und als auch die anderen mitbekommen, dass ich nun da bin, verstummt das aufgeregte Geplapper.

«Was?», frage ich in die Stille. «Habe ich was verpasst? Ich hätte gern einen Kaffee, Emily, wenn du welchen machst. Danke.» Mit einem strahlenden Lächeln befördere ich meine Tasche unter den Tisch. Die unerschütterliche Marilyn. Die immer den Stier bei den Hörnern packt.

«Es geht um Lisa oder Charlotte oder wie auch immer», sagt Julia, nachdem eine Art La Ola vielsagender Blicke durch den Raum gegangen ist. Ich reagiere gereizt. Was ist jetzt schon wieder?

«Ach ja?»

Sie lässt sich auf meiner Schreibtischecke nieder, fast besitzergreifend. «Nun, wir waren gestern Abend alle was trinken, und Penny hat gesagt –»

«Penny?», falle ich ihr ungläubig ins Wort.

«Wir fanden, dass sie mal eine Pause von allem nötig hatte.» Sie sagt zwar *wir*, meint aber *ich*. Schließlich steht sie in Pennys Gunst ganz oben.

«Wie nett von Ihnen.» Ich schlage denselben liebenswürdigen Tonfall an wie sie, dabei habe ich in Wirklichkeit Herzrasen. Sie waren alle zusammen im Pub, ohne mich. Und dies, nachdem Penny mir zuvor noch einen Korb gegeben hatte. Klar, möglicherweise hat sie es sich schlicht anders überlegt, aber das erscheint mir nicht glaubhaft. Sie fühlt sich in meiner Gesellschaft einfach nicht mehr wohl. Ich bin zu nahe.

«Jedenfalls hat Penny erzählt, dass aus der Handkasse in letzter Zeit Geld verschwunden ist. Sie vermutet, dass Lisa dahintersteckt.»

«Ach was?» Ich kann es mir lebhaft ausmalen. Julia, die eine Runde Wein ausgibt, die gestresste Penny, die ihn etwas zu hastig hinunterkippt und dann zu plaudern anfängt.

«Wussten Sie nichts von dem Geld?»

Sie ist gut. Sie weiß, dass ich es weiß. «O doch, von dem Geld wusste ich.» Das ist mein Warnschuss in ihre Richtung, verbunden mit einem durchdringenden Blick. Mag sein, dass ich es mir nur einbilde, aber ich bin mir sicher, kurz etwas in ihren Augen aufblitzen zu sehen. *Vorsicht*, ermahne ich mich. *Wie wichtig ist dir die Sache wirklich?* «Penny hat mir davon erzählt.»

«Haben Sie je irgendwas mitbekommen? Dass Lisa sich irgendwie verdächtig verhalten hat?»

Jetzt wenden alle unauffällig den Kopf in meine Richtung und spitzen die Ohren. Was wurde gestern Abend noch alles besprochen? Ich war auch Thema, das ist offensichtlich, aber in welcher Eigenschaft? Welche Schlussfolgerungen haben sie gezogen? In welche Richtung hat Julia das Gespräch gelenkt, die kleine Diebin, das hinterhältige Miststück? Ich gestehe mir ein, dass ich Lisas Einschätzung zustimme. Julia ist in unserem Büro eine Wölfin unter lauter Schafen.

«Nein. Sonst hätte ich was gesagt.»

«Selbstverständlich.» Sie lächelt und bringt dabei ihr strahlend weißes Gebiss zum Vorschein, das mit den blutrot bemalten Lippen kontrastiert. Sicher gebleicht. Ein weiterer Trick, um Jugend vorzutäuschen. Auch hier hat Lisa recht behalten.

Die Jalousien in Pennys Büro sind heruntergelassen, und ich frage mich, vor wem sie sich wohl verstecken will – vor den anderen, vor mir oder vor uns allen? Oder sie hat einfach nur einen Kater. Wie dem auch sei, es empört mich, wie leichtfertig sie Lisa die Schuld zuschiebt. Am liebsten würde ich zu ihr ins Büro stürmen, um ihr ins Gewissen zu reden: *Sie mag eine Kindermörderin sein, aber eine Diebin ist sie nicht.*

«Ob sie Geldprobleme hatte, werden wir wohl bald genug herausfinden», schnurrt Julia. «Jetzt kommt ja alles heraus.»

Mein Magen krampft sich zusammen. Was, wenn sie dahinterkommen, dass Richard uns finanziell in die Pleite geritten hat und wir nur noch per Kreditkarte leben? Werde ich dadurch dann zur Verdächtigen Nummer eins? «Vielleicht hat sie es ja auch nur getan, weil sich die Gelegenheit bot?», sage ich. Julia lächelt triumphierend. Weil sie mich durchschaut. Dass ich ihnen nun aus reinem Opportunismus nach dem Munde rede. Um gut Wetter zu machen. Wie werden sie reagieren, wenn ich Richards Drängen nachgebe und meine Geschichte an die *Mail* verkaufe? Meinen Job könnte ich dann vergessen. Würde ich irgendwo anders unterkommen?

Eine Frau Anfang vierzig, bei der derzeitigen Lage am Arbeitsmarkt, die für Geld alles ausplaudert?

«Marilyn Hussey?»

Ich höre, wie mein Name gerufen wird, und bemerke erst dann den Mann und die Frau, die etwa einen Meter vor meinem Schreibtisch stehen. Stille senkt sich herab, das ganze Büro blickt neugierig herüber.

«Ja?» Ich setze ein freundliches Lächeln auf, dabei sterbe ich innerlich tausend Tode. *Was kommt jetzt?*

«Am Empfang wurde uns gesagt, wir könnten Sie hier finden. Könnten wir uns kurz unterhalten?»

Die Frau zeigt ihren Dienstausweis vor, während sie sich als Detective Sergeant Bray vorstellt. Was sie sich aber hätte sparen können; die dunklen Anzüge der beiden, dazu die festen Schuhe und ihre Leichenbittermienen lassen keinen Zweifel daran, dass sie von der Polizei sind.

«Selbstverständlich», sage ich. «Gehen wir in ein Besprechungszimmer, da sind wir ungestört.» Ich erkundige mich erst gar nicht danach, worum es geht. Lisa, jede Wette. Worum sollte es sonst gehen? Lisa, Lisa, Lisa. Ich habe es satt.

Es geht nicht um Lisa. Nicht direkt zumindest. Es geht um Ava, und das erwischt mich eiskalt. Während sie ihre Fragen stellen – *Haben Sie sie gesehen, seit die Identität ihrer Mutter enthüllt worden ist? Haben Sie gestern Abend oder heute von ihr gehört?* –, schrillen Alarmglocken in meinem Kopf, und sie lassen es unkommentiert stehen, als ich darauf hinweise, dass sie ja besser als ich wissen müssten, wo Ava sich aufhält. Sie sei doch sicher bei Lisa, oder?

Sie lächeln höflich und sehen mich mit ausdruckslosen Augen an. Auf meine Frage, ob sie ausgerissen sei, geben sie keine Antwort, sondern reagieren mit Gegenfragen. *Gibt es noch andere Erwachsene, abgesehen von ihren Lehrern, in ihrem näheren Umfeld? Irgendwen, den sie kontaktieren könnte?* Ich denke angestrengt nach, aber mir fällt nur ihr Schwimmverein ein. Ihr Trainer vielleicht? Lisa hatte sonst keine engeren Freunde, außer mir und damit auch Richard. Aber ihn kennt Ava eigentlich nicht richtig, sie haben höchstens mal ein Hallo gewechselt.

Sie bedanken sich, obwohl klar ist, dass ich ihnen nicht wirklich weitergeholfen habe. Erst als sie schon gehen wollen, fällt mir das eine Detail ein, das ich über Ava weiß, womöglich als Einzige außer ihr selbst. Das Detail, das ich den ganzen letzten Abend über, den ich mit Lisa verbracht habe, im Hinterkopf hatte, während ich überlegte, ob ich ihr davon erzählen sollte.

«Falls sie verschwunden ist», sage ich, in der Hoffnung, ihnen eine Reaktion zu entlocken, die mir einen noch so kleinen Fingerzeig liefern könnte, «sollten Sie vielleicht mal in den hiesigen Abtreibungskliniken Ihr Glück versuchen. Zu Hause bei ihnen im Bad ist mir nämlich im Abfalleimer eine Verpackung ins Auge gefallen. Nur ein Ecke davon, aber es war ein Schwangerschaftstest, da bin ich mir sicher.» Ich muss es wissen, ich habe selbst genug von diesen Tests durchgeführt. «Ich glaube, Ava könnte schwanger gewesen sein.»

Sie bedanken sich nochmals – diesmal nicht nur aus Höflichkeit, da ihr Besuch letzten Endes doch keine Zeitverschwendung war –, und DS Bray händigt mir ihre Visitenkarte aus. Ich sehe ihr nach, als sie mit ihrem Kollegen aufbricht. Eine anmutige Erscheinung ist sie wirklich nicht, in ihren klobigen Tretern mit den dicken, stabilen Sohlen, in denen sie davonstapft.

Was für ein unfreundlicher Gedanke. Vor Stress kommt

bei mir eine sehr unschöne Seite zum Vorschein. Wenn Lisa hier wäre, würden wir wahrscheinlich darüber lachen, aber so ist meine Beobachtung einfach nur boshaft und gehässig. Aber wenn Lisa hier wäre, würde das alles gar nicht passieren.

Ava ist ausgerissen. Das geht mir durch den Kopf, als ich in das Großraumbüro zurückkehre, um mich den hungrigen, neugierigen Blicken der Meute zu stellen. Heftige Besorgnis steigt in mir auf. Die kleine Ava, irgendwo da draußen in der Welt, wütend und allein. Hoffentlich ist sie nicht allein. Hoffentlich weiß eine ihrer Freundinnen, wo sie ist, und plaudert es bei der Polizei aus. Sie ist sechzehn, halte ich mir vor Augen. Sie ist nicht auf den Kopf gefallen, sie kann schon auf sich aufpassen. Kein wirklich beruhigender Gedanke. Die Welt ist voller aufgeweckter, aber wütender Sechzehnjähriger, die von zu Hause weglaufen und auf der Straße landen oder Schlimmeres. Manche werden als Leichen aus Flüssen gezogen. Oder tauchen nie wieder auf, sind wie vom Erdboden verschluckt. Ava ist stur und eigensinnig, immer schon. Es könnte ihr noch so schlecht gehen, sie würde nie aus freien Stücken zurückkommen.

Vielleicht *ist* sie ja abgehauen, um eine Abtreibung vornehmen zu lassen. Vielleicht taucht sie danach wieder auf. Dass eine Schwangerschaft Avas ein Trost sein könnte, hätte ich mir nie träumen lassen, aber jetzt ist der Gedanke wie ein Rettungsanker. Sie ist nur ausgebüxt, um irgendwo abtreiben zu lassen. Die Polizei wird sie schon ausfindig machen.

Ich steuere direkt in die Küche, um mir einen Kaffee zu kochen – der Kaffee, den Emily mir auf den Schreibtisch gestellt hat, dürfte inzwischen kalt geworden sein –, und dort gesellt sich Stacey zu mir, scheu wie ein Kätzchen, und fragt, was die beiden wollten. Wenigstens wirkt sie verlegen dabei, und ich frage mich, wer sie wohl hergeschickt haben mag, Julia oder Toby oder vielleicht auch beide.

Scheiß auf dich, Lisa, denke ich zum x-ten Mal, seit sie zu existieren aufgehört hat. *Scheiß auf dich und auf alles, was du mir eingebrockt hast.*

34

DANACH

2003

Es gibt keine Märchen. Kein *Und sie lebten glücklich miteinander bis ans Ende ihrer Tage,* ungeachtet der billigen Disney-Videos, die sie nachmittags über den Fernseher flimmern lässt, um ihre Tochter ruhigzustellen, während sie aufräumt und putzt und sich bemüht, ihrem Leben einen Anstrich von Normalität zu geben. Als hätte sie alles im Griff. Für sie gibt es das jedenfalls nicht. Es war dumm von ihr, je an irgendwelche Märchen zu glauben.

Sie leidet still, während sie die leeren Bierdosen und billigen Wodkaflaschen einsammelt und in den Müll wirft. Wo ist der Sinn, fragt sie sich. Später wird sie hier wieder aufräumen und weitere Dosen und Flaschen wegwerfen müssen. Später. Beim Gedanken an *später* wird ihr ganz anders.

Oben fängt Crystal in ihrem Gitterbett zu weinen an. Crystal. Sie hasst den Namen ihrer Tochter. Wegen dieses Namens hatten sie einen Riesenkrach miteinander, einen von vielen. Sie hatte sie Ava nennen wollen. Ein Name, der nach Eleganz klingt, nach Charme, irgendwie nobel. Crystal dagegen klingt billig, gerade weil er so bemüht wirkt. Crystal, das klingt wie Kristall, und Kristall ist zerbrechlich. Kristalle können in tausend Stücke zerschmettert werden. Der Gedanke, dass ihrem Baby etwas zustoßen könnte, jagt ihr eine Riesenangst ein. Sie denkt an kaum etwas anderes, diese Angst begleitet sie auf Schritt und Tritt. Irgendjemand, der einen verrückten, schrecklichen Racheakt verüben könnte. Sie hätte Jon nie sagen sollen, wer sie wirklich ist. Wie hatte sie ernsthaft die Hoffnung wagen können, dass sie eine Liebe haben könnte, die trotz ihrer Vergangenheit Bestand hätte? Wahrscheinlich hätte sie sich nie mit ihm einlassen sollen. Aber ohne ihn hätte sie nicht ihre Tochter, das kann sie sich also eigentlich nicht wünschen.

Die kleine Crystal ist jetzt zwei. Ihr dritter Geburtstag kann gar nicht bald genug kommen. Mit drei wäre sie nicht mehr in Daniels Alter. Vielleicht hören ihre Träume von ihm dann auf. Und auch diese schreckliche, ständige Furcht. Sie glaubt nicht wirklich daran. Die Träume und die Furcht werden sie immer begleiten, und sie sind so viel schlimmer geworden, seit Crystal auf der Welt ist. Anfangs dachte sie, die Träume wären Daniels Geist, der sie aus dem Jenseits heimsuchte, um sie noch mehr zu bestrafen, aber im Grunde ihres Herzens weiß sie, dass das nicht sein kann. Daniel war ein lieber Junge. Und er war erst zweieinhalb.

Sie geht nach oben und drückt sich Crystal an ihre schmächtige Brust, um sie zu beruhigen. Die Kleidung der Kleinen müsste dringend gewaschen werden, wie auch ihre meisten Windeln, und in ihrem kleinen Haus müffelt es überall leicht nach Babykacke und warmer Milch, aber das Waschpulver ist alle, und Jon hat ihr wieder kein Geld dagelassen. So kann das nicht weitergehen. Sie muss Joanne anrufen. Es geht nicht anders. Mag sein, dass *sie* dieses schreckliche Leben verdient hat, mit einem Mann, der zu viel säuft und sie Killer nennt und sagt, dass sie ihn anekelt, jedes Mal, wenn sie ihn zu besänftigen versucht, aber ihre Crystal, ihre *Ava*, darf das nicht mit ausbaden müssen. Wer weiß, wie es endet, wenn sie noch länger hierbleiben? Zu was könnte er imstande sein?

Der gestrige Abend war ein Weckruf, sie muss nun handeln. Endlich Rückgrat zeigen. Sie sieht es vor sich, jedes Mal, wenn sie die Augen schließt: die Flasche, die sie nur knapp verfehlt und an der Wand hinter ihr, rechts über ihrem Kopf, klirrend in Scherben geht. Klein Crystal, die heulend auf dem Boden sitzt, während sich ihre Eltern wieder mal streiten, und dann vor Schreck verstummt, bedeckt von Glassplittern und Alkohol.

Sein Zorn war im Nu verraucht. Er liebt ihre Tochter, das weiß sie, aber sie weiß auch, was blinde Gewalt ist, und bei seinem Ausraster ist es ihr eiskalt über den Rücken gelaufen. Er hat ihr brachial vor Augen geführt, wie sehr er ihr im Suff an allem die Schuld gibt. Sie hat sich in den letzten drei Jahren von vielen Illusionen verabschieden müssen, diesen langen Jahren seit jener perfekten Nacht, als sie ihm ihr Geheimnis anvertraut hat. Sie hat vieles über Menschen gelernt. Sie weiß, dass er sie liebt, aber sie weiß auch, dass er sich dafür hasst. Die meiste Zeit über bringt er es kaum über sich, sie anzusehen, und sie kann seinen Ekel spüren, wenn sie Sex haben. Seit Crystal da ist, ist es sogar schlimmer geworden. Deren arglose Unschuld ist wie ein ständiger Fingerzeig, der daran erinnert, was Charlotte getan hat.

Du bist ein Monstrum. Das hat er gestern Abend gesagt. *Wie kann ich ein Monstrum lieben?* Seine Worte sind schlimmer als körperliche Schläge. Bisher schlägt er sie noch nicht, aber auch das dürfte nur eine Frage der Zeit sein. Es ist nicht das erste Mal, dass sie sich das eingestehen muss. Das Ganze steuert auf ein schlimmes Ende zu, und sie hat grässliche

Angst, dass er sich an Crystal abreagieren wird, trotz aller Beteuerungen, wie sehr er sie liebt. Sie weiß, wie leicht die Dinge auf grauenhafte Weise aus dem Ruder laufen können.

Sie drückt die mollige Kleine so fest an sich, dass sie nach einer Weile zu weinen beginnt. Wobei sie nicht schreit und heult, sondern nur leise schluchzt, als könnte sie den Kummer ihrer Mutter spüren. Selbstverständlich kann sie das, und vielleicht hat sie Angst, laut zu weinen, sogar jetzt, als ihr Daddy nicht zu Hause ist.

Jon dürfte noch stundenlang fortbleiben. Er ist nicht bei der Arbeit, sondern im Pub oder im Wettbüro, oder bei einem Kumpel zu Hause. Mittlerweile arbeitet er nur noch einige Stunden in der Woche, und das kann nicht ewig so weitergehen. Seine Trinkerei ist so schlimm geworden, dass er keiner geregelten Arbeit mehr nachgehen kann. Früher konnte sie in ihm zeitweilig noch den Mann erkennen, in den sie sich damals verliebt hat, aber das ist vorbei. Jetzt, wo alles derart in die Binsen gegangen ist. Schlimmer als in die Binsen. Dieser Abscheu, der von ihm ausstrahlt, dieser blanke Hass.

Sie muss Joanne anrufen. Die Notbremse ziehen. Man muss einsehen, wann man gescheitert ist. Vielleicht lässt sich eine halbwegs glimpfliche Lösung finden. Vielleicht kann sie bleiben, wer sie jetzt ist, und hier in derselben Stadt in eine kleine Wohnung ziehen – vielleicht sogar in ihre alte Bleibe. Arbeiten gehen kann sie erst wieder, wenn Crystal in die Schule kommt, aber vielleicht könnte es fast wieder so werden wie in der Zeit, ehe sie ihn kennengelernt hat. Sie könnte wieder einen geregelten Tagesablauf haben wie damals, als sie glücklich war.

Aber so wird es natürlich nicht laufen. Joanne ist mit der Situation bereits unzufrieden. Sie schätzt sie als «prekär» ein. Jon sei «zurzeit äußerst unberechenbar». Und mit dieser Einschätzung liegt sie richtig. Er hätte die Therapie in Anspruch nehmen sollen, die man ihm angeboten hat, als sie zugaben, dass er Bescheid weiß. Aber das hat er abgelehnt. Er käme gut klar, hat er gesagt. Er liebe sie. Das war, ehe er der Belastung des Vaterseins ausgesetzt war, und der Belastung, ihr Geheimnis jeden Tag mit sich herumtragen zu müssen, und das über Jahre.

Das ist die andere Einsicht, zu der sie in diesen Jahren gelangt ist. Das Geheimnis gehört ihr ganz allein. Es ist ihre Last, und sie wird dadurch, dass sie sie mit jemandem teilt, nicht leichter, sondern wiegt sogar doppelt schwer. Sie kann nicht hierbleiben, wenn sie Jon verlässt, das ist bloßes Wunschdenken. Das werden sie nicht zulassen, Joanne, die Polizei und all die Leute, die über ihr Leben entscheiden. Jon hat oft genug damit gedroht, alles zu ruinieren, wenn sie ihm Crystal wegnimmt. Allen die Wahrheit zu erzählen. Sie zu erledigen. Wenn er nüchtern ist, bittet er sie dafür um Entschuldigung, es tue ihm leid, aber wann ist er dieser Tage schon mal nüchtern? Einem Säufer kann man nicht über den Weg trauen, auch das weiß sie.

Crystal weint, und sie muss tun, was für sie am besten ist. Ihr Gesicht glüht vor Scham, als sie die Bewährungshelferin anruft, aber Joanne reagiert nüchtern und professionell, und auf einmal läuft alles wie von selbst. Pläne werden in Gang gesetzt. Anscheinend hatte man diesen Schritt schon eher vorhergesehen als sie selbst. Nun muss sie ihm bloß noch einen Brief hinterlassen. Sie versucht, zu Papier zu bringen, wie sie sich fühlt, und sie bemüht sich um einen kalten Tonfall ihm gegenüber. Weil er das braucht. Er muss ebenso sehr von vorn anfangen wie sie. Ihre Hand zittert beim Schreiben. Sie liebt ihn nicht mehr. Das ist die Wahrheit. Sie hat Angst vor ihm. Auch das stimmt. Sie schreibt eine letzte Zeile, ehe sie das Blatt zusammenfaltet und auf dem Küchentisch zurücklässt.

Komm nicht, um mich zu holen. Versuche nicht, mich zu finden. Versuche nicht, uns zu finden.

Jetzt ganz ruhig, so wie früher schon immer, wenn in ihrem Leben jemand anderes die Kontrolle übernommen hat, packt sie ihre Sachen und sucht die Dokumente ihres Legatslebens zusammen – Pass, Krankenversicherungskarte, alles, wodurch diese Phantomexistenz beglaubigt wurde. Das hat jetzt keinen Nutzen mehr, eine Haut, die bald abgestreift wird, aber Joanne wird die Sachen zurückhaben wollen, und selbst wenn nicht, sollten sie Jon nicht in die Hände fallen.

Sie nimmt sich kurz die Zeit, sich von dem Haus zu verabschieden, steht da und mustert die dünnen Wände ihres aus Spielkarten errichteten Schlosses, und als dann der Wagen eintrifft, ist sie bereit. Sie weint nicht, das tut sie nie, aber ihr ist, als würde sich ihr Herz leeren, als sie die Tür hinter sich schließt.

Leb wohl, Jon, flüstert sie. *Es tut mir leid.* Als sie losfahren, blickt sie sich nicht um. Sie hat es satt, immer zurückzublicken. Stattdessen drückt sie ihre weinende Tochter an sich und deutet auf Busse, draußen vor dem Fenster. «Nicht weinen, Ava», sagt sie, während sie tief den Duft ihres Kindes einatmet. «Nicht weinen.»

35

JETZT

MARILYN

Ich funktioniere wie auf Autopilot, beobachte mich von innen und staune über die Fähigkeit meines Körpers, alles zu erledigen, was ich zu erledigen habe. Ich stehe auf, trotz der schrecklichen Schmerzen – diesmal ist die eine oder andere Rippe definitiv angeknackst –, ziehe mich an und breche zur Arbeit auf. Unterwegs lege ich einen Zwischenstopp bei der Bank in der Hauptstraße ein und warte vor der Tür, bis sie öffnet. Ich bin die erste Kundin im Schalterraum und höre mich selbst sprechen. «Ich würde diese Konten hier gern komplett abheben.» Ich lächle selbstsicher. Auf dem einen befinden sich kaum fünfhundert Pfund, aber auf einem weiteren liegen tausend Pfund. Geld, das ich für den Notfall beiseitegelegt habe, ohne je daran zu denken, dass ich es tatsächlich mal abheben würde. Eine Illusion, dass ich eines Tages mal so mutig sein würde, mich von ihm freizumachen.

Als ich von Richards Schulden erfuhr, hatte ich erst überlegt, ihm davon zu erzählen, aber meine tausend Piepen wären bei dem von ihm verursachten Finanzdesaster kaum mehr als ein Tropfen auf den heißen Stein, und nach der ersten Phase der Dankbarkeit hätte er vermutlich zu wissen verlangt, warum ich ohne sein Wissen Geld beiseitegeschafft habe. Was hätte ich darauf antworten sollen? *Weil ich bei dem Schwur damals, dich zu lieben, bis dass der Tod uns scheidet, eher nicht im Sinn hatte, dass du mir eines Tages die Rippen in die Milz boxen würdest ...*

Ich schließe das Konto nicht, damit Penny künftig mein Gehalt darauf überweisen kann, sicher vor Richard, der keinen Zugriff darauf hat. Als ich dann zur Arbeit komme, marschiere ich schnurstracks in ihr Büro, um ihr zu erklären, dass Richard und ich gerade «Probleme haben» und ich mir einige Tage frei nehmen muss, um mich erst mal zu sortieren. Sie stellt keine Fragen – denkt vermutlich, dass es wegen Lisa ist, was in gewisser Weise zutrifft, wobei aber dieses Feuer schon länger vor sich hin geschwelt hat, ehe das Öl von Lisa und Charlotte hineingekippt wurde –, sagt aber netterweise, dass sie die Tage nicht auf meinen Urlaub anrechnen wird. Ich würde vorerst bei einem Freund wohnen, sage ich, möchte ihr aber keine näheren Einzelheiten nennen, weil zu befürchten ist, dass Richard hier anrufen und nach mir fragen wird. Außerdem nenne ich ihr die neue Kontonummer für meine Gehaltsüberweisung. Ich sehe ihre mitleidige Miene. *Doch so schlimm?* Wenn sie wüsste. Besser nicht, das wäre mir sehr unrecht. Es ist mir so peinlich, nun zu diesem Klischee geworden zu sein: die misshandelte Ehefrau. Das entspricht mir kein bisschen. Das entspricht *ihm*, nicht mir, doch wenn es mir mitunter schon schwerfällt, hier säuberlich zu unterscheiden, ist bei anderen Leuten erst recht Hopfen und Malz verloren. Ich nicke wortlos, aus Sorge, dass mir die Stimme versagen könnte, und sie umarmt mich spontan, so fest, dass ich beinahe vor Schmerz aufschreie.

Sie könnten mich über Handy erreichen, sage ich, falls irgendwas anliege. Ich hätte das Ding liebend gern zu Hause zurückgelassen – mein Gott, wie ich mich nach etwas Ruhe und Frieden sehne –, kann aber den Gedanken nicht ertragen, dass mich die Polizei in Sachen Ava nicht erreichen könnte. Ich habe Richards Nummer blockiert, weil ich nicht vorhabe, seine Anrufe zu beantworten, und da ich clever bin, habe ich außerdem die «Finde mein iPhone»-App deaktiviert. Soll er im eigenen Saft schmoren.

Ehe ich wieder gehe, aktiviere ich meine automatische Abwesenheitsnotiz bei eingehenden E-Mails und suche aus Lisas Unterlagen rasch die Nummer heraus, die ich benötige. Es ist noch nicht mal zehn Uhr, aber ich habe in der Nacht kein Auge zugetan und leide solche Schmerzen, dass ich am liebsten im Supermarkt eine Flasche Wein besorgen und sie mir im Wagen gleich hinter die Binde kippen würde. Aber das kann warten. Stattdessen schlucke ich den kleinen mir noch verbliebenen Rest Stolz hinunter und tätige den Anruf. Ich spreche sehr leise, höre mich an wie ein hilfloses Kind. Genauso fühle ich mich auch, obwohl das hier, technisch gesehen, der erste Schritt ist, um mich aus meiner hilflosen Lage zu befreien. Augenblicklich aber fühlt es sich eher an wie eine schmähliche Flucht.

Er druckst am anderen Ende der Leitung ein wenig herum und will sich zunächst nicht darauf einlassen, aber dann breche ich unvermittelt in Schluchzen aus, bei dem ich jede einzelne angeknackste Rippe spüre, wenn ich bebend um Atem ringe. Da sagt er, dass er sich darum kümmern werde, und zwar unter seinem Namen. Ich danke ihm immer wieder, bis ich merke, dass er bereits aufgelegt hat.

Ich habe nichts dabei, nicht mal meine Zahnbürste, bloß etwas Schminkzeug in meiner Handtasche und eine Tube Handcreme. Bei meiner Flucht konnte ich nicht riskieren, irgendwas von zu Hause mitzunehmen, aber ein paar billige

Klamotten zum Wechseln kann ich mir leicht irgendwo besorgen, und Toilettenartikel wird es im Hotel geben. Ich sehe ständig in meinen Rückspiegel, aber es deutet nichts darauf hin, dass Richard mir folgt. Trotzdem lässt meine Anspannung erst nach, als ich im Hotel eingecheckt habe, und als ich oben ins Zimmer komme – er hat eine Juniorsuite gebucht, der Gute, kein Platzangst auslösendes Einzelzimmer –, erwartet er mich dort schon. Simon Manning.

«Zum Teufel, was ist denn los?», fragt er. Ganz ohne den gereizten, drohenden Unterton, der immer mitschwingt, wenn Richard mir diese Frage stellt. Stattdessen scheint er eher besorgt und verwundert darüber, warum eine Frau, die er kaum kennt, sich mit der Bitte an ihn wendet, anonym in einem seiner Hotels Unterschlupf zu finden. «Eheschwierigkeiten», sage ich, während mir von neuem die Tränen kommen. Ich bin so müde und habe solche Schmerzen. Seine Züge spannen sich unmerklich an, und ich kann es ihm nicht verübeln. Wer gerät schon gerne zwischen die Fronten eines Ehekrachs? «Er wollte, dass ich meine Geschichte verkaufe. An die *Mail*. Das habe ich natürlich abgelehnt.»

«Oh.»

Ich kann sehen, wie es in seinem Kopf arbeitet. *Da müssen ja ganz schön die Fetzen geflogen sein.* Ich lasse meine Handtasche aufs Bett fallen. Was kostet dieses Zimmer überhaupt? Warum sollte er es mir zur Verfügung stellen? Wie lange, ehe er bei Penny anruft und seinen Auftrag bei ihr storniert, weil wir alle auf die eine oder andere Art komplett gaga sind und ihm das bei Geschäftsabschluss niemand gesagt hat? Ich bin ihm eine Erklärung schuldig, finde aber nicht die Worte dafür. Also ziehe ich wortlos meinen Pulli und die Bluse hoch, um ihm meine Taille zu zeigen. Über die Speckröllchen dort mache ich mir keine Sorgen. Die werden ihm angesichts der blauen und lila Blutergüsse gar nicht auffallen. Ich sehe, wie er bestürzt die Augen aufreißt.

«Du lieber Himmel.»

«Ja.»

«Sie sollten die Polizei anrufen. Zu einem Arzt gehen.»

Ich schüttle den Kopf. «Es ist zwar schlimm, aber so schlimm auch wieder nicht. Das passiert mir nicht zum ersten Mal. Und mit der Polizei möchte ich erst mal nichts zu tun haben. Da ist mein Bedarf gedeckt.»

Eine längere Stille senkt sich herab. Ich bringe meine Kleidung wieder in Ordnung.

«Benötigen Sie irgendwas?», fragt er dann. «Kleidung zum Wechseln vielleicht? Eine Zahnbürste? Etwas anderes?»

«Ich habe etwas Geld», sage ich. Ich möchte das Hotel nicht verlassen. Hier fühle ich mich sicher.

«Seien Sie nicht albern. Ich kann jemanden losschicken. Und wenn Sie Hunger haben, rufen Sie einfach den Zimmerservice.»

Ich bin ihm so dankbar, dass ich wieder in Tränen ausbreche und heftig schniefen muss. «Ich wusste nicht, wo ich sonst hinsollte.» Es ist diese niederschmetternde Erkenntnis, die mich in dieser verfahrenen Lage erst recht in Depressionen stürzt. Weil mir schmerzlich klargeworden ist, wie sehr nicht nur Lisa auf mich, sondern ich auch auf sie angewiesen war. Alle meine anderen Freunde gehören zu Richards Dunstkreis. Penny hält neuerdings Distanz zu mir, und ich kann mir kaum vorstellen, Stacey oder Julia mein Herz auszuschütten. Ohne Lisa bin ich ganz auf mich gestellt.

«Bitte erzählen Sie Penny nichts», sage ich. «Ich weiß, es ist verrückt, dass ich Sie einfach so angerufen habe. Aber ich dachte, dass ich vielleicht erst mal bei Ihnen im Hotel unterkommen könnte und ich Ihnen das Zimmer später bezahle, und währenddessen suche ich mir was anderes ...» Ich plappere blindlings drauflos, wiederhole mich. All das habe ich ihm schon am Telefon gesagt.

«Keine Sorge, von mir erfährt niemand was.» Er sieht auf die Uhr. «Aber jetzt muss ich los, tut mir leid. Ich werde veranlassen, dass Ihnen ein paar Kleidungsstücke sowie Nachtwäsche hochgebracht werden. Und Schmerzmittel. Welche Kleidergröße haben Sie?»

«Achtunddreißig. Vielen Dank.»

Erst als er schon an der Tür ist, sage ich ihm, dass Ava verschwunden ist. Er hält inne, reagiert nicht sofort. Dann sagt er kurz angebunden: «Hoffentlich taucht sie wieder auf.»

Sein Rücken strafft sich merklich, und ich spüre einen kühlen Lufthauch, als er leise die Tür hinter sich schließt. Ich starre das Holz an. Es war dumm von mir, indirekt das Thema Lisa anzuschneiden. Ich bin auf seine Mildtätigkeit angewiesen – wie sehr ich das hasse! –, und es dürfte ihm ebenso unlieb sein wie mir, an sie erinnert zu werden.

36

LISA

Obwohl die Laken gewechselt und gewaschen worden sind, stinkt es in der ganzen Wohnung nach Urin, und die Matratze ist noch immer feucht.

Einmal Bettnässerin, immer Bettnässerin.

Das kann auch durch einen Namenswechsel nicht kuriert werden. Nicht wirklich. Ich hätte eine Auflage über die Matratze breiten sollen. «Charlotte» hätte man eine Auflage gegeben. Unter den gegebenen Umständen jedoch stört sich niemand an dem Gestank oder an der Tatsache, dass ich mich eingepinkelt habe wie ein kleines Kind. Das ist bei der hektischen Betriebsamkeit, die in der Wohnung inzwischen herrscht, ganz nebensächlich. Dazu dieser Lärm. Ständiger Lärm. Es ist so laut, dass ich den Fernseher kaum noch hören kann.

Ava ist verschwunden. Der Gedanke allein ist wie ein Messerstich in mein Herz, und ich kaue von innen an der Wange, um mich zu konzentrieren. Seit vierundzwanzig Stunden ist sie nun fort, aber mir kommt es vor wie eine halbe Ewigkeit, von der durchnässten Matratze ganz zu schweigen. Ich bin total in meinen Verlust versunken. Man macht sich Sorgen, dass ich völlig wegdrifte. Ich war kurz davor, so viel ist sicher, aber jetzt kann ich einen winzigen Hoffnungsschimmer sehen, einen rettenden Ast, an den ich mich klammern kann. Ich starre schon so lange auf den Fernseher, dass mir die Augen brennen. Sie wollen ihn ausschalten, um mit mir sprechen zu können, aber das lasse ich nicht zu. Aus Sorge, etwas zu verpassen, wenn der Bericht das nächste Mal in den Nachrichten gesendet wird. Ich muss ihn immer und immer wieder hören, um daraus schlau zu werden. Um ihn zu den übrigen Stücken des Puzzles hinzuzufügen. Es macht mich ganz fiebrig.

«Lisa, wir müssten – »

«Pst», zische ich. Scharf, aufgebracht. «Nach dem Bericht.»

Da läuft er wieder, der kurze Nachrichtenschnipsel. Der kleine Junge, den Ava gerettet hat, Ben, hat nach Aussage seiner Mutter erzählt, dass er nicht von selbst ins Wasser gefallen ist, sondern ihn jemand gestoßen hat.

Gestoßen. Gestoßen.

«Wir wissen, dass du das nicht warst, Lisa.» Alison klingt müde, ausgelaugt. Sie befürchten, dass ich langsam durchdrehe. Dass der Wahnsinn, der in mir schlummert, sich nun nach außen frisst. «Wir wissen, dass du mit Marilyn Hussey und ihrem Mann zusammen warst, als Ben in den Fluss gefallen ist.»

Marilyn. Oh, wenn doch Marilyn hier wäre.

«Das Radio muss auch laufen», sage ich. Mein Kopf steht zu stark unter Strom. Ich komme mit dem Verstehen nicht hinterher. *Drive away, baby. Der Junge sagt, er sei gestoßen worden. Peter Rabbit.*

«Wir müssen mit Ihnen reden.» Eine schneidende Stimme, näselnd. Die Polizeitante. Diese Bray, die mit der unförmigen Figur. Aber ich sollte wohl besser still sein, mit meinen fettigen Haaren und den wabbligen Oberschenkeln, die käsig weiß aus meinem Bademantel herauslugen.

«Es geht um Ava.»

Ihre Worte schneiden in mein überhitztes Gehirn. Egal, was sie zu sagen haben, ich bin ihnen weit voraus. «Sie ist bei keiner ihrer Freundinnen», fährt die Polizistin fort, «und sie behaupten alle, sie hätten nichts von ihr gehört.»

Von einem anderen Zimmer her ein Krachen, gefolgt von einem Fluchen. Die Vorstellung ihrer groben Hände an den Sachen meines Babys gefällt mir nicht. Die sollten nicht vergessen, dass sie hier im Haus eines Opfers sind, keiner Verdächtigen. Aber das wird wohl leicht verwechselt, was mich betrifft. Mich sieht nie irgendjemand als Opfer.

«Wir haben ihr Handy und ihr iPad überprüft.» Mein Blick schweift immer wieder zu dem schweigenden Radio. Ich möchte, dass es auch läuft, zusammen mit dem Fernseher. *Leave with me, baby, let's go tonight.*

«Lisa, hören Sie mir zu?» Die Polizistin spricht betont langsam und laut, als hielte sie mich für beschränkt. Wie um mir die Worte geduldig einzuhämmern.

«Sie chattet seit einiger Zeit mit einem Mann. Über Facebook, es gibt haufenweise Nachrichten. Sie hatten für die Nacht, in der sie verschwunden ist, ein Treffen vereinbart.» Ihre Worte, Worte, an die ich mich festklammern sollte, ziehen über mich hinweg. Ich bin ganz woanders. Körperlich bin ich anwesend, aber im Geist durchkämme ich die Vergangenheit. Wir hatten einen Pakt geschlossen.

Großes Ehrenwort. Ich schwöre.

Solche Eide bricht man nicht ungestraft, das hätte mir klar sein müssen. Es war mir auch klar. Immer schon. Das ist die Ursache der Angst, die ich schon so lange mit mir herumschleppe.

Alison, die offenbar sieht, wie sehr ich die Geduld der Polizistin strapaziere, beugt sich zu mir vor. «Es ist Jon», sagt sie. «Er ist der Mann, mit dem Ava über Internet in Kontakt war. Aber was er alles zu ihr gesagt hat ... Nun, es handelt sich nicht um die Sorte Äußerungen, die man zwischen einem Vater und seiner Tochter erwarten würde. Sieh selbst.» Sie deutet mit dem Kopf auf Bray, die mir einen Schwung bedrucktes Papier hinhält. Ich nehme die Blätter mit einem Stirnrunzeln in Empfang und sehe Alison an. «Wovon reden Sie?» Endlich kommuniziere ich wieder.

«Jon hat Ava auf Facebook gefunden. Er wechselt seit einigen Monaten Chat-Nachrichten mit ihr. Aber er hat ihr verschwiegen, dass er ihr Vater ist. Die Nachrichten sind mehr ...» Sie zögert. «... sexueller Natur. Er hat sie dazu manipuliert, mit ihm durchzubrennen.» Sie nimmt meine Hand, als wären wir Freundinnen, und das ist für uns beide peinlich. Ich merke, wie meine Hand ganz feucht wird, wie mir der Schweiß aus der Haut perlt wie die Tränen, die ich nie zu weinen vermag. «Hast du jemals von ihm gehört?», fragt sie. «Bei sich zu Hause ist er nicht. Nachbarn hat er vor fast einem Jahr erzählt, er ginge auf Reisen. Die Polizei unternimmt alles, was sie kann, um ihn zu finden – um sie beide zu finden –, aber man braucht deine Hilfe. Gibt es einen Ort, wo er mit ihr hingefahren sein könnte? Einen Ort, der für euch beide von besonderer Bedeutung war? Oder nur für ihn? Irgendwo, wo ihr mal in Ferien wart? Wir könnten die Akten durchgehen, aber da steht auch nicht alles drin.»

Drive away, baby. Der Plüschhase. Das Foto vom Flurtisch, das zerbrochen am Boden lag. Das alles ergibt jetzt einen schaurigen Sinn.

Ich will, dass das Radio läuft. Habe Angst, sonst etwas Wichtiges zu verpassen. Alison und die Bray reden weiter auf mich ein, aber ich blende ihre Worte aus. Die ausgedruckten Facebook-Nachrichten allerdings halte ich mit beiden Händen fest. Ich werde sie mir später ansehen. Ich muss versuchen, das alles irgendwie in eine Ordnung zu bringen, anders kann ich meine Tochter nicht retten.

«Sie hört nicht zu», sagt Bray. «Wir brauchen jemanden, der es schafft, zu ihr durchzudringen. Und sie sollte jetzt erst mal weniger Medikamente bekommen.» Sie steht auf und beugt sich über mich. «Lisa.» Ich reagiere nicht. «Charlotte!» Sie bellt den Namen geradezu, und ich kann nicht anders, als zu ihr hochzublicken. «Gibt es eine Möglichkeit, wie er herausgefunden haben könnte, wo Sie gewohnt haben?», fragt sie. «Irgendwas?»

«Nein.» Noch während ich das sage, weiß ich, dass es gelogen ist. «Nein. Ausgeschlossen.»

Ein weiteres Puzzlestück fügt sich ein. Ich war jung und dumm, und es ist das einzige Stück, das in Betracht kommt.

Schlau. So verteufelt schlau.

Wenn ich doch bloß weinen könnte.

37

DANACH

2006

Sie hat Herzklopfen, während sie über die bittere Gummierung des Umschlags leckt. Sie sollte den Brief besser nicht abschicken. Das weiß sie nur zu gut, aber auch wenn sie in den Augen der Welt böse sein mag – wenn sie *ihm* nicht für das verzeihen kann, was er getan hat, wie kann sie dann erwarten, dass ihr jemals verziehen wird? Sie kann nicht ewig so hasserfüllt bleiben. Es ist zu anstrengend. Und es tut ihm ja leid. Er hat sich alle Mühe gegeben, das zu beweisen.

Man kann ihr weiter neue Namen geben – Lisa, sie heißt jetzt Lisa –, aber man kann nicht so leicht alle Versionen von ihr auslöschen, die es davor gab. Sie sind Gespenster, die unter der Haut fortexistieren, und ein Gespenst hat ihn eine Zeitlang geliebt. Trotz seines Verhaltens zuletzt, und auch nach dem, was er getan hat, als sie fortgegangen sind, denkt sie immer noch mit Wehmut daran zurück, wie sie sich in der Anfangszeit gefühlt hat. Und er hat ihr Ava geschenkt – auch Crystal hat diesmal einen neuen Namen bekommen –, wie also kann sie ihm jetzt nicht verzeihen, nachdem er sein Bestes getan hat, um es wiedergutzumachen?

Noch jetzt zuckt sie bei der Erinnerung an die Schlagzeilen

zusammen – in was für ein schauriges Licht er ihre gemeinsame Zeit gerückt hat, ihr Zusammenleben. Wie er behauptet hat, sie hätte ihn in den Suff getrieben. Dass sie sein Leben ruiniert hätte. All die kleinen Dinge ihrer Beziehung, die ihr mal so kostbar waren – er hat öffentlich darauf herumgetrampelt und sie schnöde beschmutzt.

Wenigstens durften sie ihr Bild nicht veröffentlichen. Aber trotzdem, man hatte sie an einen neuen Ort umsiedeln und mit einer neuen Identität ausstatten müssen, alles auf Kosten der Steuerzahler. Unsummen von Ausgaben für eine Delinquentin, die der überwiegende Teil der Öffentlichkeit für ihre Tat weit lieber am Galgen gesehen hätte. Das für sie zuständige Team murrte sicherlich über die Kosten und darüber, dass sie sich die Lage mutwillig selbst eingebrockt hatte. Weil sie vor fehlgeleiteter Liebe einfach ihren Mund nicht hatte halten können.

Inzwischen aber ist über ein Jahr vergangen, ihr neues Leben hat sich eingependelt, und jetzt hat Jon diese gute Tat vollbracht, die Ava und ihr ein besseres Leben ermöglichen wird. Alison – die sie jetzt anstelle von Joanne betreut; bei einem Ortswechsel wechselt automatisch auch die Bewährungshelferin – sagt, dass sie unter keinen Umständen mit ihm in Kontakt treten darf. Man werde ihren Dank weiterleiten, ebenso Briefe oder Mitteilungen, die sie ihm gern zukommen lassen würde. Dem hat sie sich zwar gefügt, aber sie ist es auch leid, dass alle immer alles wissen und ihr Leben wieder unters Mikroskop gelegt wird. Wenn sie ihnen den Brief an ihn aushändigt, werden sie ihn Wort für Wort durchlesen, und manche Äußerungen, selbst *Ich verzeihe dir und wünsche dir alles Glück der Welt*, sollten einfach privat bleiben.

Sie starrt den Umschlag an, die Anschrift, die schwarz auf

weiß darauf prangt, gut leserlich. Es ist die Anschrift seiner Mutter, so stand es damals in den Zeitungen. Sie sei erkrankt, und er ziehe wieder zu ihr, um sich um sie zu kümmern, was ihm zugleich bei der Überwindung seiner Alkoholabhängigkeit helfen würde. Er wolle ein neues Leben anfangen, hieß es, weit weg von allen Erinnerungen an *sie*. Vielleicht wohnt er dort gar nicht mehr. Aber womöglich leitet seine Mutter, falls sie noch lebt – Patricia, so hieß sie, Patricia, die immer so ein quietschsüßes Parfüm trug –, den Brief ja an ihn weiter. Na ja, wohl kaum – sie dürfte ihn eher lesen und dann verbrennen und dabei den Tag verfluchen, an dem ihr Junge Charlotte Nevill kennengelernt hat. Aber wenigstens hat sie es versucht.

Einen Absender hat sie bewusst weggelassen, und sie hat den Brief zigmal durchgelesen, um ganz sicherzugehen, dass er keine Rückschlüsse darauf zulässt, wo sie sich jetzt aufhält. Nicht, dass sie sich seinetwegen Sorgen machte. Das ist vorbei. Aber es ist ihr einfach ein Bedürfnis. So viel ist sie dem Gespenst ihrer Liebe schuldig, und auch dem quicklebendigen Geist ihrer gemeinsamen Tochter. Diesen privaten Moment. Sie muss sich bei ihm bedanken, und diese zutiefst private Mitteilung soll vorher nicht durch fremde Hände gehen und nicht von fremden Augen gelesen werden.

Ihr Entschluss steht fest. Sie steckt den Brief ein und macht sich lächelnd auf den Weg zu der kleinen Post in der Einkaufsstraße, mit Ava vor sich im Kinderwagen, um eine Briefmarke zu besorgen. Sie lauscht dem Rascheln des Papiers, als sie den Umschlag in den Briefkasten fallen lässt. Damit wäre das erledigt. Er ist abgeschickt. Es fühlt sich gut an, und sie macht sich mit einem zufriedenen Lächeln auf den Weg in den kleinen Park mit dem Spielplatz, den Ava so sehr liebt. Sie hat eine Tür der Vergangenheit geschlossen.

Sie denkt keine Sekunde daran, dass die Briefmarke auf ihrem sorgsam beschrifteten Umschlag noch abgestempelt wird. Es kommt ihr überhaupt nicht in den Sinn.

38

JETZT

MARILYN

Warum habe ich bloß eingewilligt? Warum? Das tue ich nur für Ava, damit sie wohlbehalten wieder aufgefunden werden kann. Ich sorge mich schrecklich um sie. Aber eigentlich kann ich das jetzt nicht gebrauchen, ich bin hundemüde. Ich hauche gegen das Fensterglas, das umgehend beschlägt. Es ist einer dieser grauen, schwülen Tage; es hat zwar geregnet, aber nur ein bisschen, und jetzt hängt eine trübe Feuchtigkeit in der Luft und durchnässt alles, womit sie in Berührung kommt. Selbst hier im Wagen spüre ich ein Jucken auf der Haut, wie von unsichtbaren Insekten.

Draußen huschen Bäume vorbei. Wenigstens war die Polizei nicht bei mir zu Hause, sondern hat mein Handy angerufen, nachdem sie mich im Büro nicht angetroffen hatten. Detective Brays Gesichtsausdruck nach zu urteilen, als sie mich draußen vorm Hotel in Empfang nahm, muss Penny ihr gegenüber zumindest angedeutet haben, was bei Richard und mir los ist. Eine Klatschtante ist Penny eigentlich nicht, aber wenn unvermutet die Polizei auf der Matte steht, erzählen die meisten Menschen sofort alles, was sie wissen oder auch nicht wissen. Und sie hat ihnen offenbar nicht nur von meiner häuslichen Situation erzählt, sondern auch von dem verschwundenen Geld. «Sie vermutet, dass Charlotte die Diebin war», sagt Bray, während wir zu der *geheimen Örtlichkeit* unterwegs sind. «Sie auch?»

Ich blicke weiter auf die ländliche Umgebung hinaus und zucke mit den Schultern. «Woher soll ich das wissen? Ich dachte ja auch, sie hieße Lisa. Dachte, sie könnte keiner Fliege was zuleide tun.»

Von da an herrscht Stille im Wagen, bis wir schließlich in einen schmalen, holprigen Feldweg einbiegen; kein Vergnügen für mich, denn bei jedem Schlagloch fährt ein heftiger Schmerz durch meine lädierten Rippen. «Sie ist bereits hier», sagt Bray. «Ich muss Sie daran erinnern, über dieses Treffen absolutes Stillschweigen zu bewahren. Eine Zuwiderhandlung könnte als Behinderung der Polizeiarbeit gewertet und entsprechend strafrechtlich geahndet werden.»

Ein kurzes Prusten entfährt mir. Als würde ich irgendwem davon erzählen. Wem denn bitte schön? Ich habe niemand, dem ich es erzählen könnte. Bitteres Selbstmitleid steigt in mir auf. Ich verabscheue Selbstmitleid. Es kommt mir so nutzlos vor, deswegen. «Ich bin nur Avas wegen hier», sage ich. «Mehr nicht.» Bray nickt zufrieden. Wir sind alle nur Avas wegen hier.

«Versuchen Sie, Charlotte beim Thema zu halten», sagt sie. «Sie ist ... nun ja. Sie werden ja sehen. Sorgen Sie dafür, dass sie über Jon redet.» Sie dreht sich auf ihrem Sitz zu mir um, als der Wagen haltmacht, und auf einmal sehe ich aus ihren Augen eine scharfe Intelligenz blitzen, die ich bei ihrem biederen, etwas plumpen Erscheinungsbild nicht erwartet hätte. «Irgendwas muss sie wissen, das uns weiterhilft. Wo er mit Ava jetzt sein könnte. Wo sie vielleicht früher schon mal waren. Ein Ort, der ihm irgendwie etwas bedeutet. Wir suchen das Haus noch mal gründlich ab, auf mögliche Hinweise, aber es könnte sein, dass wir ganz darauf angewiesen sind, was wir ihr entlocken können. Was *Sie* ihr entlocken können.»

«Warum redet sie nicht mit Ihnen?», frage ich und steige aus dem Fahrzeug, das kein Polizeiauto ist, aus, ganz vorsichtig, um meine Rippen zu schonen. Wir stehen vor einem ländlichen Cottage, das eigentlich ganz hübsch aussehen könnte, aber nur trostlos wirkt. Der kleine Vorgarten hinter der niedrigen Mauer ist lieblos asphaltiert, und selbst von weitem kann ich sehen, dass die Farbe an den Fensterrahmen so abgeblättert ist, dass das verwitterte Holz darunter zum Vorschein kommt. Ein trister Anblick, vermutlich selbst bei Sonnenschein – unter dem grau bewölkten Himmel aber geradezu niederschmetternd.

«Oh, sie redet ja», sagt Bray. «Aber nur lauter wirres Zeug. Reden Sie mit ihr. Sorgen Sie dafür, dass sie sich entspannt. Wir gehen ihre Aussagen dann auf verwertbare Hinweise durch. Von Avas möglicher Schwangerschaft haben wir ihr nichts gesagt, sie ist auch so schon labil genug, also erwähnen Sie das nicht. Und versuchen Sie nicht, über ihre Vergangenheit zu reden.»

Auf einmal steigt Übelkeit in mir auf. Ich werde Lisa wiedersehen, aber es wird gar nicht Lisa sein. Sondern Charlotte Nevill, wenn auch in Lisas Haut. «Ihre Vergangenheit interessiert mich nicht», murmle ich, während wir über den Kies aufs Gartentor zugehen. Über ihre Vergangenheit reden? Wie soll das gehen? *Hey, Lisa. Hatte einen echt üblen Tag bei der Arbeit, wollen wir in den Pub gehen? Da kannst du mir davon erzählen, wie es so war, als du deinen kleinen Bruder umgebracht hast. Um mich auf andere Gedanken zu bringen. Damit ich was zu lachen habe.* Herrgott, was für eine kranke Vorstellung.

Im Haus ist es düster und empfindlich kühl, wie man es von alten Gemäuern kennt, die schon zu lange leer stehen. Eine irgendwie hohle Kälte, als hätten die Mauern es aufgegeben, noch auf Bewohner zu warten, für die sie ihren Zweck erfüllen können. Eine Frau hat uns eingelassen, etwa in meinem Alter, in Jeans und Pulli, die Haare zu einem lockeren Pferdeschwanz gebunden, und Bray stellt sie mir mit gedämpfter Stimme vor: Es ist Alison, Lisas Bewährungshelferin.

«Irgendwelche Probleme?», erkundigt sich Bray, und Alison schüttelt den Kopf.

«Als wir ihr erlaubt haben, ein tragbares Radio mitzubringen, war alles in Ordnung. Sie ist noch immer verschlossen, aber fügsam. Hat ihre Medikamente genommen.»

Ehe ich verstehe, was los ist, folge ich den beiden auch schon durch den Flur. Die Holzdielen unter dem dünnen Teppich knarren vernehmlich, und in der Küche zu meiner Linken halten sich zwei Männer auf, die gerade Tee trinken. Als sie uns sehen, macht sich der eine sofort daran, den Teekessel neu zu füllen; der Wasserhahn quietscht so laut, dass sich mir die Nackenhaare aufstellen. Ich habe Herzklopfen vor Aufregung, aber ich gehe tapfer weiter. Dann bin ich auch schon an der Tür, die ins Wohnzimmer führt, wo Bray mich mit einer Kopfbewegung auffordert, einzutreten.

Ich sehe einen alten Gasofen, der für eine stickige Wärme im Raum sorgt, von der man Kopfschmerzen bekommt, und sie sitzt gleich daneben, in steif aufgerichteter Haltung, und starrt aus dem Fenster, während im Radio ein alter Hit aus den Achtzigern läuft. Sie knibbelt an ihren Daumen herum, als sie sich zu mir umsieht. Das kenne ich von ihr, das macht sie immer, wenn sie unter Stress steht. Sie knibbelt und beißt so lange an der Nagelhaut herum, bis sie blutet. Auch jetzt kann ich Blut an ihren Daumen sehen, aber sie scheint es gar nicht zu bemerken.

«Hi», sage ich. Bray und Alison ziehen sich in den Flur zurück, um die Illusion zu erzeugen, dass wir ungestört sind. Mein Hals fühlt sich mit einem Mal wie ausgedörrt an. Sie hat dunkle Ringe unter den Augen, und abgemagert ist sie auch. Man hat ihr eine kürzere Frisur verpasst und die Haare gefärbt, es steht ihr nicht schlecht, denke ich überrascht. Na ja, wenn sie dazu noch schicke Kleidung trüge. Sie sieht noch immer wie Lisa aus, doch ich kann in ihr auch Charlotte Nevill erkennen. Das Foto von *damals*, als sie noch ein Kind war, erscheint seit Tagen in allen Zeitungen, und sie ist noch dort. Unter der Haut. In den Knochen sozusagen.

«Lisa?», sage ich noch einmal. Sie sieht mich weiter an, sagt aber nichts. Kurz überlege ich, ob ich Charlotte zu ihr sagen soll, aber das geht nicht. Es ist zwar ihr richtiger Name, aber in meinem Kopf klingt er einfach verkehrt. Sie sieht so klein und armselig aus, dass ich Mitleid bekomme und mich zugleich dafür verabscheue. Sie hat Ava verloren. So monströs sie auch gewesen sein oder noch immer sein mag, ihre Tochter ist verschwunden.

«Ich habe das Geld nicht genommen», sagt sie. «Julia war es. Ich bin keine Diebin. Jetzt nicht mehr.» Sie stößt die Worte seltsam hastig hervor, als wäre es ihr wichtig, als könnte sie damit alles wieder in Ordnung bringen. Als würde ich daraufhin sagen, *Na, dann ist ja alles in Butter.*

«Ich weiß.» Ich denke daran, wie bei der Arbeit alle ihr die Schuld zuschieben, als wäre sie eine Art Buhmann, und ich mustere diese tragische Fremde, die aussieht wie meine beste Freundin. Mir kommen unwillkürlich die Tränen, begleitet von einem stechenden Schmerz in der Rippengegend. Ihre Augen bleiben trocken, doch sie zuckt sichtlich zurück, als ich meine Tränen wegzublinzeln versuche und schniefend die Nase hochziehe.

«Ich hätte nicht gedacht, dass du kommst.» Ihre Stimme ist leise. Schwer vorstellbar, dass Bray sie über die Radiomusik hinweg hören kann. «Du darfst mich nicht hassen.» «Ich hasse dich doch nicht.» Ich weiß nicht, ob ich lüge oder die Wahrheit sage; jedenfalls ist mir speiübel. «Es ist bloß so verwirrend. Aber wir müssen Ava finden. Das ist jetzt am wichtigsten.»

Ihr Gesicht verzieht sich leicht, aber Tränen sehe ich keine. «Du wirst dabei helfen, Ava zu finden?» Sie beugt sich auf ihrem Sessel vor.

«Selbstverständlich. Ich habe sie sehr lieb, das weißt du doch.»

«Der Junge sagt, es hätte ihn jemand gestoßen.» Sie zupft erneut an ihrer Nagelhaut herum, die prompt wieder zu bluten beginnt, und mit wachsender Erregung geht eine Art elektrischer Energie von ihr aus. «Am Fluss.» Sie blickt mich eindringlich an, als wäre das sehr wichtig.

«Wer weiß, vielleicht war es so.» Ich fühle mich heillos überfordert. Weil ich es nicht ertragen kann, Brays Blick ausgesetzt zu sein, die mich vom Flur aus im Auge behält, gehe ich auf Lisa zu und lasse mich auf dem anderen Sessel nieder, obwohl er ganz durchgesessen und fleckig ist und durch und durch modrig riecht. Es ist eine Wohltat, zu sitzen. Die Wirkung der Schmerzmittel, die ich am Morgen genommen habe, lässt langsam nach, und ein unangenehmes Klopfen im Brustkorb setzt mir zu.

«Das habe ich ja gesagt.» Sie neigt sich zu mir vor, als wäre ich nun ihre Vertraute. «Er *ist* gestoßen worden. Weil da auch dieser Stoffhase war. Ich habe ihn auf der Straße gefunden. Er sah genauso aus wie Peter Rabbit.» Ihre Augen sind groß aufgerissen, aber blutunterlaufen, und sie redet sehr hastig. Keine Ahnung, was sie ihr für Medikamente geben, aber sie sieht aus, als hätte sie ewig nicht mehr geschlafen. Von ihr geht eine ungute Energie aus. Ich kenne diese Energie, habe sie selbst schon oft verspürt, wenn es mal wieder Ärger mit Richard gab. Es ist der pure Selbsterhaltungstrieb.

«Was für ein Stoffhase? Einer, den Jon für Ava gekauft hat?» Damit erwähne ich ihn zum ersten Mal, um endlich zum eigentlichen Thema zu kommen. Ich will hier nicht allzu lange bleiben. Will einfach nur ins Hotel zurück. Damit sie für mich wieder zu einem Phantom wird.

«Peter Rabbit», wiederholt sie. «Ehe ich nach Hause kam und das Foto von Ava verschwunden war und das andere, von mir und ihr, zerbrochen am Boden lag.»

Ich kann mich bei der lauten Musik nicht konzentrieren, Rick Astley, der gerade beteuert, dass er uns nie aufgeben wird. Ich strecke die Hand aus, um das Radio leiser zu stellen.

«Nicht!» Sie stößt es so heftig hervor, dass meine Hand in der Luft innehält. «In der Musik könnte eine Botschaft verborgen sein. Unser Lied ist in dieser Sendung gelaufen. Kann sein, dass da noch mehr kommt. Das darf ich nicht verpassen.»

«Ich schalte es ja nicht aus», sage ich sanft. Doch ich drehe es trotzdem leiser, um halbwegs denken zu können, und damit Bray zumindest die Chance hat, etwas von Lisas Worten mitzubekommen.

«War es euer Lied, von dir und Jon, das im Radio gelaufen ist? Wartest du auf eine Botschaft von Jon?»

Ihre Finger nesteln nun hektischer an ihr herum, sie runzelt die Stirn und wendet den Blick ab. «Ich bin so dumm gewesen», sagt sie. «Ich hätte wissen müssen, dass das passieren würde. Und nun ist auch noch Ava fort.»

«Und wir müssen sie finden», sage ich, ein wenig hilflos.

«Ja, wir müssen sie finden.» Sie sieht zu mir auf. «Es gab eine Abmachung, weißt du. Großes Ehrenwort. Ich schwöre. So eine Abmachung darf man nicht brechen. Auf keinen Fall. Ich hätte es wissen müssen.»

Ich runzle die Stirn und beuge mich zu ihr vor, trotz der Schmerzen. «Ihr hattet eine Abmachung, du und Jon? Was für eine Abmachung? Hat er Ava deswegen in seine Gewalt gebracht?»

Sie starrt mich an und legt den Kopf schief. «Wie kommst du jetzt auf Jon? Von Peter Rabbit hat Jon nie etwas gewusst.»

«Lisa, Jon hat Ava in seiner Gewalt.» Ich schlage einen Tonfall wie gegenüber einem kleinen Kind an. Ich weiß nicht, wer sie ist, aber mit der gebrochenen Kreatur, die mir gegenübersitzt, habe ich nicht gerechnet. «Und wir müssen ihn finden.»

«Jon?» Sie lehnt sich im Sessel zurück und sieht mich befremdet an. «Jon hat Ava nicht in seiner Gewalt.» Sie legt eine Pause ein, und als sich unsere Blicke treffen, wirken ihre Augen zum ersten Mal wieder klar.

«Nein. Sie ist bei Katie.»

Ich sehe mich zur offenen Tür um und kann sehen, wie Alison vor Verzweiflung die Augen verdreht, während Bray entnervt die Luft ausstößt. Ich wende mich wieder Lisa zu. «Wer ist Katie?»

39

DANACH

1990

The Express, 18. März 1990
Das personifizierte Böse – Haftstrafe für psychisch gestörte Schwester

Die zwölfjährige Charlotte Nevill, Bild links, ist gestern vor Gericht des Mordes an ihrem Halbbruder, dem zweijährigen Daniel Grove, im Oktober vergangenen Jahres für schuldig befunden worden. Nevill, die zur Tatzeit gerade elf war, wurde zu einer Freiheitsstrafe von unbestimmter Dauer verurteilt. Die Leiche des kleinen Daniel war in einem Abbruchhaus in Elmsley Estate aufgefunden worden, der problembehafteten Sozialsiedlung. Er hatte einen Schlag mit einem Backstein erhalten, ehe er erwürgt wurde.
Am Ende eines Prozesses, der eine entsetzte und schockierte Nation über Wochen in Atem hielt, zogen sich die Geschworenen, fünf Frauen und sieben Männer, zu einer gut sechseinhalbstündigen Beratung zurück, um ihre Entscheidung im

Fall der beiden Angeklagten zu treffen. Während des Schlussplädoyers und der folgenden Urteilsverkündung ließ Charlotte Nevill keinerlei Gefühlsregung erkennen, wie schon während des gesamten Verfahrens. Richter Parkway im Wortlaut: «Du wirst nun für viele, viele Jahre eingesperrt, so lange, bis der Innenminister zu der Auffassung gelangt, dass du die notwendige sittliche Reife erlangt hast und so weit resozialisiert bist, dass du für die Allgemeinheit keine Gefahr mehr darstellst.»
Die zweite Angeklagte, ebenfalls ein Mädchen von zwölf Jahren, nur bekannt als «Kind B», wurde in allen Anklagepunkten freigesprochen.
Zeugen sagten aus, dass Charlotte Nevill im Elmsley Estate schon vom achten oder neunten Lebensjahr an als Unruhestifterin einschlägig bekannt war, die ältere Leute und Schwächere terrorisierte, völlig außer Rand und Band war und von ihrer Mutter nicht länger im Zaum gehalten werden konnte. Richter Parkway erklärte in seinem Schlussplädoyer: «Charlotte hatte unübersehbaren Einfluss auf die Handlungen von Kind B, einem sensiblen, leicht zu beeinflussenden Mädchen aus einem stabilen Elternhaus, das sie womöglich etwas zu sehr behütet hat.»
Charlottes Eifersucht auf ihren kleinen Bruder war in der Familie wohlbekannt; ein Faktor könnte hier der Verlust ihres eigenen Vaters gewesen sein, der die Mutter schon früh verlassen hat. Niemand hätte allerdings vorhersehen können, was für entsetzliche Folgen der Zorn dieser

kaltherzigen Mörderin haben würde, die während des gesamten Verfahrens nicht einen Anflug von Reue erkennen ließ.
Ausführliche Berichte im Innenteil, S. 2, 3, 4 und 6.
Leitartikel: «Anlage und Umwelt: Wie ein Kind zum Monstrum wird».

40

JETZT

LISA

Ich rede zu schnell, und sie kann mir nicht mehr folgen. Sie sieht sehr müde aus und blickt mich verwirrt an. Ich kann sie in der Tür stehen sehen, Alison und Bray. Wie Geier, die darauf lauern, dass ich etwas aus meinem verfaulten Inneren ausspeie, um sich dann gierig darauf stürzen zu können. Sie bemerken, dass ich sie bemerke, und damit hat sich der Anschein, dass ich mit Marilyn ungestört bin, erledigt. Die beiden kommen ins Zimmer.

«Katie ist tot.» Alison blickt nicht Marilyn an, sondern mich, und sie redet betont langsam, als hätte sie es mit einer Zurückgebliebenen zu tun. «Sie ist 2004 in Ibiza ertrunken. Das haben wir alles schon durchgesprochen.»

Ich schüttle den Kopf. «Nein. Es ist Katie. Sie ist nicht gestorben.» Ich greife nach Marilyns Hand. Sie muss mir zuhören, auch wenn sie mir nicht glaubt. Ich kenne sie. Sie urteilt nicht vorschnell, denkt die Dinge gründlich durch. Vielleicht, möglicherweise, stößt ja etwas von dem, was ich sage, in ihrem klugen Kopf auf Resonanz. «Es ist nicht Jon, der dahintersteckt. Sondern Katie. Und sie *kennt* mich. Kennt meine jetzige Identität.» Sie runzelt die Stirn, versucht, mir ihre

Hand zu entziehen, aber ich lasse nicht locker. «Irgendeine Person ist nicht, wer sie zu sein behauptet. Eine Person, die ich kenne. Sie hat mich ausfindig gemacht, und jetzt hat sie Ava in ihrer Gewalt.»

Marilyn sieht mich an, als wäre ich eine gefährliche Irre, und das tut mir weh, bis tief in mein gebrochenes Herz hinein. Sie ist meine beste Freundin. Ich bin ihre beste Freundin. Ich bin beides, ihre Freundin und die kaltblütige Killerin, von der sie gelesen hat. Charlotte ist mein Schatten und mein Fluch, ein Anker im bodenlosen Schwarz. Sie wird immer ein Teil von mir sein.

«Ich weiß immer noch nicht, von wem du redest», sagt Marilyn. «Wer ist Katie?»

«Kind B», sage ich leise. «Sie durfte nur Kind B genannt werden.»

In ihren Augen flackert ein Anflug von Erkenntnis auf. Die undeutliche Erinnerung an ein weiteres Mädchen, von dem in den Zeitungsartikeln der letzten Zeit die Rede war, ganz am Rande. Kind B aber wurde freigesprochen. Katie interessiert niemanden, damals nicht und auch heute nicht. Katie hat niemanden umgebracht. Katie war kein Monster.

«Großes Ehrenwort. Ich schwöre», flüstere ich leise.

«Wir kommen hier nicht weiter. Tut mir leid», schaltet sich Bray unvermittelt ein. «Ich bringe Sie zu Ihrem Hotel zurück.»

«Hotel?», frage ich, und auf einmal sehe ich die Details so viel deutlicher. Die dunklen Ringe unter ihren Augen. Das nachlässige Make-up, so untypisch für Marilyn. Ihr Aufzug, der nicht dem entspricht, was sie sonst an Garderobe trägt. «Wieso bist du in einem Hotel?»

«Wegen nichts.» Nach einer kurzen Pause fügt sie hinzu: «Ärger mit Richard.» Vielleicht findet sie, dass zwischen uns bereits zu viel gelogen wurde, oder erachtet es für unnötig, mich weiter zu belügen, da sie mich nicht länger als Freundin betrachtet. Sie weicht meinem Blick aus. Das ist nicht meine Marilyn, die mit ihrem Richard immer so beneidenswert glücklich war. «Hat es was mit mir zu tun?», frage ich leise. Kurz scheint sie drauf und dran, meine Frage zu bejahen, als läge ihr das Ja schon auf der Zunge, aber dann schüttelt sie doch den Kopf.

«Nein. Das geht allein auf seine Kappe.»

«Kommen Sie», drängt Bray, worauf sich alle drei in Bewegung setzen. Ich folge ihnen bis zum Flur. Bray redet darüber, dass gerade eine Haussuchung bei Jon läuft und auch in unserem alten Haus und dass sie Ava schon finden werden, aber ich höre gar nicht hin. Ich möchte Marilyn am liebsten am Arm festhalten, damit sie hierbleibt. In ihrer Welt ist offenbar einiges aus dem Lot, und wen hat sie denn außer mir zum Reden? Ist das eine neuere Entwicklung, und falls nein, warum ist mir dann bisher noch nichts aufgefallen? Doch, es ist dir aufgefallen. *Die Migräneanfälle. Dass sie in letzter Zeit so viel trinkt. Du warst nur zu sehr mit dir selbst beschäftigt.* Ich war ihr eine miserable Freundin, und das schon, ehe sie erfahren musste, wer ich wirklich bin. Sie geht auch anders – *Details, immer achte ich auf Details* –, vorsichtig irgendwie. Ist sie verletzt? O Marilyn, meine Marilyn, was ist bloß bei dir los? Ava verschwunden, und jetzt auch noch Turbulenzen bei dir. Was hat Richard getan?

«Wer war Kind B?», höre ich Marilyn fragen, als sie an der Haustür sind. «Diese Katie?»

«Sie hieß Katie Batten. Ein liebes Kind offenbar, dem Vernehmen nach. Charlottes beste Freundin.»

41

VORHER

1989

«Komm sofort hierher zurück, Charlotte Nevill, du elende kleine Diebin!»

«Sie können mich mal, Sie alte Schachtel!», ruft Charlotte und lacht übermütig, während sie davonrennt, quer über das Abbruchgelände, das mit Backsteinen und Mauerresten übersät ist. Kein Problem für sie, sie kennt sich hier gut aus.

«Du hast ab jetzt Hausverbot, hörst du! Hausverbot!»

Die alte Mrs. Jackson steht noch mit einem Fuß in der Ladentür. Sie kann Charlotte nicht nachlaufen, denn drüben auf der Mauer sitzen die Taylor-Jungs und beobachten alles mit Argusaugen. Die würden die Gelegenheit sofort ausnutzen und Mrs. Jackson den halben Laden leer klauen, ehe sie auch nur bei dem Abbruchgelände angekommen wäre. Charlotte bleibt keuchend stehen und genießt das Gefühl der Luft, die ihr in der Lunge brennt.

«Als würd mich das kümmern! Ich werd Ihren blöden Laden anzünden! Ihnen die Fenster einschmeißen!» Sie bückt sich und hebt zur Demonstration einen Backstein auf, den sie ein kleines Stück weit wirft. Dann dreht sie sich lachend um und läuft weiter. Es ist bereits die dritte Märzwoche, aber der

Wind ist noch so bitterkalt wie im Februar. Charlotte macht es nichts aus. Im Gegenteil, sie liebt es, wenn ihr dieser Wind eisig über die Haut fegt, ihre Augen tränen und die Nase laufen lässt. Er ist wild, unbändig. Sie fühlt sich frei. Später wird sie wieder Ärger bekommen, aber daran denkt sie jetzt noch nicht. Sie weigert sich, daran zu denken. Es ist unwichtig.

Katie kauert hinter einem Mauerrest. Als sie Charlotte kommen sieht, springt sie auf und greift nach ihrer Hand, und sie laufen lachend zusammen über das Trümmergelände, das mit den Überresten abgerissener Häuser übersät ist, die noch nicht durch neue ersetzt worden sind. Charlotte hofft, dass sie ein Haus in der Gegend bekommen, wo Katie wohnt, wenn sie aus ihrem Haus ausquartiert werden. Doch sie weiß, dass das ein Traum bleiben wird. Sozialen Wohnungsbau gibt es in Katies Siedlung nicht.

Sie laufen an dem Spielplatz mit den verrosteten Rutschen, der quietschenden Wippe und den alten Klettergerüsten vorbei und biegen um die Ecke. Dort ist die Bushaltestelle, und sie lassen sich auf die abgewetzte Bank im Wartehäuschen plumpsen, kichernd und ganz außer Atem.

«Das wird nie aufhören, lustig zu sein», sagt Katie und sieht Charlotte mit leuchtenden Augen an. «So wie du würde ich auch gern klauen können.» Charlotte platzt fast vor Stolz. Katie kommt ihr manchmal vor wie eine lebendige Puppe. Sie ist fast zehn Zentimeter kleiner als Charlotte und ein richtig mädchenhaftes Mädchen, weil ihre Mutter sie so anzieht, im Grunde aber sind sie sich ähnlich. Sie können beide ihr Leben nicht ausstehen, obwohl Charlotte manchmal nicht ganz versteht, was Katie an ihrem so schlimm findet. Katie erschien eines Tages auf dem Abbruchgelände, einfach so, eine Gestalt wie aus einem Traum, und auch ihr Leben ist wie ein Traum. Ein richtiges Haus. Ein teures Auto. Beide Eltern.

Klavierstunden, so wie die, die sie jetzt gerade schwänzt. Ferienreisen.

Charlotte greift in die Jackentasche und holt die Süßigkeiten heraus, die sie im Laden geklaut hat. Aus der anderen bringt sie die Schnabeltasse mit Likörwein zum Vorschein, den sie zu Hause abgezweigt hat, und trinkt einen großen Schluck, ehe sie die Tasse an Katie weiterreicht, die nur vorsichtig daran nippt. Das Zeug schmeckt widerlich, aber sie mag die wärmende, betäubende Wirkung. Sie vertilgen die Caramac-Riegel und die Chips und lehnen sich an der Bank aneinander. Heute ist da etwas, das zwischen ihnen steht. *Ferien.*

«Wo fahrt ihr noch mal hin?», fragt Charlotte, zündet sich eine zerknautschte Zigarette an und pustet den Rauch aus. Eigentlich schmeckt es ihr nicht, aber sie ist entschlossen, sich daran zu gewöhnen. Den Glimmstängel hat sie von ihrer Ma geklaut. Was der aber wohl kaum auffallen dürfte. Oder falls doch, wird sie denken, dass Tony sich an ihrer Packung vergriffen hat.

«Das weißt du doch.» Katie pufft sie in die Seite. «An die See. Ins Haus meines Großvaters in Skegness. Es wird bald meiner Mum gehören. Er hat Krebs. Hat nicht mehr lange zu leben. Aber er könnte sich mit dem Sterben ruhig etwas beeilen. Krankheit ist echt langweilig.» Sie legt eine Pause ein. «Hab ich dir mal erzählt, dass er Tricks für berühmte Zauberkünstler entwickelt hat? Das war sein Beruf. Man sollte meinen, dass jemand, der mit so was sein Geld verdient, lustig ist, aber von wegen. Er ist so langweilig wie meine Mutter.» Charlotte könnte Katie den ganzen Tag zuhören. Weil sie so vornehm spricht und sich so gewählt ausdrückt, es hört sich wie Musik an. Hin und wieder versuchen sie, so zu reden wie die andere, das ist jedes Mal saukomisch.

«Ach ja», sagt Charlotte. «Skegness.» Sie war noch nie am Meer. Ihre Ma war mal in Grimsby und hat von da aus das Meer gesehen, aber da war es nicht so schön wie in Cleethorpes oder Skegness. Ihre Ma hat da bloß Fischkutter gesehen. Es hätte eklig gestunken, hat sie gesagt. Sie war wegen irgendeinem Mann da. Immer irgendwelche Männer. Es ist schon länger her – das war noch vor Tony –, aber Charlotte erinnert sich daran, weil sie allein zu Hause bleiben musste. Ihre Ma hat sie mit ein paar Sandwiches und Saft und Chips in der Wohnung eingesperrt und ihr eingeschärft, keinen Krach zu machen, und sie bleibe nur eine Nacht fort. Am Ende wurden zwei Nächte daraus. Am zweiten Abend hat sie viel geweint, aber ihre Ma ist trotzdem nicht früher zurückgekommen.

«Ich wollte, du würdest mitkommen.» Katie lehnt ihren Kopf an Charlottes Schulter. «Es wird so öde. Und ich darf nicht mal auf die Kirmes. Mutter will mich nicht Karussell fahren lassen, aus Sorge, dass ich mich verletzen könnte. Oder dass meine Kleidung schmutzig wird. Ich bin mir nicht sicher, was sie schlimmer fände.» Sie lächelt Charlotte zu, und sie zucken beide die Achseln. Katies Mutter treibt sie mit ihrem Getue in den Wahnsinn. Sie lässt ihr kaum Luft zum Atmen, sagt Katie. Ihre Ma sei *neurotisch*, sagt sie, Charlotte weiß nicht, was das bedeutet. «Sie wird die ganzen Ostertage nur heulen, wegen Opa. So stinklangweilig. Er ist alt und er wird sterben. Na und?»

«Vielleicht kommt ja ein Pirat und rettet dich, wie in diesen alten Filmen.» Charlotte springt auf und tut so, als würde sie einen Degen aus ihrer abgetragenen Jeans von C&A ziehen. «Ich werde dein Pirat sein!»

«Ja! Ja!» Auch Katie ist nun aufgesprungen. «Man hat mich in eine Kajüte gesperrt, und du musst mich befreien. Ich hab der Kapitänin ein Messer geklaut, und wenn sie gerade nicht aufpasst, steche ich sie ab!» Sie sprühen immer vor Ideen, wenn sie zusammen sind. Malen sich aus, sie wären jemand anderes. Sind halb in dieser Welt und halb in einer anderen. Filmstars, Gangster, Abenteurer – immer sind sie zusammen, und immer frei.

«Und ich bring die übrige Besatzung um, und dann segeln wir davon!»

Sie spielen kurz einige Szenen durch, mit der Bushaltestelle als Piratenschiff und der Wohnsiedlung als Ozean voller Ungeheuer und anderer Schiffe, die reiche Beute verheißen. Hinterher fallen sie sich in die Arme, ganz außer Atem vor Lachen, und beruhigen sich langsam wieder, während sie notgedrungen in die wirkliche Welt zurückkehren.

«Ich muss gleich gehen», sagt Katie. Ihr Klavierunterricht dauert immer nur anderthalb Stunden. Charlotte versteht nicht ganz, wie sie es immer schafft, die Klavierstunden zu schwänzen, ohne dass ihre Mutter davon erfährt, aber sie bekommt es hin, und das wundert sie nicht. Katie ist clever, sie bekommt so ziemlich alles hin.

«Ich auch.» Sie trinkt noch etwas Likörwein, der wie Säure in ihrem hungrigen Magen brennt, um sich darüber hinwegzutrösten, dass Katie nun zwei Wochen fort sein wird. «Daniel hat heute Geburtstag. Eigentlich sollte ich jetzt bei der Feier sein.» Ihr Gesicht verfinstert sich, und Katie geht es ebenso. Katie hasst ihre Ma, und Charlotte hasst Daniel. Den ach so perfekten Daniel. Den kleinen Scheißer, durch den alles schlimmer geworden ist. Zwei wird er heute. «Ich wollte, du müsstest nicht wegfahren», platzt es aus ihr heraus, und sie weint zwar nicht, verzieht aber das Gesicht zu einer halb zornigen, halb schmerzerfüllten Grimasse und schlägt dreimal fest mit der Faust gegen die Wand des Wartehäuschens. In Katies Gesellschaft fühlt sie sich stark. Alles andere zählt nicht mehr, wenn Katie hier ist. Wenn sie mit Katie zusammen ist, traut sie sich zu, in eins der leeren Häuser einzusteigen, wie sonst nur die Männer, eine Eisenstange oder so was zu klauen und damit Tony und ihrer Ma und dem blöden Daniel den Schädel einzuschlagen. Manchmal stellt sie es sich bildlich vor. Wie sie genau das macht. Während Katie zusieht und lachend in die Hände klatscht.

«Ich ja auch, ich auch», sagt Katie und umarmt sie ganz fest. «Ich hasse es, wenn ich dich nicht sehen kann.» Sie lässt sie wieder los und kramt in ihrer Tasche. «Aber es sind ja nur zwei Wochen. Auch wenn's einem ewig vorkommt, es sind nur vierzehn Tage.»

«So lange wie ein Scheck von der Stütze», sagt Charlotte.

«Genau.» Charlotte weiß, dass Katie sich mit Schecks von der Stütze ebenso wenig auskennt wie sie selbst mit Klavierstunden, aber sie findet es toll, dass sie zumindest so tut.

«Oh!», ruft Katie aus. «Fast vergessen. Ich hab dir was mitgebracht.» Sie holt mit großer Geste etwas aus ihrer Tasche und drückt es Charlotte in die Hand. Ein Walkman. Ein richtig guter. Klein und aus Metall. Nicht so ein billiges Teil aus Plastik. Er ist ganz wundervoll.

«Ein Piratenschatz», sagt Charlotte, weil sich ihr spontan die Kehle zusammenschnürt und sie für ihre Gefühle nie die richtigen Worte findet. Aber die schwarzen Wolken in ihrem Kopf reißen auf, und die Sonne strahlt hindurch, und das Gefühl dabei wärmt viel schöner als noch so viel billiger Fusel.

«Für mich?»

Katie nickt. «Ich sage einfach, ich hätte ihn verloren, oder dass er kaputtgegangen ist. Dann kaufen sie mir einen neuen.» Sie sitzen dicht an dicht auf der Bank und schniefen in der Kälte, während Katie ihr erklärt, wie das Gerät funktioniert. «Es ist auch eine Kassette drin. Habe ich extra für dich aufgenommen. Vierzehn Lieder. Eins für jeden Tag, den ich fort bin. Ich hab zu Hause eine Kassette mit demselben Mix. Siehst du? Wir werden also gar nicht richtig getrennt sein.»

«Da bist du ja! Lässt dich also endlich auch blicken, ja? Wurde aber auch Zeit.»

Die Feier ist in vollem Gang, als Charlotte nach Hause kommt, und ihre Ma ist betrunken und außerdem benebelt von diesen Pillen, die sie sich vom Arzt für ihre Rückenschmerzen verschreiben lässt oder unter welchem Vorwand sie sich das Rezept sonst beschafft. Sie steht in der Wohnzimmertür und starrt sie wütend an, aber Charlotte drängt sich einfach wortlos an ihr vorbei. Kinder sind keine da, aber dafür lauter Nachbarn aus der Siedlung, es ist kein Platz mehr frei. Jack aus der Nummer fünf, der seine ganze Zeit mit diesen blöden Tauben verbringt, Mary, die seit einem Jahr arbeitslos ist und keinen Macker hat, also schon bald denselben Weg wie Ma gehen und in einem der Zimmer über der Fischbude die Beine breit machen dürfte, und noch ein paar andere, alle mit Bierdosen oder Pappbechern mit Wein in der Hand. Tee trinkt hier keiner. Bei Katies Ma, überlegt Charlotte, gäbe es bei einem Kindergeburtstag Tee. Tee aus Porzellantassen und Wackelpudding und Eiscreme. Sie sieht Tony nicht an, der von seinem Sessel aus große Reden schwingt. Er bezeichnet sich als ihren Dad. Er ist nicht ihr Dad. Er ist Teil der zornigen schwarzen Gewitterwolken in ihrem Kopf.

Daniel sitzt auf dem Teppichboden in der Mitte des Zimmers, und es hat offenbar Kuchen gegeben, denn er hat einen Teller vor sich stehen, auf dem sich noch etwas Zuckerguss und Streusel befinden, und als er zu ihr hochschaut, sieht sie, dass sein Mund noch mit Schokokrümeln verschmiert ist. Er reckt lächelnd etwas in die Höhe. «Charrot!», sagt er, weil er ihren Namen noch nicht richtig aussprechen kann. «Ein Hase, Charrot! Charrot!»

«Das ist doch Peter Rabbit, oder?» Jean, Tonys Schwester, hockt auf dem Boden neben ihm. «Wie aus diesen Büchern.» Der Stoffhase trägt eine Latzhose, und Charlotte weiß sofort, dass Jean die genäht hat. So ist sie einfach. Sie sollte eigentlich so ein Leben führen wie Katie. Würde sie vermutlich auch, wenn sie nicht hier in der Sozialsiedlung wohnen würde. Aber ihr Mann ist Vorarbeiter unten in der Fabrik, und es geht ihnen gar nicht schlecht. Jean kann Ma nicht leiden, so viel ist klar, und sie hat auch für Tony nicht viel übrig, aber sie liebt Daniel, so wie alle anderen.

«Charrot!», sagt er noch einmal, und beim Klang seiner hohen Kinderstimme, zuckersüß und unschuldig, knirscht sie insgeheim mit den Zähnen.

«Was hast du denn da?» Tony beugt sich im Sessel vor. «Warst du wieder auf Raubzug?» Er zieht die Augenbrauen zusammen. Tony ist nicht der Schlaueste, nicht schulmäßig schlau oder so schlau wie Katie, aber er hat etwas Wildes an sich. Die Schlauheit einer Hyäne. Eine Art Witterung, vormachen kann man ihm nichts. Sie hält den Walkman in der Hand und verstärkt jetzt unwillkürlich ihren Griff.

«Hab ich gefunden», murmelt sie.

«Dann kannst du ihn ja deinem Bruder geben, als Geschenk.»

«Der ist doch gerade zwei, wozu verdammt noch mal braucht er da einen Walkman?» Ihre Stimmlage ist unvermittelt in wütendes Geschrei gewechselt. Woanders würde sich jetzt vermutlich erschrockene Stille über den Raum senken, aber Charlottes Jähzorn ist hier allen wohlvertraut. Briefe von der Schule, Besorgnis bei der Frau vom Jugendamt, ihre Mutter, die sie entnervt anschreit – alle haben Charlotte und ihre Wutausbrüche satt.

«Gib her», sagt ihre Ma mit benebeltem Blick. «Du kriegst ihn später wieder», setzt sie kraftlos hinzu, und da weiß Charlotte, dass sie den Walkman nie wiedersehen wird, es sei denn, Tony lässt sich so volllaufen, dass er ihn vergisst. Aber so wird er wahrscheinlich irgendwo in der Siedlung vertickt, sobald ihnen klarwird, dass Daniel noch nichts damit anfangen kann. Sie reißt die Kassette heraus und schleudert ihrer Mutter den Walkman entgegen. «Na schön, da hast du ihn!» Als sie sich umdreht, um in ihr Zimmer zu gehen, ruft Daniel ihr immer noch ihren Namen nach, etwas unsicherer inzwischen. «Charrot?»

Er hört sich an wie ein Scheiß-Schlitzauge, denkt sie, als sie die Zimmertür zuknallt und sich auf ihre Matratze wirft. Alles, was sie umgibt, ist Fäulnis. Ihr ganzes Leben. Verfault, ehe es überhaupt angefangen hat. Ihr Magen knurrt. Sie hat heute noch nichts gegessen, bis auf das Caramac und die Chips, aber sie wird jetzt nicht ihr Zimmer verlassen, um irgendwelche Sandwiches und Kuchen zu essen. Stattdessen trinkt sie den restlichen Likörwein, nuckelt ihn aus Daniels Tasse mit dem Dinosaurierbild, bis sich alles um sie herum dreht und ihr leicht übel ist. Sie schläft ein oder döst wenigstens eine Weile im Rausch vor sich hin, denn als sie wieder zu sich kommt, ist es still im Haus, und ihre Ma steht in der Tür.

«Ich geh jetzt arbeiten», sagt sie mit trotzigem Blick. «Tony geht kurz einkaufen. Pass du auf Daniel auf.» Noch ehe Charlotte etwas antworten kann, ruft sie nach unten, dass sie ja schon unterwegs sei und er verdammt noch mal kurz warten solle, und dann kracht die Haustür hinter ihnen ins Schloss.

Charlotte kann endlich aufatmen. Sie wartet kurz, um sicherzugehen, dass sie auch wirklich fort sind, ehe sie ins Zimmer gegenüber stürmt, um sich ihren Walkman wiederzuholen.

«Der gehört mir.» Sie schnappt sich das Gerät aus Daniels Kinderbett, wo es nicht angerührt am Fußende liegt. Obwohl er ganz auf den Stoffhasen konzentriert ist, den er an sich drückt, erschrickt er heftig, und das Lächeln, das er bei ihrem Auftauchen aufgesetzt hat, schlägt in eine angstvolle Grimasse um. Tränen schießen ihm in die Augen, und er beginnt leise zu jammern.

«Halt die Fresse», murmelt sie. In dem Zimmer stinkt es nach vollen Windeln, und in der Ecke kann sie eine liegen sehen, zusammengerollt, wo ihre Ma sie offenbar hingeschmissen hat. Natürlich hat sie vergessen, sie wegzuwerfen. Wenigstens trägt er frische Windeln. Er schluchzt und streckt ein Händchen nach ihr aus.

«Du sollst still sein, hab ich gesagt!» Sie wendet sich zum Gehen und lässt ihn mit seinem dämlichen Hasen zurück, und als sie wieder in ihrem Zimmer ist, beruhigt sich sein Schluchzen und hört schließlich auf. Er lernt also dazu. Lernt, dass es nichts bringt, rumzuheulen, wenn niemand kommt. Vielleicht hat ihre Ma auch recht, und er ist einfach *besser* als Charlotte. *Ein fröhliches Baby. Nicht so wie Charlotte damals. Die war immer ein kleines Miststück. Was hatte man nicht für eine Mühe mit ihr, auweia. Nichts als Ärger, vom ersten Tag an. Ganz anders als Daniel, der kleine Strahlemann.* Sie weiß allerdings, was ihre Ma eigentlich meint: dass Daniels Vater sie nicht verlassen hat.

Sie legt vorsichtig die Kassette in den Walkman ein und drückt dann, nach einem wachsamen Blick zur Tür, auf die Play-Taste, um nur noch Katies Songs um sich zu haben. Die meisten kennt sie von *Top of the Pops*, obwohl sie nicht so musikverrückt ist wie Katie und ihre Ma ihr nie irgendwelche Kassetten oder Platten kauft. Sie summt mit und malt sich aus, sie wäre mit Katie am Meer und ihre beiden Familien würden in einer Rauchwolke verschwinden, puff, einfach so. Dann kommt ein Song, «Drive Away, Baby» von Frankie Vein, und sie achtet auf den Text, hört ganz genau hin, ehe sie die Kassette zurückspult und sich das Lied noch einmal anhört. Es geht ums Abhauen. Darum, einfach ins Auto zu steigen und wegzufahren. Den ganzen Mist hinter sich zu lassen. Es ist ihr Lied, ihres und Katies, das weiß sie sofort. All ihre Tagträume und Phantasien, wenn sie sich ausmalen, wie ihre Familien nachts in ihren Betten von einem unbekannten Angreifer abgemurkst werden, wie die Leute, die sie jemals genervt haben, einfach verschwinden, Katies kontrollwütige Ma und der stinkige kleine Daniel, zack, zu Staub pulverisiert wie die Häuser an der Spring Street – all das ist in diesem Song enthalten. Deshalb hat Katie es ihr aufgenommen. Weil sie dasselbe empfindet. Sie empfinden immer dasselbe. So muss sich Liebe anfühlen.

Abspielen. Zurückspulen. Abspielen. Sie verliert jedes Zeitgefühl. Tony bleibt über eine Stunde fort, weil der Pub gleich um die Ecke vom Supermarkt ist, wie soll er da widerstehen, und außerdem hat Daniel doch heute Geburtstag, und sie hört ihn zum Glück die Treppe hochkommen, als sie gerade wieder zurückspulen will, und versteckt den Walkman eilig unter ihrem Kopfkissen.

Er klopft nicht an, sondern reißt einfach die Tür auf. Steht vor ihr im Türrahmen, betrunken und wütend. Dieses Haus brodelt und schwelt nur so vor unterdrückter Wut.

«Du solltest doch auf den Kleinen aufpassen! Er ist aus dem Bettchen gefallen. Hat sich den Kopf gestoßen.»

Charlotte sagt nichts. Wozu auch. Durch den Flur kann sie

Daniel hören, der nach seiner Ma ruft, aber mit seltsam matter Stimme. Wie lange weint er schon?

«Willst du uns das Jugendamt auf den Hals hetzen? Deiner Ma?»

Beim Reden zieht er bereits seinen Gürtel aus den Schlaufen. Sein Gesicht ist fleckig, das kennt sie schon. Dann ist er immer auf hundertachtzig. *Daran ist nur Daniel schuld*, das ist ihr einziger Gedanke, als der erste Hieb auf sie niedersaust. *Alles ist schlimmer geworden, seit das perfekte Kind da ist. Daniel wird nie geschlagen. Warum können sie sie nicht ebenso liebhaben wie ihn? Was ist an ihm so Besonderes?* Sie konzentriert sich auf ihren Zorn und beißt sich von innen auf die Wange. Das hilft ihr, nicht zu weinen. Wenn sie weint, reizt das Tony nur noch mehr. Als würden ihre Tränen das Ungeheuer in ihm nur noch anstacheln. Den Groll darüber, dass er das Kind eines anderen mit durchfüttern muss.

In der Nacht wacht sie auf, mit Schmerzen am ganzen Leib. Das Bett fühlt sich nass an, und sie nimmt den vertrauten, stechenden Geruch wahr. Sie hat wieder ins Bett gemacht. Sie zieht leise das Laken ab, knüllt es zusammen und stopft es unter die Matratze. Sie wird es waschen müssen, wenn niemand zu Hause ist, oder nachmittags, wenn Tony und Ma im Bett liegen und ihr Schläfchen halten. Ma hat schon gesagt, sie würde eine Matratzenauflage besorgen, wenn das nicht aufhört. Das will sie nicht. Alle werden sie auslachen, wenn sich das herumspricht, und das wird es garantiert, weil Tony im Pub nie seinen Mund halten kann und dort alle Eltern der Siedlung ihr Bier trinken. Alle Kinder würden davon erfahren. Niemand hätte mehr Angst vor Charlotte Nevill, wenn sich herumspräche, dass sie ins Bett nässt, und die Angst der kleineren Kinder, die richtig vor ihr zittern, ist alles, was sie hat. Und was würde Katie sagen, wenn sie das erführe? Was würde sie von ihr denken?

Die Striemen hinten an ihren Beinen brennen, und es ist eine kalte Nacht, aber sie humpelt trotzdem durchs Zimmer und reißt das Fenster auf, in der Hoffnung, dass der Gestank sich bis zum Morgen verzogen hat. Sie schält sich aus der nassen Unterhose und hüllt sich in den alten Parka ein, den sie über alles liebt, obwohl er viel zu groß ist, streckt sich auf dem Boden aus und starrt zur Decke hinauf. Sie denkt über Katie nach, bis sie irgendwann einschläft. In ihrem Traum sitzen sie zusammen in einem großen, rosaroten Cabrio und brausen lachend dahin. Und sie haben Blut an den Händen in diesem Traum.

42

JETZT

MARILYN

Es ist fast Mitternacht, und ich liege hellwach im Bett, starre zur Decke hoch und bemühe mich, irgendwie Ordnung in meine Gedanken und Gefühle zu bringen. Jedes Mal, wenn ich die Augen schließe, sehe ich wieder die Beunruhigung in Lisas Gesicht aufblitzen, als ich ihr sagte, dass ich Ärger mit Richard habe. Als würde sie Anteil nehmen. Als wären wir noch beste Freundinnen. Ava ist verschwunden, und trotzdem hat sie besorgt reagiert, weil ich unglücklich war. Wie soll ich das auffassen?

Irgendeine Person ist nicht, wer sie zu sein behauptet. Eine Person, die ich kenne.

Wie durchgeknallt ist Lisa inzwischen? Könnte es sein, dass sie Jon immer noch liebt, weshalb sie sich so eine wilde Geschichte zusammenfabuliert, statt einfach zu akzeptieren, dass er sich Ava geschnappt hat? Was ist er überhaupt für ein Mensch? Wer käme denn auf die Idee, seiner eigenen Tochter solche Nachrichten zu schicken?

Ich denke zu viel nach, das ist es. Die ganze Welt gerät dadurch in ein trübes Zwielicht, und wenn ich nicht aufpasse, verstricke ich mich am Ende in die wildesten Verschwörungstheorien. Und dafür bin ich zu müde. Zumal ich wieder zur Arbeit muss. Penny hat mir am Abend eine SMS geschickt. Richard hätte ein paarmal angerufen, aber weiter kein Drama veranstaltet, und es sei etwas Arbeit für den Wharton-Etat zu erledigen, aber das könnten auch die anderen machen, wenn ich mich noch nicht auf der Höhe fühlte. Bei dem Gedanken presse ich spontan die Zähne zusammen. Niemand vergreift sich an meiner Kundenliste.

Außerdem, wo soll ich sonst hin? Ich kann mich nicht ewig verstecken. Damit schiebe ich lediglich auf, was ohnehin unausweichlich ist. Falls Richard aufkreuzt, rufe ich die Polizei. Ich habe es satt, eine Lüge zu leben. Dabei kommt mir sofort wieder Lisa/Charlotte in den Sinn. War sie es je leid, eine Lüge zu leben? Ist ihr je der Gedanke gekommen, mir von ihrer Vergangenheit zu erzählen? Ich bin froh, dass sie das nicht getan hat. Dieses Wissen hätte ich nicht mit mir herumtragen mögen. Nicht mal als ihre beste Freundin.

Sie hieß Katie Batten. Sie war Charlottes beste Freundin.

Ich verabschiede mich von dem Gedanken an Schlaf und stehe auf. Einschlafen kann ich sowieso nicht, dazu gehen mir zu viele Fragen durch den Kopf, außerdem pochen meine gebrochenen Rippen schmerzhaft, deshalb kleide ich mich an, mache mir einen Kaffee in der kleinen Maschine und begebe mich damit nach unten. Im Erdgeschoss, gleich neben der Rezeption, gibt es einen Arbeitsraum. Ich brauche einen Computer. Die Lichter im Foyer funkeln hell, während draußen tiefe Nacht herrscht, und der Mann am Empfang lächelt mir der Form halber zu, als ich an ihm vorbeikomme. Das ist das Schöne an Hotels: dort ist immer noch jemand wach. Man ist nie ganz allein, und es ist alles so beruhigend steril und unpersönlich.

Ich setze mich an einen der Arbeitstische, nicht zu dicht

am Fenster, obwohl die Gefahr, dass Richard zu dieser nächtlichen Stunde da draußen herumpirscht und nach mir sucht, eher gering ist, und fahre den Computer hoch. Es gibt einiges, was ich wissen muss, und die Beschäftigung mit Lisas Leben ist eine willkommene Ablenkung von meinen eigenen Sorgen.

Ich suche nach *Charlotte Nevill und Jon John Jonathan Partner*, und gleich der erste Treffer ist die archivierte Titelgeschichte einer Boulevardzeitung von Anfang 2004. Ein Foto von Lisa ist nicht dabei, aber dafür eins von Jon, *Jon Roper*, wie er in einem Garten sitzt. Er ist dünn und trägt einen Ohrring, und er blickt finster in die Kamera, gewiss gemäß Anweisung. Über ihm die Schlagzeile: *Ich verliebte mich in Kindermörderin Charlotte und es hätte mich beinahe umgebracht ...* Er sieht sehr jung aus, hat dunkle Ringe unter den Augen und eine ungesund wirkende Haut. Es ist eine reißerisch aufgemachte Geschichte, ganz wie erwartet, aber zwischen all den Einzelheiten aus ihrem gemeinsamen Leben drängt sich der Eindruck auf, dass er um eine Art Vergebung bettelt. Viele seiner Aussagen beziehen sich auf Crystal – das dürfte wohl Ava sein –, wie ihm nach ihrer Geburt die Realität dessen, was Charlotte getan hatte, erst so richtig bewusst wurde und er ihr nicht verzeihen konnte. Und jetzt habe er auch noch seine Tochter verloren, und das nur, weil er angefangen habe, seinen Kummer im Alkohol zu ertränken. Dem Artikel zufolge war er wieder zu seiner Mutter gezogen, um seine Alkoholsucht zu kurieren und einen Neuanfang zu wagen.

Ich weiß, wie dir zumute ist, denke ich. *Wenn das mit über vierzig doch auch so einfach wäre.* Ich lese den Artikel noch einmal. Er geht ausführlich auf ihr Liebesleben ein und darauf, wie viel sie zusammen gebechert hätten, und ich frage mich, wie viel davon stimmen mag und wie weit er das alles ausgeschmückt hat, um selbst besser dazustehen. Es hört sich alles so schäbig und tragisch an. Wenn ich nicht wüsste, dass er Ava in seiner Gewalt hat, würde er mir fast leidtun.

Ich überfliege noch ein paar Suchergebnisse, aber es handelt sich vorwiegend um Varianten desselben Artikels, und auch die Anzahl anderer Fotos ist überschaubar. Da keine Facebook-Seite von ihm aufzufinden ist, gehe ich davon aus, dass die Polizei sie bereits gelöscht hat oder was auch immer in solchen Situationen üblich ist. Oder vielleicht hat Jon die Seite selbst deaktiviert, als er Ava in seine Gewalt brachte.

Ich starte meine nächste Suche. Katie Batten, Charlottes beste Freundin. Über den Suchbegriff «Katie Batten ertrunken Ibiza 2004» gelange ich direkt zu der Geschichte. Gott segne Google, den Helfer in allen Lebenslagen, von medizinischen Notfällen mal abgesehen. Mein Kaffee ist nur noch lauwarm, aber ich trinke trotzdem einen Schluck.

Die Suche nach Katie Batten, einer Britin, die auf Ibiza verschwunden ist, der Partyinsel der Balearen, ist ergebnislos abgebrochen worden. Letztmalig gesehen wurde Miss Batten, sechsundzwanzig, an einem Strand in der Nähe der Bar, in der sie seit Mai beschäftigt war; sie wollte am frühen Morgen schwimmen gehen. In dem Jahr nach dem Tod ihrer Mutter, die 2002 tödlich mit dem Auto verunglückte, hielt sie sich hauptsächlich in Spanien auf. Nach Aussage von Freunden war sie langsam dabei, über den plötzlichen Verlust ihrer Mutter hinwegzukommen, stürzte aber immer wieder in depressive Phasen und wurde als labil und nervlich angeschlagen geschildert. Ih-

ren Kollegen zufolge war sie kein geselliger Typ, sondern verbrachte viel Zeit allein.
In der Nacht ihres Todes wurde sie dabei beobachtet, wie sie ins Meer watete. Zwei Zeugen, ein junges deutsches Urlauberpärchen, das an den abgelegenen Strand gekommen war, um den Sonnenaufgang zu betrachten, berichten, dass sie noch versucht haben, sie zurückzurufen, weil sie torkelte und die beiden dachten, sie wäre vielleicht betrunken. Miss Batten rief zurück, dass bei ihr alles in Ordnung sei. Das junge Pärchen hat noch beobachtet, wie sie aufs Meer hinausgeschwommen ist, aber als sie wenig später zu den Felsen schauten, war von ihr keine Spur mehr zu entdecken. Umgehend eingeleitete Suchmaßnahmen verliefen ohne Erfolg – Katie Battens Leichnam konnte nicht geborgen werden. Es steht zu erwarten, dass als Ergebnis der amtlichen Untersuchung auf Tod durch Ertrinken entschieden wird.

Es gab noch einige weitere kleine Artikel, die aber nur wenige zusätzliche Informationen enthielten. Der Vater war einige Jahre zuvor einem Herzinfarkt erlegen, und Katie hatte sich danach um ihre Mutter gekümmert, die mit ihrem Leben als Witwe nicht gut zurechtkam. Einem Bericht ist ein Foto beigefügt, recht unscharf, von einer Frau am Strand, braungebrannt und mit langen dunklen Haaren, die Augen hinter einer Sonnenbrille verborgen. Aus ziemlicher Entfernung aufgenommen, nicht sehr aussagekräftig. Etwas Besseres hatte man nicht?

Katie Battens Leichnam konnte nicht geborgen werden.

Diese Zeile lese ich immer wieder. Ob sie jemals angespült worden ist? Ist Lisa deswegen so davon überzeugt, dass Katie hinter Avas Verschwinden steckt? Glaubt sie wirklich, dass Katie noch lebt? *Könnte* sie dahinterstecken? Aber aus welchem Grund? Es gibt keinen. Sie würde doch sicher nichts mehr mit Charlotte Nevill zu tun haben wollen, auch wenn sie sie gefunden hätte? Die Zeitungen haben in den letzten Tagen keinen Zweifel daran gelassen, dass Charlotte die Täterin war. Sie wurde dabei gesehen, als sie Daniel umbrachte, und sie hat die Tat gestanden. Was sollte Katie dazu motivieren, jetzt wieder in Charlottes Dunstkreis zurückzukehren?

Ich trinke noch einen Schluck Kaffee. Bleibt nur Jon. Jon hat von seiner Facebook-Seite aus die Nachrichten geschickt. Jon ist derjenige, der mit Ava abgetaucht ist. Die Polizei ist auch dieser Auffassung, und die verstehen was von der Sache. Denen solltest du vertrauen, nicht deiner übergeschnappten ehemaligen besten Freundin.

Ich fahre den Computer herunter. Das reicht fürs Erste. Ich habe meine eigenen Probleme. Die Polizei wird Jon und Ava schon finden. Mit Sicherheit. Über die Art der Nachrichten, die er ihr geschickt hat, mag ich lieber nicht nachdenken. Diese Finsternis kann auch durch die hellen Lichter des Hotels nicht aufgelockert werden.

43

LISA

Alison erstarrt merklich, das alarmiert mich. Sie drückt sich ihr Handy etwas zu fest ans Ohr. Sie hat sicher Bray an der Strippe. Mir wird schwindelig, ich merke, wie sich mein Gesichtsfeld an den Rändern verdunkelt. *Lieber Gott, nein. Bitte nicht Ava. Bitte nicht Ava.* Ich rutsche nervös an die Sesselkante vor und halte mich an meinem Teebecher fest, während mich die Angst zu überwältigen droht. In diesem Moment sieht Alison sich zu mir um. Weniger mitfühlend als eher verstohlen, mit einem wachsamen Ausdruck. Die Wachsamkeit gilt *mir*. Meine Sorge um Avas unmittelbare Sicherheit wird von meinem eigenen Selbsterhaltungstrieb verdrängt. Etwas stimmt nicht.

Nach einem letzten Blick in meine Richtung, mit etwas angespanntem Lächeln, zieht Alison sich betont unauffällig in ihr Zimmer zurück, um das Telefonat dort fortzusetzen. Als sie von innen die Tür schließt, springe ich auf und drücke mein Ohr an das Holz, um zu lauschen. Zum ersten Mal, seit man mich aus meinem Haus in diese schreckliche Wohnung geschafft hat, bin ich froh über die billige Bauweise. Die Tür besteht aus dünnem Pressholz, und wenn ich auch nicht jedes Wort verstehen kann – sie spricht sehr leise –, bekomme ich doch einige Sätze mit. ... *mache ich ... ich komme schon klar ... Nein, ihr Zustand ist unverändert. Ich werde die Tür abschließen ... bis zu Ihrem Eintreffen so tun, als ob nichts wäre.*

Mist, Mist, Mist. Mein Gesicht glüht, während meine Hände gleichzeitig kalt werden. Ich bestehe jetzt nur noch aus tierhaftem Instinkt, und mein Instinkt sagt mir, dass ich hier wegmuss, um jeden Preis. Irgendetwas ist passiert, und man kommt mich holen. Was wird dann aus Ava? Ist das der Punkt, an dem das Spiel aus ist? Das kann ich nicht riskieren, ebenso wenig wie ich riskieren kann, verhaftet zu werden. Ich bin immer noch Charlotte Nevill. Man wird mich nicht als Opfer sehen.

Von hinter der Tür ist Bewegung zu vernehmen, und ich bin auf einmal ganz ruhig. Ich haste in die Küche und schnappe mir den Teekessel, in dem ich das Wasser schwappen höre, als ich zurücklaufe. Als ich an dem Zimmer ankomme, öffnet sich die Tür, und Alison weicht spontan zurück, ganz überrumpelt davon, mich direkt vor sich zu erblicken. Aus ihrem Blick spricht Angst. Angst vor mir.

«Tut mir leid», sage ich leise. Sie sieht mich noch verwirrt an, aber da hole ich auch schon mit dem Kessel aus und versetze ihr einen Schlag gegen die Schläfe. Bei dem dumpfen Aufprall wird mir ganz flau im Magen. Sie taumelt zurück und stürzt zu Boden, benommen und verletzt, während sie hörbar um Luft ringt. Ich zögere nicht, nehme ihr Handy an mich und laufe in Richtung Wohnungstür, wobei ich mir hastig meine alte Handtasche und den Schlüssel vom Flurtisch schnappe.

«Lisa, Lisa, nein ...» Ihre Stimme klingt leise, das Sprechen fällt ihr schwer.

«Tut mir leid», wiederhole ich, ehe ich die Wohnung verlasse und die Tür von außen zweimal abschließe, wobei mir der Schlüssel fast aus den zitternden Händen fällt, als ich höre, wie sie von innen gegen die Tür hämmert. Zu spät, Alison, zu spät. Nun sitzt sie in der Wohnung in der Falle, ohne Handy. Viel Zeit bleibt mir trotzdem nicht. Weil Bray schon hierher unterwegs ist, so viel weiß ich.

Ich haste im Laufschritt los. Höre keine Sirenen, während ich in Richtung Innenstadt unterwegs bin. Bewegung. Das ist gut.

Nach einem Stoßgebet an einen Gott, an den ich nicht glaube, schiebe ich meine Bankkarte in einen Geldautomaten und lache vor Erleichterung, als dieser den Höchstbetrag von zweihundertfünfzig Pfund auspuckt. Bei all den Turbulenzen hat man doch glatt vergessen, mein Konto sperren zu lassen. Ich lasse die Bankkarte, meine Handtasche und Alisons Handy in einem Abfallbehälter verschwinden und suche einen Drogeriemarkt auf, in dem es alles gibt, was ich brauche: eine batteriebetriebene Haarschneidemaschine, pinke und blaue Sprühfarbe für die Haare, Schminkzeug und schwarzen Nagellack. Danach klappere ich drei Second-Hand-Läden ab und suche mir die schäbigsten, hippiemäßigsten Klamotten zusammen, die ich finden kann, darunter eine ausgemusterte Armeejacke und ein Paar gebrauchter DocMartens, die mir gerade so passen. Zum Schluss besorge ich mir noch haufenweise billigen Modeschmuck, mit Kreuzen und Totenköpfen, sowie einige Lederarmbänder. Ich schwitze wie blöde und habe Herzklopfen, aber ich bin ganz klar. Ich habe über die Jahre einiges gelernt. Man wird damit rechnen, dass ich weiter wie ein graues Mäuschen aussehe. Dass ich mir zur Tarnung vielleicht die Haare färbe und eine Brille trage, aber mehr nicht. Ein grober Irrtum. Man muss mutig sein und sein Äußeres so extrem verändern, dass man sich sozusagen vor aller Augen verbergen kann. Man muss jemand ganz Neues werden.

Bei Costa Coffee schließe ich mich in der Behindertentoilette ein, die mit einem Spiegel und einem Waschbecken versehen ist, und mache mich umgehend ans Werk. Hinterher erkenne ich mich selbst nicht wieder. Zum einen sehe ich jünger aus, höchstens dreißig, das überrascht mich selbst. Meine Augen sind dick mit schwarzem, spitz zulaufendem Lidstrich umrandet. Ich trage dunkelvioletten Lippenstift und schwarzen Nagellack. Dazu habe ich mir einen extremen Undercut verpasst, die Seiten fast kahl rasiert, mit blauem und pinkem Deckhaar, das in einen dünnen Pferdeschwanz mündet. Die Hose ist etwas zu groß und hängt mir tief auf den Hüften, was den jugendlichen Look noch verstärkt; ich habe abgenommen, und der Streifen Bauch, der über dem Hosenbund zu sehen ist, ist straff und flach.

Die Schminksachen und so weiter behalte ich, stopfe aber meine alte Kleidung in den Abfalleimer für Hygieneartikel, ehe ich meine abgeschnittenen Haare einsammle und ins Klo spüle. Als ich die Toilette verlasse, merke ich, dass ich unwillkürlich anders gehe, sehr aufrecht, selbstbewusst und herausfordernd. Diese Frau lässt sich nichts gefallen. Diese Frau zieht ihr eigenes Ding durch, knallhart und ohne Kompromisse. Diese Frau ist mein Schatten, der mir nicht unbekannt ist. Es ist die Charlotte, die aus mir hätte werden können.

Etwa eine Stunde später bin ich an der Raststätte am Rand der Autobahn. Es ist noch hell, aber der Himmel ist mit einem leichten Grau überzogen. Ich laufe an den Lastwagen entlang, die auf dem Parkplatz stehen, bis ich einen finde, in dem ein Fahrer sitzt. Ein Mann, der gerade Zeitung liest und aus einer Thermoskanne trinkt, mit Verpackungen von

Burger King vor sich auf der Ablage. Alles ganz normal. Ich klopfe an die Scheibe neben ihm und lächle, worauf er das Fenster hinabsurren lässt und mich fragend ansieht.

«Sie fahren nicht zufällig in die Nähe von Calthorpe?», sage ich. «Oder nach Ashminster?» Beides Orte, die nicht weit weg von zu Hause sind. Von dort aus kann ich einen Bus nehmen und in weniger als einer Stunde in Elleston sein.

«Ich fahre nach Manchester», erwidert er. «Ich komme also schon da vorbei, aber für heute habe ich Feierabend. Werde die Nacht hier verbringen. Tut mir leid, Liebes, aber ich fahre erst wieder gegen vier Uhr früh los.»

Er sieht gar nicht unsympathisch aus. Es hat schon schlimmere Typen gegeben. Ohne lange nachzudenken, zucke ich die Achseln und lächle. «Ich hab's nicht eilig.» In einem geparkten Lkw wird mich niemand vermuten. Hier wäre ich sicher.

Er mustert mich näher. «Wie heißt du, Liebes?» Sein Tonfall ist jetzt anders. Fast nervös, aber auch interessiert. Er wittert eine Gelegenheit. Die Sorte Gelegenheit, die er wohl nur aus Pornoheftchen kennt.

«Lily.» Der Name fällt mir ganz spontan ein. Er passt nicht recht zu meinem wilden Look, ist aber gerade deswegen goldrichtig. Lily ist eine brave Tochter aus gutem Hause, die rebelliert hat und nun das schwarze Schaf der Familie ist. Ihre Geschichte setzt sich wie von selbst in meinem Kopf zusammen, während er mich eingehend mustert und mühsam schluckt; sein Adamsapfel hüpft gut sichtbar auf und ab.

«Ich bin Phil.» Er öffnet die Tür und ist mir beim Einsteigen behilflich. Zum Glück stinkt er nicht, ebenso wenig wie die Fahrerkanzel, die weder nach Zigarettenrauch noch nach Alkohol riecht. Nur nach Leder und Deodorant. Es könnte schlimmer sein. *Es könnte viel, viel schlimmer sein.*

«Ich muss ein paar Stunden pennen.» Er deutet mit dem Kopf hinter sich auf den Rücksitz, auf dem eine Bettdecke liegt. «Je eher ich einschlafe, desto eher können wir los.» Wieder fährt sein Blick an mir hinunter. «Sonst hole ich mir immer einen runter, ehrlich gesagt, aber ...» Er lacht ein wenig, als hätte er bloß einen Witz gemacht, seine Augen aber sind ganz wässrig und unruhig.

«Na ja, irgendwie sollte ich mich wohl für die Fahrt revanchieren», sage ich, wobei mir bewusst ist, dass ich mich anhöre wie aus einem billigen Pornostreifen, aber vielleicht kommt er ja dann schneller. Er ist korpulent und mittelalt, und ich kann mir nicht vorstellen, dass bei ihm und seiner Frau im Bett noch viel läuft. Ich werde ihn schnell abfertigen können, selbst wenn er noch einen zweiten Atem findet. Ich denke jetzt wie Charlotte. Muss ganz zu Charlotte Nevill werden. Mein altes Ich. Ich brauche all ihren Zorn, all ihre Kraft. Ava braucht mich, und ich werde sie nicht im Stich lassen.

Ich bin Charlotte Nevill. Mit diesem Gedanken strecke ich die Hand aus, um seinen Gürtel unter der Wampe zu öffnen. *Ich hab schon Schlimmeres gemacht. Auch das jetzt wird mich nicht umbringen.*

44

VORHER

1989

Es ist Mai. Katie hat Frühjahrsferien, aber das bedeutet Charlotte nichts. Sie geht kaum noch zur Schule, und es kümmert niemanden. Den Lehrern ist es sogar ganz recht, wenn Charlotte Nevill sich nicht blickenlässt. Sie macht Sachen kaputt. Sie schlägt die anderen Kinder. *Sie ist nicht zu bändigen. Es wird immer schlimmer mit ihr.* Die kleineren Kinder fürchten sich vor ihr. Ihr Jähzorn ist wie ein Wolf, der sich an den Ängsten der Kleinen mästet, die er zu verschlingen droht. Der große, böse Wolf. Wie im Märchen vom Rotkäppchen.

«Charlotte? Hörst du mir zu?» Katie wirbelt in dem leeren, verdreckten Zimmer im Kreis herum, wobei Staubwolken um ihre Knöchel aufwirbeln. «Seine Haut war ganz grau und schlabbrig. Als wäre er irgendwie leer. Ich hätte ihn den ganzen Tag anstarren können.»

Sie befinden sich in einem der geräumten Häuser in der Coombs Street, das man bereits komplett ausgeschlachtet hat, um alles nur irgendwie Wiederverwertbare zu Geld zu machen. Nun dämmert es vergessen vor sich hin, bis die Planierraupen anrücken. Was offenbar noch etwas dauert, egal, was Mrs. Copel von nebenan immer behaupten mag.

«Grau», sagt Katie noch einmal und zerreibt Staub zwischen den Fingern. «So grau wie das Zeug hier.»

Katies Opa ist gestorben. Sie ist erst seit einigen Tagen von der Beerdigung zurück, und sie redet von gar nichts anderem mehr, wie ein Wasserfall. Das ist gut so, weil Charlotte auf die Weise nicht dazu kommt, die Worte zu äußern, die ihr selbst auf der Zunge liegen.

«Eklig», sagt sie, als Katie sich neben sie plumpsen lässt. Sie sitzen auf Charlottes Anorak, damit Katies Kleid nicht schmutzig wird, aber sie lehnen auch an der Wand, und Charlotte nimmt sich in ihrem dumpfen, benommenen Kopf vor, Katie den Rücken sauber zu klopfen, ehe sie nach Hause geht. Katie soll auf keinen Fall Schwierigkeiten bekommen, weil sie sonst nicht mehr herkommen dürfte, und wenn sie Katie nicht hätte, würde sie komplett durchdrehen.

«Ja. Aber irgendwie wundervoll eklig.»

Charlotte hat noch nie einen Toten gesehen, was ihr nun fast wie ein Versäumnis vorkommt. Hätte sie sich das doch bloß mit Katie zusammen ansehen können. «Hat er gemüffelt?» Hier im Haus müffelt es, nach Moder und Feuchtigkeit, obwohl es draußen warm ist und die Sonne scheint.

«Nein, jedenfalls nicht schlecht. Ein bisschen nach Chemikalien vielleicht. Wie im Chemielabor in der Schule.»

«M-hm», sagt Charlotte zustimmend, obwohl sie keine Ahnung hat, wie es in so einem Labor riecht.

«Mummy geht es jetzt natürlich noch schlechter.» Katie seufzt übertrieben. «Dr. Chambers hat ihr Pillen für ihre Nerven verschrieben, aber die scheinen nicht viel zu helfen.»

Charlotte mag nicht über Pillen nachdenken. Sie lehnt sich enger an die zarte, hübsche Katie, die innerlich so stark ist und so eine wunderbar melodiöse Stimme hat. «Sie ist völlig vom Tod besessen. Sie denkt, ich würde es nicht merken, weil die mich alle für etwas einfältig halten, aber es ist dermaßen offensichtlich. Sie würde eben trauern, sagt Daddy, aber ich kapiere nicht, wieso sie das so mitnimmt. Er war schließlich schon alt, und sie hat jetzt das Haus am Meer geerbt, alles prima also eigentlich. Was sie natürlich ganz anders sieht. Als wir wieder zurück waren, hat sie die Treppen bei uns zu Hause gebohnert – um sich abzulenken, hat Daddy gesagt –, und zwar so gründlich, dass sie ausgerutscht und die Treppe runtergefallen ist! Sie hätte sich fast das Genick gebrochen, hat sie gesagt.» Sie lacht mit heller Stimme, es klingt schadenfroh. Katie hasst ihre Mutter. Ihren Vater hasst sie auch, aber nicht so sehr wie ihre Mutter.

«Dann hat sie natürlich gleich angefangen, die Stufen mit Schmirgelpapier zu bearbeiten, um das Bohnerwachs zu entfernen, damit ich nicht auch stürze! Als wäre ich so ungeschickt. Ich muss jetzt Vitamintabletten nehmen, das ist ihr neuester Fimmel. Damit ich gesund bleibe. Ehrlich, sie schnürt mir die Luft ab. Daddy versucht schon alles, um sie zur Vernunft zu bringen, aber ihn hat sie auch an der Kandare. Na ja, er entgeht ihr zumindest tagsüber, wenn er bei der Arbeit ist. Gott sei Dank haben die Pillen eine einschläfernde Wirkung, und ich kann herkommen und dich sehen!» Sie lächelt, so süß und frisch, und Charlotte klammert sich an sie.

«Ich hab ihr heute Morgen eine in den Kaffee getan.» Katie grinst lausbübisch. «Und eine hatte sie schon genommen. So schnell wacht die nicht wieder auf.»

«Vielleicht sollte sie für immer einschlafen», murmelt Charlotte. Wäre das so schlimm? Für immer einzuschlafen?

«Ja!» Katie springt auf. «Warum eigentlich nicht! Was würden wir dann machen? Würden wir abhauen?»

Jedes ihrer Spiele und jede Phantasie beginnt damit, dass

sie abhauen – *Drive away, baby* –, wer sie dann sein wollen und was sie dann machen, und Charlotte springt nun ebenfalls auf, trotz ihrer Müdigkeit, trotz ihrer unterdrückten Wut, trotz der Tränen, die sie die ganze Zeit zurückhalten muss. «Bonnie und Clyde!», sagt sie. «Wir rauben Banken aus und jagen den Leuten Angst ein! Wir werden zu Legenden!» Sie fühlt sich schon stärker und sonnt sich in Katies Bewunderung. Katie findet sie frei und wild und verrückt. In Katies Augen ist sie der große böse Wolf, der alle in der Siedlung in Angst und Schrecken versetzt. *Der große böse Wolf.*

«Ich werde Bonnie sein, und du mein hübscher Clyde.» Katie tut so, als würde sie sich mit der Hand Luft zufächeln, und zieht gleichzeitig mit der anderen eine imaginäre Knarre von der Hüfte. «Wir werden unzertrennlich sein, und die Leute werden uns um unsere Liebe beneiden.» Sie beugt sich zu Charlotte vor und küsst sie auf den Mund, und ihre Lippen sind so weich, dass Charlotte spürt, wie ihr das Blut in die Wangen schießt und sie sich noch mehr beherrschen muss, um nicht in Tränen auszubrechen. Sie kramt eine Zigarette heraus und steckt sie an, um sich zu beruhigen. Damit ihr Mund aufhört, so heftig zu zittern.

«Charlotte?» Katie sieht sie beunruhigt an, voller Anteilnahme. «Was ist denn? Ist irgendwas passiert?»

Sie schüttelt den Kopf. «Bloß Scheiß wegen Daniel. Das Übliche. Familie eben. Ich will nicht darüber nachdenken.»

«Du kannst mir alles erzählen.» Katie umfasst Charlottes Gesicht mit beiden Händen. Nicht sanft wie ein Mädchen, sondern richtig fest.

«Ich weiß.» Aber sie kann eben nicht darüber reden. Weil sie Schlimmeres auf dem Herzen hat als eine überfürsorgliche Mutter. Also macht sie sich stattdessen von Katie los und wirft sich, mit der Zigarette im Mundwinkel, in Ganovenpose. «Auf, Bonnie, zum nächsten Raubüberfall! In dem Nest hier gibt es eine Bank, die nur auf uns wartet!» Sie zieht die Augenbrauen in die Höhe und streckt Katie die Hand entgegen, die lachend in die Hände klatscht und Luftsprünge vor Aufregung macht. Immer so voller Tatendrang. Ihr Übermut ist ansteckend, und es geht Charlotte schon fast wieder besser.

Sie klettern aus dem Haus ins Freie und flitzen im Sonnenschein Hand in Hand los, quer über das Brachgelände. Als Bank wird der Laden der alten Mrs. Jackson herhalten, und ihr Gold wird aus den Süßigkeiten und Getränken bestehen, die Charlotte dort klauen wird. Sie ist der große böse Wolf, genau der ist sie, niemand anderes. Sie will nicht an gestern Abend denken. Will so schnell rennen, dass die Vergangenheit sie nicht einholen kann.

Blöder Daniel. An allem ist nur dieser dämliche kleine Scheißer schuld. Sie kann sie spüren, die Erinnerung, die sie verfolgt, es fühlt sich an wie ein Atemhauch, der ihr heiß in den Nacken fährt. Sie rennt schneller, aber sie wird niemals schnell genug sein.

«Daniel ist krank», sagt ihre Ma, die in ihrer Zimmertür aufgetaucht ist. «Ich muss zu Hause bleiben.»

«Ihm fehlt nichts», brummt Charlotte, ohne aufzusehen. «Vorhin ging's ihm noch prima. Und jetzt sicher auch noch.» Doch das stimmt nicht ganz, wie ihr sehr wohl bewusst ist. Er war schon ungewöhnlich blass und still, als sie nach Hause kam. Hat ihr nicht wie sonst in den Ohren gelegen, mit ihm zu spielen. Saß einfach nur mit Peter Rabbit in einer Ecke und hat an einem Ohr des Hasen herumgenuckelt. In ihr regt sich etwas. Keine Liebe. Sie kann Daniel nicht lieben. Weil für sie alles schlimmer geworden ist, seit er auf der Welt ist.

Trotzdem, unklar regt sich etwas in ihr. «Geh ruhig arbeiten, ich passe auf ihn auf.»

Ma schüttelt den Kopf. So ist sie immer, wenn Daniel krank ist. Dann lässt sie Charlotte nicht in seine Nähe. «Er braucht jetzt mich.»

«Und weshalb erzählst du mir das?» So war sie nie, als Charlotte klein war, als sie nur zu zweit waren. Ihretwegen ist sie nie zu Hause geblieben.

«Wir brauchen das Geld.» Ma weicht ihrem Blick aus, sieht stattdessen den Kleinen auf ihrem Arm an, der schlapp auf ihrer Hüfte hängt und seinen Hasen an sich drückt.

«Und?» In Charlottes Kopf schrillen alle Alarmglocken. Ihre Ma nagt kurz an der Unterlippe. Ihre Augen sind glasig, wahrscheinlich hat sie wieder den ganzen Nachmittag mit Tony gesoffen. Aber auch rot gerändert. Hat Ma geweint?

«Rede in Ruhe mit ihr. Ich nehme ihn schon.» Tony taucht in der Tür auf und nimmt ihr den Jungen ab, während Ma noch die Hände nach ihm ausstreckt. Daniel bricht in leises Schluchzen aus.

«Charrot, komm mit», sagt er noch, und dann ist er auch schon fort.

«Ich komm gleich und erzähl dir eine Geschichte», ruft Ma ihm durch den Flur nach. «Das Märchen vom Rotkäppchen. Das du so gern magst.»

In Charlotte regt sich die Eifersucht. Ihr sind nie Gutenachtgeschichten vorgelesen worden. Wenn sie krank war, hat sich niemand um sie gekümmert. Daniel hat dermaßen Glück, der kleine Scheißer. Ma kommt ins Zimmer und setzt sich behutsam zu ihr aufs Bett. Irgendwas steht bevor, irgendwas Schlimmes. Charlotte schwant nichts Gutes.

«Hier. Die solltest du nehmen.» Ma hält ihr eine ihrer Tabletten hin, gegen ihre «Rückenschmerzen».

«Will ich nicht.»

«Nimm sie einfach, verdammt noch mal!», brüllt Tony vom Flur aus, und sie zucken beide zusammen.

«Na komm. Ist nichts dabei. Man fühlt sich gut danach.» Ma lächelt ein wenig, aber ihr Blick dabei ist unstet. «Ich kenn dich, Charlotte. Gegen einen kleinen Rausch hast du doch nichts.»

«Hab nichts zu trinken da.» *Hinhalten, hinhalten, hinhalten.* Mehr kann sie nicht tun, aber sie weiß, dass es für sie kein Entrinnen gibt. Daniels Weinen klingt, als käme es von sehr weit her. Es gibt nur noch ihr Zimmer, das nicht länger ihr Refugium ist. Eine Dose Bier wird ihr in die Hand gedrückt, und sie nimmt sie entgegen, zusammen mit der Tablette, die sie gleich darauf folgsam schluckt, obwohl sie vor Angst am liebsten losschreien würde, denn sie hat eine Vorahnung, was ihr bevorstehen könnte.

«Na also. Braves Mädchen.» Ma streicht ihr übers Haar. Dabei sieht sie aus, als wäre sie den Tränen nah, und das erschreckt Charlotte mehr als alles andere. «Keine Angst», sagt sie. «Es wird schon nicht so schlimm. Man muss bloß an was anderes denken, dann geht's.»

«Seine Windel muss gewechselt werden», sagt Tony, der erneut in der Tür auftaucht. «Übernimm du das. Ich bring sie runter zur Fischbude. Waschen kann sie sich dort.»

Charlotte steht reflexhaft auf. Mit Tony kann sie sich nicht anlegen. Mit dem legt sich niemand an, auch ihre Ma nicht. Sie merkt, wie ihre Knie zittern. Sie wird nicht weinen. Wozu auch, es wäre zwecklos. Sie fragt sich, wie lange es dauern mag, bis Mas Tablette endlich wirkt. Denkt unwillkürlich, *mach schon, mach schon, mach schon.* Sie dreht sich um und nimmt ihre Jacke vom Bett.

«Nur per Mund, ja?», flüstert ihre Ma, auf einmal hektisch,

schuldbewusst und beschämt. Tony gibt nur ein Brummen von sich. «Ich mein's ernst, Tony. Bitterernst. Sie ist doch erst elf.»

Charlotte wird auf einmal kotzübel, aber sie lässt sich nichts anmerken. Sie hat Katie. Eines Tages hauen sie beide ab. Lassen diese ganz verfickte Scheiße weit hinter sich. Erst an der Haustür sieht sie sich noch einmal um. Ma steht oben an der Treppe, sie hält Daniel wieder auf der Hüfte.

«Es war einmal ein Wald. In dem Wald lebte ein kleines Mädchen, das hieß Rotkäppchen. Es gab dort auch einen großen, bösen Wolf ...» Beim Reden hat sie nur Augen für Daniel. Daniel aber schaut nach unten. Drückt Peter Rabbit an sich und winkt Charlotte mit dem anderen Händchen scheu zu. Eine kleine Geste. Nur für sie.

Fick dich, Daniel, denkt sie, als sie Tony nach draußen folgt. *Fick dich, du kleiner Scheißer.*

45

JETZT

MARILYN

Ich bin fix und fertig. Was für ein Tag. Was für eine wilde Achterbahnfahrt von einem Tag. Dank dem Adrenalinschub, wieder bei der Arbeit zu sein und so zu tun, als wäre alles in Ordnung, schlief ich am Schreibtisch zumindest nicht ein. Es fühlte sich unerwartet gut an, wieder in den gewohnten Alltag zurückzukehren.

Dieses Gefühl hielt eine Stunde an. Dann tauchte Richard auf, unrasiert und verwildert, hämmerte gegen die Glastüren und verlangte, eingelassen zu werden. Überrascht war ich nicht. Nicht wirklich. Im Stillen war mir klar, dass er sich draußen vorm Gebäude auf die Lauer legen und den Parkplatz beobachten würde, um mich abzupassen. Wäre es nicht so beschämend gewesen, hätte ich auf sein Erscheinen beinahe mit Erleichterung reagiert.

Es kam, wie es kommen musste, als ich zu ihm in den Flur hinausging. Er bat mich, zu ihm zurückzukommen. Er flehte und bettelte. Und ging schließlich, wie zu erwarten, zu Drohungen über. Lautstarken Drohungen. Er packte mich, stieß mich grob gegen die Wand. *Dich würde doch nie ein anderer Kerl anrühren, so unattraktiv wie du bist! Was bildest du dir eigentlich ein, hä? Ich mach dich fertig, du mieses Dreckstück!* Dabei sein wutverzerrtes Gesicht, während das Monster in seinem Inneren zum Vorschein kam. Es war alles so entsetzlich und grotesk. Ich weinte. Ich konnte nicht anders. Es tat weh, mit meinen gebrochenen Rippen gegen die Wand gedrückt zu werden, und sein ungebremster Zorn schnitt mir tief ins Herz ein. Wie konnte es zwischen uns so weit kommen?

Sein Geschrei lockte umgehend Penny aus ihrem Büro. Sie würde sich von ihm nichts bieten lassen, und das war Richard auch klar. Seine Frau zu beschimpfen und ihr zu drohen, war das eine, bei Penny aber konnte er sich das nicht erlauben. Also versuchte er sich zusammenzureißen und ganz vernünftig zu wirken, während ihm nach seinem Gebrüll noch der Speichel von den Lippen troff. Sie ließ sich nichts vormachen. Erklärte ihm seelenruhig, dass sie die Polizei rufen würde, wenn er noch einmal hier aufkreuzte, nicht ohne den Hinweis, dass PKR dank Lisa bei den Ordnungshütern nun Priorität genieße. Mir gab sie den Rat, eine Unterlassungserklärung zu erwirken. Ich zupfte meine Kleidung zurecht und erklärte ihm, dass ich nicht zu ihm zurückkäme. Es sei aus. Aus und vorbei. Ich würde die Scheidung einreichen.

Penny begleitete ihn noch ins Erdgeschoss und veranlasste, dass er von den Männern am Empfang zu seinem Wagen eskortiert wurde. Hinterher schärfte sie ihnen ein, sofort sie und die Polizei zu verständigen, sofern er sich noch einmal dem Gebäude nähern sollte.

Der restliche Tag wurde von einer Wolke der Demütigung überschattet, maskiert als Mitgefühl. Stacey war sehr lieb, wenn auch eher hilflos. *O Gott, ich weiß gar nicht, wie ich damit umgehen soll*, so in der Art. Toby verkündete großspurig, dass Richard von ihm eine aufs Maul bekäme, wenn er noch einmal hier aufkreuzte, worüber ich fast lächeln musste; denn ich glaube nicht, dass Toby sich schon jemals im Leben geschlagen hat – und dann war da noch Julia, die Einzige, deren aufgesetzte Anteilnahme mir ein Ansporn war, mich verdammt noch mal am Riemen zu reißen. Penny war nicht viel besser. Sie machte fast den Eindruck, als würde sie Richards Auftritt als willkommenen Vorwand sehen, mich in naher Zukunft zu degradieren oder gar zu feuern, und damit zugleich die ganze Sache mit Lisa sauber zu bereinigen.

Sie und Julia sind offenbar bereits ein Herz und eine Seele. Schon lustig, wie sich die Dinge ändern können. Aber trotzdem, ich war bei der Arbeit und habe einiges erledigen können, und nach dem, was sich nach meiner Rückkehr ins Hotel ereignet hat, wird Julia, dieses blasierte, botoxverjüngte Etwas, morgen ganz schön dumm aus der Wäsche schauen.

Simon Manning erwartete mich schon in dem Arbeitsraum neben der Rezeption. Erst dachte ich, er wolle mich dezent an die Luft setzen. Weit gefehlt. Er fragte, ob ich bereit sei, seinen Auftrag bei PKR zu übernehmen – *Lisas Auftrag.* Ich könne weiter im Hotel wohnen bleiben und die künftigen Arbeitskräfte hier empfangen. Weil sie – und ich – so einen viel besseren Einblick in die Arbeitsabläufe und die zugrunde liegende Firmenphilosophie bekämen, und zugleich könne ich mich mit der Leitung der Hausdienste und der Küche über den Aufbau der neuen Belegschaft abstimmen. Als Gast des Hauses könne ich das Hotelgewerbe besser kennenlernen, sozusagen von innen. Er sei davon überzeugt, dass ich für den Anfang einige Tage die Woche von hier aus arbeiten könne. Falls ich einverstanden sei, würde er Penny umgehend anrufen und davon unterrichten.

Falls ich einverstanden sei. Vor Dankbarkeit wäre ich fast vor ihm auf die Knie gefallen. Selbstverständlich würde ich den Auftrag übernehmen, mit Freuden sogar. Ich dankte ihm überschwänglich, auch noch, nachdem er sich bereits verabschiedet hatte. Und hier liege ich nun, gemütlich ausgestreckt auf meinem breiten Bett, und versuche mir über meine Gefühle klarzuwerden. In erster Linie bin ich wohl erleichtert. Auch wenn er mir die Arbeit nur aus Mitleid angeboten hat, das kümmert mich nicht. Ich werde mich der Aufgabe gewachsen zeigen, und Lisa hatte ja bereits einiges in die Wege geleitet.

Lisa. An sie habe ich den ganzen Tag noch nicht gedacht, und ich werde mich hüten, jetzt damit anzufangen. Das hier ist *mein* Neuanfang. Simon Manning hat mir einen Ausweg eröffnet. Mein Job ist gesichert, und eine Bleibe habe ich vorläufig auch. Sollte die Bank das Haus pfänden, weil die Hypothek überfällig ist, kann ich trotzdem überleben. Ich muss natürlich mehr von meinen Sachen holen, aber das hat noch Zeit, und ich würde es ungern allein erledigen. *Keine Lisa mehr, die dich begleiten könnte.*

Ich denke eben darüber nach, schnell noch unter die Dusche zu springen, ehe ich mir mein Abendessen genehmige, eine Flasche Wein, ein Sandwich sowie Chips, die ich auf dem Heimweg besorgt habe – lustig, wie schnell der Inhalt dieses Wortes wechseln kann, *Heim* –, als es an der Tür klopft.

Die Polizei. Drei Beamte. Mit Bray an der Spitze.

«Was ist?» Vor Schreck bekomme ich ganz weiche Knie. «Geht es um Ava?» Meine erste Sorge ist, dass man sie gefunden hat, aber nicht lebend. Dafür jedoch ist Brays Miene zu schroff. Ich lasse das Trio herein.

«Lisa ist entwischt.» Ganz unverblümt.

«Entwischt?», sage ich. «Ich wusste ja gar nicht, dass sie eine Gefangene war.» Und wieder nehme ich sie in Schutz, wie auf Autopilot.

«Ist sie ja auch nicht.» Sie verbessert sich hastig. «Beziehungsweise, sie war es nicht. Aber sie hat ihre Bewährungshelferin tätlich angegriffen und ist dann aus der Wohnung verschwunden. Wir müssen wissen, ob sie mit Ihnen in Kontakt getreten ist. Telefonisch, per E-Mail. Auf welchem Wege auch immer.»

«Warum sollte sie verschwinden?» Ich lasse mich wieder auf dem Bett nieder.

«Haben Sie was von ihr gehört?», fährt Bray mich ungeduldig an, und ich schüttle den Kopf.

«Nein. Nichts. Sie können gern mein Handy überprüfen. Was ist denn los?»

«Haben Sie einen Terminplaner oder Kalender vom letzten Jahr zu Hause?»

«Nein. So viel ist in meinem Leben nicht los. Warum interessiert Sie, was ich letztes Jahr getan habe?»

«Es geht darum, Lisas Bewegungen zu bestimmen. Ich benötige von Ihnen eine möglichst vollständige Liste – wann haben Sie sich mit ihr getroffen, und wo.»

Ich stoße ein bellendes Gelächter aus. «Ich kann mich kaum erinnern, was ich letzte Woche gemacht habe. Geschweige denn letztes Jahr, und dann auch noch Tag für Tag.»

Bray verzieht keine Miene, und das beunruhigt mich. «Was ist mit Lisa, warum sind Sie so besorgt ihretwegen?» *Was hat sie getan?* Die Frage, die ich nicht zu stellen wage, steht unausgesprochen im Raum.

Die Polizistin lässt sich neben mir auf dem Bett nieder. Eine vertrauensbildende Maßnahme? Oder ist sie einfach nur erschöpft? Keine Ahnung.

«Wir haben ihr Haus in Elleston noch einmal durchsucht, auf der Suche nach Hinweisen, wo Ava sein könnte», erklärt sie. «Wir sind dort auf Jons Laptop gestoßen, verborgen unter

Lisas Matratze, und auf einen Satz Schlüssel, der, wie wir glauben, zu einer Mietimmobilie in Wales gehört.»

Ich blicke von ihr zu den beiden anderen Beamten hinüber, die mich ansehen, als müsste mir das irgendetwas sagen. Ich runzle die Stirn. «Jon war bei ihnen zu Hause? Mein Gott. Wann? Nachdem all das ... passiert ist? Wie ist das möglich?»

«Nein», fällt Bray mir ins Wort. «Wir glauben nicht, dass Jon dort war.»

«Nun sagen Sie mir doch schon, worauf Sie hinauswollen!» Ich verliere langsam die Geduld. «Reden Sie einfach Klartext.» Mir schwirrt der Schädel. Ich bin zu müde.

«Jon ist bei sich zu Hause seit Monaten nicht mehr gesehen worden. Nachbarn haben uns gesagt, sie dachten, er wäre verreist. Er ist seit zwei Jahren arbeitslos. Hat nur hin und wieder mal gejobbt, um sich etwas dazuzuverdienen. Er war ein stiller, unauffälliger Typ. Eine Hypothek hat er nicht zu bedienen, weil er das Haus seiner Mutter nach ihrem Tod verkauft und sich von dem Erlös eine Eigentumswohnung zugelegt hat. Geld hatte sie ihm auch hinterlassen, ein stattliches Sümmchen. Seine Rechnungen werden alle direkt vom Konto abgebucht.»

«Und?» Warum kann sie nicht endlich zur Sache kommen? Wie schlimm ist diese Sache, wenn erst derart gewundene Erklärungen vonnöten sind?

«Nach Aussage eines Nachbarn hatte er vor seiner Abreise weiblichen Besuch. Eine neue Bekanntschaft oder eine frühere Flamme, mit der er wieder zusammen war, nach Vermutung des Nachbarn. Jedenfalls wirkte er glücklicher. Beschwingter irgendwie.»

«Wer war diese Besucherin?», frage ich.

«Näher beschreiben konnte der Nachbar sie nicht. Hat

nur gesagt, dass sie ein paarmal bei ihm war. Auf Jons Laptop haben wir eine Mietvereinbarung für ein Cottage gefunden, Beamte sind bereits dorthin unterwegs. Hoffentlich finden wir Jon und Ava dort vor. Und vielleicht auch Lisa.»

«Aber warum befanden sich seine Sachen in Lisas Haus?» Ich ahne, worauf sie hinauswill, vermag es aber nicht ganz zu erfassen. «Sie denken, dass Lisa diese Frau war? Die frühere Flamme? Sie denken, dass sie und Jon in Kontakt waren? Dass sein Laptop deswegen bei ihr zu Hause lag?» Kurz erscheint es sogar ganz plausibel, auf verdrehte Art. Vielleicht haben sie ja ihre Romanze irgendwie wiederbelebt – *Wie, wo sie doch weder bei Facebook noch sonst welchen sozialen Medien aktiv war?* –, aber dann fallen mir die Nachrichten ein, die Jon an Ava gesandt hat. *Was* für Nachrichten das waren. Lisa hätte nicht zugelassen, dass Jon so etwas verschickt. Das passt nicht zu jemandem, der eine Familienzusammenführung wünscht. Oder wusste sie gar nichts davon? Vielleicht hat Jon diese Sachen ohne ihr Wissen verschickt? Die Beweislage ist dürftig, aber dass sie das zugelassen hätte, traue ich Lisa nicht zu. Sicher, sie hat ihre Vergangenheit verborgen. Aber so etwas – nein, das wäre Wahnsinn.

«Aber das passt doch hinten und vorne ni–»

Brays Handy klingelt, und sie steht sofort auf und wendet sich ab, um den Anruf anzunehmen. Ich spüre ein Pochen in den Schläfen und atme erst mal tief durch. Ich habe doch gesehen, in welchem Zustand Lisa nach Avas Verschwinden war. Sie wirkte völlig gebrochen. All ihr wirres Gerede über Katie. Ausgeschlossen, dass sie wusste, wo Ava sich befindet. Und diese Chat-Nachrichten. Davon konnte sie unmöglich gewusst haben. Niemals. Oder doch?

«Mein Gott», sagt Bray leise. «Ich melde mich in fünf Minuten noch mal, von unterwegs.» Ein weiteres Handy klingelt, und Bray gibt dem Kollegen mit grimmiger Miene einen Wink, zum Telefonieren vor die Tür zu gehen.

«Was?», frage ich ungeduldig. «Was ist los? O Gott, sind sie – »

«Jon Roper lebt nicht mehr. Die Kollegen sind in dem Cottage auf seinen Leichnam gestoßen. Von Lisa oder Ava keine Spur.» Ihre Worte sind unverblümt, aber es fällt mir vor Übermüdung schwer, ihr zu folgen.

«Tot? Und Ava ist nicht dort?» Ich ähnele einer Figur aus einer betulichen Krimiserie, die dasitzt wie betäubt und Wörter wiederholt, bis sie irgendwie Sinn ergeben.

«Sie müssen mich unbedingt anrufen, falls Ihnen einfällt, wo Lisa sein könnte, oder falls sie sich bei Ihnen meldet.»

«Selbstverständlich», sage ich. «Aber sie hat doch sicherlich nichts damit ...»

«Jon Ropers Leiche befindet sich anscheinend bereits in einem extremen Zustand der Verwesung. Er dürfte seit Monaten tot sein. Vielleicht schon seit einem Jahr. Jedenfalls länger, als Ava diese Nachrichten über Facebook bekommen hat.»

«Wurde er ...?»

«Ermordet?» Sie spricht das Wort für mich aus. «Ja. Es sieht ganz danach aus.»

Mir wird nicht direkt schwindelig, aber die Kanten des Betts und der Wände erscheinen auf einmal wie gebogen, und alle Farben leuchten unnatürlich intensiv. Ich runzle die Stirn. «Aber wer hat Ava die Nachrichten dann geschickt? Wenn Jon schon tot war?»

Sie sieht mich an, als wäre ich schwer von Begriff. «*Charlotte*. Oder Lisa. Wie man sie nun auch nennen will. Der Laptop befand sich bei ihr zu Hause. Schon vor dieser neuesten Entwicklung sind wir von der Annahme ausgegangen, dass sie dahintersteckte.»

Mir stockt der Atem, ich bekomme kaum Luft.

«Schon klar, es ist schwer zu begreifen, aber es drängt sich die Schlussfolgerung auf, dass das alles auf sie zurückgeht.»

«Aber warum?» *O Gott, Lisa. Habe ich dich überhaupt je gekannt?*

«Wir denken, dass sie eine Art Nervenzusammenbruch hatte. In den letzten Wochen hat sie mindestens zweimal bei Alison angerufen – die Bewährungshelferin, die Sie kennengelernt haben –, weil sie sich einbildete, sie würde beobachtet. Die Gelddiebstähle bei der Arbeit könnten ein Symptom ihres labilen Geisteszustands sein. Das lässt sich erst feststellen, wenn wir sie gefunden haben. Und bis dahin können wir nicht sicher sein, wie es um Ava steht. Tatsächlich gehen wir stark davon aus, dass Ava in akuter Gefahr schwebt. Verstehen Sie, Marilyn?»

«Aber wie sollte sie –»

«Als Ava abgehauen ist, war sie mit Lisa allein in der Wohnung. Lisa hat sie erst am Morgen darauf als vermisst gemeldet, nach dem Aufstehen. In diesen Stunden kann alles Mögliche passiert sein. Lisa könnte zunächst fort gewesen sein, um das Treffen zu arrangieren. Oder sonst was. Verstehen Sie, was ich sage?»

Ich nicke, bedächtig. Mein Kopf fühlt sich schwer an. «Lisa ist gefährlich.» Ich denke kurz nach. «Verdammte Scheiße. Sie ist wahnsinnig geworden.»

Bray scheint erleichtert, endlich zu mir durchgedrungen zu sein. Aber für sie ist das einfacher. Sie hat Lisa nicht gekannt. Andererseits, habe ich sie je gekannt? Wirklich gekannt?

«Ich gebe Ihnen sofort Bescheid, falls ich von ihr höre.» Meine Hände zittern. Verflucht, verflucht, verflucht. Das ist doch völlig irre. «Und ich melde mich auch, falls mir noch irgendwas einfällt, das Ihnen vielleicht weiterhilft.»

«Danke. Ich weiß, das ist nicht einfach.» Bray steht auf. Nun hat sie es eilig, zu ihrem Tatort zu fahren, das ist nicht zu übersehen.

«Sie müssen Ava finden, nur darauf kommt es an.» Ich spüre ein enges Gefühl im Hals, denn da kommt mir ein etwas egoistischer Gedanke. *Und warum nicht?* Einen *Nutzen sollte ich auch aus diesem Shitstorm ziehen.* «Oh», sage ich. «Da wäre noch etwas, wenn Sie erlauben.»

«Ja?»

«Mein Mann. Seien Sie vorsichtig, falls Sie mit ihm reden. Er hat mich dazu nötigen wollen, meine Geschichte an die Presse zu verkaufen. Vertrauen Sie ihm lieber keine wichtigen Informationen an, die nicht an die Öffentlichkeit gelangen sollen.»

«Danke für den Hinweis. Mit dem wollten wir tatsächlich sprechen, es könnte ja sein, dass Lisa bei Ihnen zu Hause auftaucht. Gut zu wissen.»

«Wenn Sie ihn aufsuchen», sage ich betont beiläufig, «könnten Sie ihn bitte auffordern, sich von mir und meinem Arbeitsplatz fernzuhalten? Das wäre hilfreich. So lange, bis ich die Scheidung eingereicht habe. Er kann ... schwierig sein.» Mehr brauche ich nicht zu sagen. Sie ist eine Frau. Da versteht sie, was mit solchen Sätzen gemeint ist.

«Kein Problem», sagt sie. Dann bricht sie mit ihren Kollegen auf.

Ich verzichte auf die Dusche und das Sandwich und gehe unmittelbar zum Wein über. Betrinken will ich mich nicht, aber einen Schluck zur Beruhigung habe ich jetzt einfach nötig. Mit zittrigen Händen schenke ich mir ein Glas ein und trinke gierig. Lisa. Steckt wirklich Lisa hinter alldem? Ich muss an Avas sechzehnten Geburtstag denken, erst vor wenigen Wochen, aber es kommt mir vor, als wäre es eine Ewigkeit her. Ich hatte Lisa nach Avas Vater gefragt, ob sie von ihm gehört hätte. Sie hat mich abgewürgt, so wie jedes Mal. Hatte sie ihn da bereits umgebracht?

Damit klarzukommen, dass meine Freundin einst Charlotte Nevill war, ist etwas anderes. Dabei ging es um die Vergangenheit. Das hier ist die Gegenwart. Das hier hat sie getan, während sie meine Kollegin war, während sie mit mir zusammen Essen vom Chinesen verspeiste, mich um meine *Musterehe* beneidete und sich Gedanken um Avas Prüfungen machte. Wie konnte sie gleichzeitig Ava diese Nachrichten schicken? Jon umbringen? All die Zeit über? Bin ich so vernagelt?

Irgendeine Person ist nicht, wer sie zu sein behauptet.
Katies Leichnam konnte nie geborgen werden.

Nein. Nein. Nein. Von diesen Gedanken werde ich noch so irre wie Lisa, und sie ist eine Irre. Hatte sie womöglich eine Art schizophrenen Zusammenbruch und durchlebt nun Episoden als Katie? Die Jahre unter einer angenommenen Identität, immer in der Sorge, aufzufliegen – war es einfach zu viel für sie, ist sie deswegen durchgedreht? Vielleicht hat sie sich eine Katie erschaffen, um mit allem Negativen fertigzuwerden. Vielleicht hat sie einen dieser psychotischen Schübe, wie man es in Filmen immer sieht, und ist sich gar nicht *bewusst*, wann sie Katie ist?

Dieser Überlegung kann ich etwas abgewinnen. Sie bietet mir ein wenig Trost. Immer noch besser als die Alternative – die ganze Zeit über nicht bemerkt zu haben, dass meine liebe beste Freundin ein durchgeknallter, gemeingefährlicher Psycho war. Die andere Möglichkeit will mir nicht in den Kopf. Denn bewusst kann sie das alles unmöglich getan haben. Oder?

Diese und ähnliche Gedanken bereiten mir Kopfzerbrechen, bis ich gewahr werde, dass es draußen schon dunkel wird. Es ist zehn Uhr, und ich sitze immer noch hier wie vor Stunden, mit demselben Glas lauwarmem Wein in der Hand.

Scheiß auf die Dusche. Scheiß auf alles. Ohne mir auch nur die Zähne zu putzen, lege ich mich schlafen.

46

LISA

Ich tue so, als würde ich mit einem abgegriffenen Kartenspiel eine Patience legen, lausche dabei aber dem Fernseher, der leise in der Ecke des Gemeinschaftsraums läuft. Außer mir halten sich nur noch zwei weitere Gäste hier auf, die Kaffee schlürfen und Zeitung lesen. Alle anderen sind wohl in der Stadt unterwegs. Junge Leute gehen abends nun mal aus.

Der Lkw-Fahrer hat mich in Calthorpe abgesetzt, wo ich in einen Bus nach Ashminster gestiegen bin. Hier habe ich mich nun für drei Übernachtungen in der Jugendherberge eingemietet, in einem Zimmer mit eigenem Bad, für das ich einen Zuschlag bezahle. Nach meiner Ankunft habe ich als Erstes geduscht, ihn mir vom Leib geschrubbt, bis meine Haut fast wund war, und mich dann ins Bett fallen lassen und stundenlang geschlafen, trotz der Angst und Nervosität, die mir heftige Bauchschmerzen verursachen; ein tiefer, leerer schwarzer Schlummer, wie eine zeitweilige Nichtexistenz.

Als ich schließlich erwachte, war es Abend. Ich sprühte mir frische Farbe ins Haar und trug meine Kriegsbemalung auf, um wieder zu Lily zu werden. Ich denke über den Namen nach. Lily, Lilie, die Blume des Todes. Eine Trauerblume.

Bitte lass mich nicht um Ava trauern. Bitte mach, dass ich etwas Zeit gewonnen habe.

Ich bin in den Nachrichten. Nicht als Lily, sondern meine anderen Ichs, Charlotte und Lisa. Nach all der Zeit, in der ich Lisa gewesen bin, sollte es mich mehr schmerzen, dass sie nun fort ist; aber ich habe sie abgestreift wie eine Schlange, die sich häutet. Ich ahnte wohl damals schon, bei meiner letzten Namensänderung, nach der Sache mit Jon, dass sie nicht von ewiger Dauer wäre. Charlotte ist schwieriger abzuschütteln. Um Charlotte wirklich aus der Welt zu schaffen, muss ich schon sterben. Vielleicht läuft es genau darauf hinaus, diese spezielle Art von Wettlauf. Aber dazu bin ich noch nicht bereit, und Charlotte ebenso wenig. Ich werde das Spiel zurückerobern, so gut es eben geht.

Der Bericht läuft nun zum zweiten Mal in den Nachrichten, und diesmal bin ich ruhiger. Verdränge meine Trauer um den armen Jon, der einzig das Pech hatte, sich in zu jungen Jahren in jemanden zu verlieben, der keine Liebe verdiente, und höre aufmerksam zu. Ich versuche, mein Gesicht nicht anzusehen, das mir vom Bildschirm entgegenstarrt; die vom Innenminister bislang verfügte Wahrung meiner Anonymität gilt nicht mehr, nun da ich wieder eine Mörderin bin. Wie lammfromm ich aussehe. Wie unscheinbar. Sie verwenden das Foto aus meiner Personalakte. Der Nachrichtensprecher sagt, dass mein Haar nun kürzer und blond ist, und dann wird eine miserable Photoshop-Version eingeblendet, auf der ich aussehe wie eine sehr reizlose Gummipuppenversion meiner selbst, mit hinzugefügtem blondem Haar. Ich muss fast darüber lachen. Oder vielmehr, *Lily* muss fast darüber lachen. Sie ist abgebrühter als ich, wer auch immer ich tatsächlich sein mag. Lily hat mehr Ähnlichkeit mit Charlotte als Lisa. Ich bin nur die Hülle, die von ihnen bewohnt wird.

Ich sehe noch einmal auf das Bild im Fernsehen. Es ähnelt mir wirklich kein bisschen. Etwas Besseres bringt die Polizei nicht zustande? Ich frage mich, ob *sie* das wohl gerade auch sieht. Was mag ihr durch den Kopf gehen? Diese Wendung dürfte nicht ihren Erwartungen entsprechen. Sie wird davon ausgegangen sein, dass ich inzwischen hinter Gittern säße. Dass das Spiel aus wäre.

Der Nachrichtensprecher verkündet der Welt, dass ich in Zusammenhang mit dem Mord an Jon Roper gesucht werde, dessen Leiche in einem Cottage in Wales gefunden worden ist. Nach einer Luftaufnahme des isoliert stehenden Cottages berichtet ein Reporter vor Ort über den Stand der Erkenntnisse.

«Bei einer verwesten Männerleiche, die hier in diesem Haus gefunden wurde, soll es sich um Jon Roper handeln, den ehemaligen Partner der Kindermörderin Charlotte Nevill und Vater ihrer sechzehnjährigen Tochter Ava. Wie wir erfahren haben, lief eine polizeiliche Fahndung nach Roper, und zwar in Zusammenhang mit Avas Verschwinden aus einer sicheren Unterkunft, in der man sie und ihre Mutter untergebracht hatte, nachdem Charlotte Nevills neue Identität sowie ihr Wohnort publik geworden waren. Nun aber, da Jon Roper tot ist und Charlotte Nevill sich abgesetzt hat, stellt sich die Lage als weit undurchsichtiger dar als zunächst angenommen, und es besteht Anlass zu ernsthafter Sorge um die vermisste Sechzehnjährige, die erst vergangenen Monat einem Kleinkind das Leben gerettet hat.»

Nun kommt Bray ins Bild, die vor dem ringsum abgesperrten Cottage steht, zerzaust vom Wind, der ihr das Haar ums Gesicht weht und einzelne Strähnen aus ihrem biederen Pferdeschwanz löst. Sie erklärt, ich sei *als gefährlich einzustufen*. Bittet die Öffentlichkeit um Mithilfe und um einen Anruf unter der am Bildrand eingeblendeten Telefonnummer, wenn ich irgendwo gesichtet würde, warnt aber ausdrücklich davor, sich mir zu nähern.

Mehr verrät sie nicht zum Stand der Ermittlungen. *Etwas* muss sie haben, das die Polizei in der Überzeugung bestärkt, dass ich Jon umgebracht habe. Das habe ich schon daraus geschlossen, wie Alison bei dem Anruf in der Wohnung erstarrt ist, und ich sehe es auch jetzt in Brays Miene, die sehr ernst und besorgt wirkt. Mein Selbsterhaltungstrieb ist unvergleichlich. Und ich kenne meinen Feind. Meine beste Freundin. Zwei Seiten derselben Medaille. Wo bist du, Katie? Wo hast du mein Baby hingebracht?

Ich schiebe die Karten zusammen, als würde mich das Spiel langweilen, stehe auf und werfe dem jungen Pärchen quer durch den Raum ein Lächeln zu. Die beiden lächeln höflich zurück, aber ohne jedes Anzeichen, dass sie mich erkennen. Nichts. Wie leicht es doch ist, jemand anderes zu werden. Wie leicht die Menschen nur das sehen, was sie sehen wollen. Diese Furcht, dass mich jemand erkennen könnte, war reine Zeitverschwendung. Weil kein Mensch irgendetwas wahrnimmt. Es gab keinen anonymen Anrufer, der mich nach dem Erscheinen der Fotos in den Zeitungen verraten hätte. Tatsächlich war es Katie. Das *weiß* ich. Sie hat das alles arrangiert.

Ich kehre auf mein Zimmer zurück und strecke mich auf dem Bett aus. Heute kann ich noch nichts unternehmen, außer nachzudenken. Auch ich bin blind gewesen. Habe offenbar jemand übersehen, und das in meiner unmittelbaren Umgebung. *Gefühlt* habe ich etwas, klar, und in mir läuteten alle Alarmglocken, aber *gesehen* habe ich dich nicht, Katie. Wer bist du? In meinem Kopf summt es vor Angst und Sorge, ich würde mich am liebsten klein zusammenrollen und um

Ava weinen, laut darum schreien, dass mir jemand mein Baby zurückbringt, aber die Einzige, die das vermag, bin ich, und ich muss stark bleiben. So stark wie Charlotte.

Peter Rabbit. *Drive away, baby.* Das verschwundene Foto.

Penny? Nein, Penny kann Katie nicht sein. Penny kenne ich schon ewig. Marilyn? Nein. An diese Vorstellung mag ich nicht mal denken. Marilyn ist meine beste Freundin, auch wenn sie mich jetzt hasst, und zehn Jahre wären ein verdammt langes Geduldspiel, genau wie bei Penny. Mich all diese Zeit im Visier zu haben und nichts zu unternehmen, das würde nicht zu Katie passen. Katie war impulsiv. Ungeduldig.

Aber wer kann es sonst sein? Eine Fremde? Nein. Es muss eine Person sein, die ich kenne. Ich denke an die Fotos. Wer auch immer es sein mag, war bei mir im Haus. Ist vermutlich durch die Hintertür hereingekommen, vom Garten her, die Ava immerzu vergisst, abzuschließen. Oder hat die Person irgendwie von dem Ersatzschlüssel erfahren und den benutzt? Ich denke an die Gelegenheiten, bei denen ich bei der Arbeit nicht auf meine Tasche aufgepasst habe. Oder im Pub, wenn sie hinten an meinem Stuhl hing. Könnte jemand die Schlüssel aus meiner Tasche entwendet, einen Abdruck davon genommen und sie dann wieder hineingesteckt haben, ehe ich ihr Fehlen bemerkte?

Bei dem Gedanken, wie sich ein Langfinger an meiner Tasche zu schaffen macht, schnelle ich kerzengerade in die Höhe. *Julia.* Dann geht es in meinem Kopf Schlag auf Schlag. Sie hat Penny bestohlen. Sie ist neu. Sie ist hämisch und hinterlistig. Sie ist nicht so jung, wie sie auf den ersten Blick wirkt oder wirken möchte. Sie zielt darauf ab, andere gegen mich aufzuwiegeln.

Mein Magen krampft sich schmerzhaft zusammen, und

ich bemühe mich, bewusst dagegen anzuatmen. Ist Julia Katie? War das alles ihr Plan? Mich wieder als Mörderin dastehen zu lassen und dann noch mein Baby umzubringen, um mich in bodenlose Trauer zu stürzen? Anders als zu erwarten, bin ich nicht mal sonderlich überrascht. Im Grunde meines Herzens wusste ich immer schon, dass ich irgendwann mit ihr rechnen müsste.

Großes Ehrenwort. Ich schwöre.

DRITTER TEIL

47

SIE

Mädchen B. Das hat mir nie gefallen. Klingt so nach zweiter Wahl, nach Mitläuferin. Eine arme Zweitplatzierte. Die unbedeutendere Hälfte eines Ganzen. Welche Ironie, immerhin bin ich der denkende Kopf von uns beiden und war es immer schon. Charlotte? Tja, wie soll ich sie beschreiben? Sie war mutig. Stark. Wild und durchtrieben. Ja, das alles war sie, doch ich war immer um einiges intelligenter. Das gilt auch heute noch. Aber ich habe mich nicht geändert. Im Gegensatz zu ihr.

Weißt du was? Tatsächlich bin ich angenehm überrascht, dass sie es in meinem Spiel so weit gebracht hat. Ob sie eine Flucht bewerkstelligen würde, da war ich mir nicht so sicher. Gehofft habe ich es schon. Dass ihre alten Instinkte wieder zum Leben erwachen würden. Darauf gesetzt hätte ich jedoch nicht. Menschen verändern sich, wenn sie älter werden. Das ist das Langweilige am Erwachsenwerden. Für Lisa allerdings ist der Begriff Veränderung viel zu schwach.

Die alte Charlotte – meine Charlotte –, an ihr hätte ich nie gezweifelt. Sie hätte gewittert, was bevorstand, und wäre umgehend getürmt. Die Schlaueste war sie vielleicht nicht, aber dafür *ungezähmt*, mit gesunden Instinkten. Dieses *Ding*, zu dem sie heute geworden ist, dieses biedere Muttchen mittleren Alters, deine Mutter – der hätte ich zugetraut, weiter dazuhocken wie ein bemitleidenswerter nasser Feudel, bis man sie wegen des Mordes an Jon verhaftet hätte. Den Rest ihres kümmerlichen Lebens würde sie dann hinter Schloss und Riegel verbringen und sich fragen, was aus dir geworden sein mag, während alle Welt von ihr zu wissen verlangt, wo sie deine Leiche verscharrt hat.

Für diesen Fall hatte ich einen Plan B, aber es wäre eine solche Enttäuschung gewesen. Nach all der Planung und der Zeit, in der ich abgetaucht war und nur darauf wartete, wieder in Aktion zu treten. Nein, das wäre kein zufriedenstellender Abschluss für unsere Freundschaft gewesen. Jedenfalls nicht dasselbe wie eine richtige Wiederbegegnung. Damit hätte sie auch sich selbst betrogen. Sie will mich nämlich wiedersehen. Selbstverständlich will sie das. Die Frage ist nur, hat sie noch genug von der alten Charlotte in sich, um mich zu finden? Um uns zu finden?

Das werden wir wohl abwarten müssen. Wie dem auch sei, Ava, Zeit für deine Medizin. Du musst jetzt schlafen. Ich habe zu tun.

48

VORHER

1989

Alles muss irgendwie herauskommen.

Das hatte Tonys Schwester Jean vor zwei Jahren gesagt, als Charlotte die Masern hatte und ständig brechen musste. *Es muss alles irgendwie herauskommen. Wehr dich nicht dagegen. Danach wird's dir besser gehen.* Vielleicht ist da etwas dran. Vielleicht hat sie dem alten Mr. Perry deswegen Hundekacke durch den Briefschlitz in der Tür geschoben und ihn ausgelacht, obwohl er ihr nie was getan hat. Vielleicht hat sie deswegen ihren Namen riesengroß an die Schulmauer gesprüht, mit der Sprühfarbe, die sie in der Gasse gefunden hat, in der die Jungs sich alle ihr H spritzen. Vielleicht kommt so alles aus ihr heraus, der ganze Zorn, der um etwas anderes gewickelt ist, etwas tief in ihrem Inneren, wofür sie keine Worte hat, etwas Abscheuliches und Verzweifeltes.

Aber es ist nichts besser geworden, durch nichts von den Sachen, die sie angestellt hat. Deswegen ist bloß die Polizei angerückt und die Frau vom Jugendamt, und es hat weitere Verwarnungen gegeben, und ihre Ma hat sie angebrüllt. Da ist Tony und der Gürtel, und im Durcheinander ihrer Gedanken ist da immer, immer dieser schmale Riss in ihrem Magen, seit jenem ersten Mal über der Fischbude. Es sollte nicht bei diesem einen Mal bleiben. Das war von Anfang an klar. Sie hätte es wissen müssen. Mehr *besondere* Freunde, und hinterher immer, als würde davon wieder alles gut, eine Portion Fish and Chips, die sie kaum herunterbekommt. Als müsste sie sich noch dafür *bedanken*. Sie nimmt auch immer öfter diese Pillen. Hat mitunter das Gefühl, dass sie nicht mehr unterscheiden kann, was wirklich ist und was nicht. Surreal vielleicht. *Surreal*. Ein neues Wort von Katie, das sie nicht verstanden hat und noch immer nicht ganz versteht, obwohl Katie versucht hat, es ihr zu erklären. Aber der Klang gefällt ihr. Surreal, dadurch klingt alles irgendwie sauberer. Sicherer.

Von Sicherheit allerdings kann bei ihr keine Rede sein. Sie hat noch immer Schmerzen von der Dresche, die Tony ihr letzten Dienstag verpasst hat, nachdem die Frau vom Jugendamt wieder weg war. Der Gürtel hat hinten an ihren Oberschenkeln dicke Striemen hinterlassen. Es war anders gewesen, da war so ein tierhafter Ausdruck in seinem Gesicht. Sie musste dabei an das Zimmer über der Fischbude denken, und es gefiel ihr kein bisschen. Seine Grimasse, dazu Daniels Weinen und Ma, die ihn zu trösten versuchte. Ihr eigenes Gekreisch und Geschrei, während der Gürtel auf sie niedersauste, sosehr sie sich auch dafür hasste. Geweint aber hat sie nicht. Nicht einmal hinterher, als sie allein war. Stattdessen verlor sie sich ganz in dem Lied. Ihrem und Katies Lied. Hörte es immer wieder über die Kopfhörer, ganz laut.

Sie verbringt so viel Zeit wie möglich außer Haus, trotz Polizei und Jugendamt und deren Gerede von Schule und Familienglück. Ma und Tony liegen morgens immer lange im Bett, und sie ist längst fort, wenn sie aufstehen. Sie versorgt

Daniel in seinem Bett mit Milch oder Saft und etwas Brot und haut dann ab. Die können gern einen auf glückliche Familie machen, die drei. Genau das wünschen sie sich ja.

Den Tag über treibt sie sich herum und macht Unsinn, oder sie sieht Katie. Oh, sie lebt für Katie. Sie haben jetzt ihr eigenes, geheimes Versteck, hier in der Coombs Street. Es liegen Decken auf dem Boden, die Katie zu Hause herausgeschmuggelt hat, ein paar alte Kissen aus dem Jugendtreff drüben in der Marley Street, und sie lassen Kerzen brennen, die Charlotte aus dem großen Laden in der Innenstadt hat mitgehen lassen. Hier fühlt sie sich am sichersten. Sie zündet sich noch eine Zigarette an, während Katie redet. Sie beklagt sich mal wieder über ihre Ma. Die das genaue Gegenteil von Charlottes Ma ist. Zu viel Liebe, das ist Katies Problem. Sie wird von allen geliebt.

«Vielleicht sollte ich in deiner Nähe nicht rauchen», sagt Charlotte und lacht. Katie lacht ebenfalls, während sie den blauen Inhalator schwenkt und in die Luft sprüht.

«Ich habe kein Asthma. Das weiß auch der Arzt. Ich glaube nicht, dass er hier was reingefüllt hat. Das Teil hat er mir wahrscheinlich nur gegeben, damit sie ihm nicht ewig weiter in den Ohren liegt. Mit meiner Lunge sei alles in Ordnung, hat er gesagt. Aber hat sie ihm zugehört? Natürlich nicht. Sie ist es, die mich nicht frei atmen lässt. Dauert nicht mehr lange, und sie erstickt mich. Wickelt mich so fest ein, dass sie mich nie mehr loslässt.»

«Wie kommt's, dass du nicht in der Schule bist?», fragt Charlotte nach einem tiefen Lungenzug. Sie raucht mehr inzwischen. Sie hätte gern auch einen Schluck Alk dazu, aber Tony hatte nur noch zwei Dosen Bier im Kühlschrank, und sie war zu feige, eine davon mitzunehmen. Sie klaut sich später was. Aus dem Laden. Oder sonst woher. Oder sie nimmt eine der Pillen von ihrer Ma. Sie gewöhnt sich langsam dran, so wie an die Zigaretten.

«Hab einen Entschuldigungsbrief gefälscht. Familiäre Probleme. Ist ganz einfach. Außerdem fangen eh bald die Sommerferien an. Jetzt stehen nur noch das Sportfest und außerschulische Aktivitäten an, und an denen lässt meine Mutter mich sowieso nicht teilnehmen, wenn es sich irgendwie vermeiden lässt.»

Katie hat's gut. Katie ist ein braves Mädchen. Wenn Katie in das Zimmer über der Fischbude müsste und dann davon erzählte, würden ihr alle glauben. Und man würde ihr helfen. Charlotte würde niemand glauben. Oder es würde heißen, sie wäre selber schuld. Mag sein, vielleicht. Vielleicht ist sie ja ein kleines Miststück, wie ihre Ma immer sagt, wenn sie wütend ist.

«Komm», sagt Katie. «Laufen wir ein bisschen rum.»

Sie klettern aus dem Fenster und passen auf, dass sie dabei niemand sieht, damit ihr Versteck nicht auffliegt. Charlotte hält Katie die Zigarette hin. Sie nimmt sie und zieht einmal dran, ehe sie sie an Charlotte zurückreicht. Sie pafft nur. Jeden anderen würde Charlotte jetzt gnadenlos fertigmachen, aber sie weiß, dass Katie nur ihr zuliebe raucht. Nicht um sie zu beeindrucken, sondern als Zeichen der Nähe. Beste Freundinnen eben. Nein, mehr als das. Für das, was zwischen ihnen besteht, gibt es keine Worte. Das findet Charlotte auch in Ordnung so. Worte könnten es vielleicht zerbrechen.

Sie bewerfen die ausgeweideten alten Häuser mit Steinen, einfach nur so, und malen sich eine Weile aus, sie wären die beiden letzten Menschen auf Erden, in der Ruinenlandschaft nach einem Atombombenabwurf, wie in diesem Fernsehfilm vor ein paar Jahren, über den ihre Ma bis heute hin und wieder redet, weil sie ihn so schaurig fand. Als sie schließlich alle

Geschichten vom Überleben in Trümmern durchgespielt haben, machen sie sich auf den Weg zum Park und dem heruntergekommenen Spielplatz dort.

Kaum dass sie den Park betreten haben, bleibt Charlotte unvermittelt stehen.

«Was ist?» Katie bleibt ebenfalls stehen und senkt ganz von selbst die Stimme, so sehr sind sie aufeinander abgestimmt. Charlotte spürt, wie sich Katies Hand in die ihre schiebt. Sie umfasst sie dankbar. Ihr Fels. Ihre Stärke.

«Meine Ma», sagt sie. «Und Daniel.»

Katie reißt die Augen auf und schnappt leicht nach Luft. Ihre wirklichen Leben haben sich bisher noch nie überschnitten. Dort Katies Leben in dem großen Haus und an der feinen Schule, hier Charlottes Leben in der schäbigen Siedlung. Jetzt aber hat sich eine Tür geöffnet.

«Komm schon», quengelt Charlotte und versucht, Katie in Richtung Ausgang zu ziehen.

«Aber ich möchte sie sehen.» Katie zieht in die andere Richtung, deutet auf die hohen Sträucher jenseits des Zauns. Charlotte funkelt sie wütend an. «Sie bemerken uns schon nicht.» Katie beugt sich herüber und gibt Charlotte einen Kuss auf die Nase. «Sei kein Hasenfuß.»

Es ist nicht nur der Kuss, der Charlotte spontan zum Grinsen bringt, obwohl sie nicht will, dass Katie die beiden sieht und Einblick in ihr beschissenes Leben erhält. Auch das Wort gefällt ihr, *Hasenfuß*. Das hat sie hier noch nie von irgendwem gehört. Jetzt aber müssen sie sich in Bewegung setzen, sonst entdeckt Ma sie noch. Im Park ist nicht viel los, weil das Wetter schlecht ist und die Abfallbehälter schon ewig nicht geleert worden sind, deshalb gehen alle *guten* Mütter mit ihren Kindern in den großen Park, wo es sauber ist und manchmal ein Eiswagen steht, aber das würde Ma nie einfallen. Dort geht sie nur an besonderen Tagen hin, und auch nur, wenn sie oder Tony gute Laune haben.

Sie zwängen sich zwischen den Sträuchern hindurch, kichern leise, während sie von den dünnen, spitzen Zweigen gepikst werden und immer wieder mit der Kleidung festhängen, bis sie am Zaun angelangt sind, gut getarnt im Grün. Zwei Augenpaare, die aus dem Gebüsch lugen. Katie kann sich kaum halten vor Aufregung, und Charlotte fragt sich, wie ihre Familie wohl auf sie wirken mag. Ihre Ma, mager und in einem billigen alten Anorak, das strähnige Haar zu einem Pferdeschwanz gebunden. Wahrscheinlich hat sie sich nicht mal gewaschen. Sie sieht aus, als hätte sie sich in aller Eile angezogen, um Tony aus dem Weg zu gehen. Nur gut, dass sie die Finger von seinem Bier gelassen hat, überlegt Charlotte, wenn Tony heute wieder mal schlecht drauf ist. Daniel drückt Peter Rabbit an sich, während Ma ihn vorsichtig in eine der Sicherheitsschaukeln für Kleinkinder hebt. Sie geht so behutsam mit ihm um, dass es Charlotte einen Stich versetzt.

Als er glücklich auf dem Sitz untergebracht ist, strahlt er sie an und kaut an einem Hasenohr, während sie ihn anstößt, nicht zu fest, gerade so viel, dass er seinen Spaß hat. Tony hat Charlotte auf der Schaukel früher auch angestoßen, aber so fest, dass sie richtig hoch flog und vor Angst schrie, damit er aufhörte. Das fand er lustig. Mit Daniel würde er das sicher nie machen.

Sie können nicht hören, was Ma sagt, aber ihr Lachen wird vom Wind herübergetragen. Es klingt lieb und sanft, und was auch immer sie zu Daniel sagt, dürfte ebenso liebevoll und fürsorglich sein. Charlotte beißt sich so fest von innen auf die Wange, dass sie Blut schmeckt. *Es muss alles irgendwie herauskommen.*

Sie wirft Katie einen Blick zu. «Können wir jetzt gehen?»

«Bei dir war sie nie so, stimmt's?» Es ist eine Frage und doch auch wieder nicht. Katie kennt die Antwort schon. «Sie hat ihn wirklich lieb.» Ihre Stimme ist leise, als würde sie mehr mit sich selbst reden, aber die Worte treffen Charlotte wie Messerstiche. Sie hält sich an dem imaginären Stahl fest, der sie zerschlitzt. Sie wird ihn zu einem Teil ihrer selbst machen.

«Ja. Ich wollte, er würde verschwinden», sagt Charlotte voller Bitterkeit, während sie dabei zusieht, wie ihre Ma ihn vorsichtig aus der Schaukel hebt und auf dem Boden absetzt.

«Stell es dir einfach vor.» Katie lächelt versonnen, als würde sie es sich bereits ausmalen. «Oder stell dir vor, er stirbt. Wie sie sich dann fühlen würde. Vielleicht würde sie dann erkennen, wie sehr sie dich liebt.»

Es ist lieb gemeint, aber Charlotte weiß, dass nichts ihre Ma dazu bringen könnte, sie zu lieben. Ma sieht sie an, als wäre sie böse und schmutzig, und das ist sie auch, aber früher war sie nur böse. Ma kann ihr nicht in die Augen sehen, wegen dem, wozu sie und Tony sie zwingen.

«Ich würde eher weglaufen», sagt sie. «Dann können sie ganz unter sich sein. Ohne mich. Nur sie drei.»

«Nein.» Katies Stimme klingt hart. Sie hockt sich hin und zieht auch Charlotte mit nach unten, und in dieser Haltung, mit den Knien unterm Kinn, beginnen die Striemen hinten an Charlottes Beinen wieder zu brennen. «Nein.» Sie schüttelt den Kopf. «*Wir* würden weglaufen. Zusammen. Und das werden wir auch.» Sie holt die Muschel aus der Jackentasche, die sie aus Skegness mitgebracht hat, und hält sie Charlotte ans Ohr. Katie lässt sie nicht zum ersten Mal an der Muschel horchen, aber es kommt Charlotte immer noch vor wie ein Wunder, dass man darin das Meer rauschen hört.

«Wir werden sie büßen lassen», sagt sie, neigt sich vor und

drückt ihre Lippen auf Charlottes Mund. «Deine Familie und meine.»

Charlotte nickt, es ist, als würden Ma und Daniel sich in Luft auflösen. «Wir werden sie büßen lassen», stimmt sie ihr zu.

Es muss alles irgendwie herauskommen.

49

JETZT

MARILYN

Als ich zur Arbeit komme, geht es mir nicht gut. Ich habe Kopfweh und einen trockenen Mund, und mein Herz schlägt zu schnell. Ich habe die ganze Zeit wach gelegen und darüber gegrübelt, was Lisa angeblich getan haben soll. Sie muss eine gespaltene Persönlichkeit haben, anders lässt sich das nicht erklären. Vielleicht sollte ich diese These mal der Polizei unterbreiten – ansonsten kann ich ihnen ja kaum weiterhelfen. Mir will kein einziger Anlass vom letzten Jahr einfallen, der irgendwie von Belang sein könnte – meine Tage verschwimmen zu einem Einerlei aus Arbeit und Privatleben.

Lisa hat Jon umgebracht. Sie hat Ava diese Nachrichten geschickt. Ebenso weiß ich, wie stillvergnügt sie wegen Simon war. Wie sympathisch sich die beiden auf Anhieb waren – all diese unnötigen Meetings, die er anfragte. Und wie rührend aufgeregt sie war, wie ein Teenager, als sie sich dann zum Essen trafen. Ist es wirklich denkbar, dass sie gleichzeitig jene Lisa und diese Verrückte war? Auch wenn ich das irgendwie übersehen habe, müsste doch Ava etwas davon bemerkt haben? Möglicherweise nicht. Sie ist in einem Alter, in dem sie ganz mit sich beschäftigt ist.

Der Schwangerschaftstest. Ava muss einen Freund haben. Ob die Polizei den schon aufgespürt hat? Ist er wichtig? Ava hat er offenbar nicht viel bedeutet. Sie war völlig auf ihre Online-Romanze fixiert. Alles ein einziger Wahnsinn, mir wird ganz schlecht.

Ich stelle meine Tasche auf dem Schreibtisch ab und bin bemüht, mir nichts anmerken zu lassen, aber das aufgeregte Geplapper ist zu laut. Sie unterhalten sich darüber. Natürlich.

«Ich meine, heilige Scheiße, sie hat ihren Ex umgebracht. Während sie hier arbeiten kam und immer lieb und nett und ganz normal war.» Toby wippt auf seinem Stuhl herum wie ein Halbwüchsiger, der in der Schule das große Wort führt. «Vollkommen durchgeknallt.»

«Es ist die Tochter, die mir leidtut. Was meint ihr, wo sie ist?»

«Tot wahrscheinlich.»

«Julia!»

«Na ja, klingt schlimm, ist aber doch vermutlich so.»

Die Frauen stehen an Julias Tisch zusammen, und niemand nimmt mein Eintreffen zur Kenntnis.

«Ist Penny schon da?», frage ich betont munter.

Da wird es still, und die Köpfe drehen sich zu mir.

«Sie hat mir eben eine SMS geschickt.» Julia verschränkt die Arme vor der Brust und sieht mich selbstsicher an, fast herausfordernd. «Sie kommt erst gegen zehn. Ist jetzt gerade bei einem Geschäftsfrühstück.»

Penny und Julia wechseln SMS, wechseln SMS ... Diese verschlagene kleine Julia, ein Bandwurm im Körper unserer Welt.

Ein Telefon klingelt. «Nicht, das sind Reporter», sagt Stacey, als ich rangehen will. «Die rufen schon die ganze Zeit an, seit wir hier sind. Tauchen sicher auch bald hier vorm Gebäude auf.»

«Arme Penny, dass sie sich mit alldem rumärgern muss.» Julia dreht sich um. Damit ist der kleine Kreis wieder geschlossen, und ich bleibe außen vor. «Sie konnte doch unmöglich etwas ahnen. Ich meine, wer traut denn das jemandem zu – solche Verbrechen zu begehen und trotzdem jeden Morgen zur Arbeit zu kommen?»

Ihr Geschnatter hat einen leicht hysterischen, fast aufgedrehten Unterton, und es erbost mich. Es ist also in Ordnung, dass Penny nichts wusste, dass Toby keinen Verdacht schöpfte, aber ich werde nach wie vor mit Lisa in einen Topf geworfen?

«Ist wie bei Rose West oder Myra Hindley», fährt Julia fort. «Die haben auch Leute ermordet und ganz normal weitergelebt, als ob nichts wäre. Wer weiß, was sie noch alles getan hat? Das ist vielleicht nur die Spitze des Eisbergs.»

Du verrätst dein wahres Alter, Julia, denke ich. *Das junge Gemüse hat von Myra Hindley wahrscheinlich noch nie etwas gehört. Oder von Rose West.*

«Krass!» Emily reißt die Augen auf. «Was, wenn das erst der Anfang war? Wenn sie als Nächstes einen von uns umbringen wollte?»

«Dachte ich gestern Abend auch», pflichtet Julia ihr eifrig bei. «Wer weiß, wozu sie fähig ist? Wenn sie es fertigbringt, die eigene Tochter zu töten ...»

Jetzt reicht's mir. «Ob sie jemanden umgebracht hat, wissen wir noch gar nicht.» Ich starre sie wütend an, diese jungen und nicht mehr ganz so jungen Menschen, die so schnell die schlimmsten Anschuldigungen erheben.

«Oh, das denke ich aber schon.» Julia wendet sich mir zu. «Was ist mit ihrem armen kleinen Bruder?»

«Sie wissen, wie ich es gemeint habe.» Ich laufe rot an. Eine sehr schwache Antwort.

«Ach so, Sie meinen, wir wissen nicht, ob sie *diesmal* jemanden umgebracht hat.»

Es stimmt, Lisa ist eine Mörderin, aber das ist lange her. Es war ein anderes Leben. Unter einem anderen Namen. Trotzdem fällt es schwer zu glauben, dass sie mit diesem ganzen Irrsinn etwas zu tun haben soll. Weil sie *nicht* irre ist, und selbst wenn es so wäre, wäre sie mir immer noch lieber als dieses falsche Biest, das hier vor mir steht. Sie lächelt. Als würde alles genau nach ihren Vorstellungen laufen. Tja, die kann mich mal.

«Nein, das wissen wir tatsächlich nicht. Wie wär's also, wenn Sie sich jetzt an die Arbeit machen, für die Sie bezahlt werden, und alles Weitere der Polizei überlassen?» Kein allzu brillanter Konter vielleicht, aber wenn man bedenkt, dass ich kurz davor bin, das süffisant grinsende Miststück wüst zu beschimpfen, gar nicht so übel. Es liegt nicht nur an ihr, dass ich so geladen bin. Richard. Penny, die mich so kühl behandelt. Simons freundliches Angebot. Avas Verschwinden. Und natürlich Lisa – das Dauerthema.

«Wundert mich, dass Sie das so locker nehmen.» Toby schaltet sich ein, um Julia nicht das Feld zu überlassen, der neuen Wortführerin. «Ich meine, Sie kannten Ava doch ziemlich gut, oder? Ich hätte gedacht, das mit ihr würde Ihnen schon nahegehen. Stattdessen nehmen Sie Lisa in Schutz.»

Ich starre ihn an, dieses eitle Jüngelchen, das mit vierzig ein feister, unappetitlicher Glatzkopf sein wird. Dieses Jüngelchen, das von nichts eine Ahnung hat. «Was erlauben Sie sich! Als wüssten Sie auch nur annähernd, wie es mir geht!»

Er läuft hochrot an. Weiß nicht recht, was er darauf antworten soll.

«Sie hat das Geld gestohlen.» Ein leises, schüchternes Stimmchen. Stacey. Die liebe, dümmliche Stacey, die für ihren Kerl in die Bresche springt. Julias Blick huscht hin und her, sie hat sichtlich ihre Freude an diesem längst überfälligen Schlagabtausch. Kurz bleibt es still, während alle den Atem anhalten. Und dann lege ich los. Ein hitziger Redeschwall, der allen Erwartungen gerecht wird.

«Mein Gott, wie kann man so vernagelt sein!», fange ich an. «Die Wahrheit starrt Ihnen allen mitten ins Gesicht, und Sie wollen sie nicht sehen! Lisa hat nie irgendwelches Geld gestohlen! Herrgott, zehn Jahre hat sie hier gearbeitet, und es hat nie ein Penny gefehlt! Julia ist die Diebin! Die kleine Miss da, die so tut, als könnte sie kein Wässerchen trüben. Ja, Sie. Und wissen Sie, woher ich das weiß? Lisa hat Sie bei der Feier beobachtet. Sie haben Penny zwanzig Pfund aus der Handtasche gestohlen und ihr davon dann eine Flasche Wein spendiert, als Dankeschön! *Sie* wollen Lisa unterstellen, sie wäre durchgeknallt? Ich würde eher sagen, *das* ist durchgeknallt!» Ich muss kurz Luft holen, spüre, wie ich am ganzen Leib zittere, während mich alle ansehen.

«Ja, Lisa hat vor langer Zeit etwas Schreckliches getan, und nein, das werde ich nie verstehen oder begreifen, aber es ist so was von schäbig, Leuten nicht zuzugestehen, dass sie sich ändern können! Scheiß auf Sie alle, dass Sie jemand anderem so schnell das Schlimmste zutrauen, weil Sie zu jung sind und es Ihnen zu gut geht, um eine Ahnung davon zu haben, zu was man im Leben getrieben werden kann, und scheiß auf Sie alle, dass Sie so naiv sind, dieses Mädel da» – ich deute mit dem Finger auf Julia – «diese *Frau*, denn sie ist locker in meinem Alter, für eine Freundin zu halten!»

Der Applaus für meine Tirade besteht aus betretenem, glotzäugigem Schweigen. Stacey sieht aus, als wäre sie den

Tränen nah. Toby starrt mich mit offenem Mund an, er scheint es zu bedauern, das Ganze nicht per Handy gefilmt zu haben. Sie kapieren es nicht. Sie werden es nie kapieren. Mir aber geht es trotzdem besser, nachdem ich mich mal so richtig ausgekotzt habe – und dann werde ich auf Julia aufmerksam. Ihre Miene hat bei aller vorgetäuschten Betroffenheit etwas Triumphierendes. Sie sieht mich nicht. Ihr Blick geht über meine Schulter hinweg. Mir wird entsetzlich flau zumute. Penny ist eingetroffen. Natürlich.

«Vielleicht sollten Sie besser gehen und vom Hotel aus arbeiten, Marilyn», sagt sie mit einem angespannten Lächeln. Unter anderen Umständen wäre ich nun gefeuert worden, klarer Fall. Da sei Simon Manning vor, gottlob. «Scheint so, als stünden wir heute Morgen alle ein bisschen unter Strom, und ich weiß, dass Sie dort viel zu organisieren haben.»

Ich nicke. Ich fühle mich wie ein gescholtenes Kind und würde am liebsten in Tränen ausbrechen. Ich weine zurzeit viel zu viel. Jetzt aber werde ich mich zusammenreißen, diese Genugtuung gönne ich Julia nicht. Schweigend suche ich meine Sachen zusammen. *Du kannst mich auch mal, Penny, und zwar kreuzweise.* Ich fixiere sie mit einem Blick, unter dem das zehnjährige Vertrauen zwischen uns zu Asche verbrennt.

«Eins noch», sagt sie, als ich schon fast an der Tür bin. Ich drehe mich um. «Entschuldigen Sie sich bei Julia. Das hat sie nicht verdient.»

Am liebsten würde ich in Gelächter ausbrechen. Oder Beifall klatschen. Julia hat diesen kleinen Zirkus wirklich bestens unter Kontrolle. Ich starre sie an, und sie starrt ungerührt zurück. Mimt sehr überzeugend die verfolgte Unschuld, die über meine Worte tief gekränkt ist. Eine wahrhaft oscarreife Vorstellung.

«Ich bitte um Entschuldigung, Julia.» Mein Tonfall macht deutlich, dass es mir kein bisschen leidtut, aber sie wendet dennoch den Blick zur Seite, scheu wie Prinzessin Diana, und lächelt zaghaft.

«Bitte», sagt sie. «Ist schon in Ordnung. Ich weiß, die letzte Zeit war nicht ganz leicht für Sie.»

Meine Herren, sie ist gut, aber ich nehme ihr die Nummer keine Sekunde lang ab. In steifer Haltung verlasse ich das Büro. *Freu dich nicht zu früh, Julia. Glaub nicht, dass die Sache schon ausgestanden ist.* Mit zittriger Hand drücke ich auf den Knopf, um den Aufzug zu rufen. *Wenn du das denkst, kennst du mich aber schlecht.*

50

LISA

Julia läuft immer zu Fuß zur Arbeit und wieder zurück. Wenn mich dieser Gedanke nicht jäh hätte aufschrecken lassen, hätte ich wahrscheinlich den ganzen Tag und auch noch die Nacht durchgeschlafen. Eine letzte Nachwirkung der Pillen und Tabletten, die sie mir verabreicht haben. Es war schon halb drei nachmittags, als ich aufstand, ich hatte einen ganzen Morgen und Vormittag verloren. Aber ich fühlte mich ausgeruht. Auch klarer im Kopf.

Ich duschte, machte mich als Lily zurecht, sammelte meine wenigen Sachen ein, nur auf die Gefahr hin, dass ich nicht zurückkommen könnte, und verließ um halb vier die Jugendherberge. Zehn Minuten später saß ich im Bus. Julia läuft zu Fuß zur Arbeit. Damit hat sie sich an ihrem ersten Tag großgetan und es seither noch öfters erwähnt. *Es sind zwar einige Meilen, aber mir macht es Spaß.* Julia Katie, Katie Julia. Diese Namen schlugen den Takt der Sekunden und Minuten, bis ich aus dem Bus aussteigen konnte. Dann machte ich mich, mit Herzklopfen und schwitzigen Händen, auf den Weg zu PKR, besorgte mir im Café gegenüber einen Kaffee und setzte mich an einen Fensterplatz, wo ich so tat, als würde ich Zeitung lesen. Ich war mir sicher, dass mich jetzt jeden Moment jemand erkennen oder die Polizei hereinstürmen würde, um mich zu verhaften, aber das erwies sich als unbegründet. Niemand zuckte auch nur mit der Wimper.

Schließlich war es fünf Uhr, und wenige Minuten später kam Julia aus dem Gebäude zum Vorschein. Halb hatte ich auch gehofft, einen Blick auf Marilyn zu erhaschen, um zu sehen, wie es ihr ging, aber sie tauchte nicht auf. Sobald Julia einen gewissen Vorsprung hatte, verließ ich das Café und folgte ihr in einigem Abstand. Sie sah sich kein einziges Mal um. Und hier bin ich nun. Noch immer frei. Noch immer Lily, und zugleich auch Lisa, die voller Angst ist und nur den Wunsch hat, ihre Tochter zu retten.

Ich verberge mich hinter einem Baum und mustere eingehend das Haus, eins von vier bescheidenen Reihenhäusern mit einem schmalen Streifen Rasen davor, der nicht die Bezeichnung Vorgarten verdient. Sozialer Wohnungsbau, aus den Sechzigern oder frühen Siebzigern, würde ich tippen. Der ein wenig ungepflegten Straße nach zu urteilen sind die Häuser hier noch nicht an private Investoren verscherbelt worden. Sie kann Ava unmöglich hier gefangen halten, oder? Die Wände dürften hellhörig sein – die Nachbarn würden jeglichen Lärm sofort mitbekommen. In einem Keller vielleicht? Haben diese Häuser Keller? Ich bin verwirrt. Keine Ahnung, was ich von Julia erwartet hatte; wahrscheinlich ein eher modernes Haus, zwar nichtssagend, aber auch praktisch und sicher. Wie das Haus, in dem Ava und ich gewohnt haben.

Und Katie? Katie in den gebügelten Faltenröcken, die in einem großen Haus wohnte und Klavierunterricht erhielt? Könnte sie hier wohnen? *Katie könnte überall wohnen*, flüstert die Charlotte in mir. *Katie würde vor nichts zurückschre-*

cken. *Katie würde sich sogar als Charlotte ausgeben. Spiele und Phantasien und Mutproben. Katie und Charlotte.*

Ich greife in die Jackentasche und umfasse den Griff des Messers, das ich dabeihabe. In Jugendherbergen geht es so nett und locker zu. Man bittet um einen Teelöffel, und schwups, schon hat man das Messer aus der Küchenschublade stibitzt und eingesteckt. Sehr praktisch, dass Charlotte früher eine so geschickte Ladendiebin war.

Falls sie Ava irgendwo anders eingesperrt hat, muss sie dort irgendwann hin, um nach ihr zu sehen. Einen Komplizen wird sie nicht haben. Nicht Katie. Das war immer meine Rolle. Mein Magen krampft sich zusammen. Sie hat meine Tochter in ihrer Gewalt. Am liebsten würde ich ihr die Haut vom Gesicht ziehen, während sie schreit. Zugleich aber möchte ich sie auch gern sehen. Ich bin krank. Anders lässt sich das nicht erklären.

Ich warte, unschlüssig, was ich tun soll – *du kannst dich noch so dick mit Schminke zukleistern, die innere Lisa wirst du nicht so leicht los* –, während es für einen Sommerabend zu früh dunkelt. Dicke Gewitterwolken ziehen auf. In den Häusern geht Licht an. Bewegungen hinter Gardinen. *Wer hat denn heutzutage noch Gardinen?* Ich trete unter den herabhängenden Ästen ein Stück vor, und weil ich es nicht mehr aushalte und mir vor Anspannung speiübel ist, treffe ich einen Entschluss. Ich muss sie zur Rede stellen, jetzt und hier.

Da biegen Autoscheinwerfer in die Straße ein, und ich halte inne. Der Wagen fährt langsamer, hält schließlich am Bordstein an, und ich weiche erschrocken unter den Baum zurück, presse mich mit dem Rücken an den Stamm. Ich kenne diesen Wagen. Es ist Marilyns Wagen. Was will sie denn hier?

51

VORHER

1989

«Es hat perfekt geklappt!» Katie kommt durchs Fenster ins Zimmer geklettert, wo Charlotte sie schon erwartet; es ist drückend warm dort, wie überall in dem alten Haus. «Du bist echt clever, Charlotte. Woher wusstest du denn das alles?»

Sie zuckt mit den Schultern. «Hab ich in einem Buch von meiner Ma gelesen.»

«Tja, es ist alles glatt gelaufen.» Sie bringt zwei große Stücke Schokotorte aus ihrer Tasche zum Vorschein. «Hat Mummy mir mitgegeben. Sollte ich bei Mr. Gauci vorbeibringen, für ihn und seine Frau. Sandwiches habe ich auch dabei.»

Sie setzen sich auf die staubigen Matten und beginnen ihr Festmahl. Charlotte achtet darauf, das in dicke Scheiben geschnittene Weißbrot bewusst langsam und gründlich zu kauen, um den Geschmack von Butter und Senf und richtigem Schinken auszukosten; kein Vergleich zu den lappigen Billig-Sandwiches, die sie von zu Hause gewöhnt ist.

«Du hättest sein Gesicht sehen sollen», Katie bekommt leuchtende Augen, «als ich gesagt habe, entweder er gibt mir die Tage frei, oder ich erzähle allen, er hätte mich angefasst. Er ist puterrot angelaufen.»

Charlotte nickt mit vollem Mund.

«Das würde mir niemand glauben, hat er gesagt, also habe ich alles wiederholt, was du mir erzählt hast. Als ich aufzählte, was er mit mir angestellt habe, sah er aus, als würde er gleich in Tränen ausbrechen. Am Ende musste ich ihn fast trösten. Es würde unter uns bleiben, habe ich gesagt, und dass es doch eigentlich ganz nett für ihn wäre, praktisch Geld für nichts zu bekommen. Wozu sich also Sorgen machen? Er könnte ja mit seiner Frau stattdessen essen gehen, habe ich gemeint. Und weißt du, was ich dann noch gesagt habe? Du wärst so stolz auf mich gewesen!»

«Was denn?», fragt Charlotte lächelnd. Katies Freude ist ihre Freude. Katie ist der Sonnenschein. Katie neigt sich zu ihr vor, dicht genug für einen Kuss.

«Ich hab gesagt, er könnte ja von dem, was ich erwähnt habe, mal dies oder das bei ihr ausprobieren!» Sie prustet vor Lachen. «O Gott, wenn du ihn hättest sehen können! Ich dachte, ihn trifft der Schlag!»

Charlotte versucht mitzulachen, aber sie bringt nur ein schwaches Lächeln zustande. Innerlich zerreißt es sie fast. Was sie Katie erzählt hat, kennt sie aus eigener Erfahrung. Dieses Wissen hat sie nicht aus einem billigen Schundroman, sondern aus einem kleinen Zimmer, in dem es nach Fritteuse und Männerschweiß stinkt.

«Jedenfalls», Katie wartet kurz, um zunächst einen Bissen Sandwich herunterzuschlucken, ehe sie weiterredet. Charlotte nimmt sich vor, künftig ebenfalls nicht mehr mit vollem Mund zu reden. «Ich hab die Arbeit in etwa fünf Minuten erledigt, Mummy wird also keinen Verdacht schöpfen, wenn sie mich abholen kommt und fragt. Die Sommerferien gehören uns! Vier Stunden am Tag zumindest.»

«Wird sie nicht kommen, um bei dir nach dem Rechten zu

sehen?», fragt Charlotte besorgt. Es wäre Mist, wenn Katies Ma ihr auf die Schliche käme. Dann würde sie sie vermutlich den ganzen Sommer einsperren, nur zur Sicherheit.

«Nein. Sie geht regelmäßig zum Therapeuten, und der hat gesagt, sie soll mich während der Nachhilfe nicht stören. Tod, Tod, Tod, Sorgen. Das ist alles, woraus ihr Leben besteht. Wenn sie selbst Angst vorm Sterben hätte, das ginge ja noch – mit ihrem Tod würde ich schon fertig –, aber das überträgt sie alles auf mich. Es ist einfach nicht fair, verdammte Scheiße.»

Jetzt muss Charlotte lachen. Sie hat bei Katie Wörter wie surreal oder Hasenfuß gelernt. Umgekehrt gewöhnt Katie sich von ihr das Fluchen an.

«Dabei hättest du diese Nachhilfe in den Ferien gar nicht aufgebrummt bekommen, wenn du dich nicht immer dümmer stellen würdest, als du bist.»

«Das macht das Leben einfacher», sagt sie mit einem Achselzucken. «Warum machst du immer einen auf hart?»

«Ich *mache* nicht nur auf hart. Ich bin so.» Charlotte grinst. Katie lächelt zurück und lehnt sich an ihre Schulter. Gleich darauf richtet sie sich wieder auf und runzelt die Stirn.

«Du bekommst ja einen Busen!» Sie pikst Charlotte mit einem grazilen Finger gegen die Brust.

«Finger weg!» Sie stößt Katies Hand fort, während sie vor Verlegenheit rot anläuft. Sie trägt immer ein extra weites T-Shirt, um es zu verbergen, aber in letzter Zeit wachsen ihr tatsächlich Brüste. Sie hasst es. Ma hat gesagt, ein erster BH würde sich nicht lohnen, weil sie in einigen Monaten sowieso einen richtigen bräuchte, wenn sie sich so schnell entwickle wie alle Frauen in Mas Familie.

Katie blickt an sich selbst hinab. Sie ist ohnehin sehr zierlich, und bei ihr ist noch alles flach. «Das ist ungerecht. Ich bin einige Monate älter als du. Wenn du jetzt auch noch vor mir deine Periode bekommst, bin ich aber echt sauer.»

Charlotte rümpft die Nase. «Sei nicht so eklig.» Sie steht vom Boden auf. Sie kann nicht stillsitzen, will irgendwas machen. Am Morgen hat sie eine halbe Tablette genommen, von denen, die sie immer von ihrer Ma bekommt, aber die Benebelung lässt jetzt nach, und sie will sich was zu trinken klauen. Über Brüste und Perioden und die Sachen, die sie angeblich aus einem Buch kennt, will sie jetzt nicht nachdenken. Am liebsten würde sie mit Katie abhauen, und alles sollte immer so bleiben wie jetzt.

Der Fluch, so nennt Tonys Schwester die Monatsblutung. *Dauert bei ihr nicht mehr lange, bis sie den Fluch bekommt. Klär sie besser rechtzeitig auf, damit sie weiß, was sie benutzen muss.*

Der Fluch. Den Fluch bekommen. Er hängt über ihr, das spürt sie ganz deutlich. Natürlich wird sie den Fluch vor Katie bekommen. Sie ist ja bereits verflucht.

52

JETZT

MARILYN

Ich poche energisch an ihre Tür. In der schwülen Hitze bin ich noch reizbarer. Vermutlich gibt es auch eine Klingel, aber ich habe keine Lust, danach zu suchen. Was sie im Büro gesagt hat, ist mir egal, ich werde die Sache jetzt mit ihr klären, ein für alle Mal. Mich bei ihr entschuldigen? Penny spinnt ja wohl. Beim Gedanken an ihr selbstgefälliges kleines Frätzchen habe ich den ganzen Tag still vor mich hin gebrodelt, und jetzt werde ich die Wahrheit über das Geld aus ihr herausbekommen, auch wenn mir später niemand glauben sollte. Aber ich will es wissen, nur für mich.

Nichts tut sich, ich klopfe noch einmal.

«Ich weiß, dass Sie da sind, Julia!» So leicht kommt sie mir nicht davon. Im Haus brennt Licht, ich kann es hinter den scheußlichen Gardinen sehen – sie wohnt sicher nur zur Untermiete –, das Haus muss jemand anderem gehören. Die Tür geht auf, während über uns Donner grollt und die ersten Tropfen fallen. Sie starrt mich wortlos an. Auch ich sage nichts.

«Wer ist denn da?», ruft eine heisere Stimme aus dem Hausinneren. Eine Stimme, die nach Verbitterung und Zigaretten klingt. «Wenn es ein Vertreter ist, wir kaufen nichts!»

«Was wollen Sie hier?» Julia klingt merkwürdig kraftlos. Sie sieht müde aus. Hat zwar ihre Schuhe auf dem dünnen Teppich davongeschleudert, trägt aber noch ihre Bürosachen. Ihre Bluse steckt nicht mehr im Rockbund und ist unten ganz knittrig, die Ärmel sind hochgekrempelt.

«Wir müssen reden.»

Sie wendet sich zur Treppe um. Ganz oben kann ich einen Treppenlift sehen, außerdem einen Haufen zerknüllter Kleidung auf dem Absatz gleich daneben. Unten im Flur steht ein Rollstuhl. «Es ist für mich!», ruft sie nach oben. «Eine Kollegin von der Arbeit. Es geht um die Beförderung, die ich vielleicht bekomme.»

«Beförderung? Was für eine Befö–»

Sie legt den Finger an die Lippen, und ich verstumme unwillkürlich, während sie mich mit einer Kopfbewegung hereinbittet. Ich bin ganz perplex. Ich hatte mit einem schicken Single-Appartement gerechnet, klein, aber fein. Als ich eingetreten und dem Regen entronnen bin, schließt sie die Tür und winkt mich in ein Zimmer im Erdgeschoss.

«Wieso sind Sie hergekommen?», fragt sie leise. Latent gereizt, abwehrend. Kein bisschen großspurig wie sonst immer.

«Hier wohnen Sie?», frage ich. Im Zimmer ist es unerträglich warm, als würde die Heizung auf Hochtouren laufen, und es liegt ein beißender Geruch in der Luft. Erst mit Verzögerung kann ich ihn einordnen: Es mieft nach altem Urin.

«Ja. Es ist das Haus meiner Mutter. Was wollen Sie von mir, Marilyn?»

Vor Verwirrung weiß ich kurz selbst nicht mehr, warum ich hier bin. «Es geht um das Geld», sage ich schließlich. «Das haben *Sie* gestohlen. Lisa würde über so was keine Lügen erzählen. Ich möchte es einfach auch von Ihnen hören.»

Ich sehe mich um. «Eins verstehe ich nicht. Sie haben Zahnverblendungen, das ist nicht billig. Ihr Gesicht ist mit Botox aufgespritzt, geben Sie's zu, das ist nicht zu übersehen. Und trotzdem leben Sie so.» Ich deute mit der Hand um mich. «Wozu Geld für so einen Mist ausgeben? Wozu Geld stehlen, um es für solchen Mist auszugeben? Warum Geld von Penny stehlen, um ihr davon dann was zu kaufen? Ich kapier's einfach nicht.»

Anscheinend gibt es viele Sorten von Irrsinn auf der Welt. Irrsinn à la Richard, Irrsinn à la Lisa – obwohl ich daran nicht ganz glauben mag – und jetzt Irrsinn à la Julia.

«Ja, ich habe Zahnverblendungen. Ja, ich lasse mir Botox spritzen. Und ehe Sie fragen, ja, ich bin deswegen bis über beide Ohren verschuldet.» Sie ist jetzt hörbar aufgebracht. «Aber was wissen Sie über mein Leben? Ihr Mann vertrimmt Sie also, und deswegen sollen wir Sie alle bemitleiden? Sie sind doch selber schuld, wenn Sie es so weit kommen lassen, statt schon viel früher die Koffer zu packen!»

Was sie sagt, ist nicht ganz von der Hand zu weisen. In gewisser Weise bin ich selbst schuld. Habe mir das alles von ihm viel zu lange bieten lassen.

«Sie konnten immerhin ausziehen», fährt sie fort. «Haben Sie mal versucht, beim staatlichen Gesundheitsdienst eine Pflegekraft zu beantragen? Um sie» – sie deutet mit dem Finger zur Decke hoch – «kümmere ich mich jetzt schon fast mein ganzes Erwachsenenleben lang. Für ein Pflegeheim geht es ihr nicht schlecht genug, aber um mir mein Leben zu versauen, dafür reicht's. Ich zahle aus eigener Tasche eine Frau, die tagsüber vorbeikommt, damit ich zur Arbeit kann. Ich habe kein Auto. Ich kann mir keinen Urlaub leisten. Und es ist schwierig genug, mit vierzig noch einen Job zu finden. Erst recht, wenn man alt und verhärmt aussieht.» Sie hat sich nun spürbar in Fahrt geredet. Es ist, als würden alle Dämme brechen.

«Aber jetzt macht sie's nicht mehr lange!», sagt sie mit sichtlichem Frohlocken. «Ein Jahr höchstens gibt ihr der Arzt noch. Und dann bin ich endlich frei, verdammt noch mal. Ja, ich hab Geld dafür ausgegeben, um jünger auszusehen. Ich habe eine ganze verpasste Jugend nachzuholen. Und ja, ich hab das Geld gestohlen, um damit Getränke im Pub zu bezahlen und den Kollegen Kuchen zu spendieren. Weil ich mir ein besseres Leben wünsche, mit Freunden und allem Drum und Dran. Weil ich in der Welt was darstellen will; alle sollen sehen, dass ich intelligent und clever bin, dass ich im Job was reiße. Und Sie werden mir dabei nicht in die Quere kommen. Also zeigen Sie mich an oder verpetzen Sie mich oder was auch immer, am Ende steht Aussage gegen Aussage! Und da haben Sie im Augenblick ganz schlechte Karten, würde ich mal sagen!»

Ihr Atem geht stoßweise, so sehr hat sie sich in Rage geredet. Ich muss fast lachen, weil ich ihr nur noch mit halbem Ohr zuhöre. Ihr großer Auftritt, das Geständnis, dessentwegen ich hergekommen bin – und jetzt nehme ich ihr Gerede nur noch undeutlich wahr, wie unter Wasser.

«Entschuldigung», murmle ich. «Ich muss jetzt los.»

«Was?» Sie sieht mich an, als hätte ich sie geohrfeigt.

«Entschuldigen Sie die Störung. Sie haben genug um die Ohren. Keine Sorge. Von mir erfährt niemand was.»

«Das war's?», sagt Julia. «Mehr wollen Sie gar nicht?»

«Ich muss jetzt wirklich los.»

Damit lasse ich sie kurzerhand stehen, und als ich mich abwende, ist es, als würde sie gar nicht mehr existieren. Mit zittrigen Händen öffne ich die Haustür und atme gierig die regengesättigte Luft ein, die wohltuend frisch ist und nicht nach altem Urin mieft. Julia zählt für mich gar nicht. Nur die Person, die ich gerade durchs Fenster gesehen habe. Ich blicke nach links. Sie versteckt sich, aber ich kann sie sehen.

Die Gardinen in Julias Wohnzimmer reichten nicht ganz bis an die Fensterränder, und während Julia gerade auf mich einredete, fiel mir dort ein Gesicht ins Auge, eine Art Clownsgesicht mit vom Regen verlaufener Schminke und einer merkwürdigen Haartracht, blau gefärbt und an den Seiten fast kahl geschoren, das sich von außen an die Scheibe drückte. Unsere Blicke trafen sich, und das Gesicht verschwand. Aber ich würde es immer und überall wiedererkennen.

Lisa.

«Steig ein», befehle ich, als ich vor dem Baum haltgemacht und das Beifahrerfenster heruntergelassen habe. «Auf der Stelle.»

53

LISA

«Sie ist es nicht.»

«Was?» Ich kann mich nicht konzentrieren. Ich zittere, und das schon seit ich in den Wagen gestiegen bin. Marilyn. Beim Fahren hält sie das Lenkrad so fest umklammert, dass ihre Knöchel weiß hervortreten.

«Julia.» Sie wirft mir einen Blick zu. «Sie ist nicht Katie.»

«Deswegen warst du dort?» Ich starre sie an. Kann gar nicht aufhören, sie anzustarren, während ich damit zu tun habe, ihre Worte sacken zu lassen.

«Nein. Ich war eigentlich wegen der Diebstähle da, aber ich nehme an, das war der Grund, warum *du* dort warst.»

«Ich war ... ich ...» Ich weiß nicht, was ich sagen soll. «Wie kannst du dir so sicher sein?»

«Sie ist es auf keinen Fall. Vertrau mir.»

Und das tue ich. Ich vertraue ihr voll und ganz. Innerlich aber sacke ich in mich zusammen. Hier, bei Marilyn, bin ich wieder Lisa. Die abgebrühte Lily ist bloß eine Maske und Charlotte eine so ferne Erinnerung, dass sie mir fremd ist. Ava, meine liebste Ava. Ich war mir sicher, *so sicher*, dass sie hier bei Julia wäre, und jetzt ist meine Hoffnung dahin, wie

Sand, der mir durch die Finger rinnt. Ich habe sie enttäuscht. Sicherlich hasst sie mich nun. Wird mich hassen bis zu ihrem letzten Atemzug, und ich bin daran schuld.

«Fährst du mit mir zur Polizei?», frage ich.

Nun starrt sie mich an. «Ich wüsste nicht ganz, wozu, immerhin denken die, du hättest deinen Ex umgebracht und deine eigene Tochter entführt. Was bitte schön sollte das bringen? Nein, nein. Weiß der Kuckuck, wo wir hinfahren, und weiß der Kuckuck, was in meinem Kopf vor sich geht, von deinem ganz zu schweigen. Aber zur Polizei fahre ich dich nicht, nein.»

«Du glaubst mir also? Wegen Katie?»

Sie wendet mir das Gesicht zu und sieht mich an. So lange, dass ich schon Angst bekomme, wir könnten einen Unfall bauen. «Ich ziehe es in Betracht, ja. Auch wenn es total irre klingt. Ich war mir nicht sicher, aber ich habe ewig lange darüber nachgedacht, und alles andere erscheint mir widersinnig. Das würdest du Ava nicht antun, das weiß ich. Aber wir müssen Katie finden. Brauchen *Beweise* für Katie. Dann gehen wir damit zur Polizei, und die kümmern sich um Ava. Holen sie raus.»

Vor Rührung bekomme ich zunächst kein Wort heraus. Sie setzt den Blinker, biegt von der Hauptstraße ab und fährt auf ruhigeren Straßen stadtauswärts, dorthin, wo es ländlich wird. Ich denke an Ava, die denselben Weg zurückgelegt hat, voller Liebe zu einem Mann, den es gar nicht gab. Sie wollte sich mit ihm an einer abgelegenen Landstraße treffen. Mein Baby, ganz allein, mitten in der Nacht. Wie ist es dann weitergegangen? *Was hast du ihr angetan, Katie?*

«Was ich nicht ganz kapiere», sagt Marilyn, «ist das Warum. Wie kommt sie darauf, so etwas zu tun? Hat es irgendwie mit Daniel zu tun?»

Ich habe den Namen in letzter Zeit so oft gehört, in den Nachrichten, von der Polizei, und dennoch trifft er mich wie ein Schlag in die Magengrube. «Ich habe Daniel umgebracht», sage ich, ganz leise, als würde mein kleiner Bruder dadurch irgendwie weniger tot. «Ich wollte, es wäre anders. Aber ich weiß noch genau, wie ich ihm die Hände um den Hals gelegt habe.» Ein Erinnerungsblitz. *Surreal.* Das Pochen in meinem Kopf, damals wie heute. «Ich kann nicht darüber sprechen.»

«Und ich möchte auch nicht darüber sprechen. Aber wenn es nicht das ist, was ist dann ihr Problem? Sie muss das alles von langer Hand geplant haben, dich ausfindig zu machen, deinen Ex umzubringen und es dir in die Schuhe zu schieben. Sie war nicht im Gefängnis, sie ist freigesprochen worden. Warum also hasst sie dich so sehr?»

Ich starre hinaus ins Dunkel, während Regen gegen die Fenster klatscht.

«Weil sie mich liebt. Und mir nicht dafür verzeihen kann, was ich getan habe.»

«Daniel?»

Ich lache freudlos. Ein klägliches, armseliges Lachen, ganz der Vergangenheit verhaftet. «Nein. Nach Daniel.»

Sie hält gespannt den Atem an, das spüre ich, auch ohne sie anzusehen.

«An jenem Tag ist ein anonymer Anruf bei der Polizei eingegangen. Aus einer Telefonzelle am Bahnhof. Ein kleiner Junge sei von zwei Mädchen in ein leerstehendes Haus in der Coombs Street gebracht worden.» *Kommen Sie schnell. Ich glaube, es ist was Schlimmes passiert. Er hat erst geweint und dann aufgehört. Eine der beiden war Charlotte Nevill, glaube ich.* «Er sei verletzt.»

«Und?»

«Ich war die Anruferin. Ich hab uns bei der Polizei verpfiffen.» Mein Hals brennt und fühlt sich ganz eng an. «Das war gegen unsere Abmachung.»

54

SIE

Ava, wenn du so weiterheulst, ertrinkst du noch in deinem eigenen Rotz. Ich nehme das Klebeband nicht ab. Erst wieder, wenn es was zu futtern gibt. Herrgott. Du musst am Leben bleiben, bis Charlotte hier aufkreuzt. Sie erwartet, dass du am Leben bist, und zumindest eine von uns schummelt nicht. Es sei denn, sie wird von der Polizei geschnappt, dann ist das Spiel aus. Aber weißt du was? Ich glaube, sie wird es schaffen. Sie überrascht uns beide, nicht wahr? Also hör um Himmels willen mit dem Geheule auf.

Deine Mutter, die hat nie geweint. Vorher nicht, und hinterher auch nicht. Nicht mal, als die alte Mrs. Jackson vor Gericht als Zeugin aufgerufen wurde und davon berichtet hat, zitternd und nervös, was sie durch das kaputte Fenster unseres Verstecks in der Coombs Street beobachtet hatte. Wie sie auf dem Heimweg, der sie mitten durch das Abbruchgelände führte, ein Kreischen gehört und dann gesehen hat, wie Charlotte dem kleinen Daniel mit dem Backstein eins übergezogen hat. Charlotte hat dabei nicht mal mit der Wimper gezuckt. Das habe ich immer an ihr bewundert. Du könntest dir ruhig ein Beispiel daran nehmen. Ein bisschen mehr so sein wie sie. Wie sie sich wohl fühlen mag, jetzt, wo sie wieder in den Schlagzeilen ist. Eine Berühmtheit. Mädchen A – der Star der Schau, Mädchen B – total in Vergessenheit geraten. Clyde ohne Bonnie. Selbst sie hat mich vergessen. Als sie uns verpfiffen hat. Daran, wie es mir dabei gehen würde, hat sie keinen Gedanken verschwendet. Eigentlich wollten wir nämlich zusammen abhauen. Ein neues Leben beginnen. Frei sein. Sie war frei, in gewisser Weise. Sicher, sie wurde eingesperrt, aber sie hatte bekommen, was sie wollte. Daniel war tot, und sie war von ihrer Familie weg. Acht lockere Jahre später, und peng, ist sie wieder draußen, als ganz neuer Mensch.

Meine Strafe war ungleich schlimmer und dauerte viel länger. Glaub's mir, es gibt auch Gefängnisse, die keine Gitter haben. Du hast meine Mutter nicht kennengelernt. Sie war schon vorher schlimm. Hat mir irgendwelche Krankheiten angedichtet, um sich um mich sorgen und mich in Watte packen zu können. Was musste ich jedes Mal kämpfen, ehe ich vor die Tür durfte, um mich mit Charlotte zu treffen. All ihre Neurosen, die sie an mir ausgelebt hat. Aber hinterher? Es ist lustig, die Leute denken, nach einem Freispruch könnte man einfach so nach Hause gehen, und das war's. Mädchen B verschwindet in eine sonnenbeschienene Zukunft. Alles Quatsch, alles Blödsinn.

Per Gericht wurde mir eine Therapie verordnet. Reden, reden, reden, und das über Jahre. Und egal, wie oft ich ihnen erzählt habe, was sie hören wollten, es kamen immer neue Fragen. Um mich aufzudröseln, und ebenso Charlotte. So vieles, was ich nicht vergessen durfte. Lügen kann man sich so viel schwerer einprägen als Wahrheiten. Eine Zeitlang zog ich mich ganz in mich selbst zurück. Spielte das Dummchen. Eine Rolle, die sich für mich schon davor bewährt hatte. Und die Therapeuten haben mir die Nummer abgenommen. Für mein Leben aber sollte sich das als Bumerang erweisen.

Die süße, etwas einfältige Katie, so leicht zu beeinflussen. Mutter ließ mich danach nicht mehr zur Schule gehen, natürlich nicht. Was, wenn ich noch ein Mädchen wie Charlotte Nevill kennengelernt hätte? Stattdessen kamen Privatlehrer ins Haus, richtige Fachlehrer, und sie hat immer dabeigesessen. Ich musste mich natürlich weiter dumm stellen, um endlich die Therapeuten loszuwerden. Hab also meine Abschlussprüfungen bewusst verhauen – zu schlecht abgeschnitten, um studieren zu können, und das war es dann. Damit war mein Leben vorbei. Ich saß in der Falle. Das kleine Mädchen, das nie den Absprung von zu Hause geschafft hat. Die arme, zerbrechliche Katie Batten.

Als von ihrer Freilassung berichtet wurde, stand für mich außer Zweifel, dass ich Charlotte wiederfinden würde. Ich brauchte nur zu warten. Und ans Warten hatte ich mich gewöhnt. Nach all den Jahren, die ich auf den Tod meiner Mutter hatte warten müssen. Menschen hinterlassen immer irgendwelche Spuren, und Charlotte war ein impulsiver Typ. Sie würde einen Fehler machen – ihre neue Identität irgendwie gefährden –, und ich würde ihr auf die Schliche kommen.

Sie muss geahnt haben, dass ich zurückkommen würde. Ich frage mich, ob sie je daran geglaubt hat, ernsthaft geglaubt, dass ich tot sei? So konnte unsere Geschichte nicht enden. Dass es zu einer Abrechnung kommen müsste, war immer klar, verstehst du.

Ich dachte, sie würde mich lieben. Dachte, sie wäre meine beste Freundin. Und wir hatten eine Abmachung. Haben uns geschworen, für immer zusammenzubleiben, «Großes Ehrenwort. Ich schwöre», und das Ganze mit einem Kuss besiegelt.

Solche Abmachungen kann man nicht einfach brechen.

55

DAVOR

1989

Es ist ein trostloser Tag.

Es regnet. Große, schwere Tropfen, die in ihr Versteck platschen, vom Dach aus, dessen Schieferbedeckung längst entfernt worden ist, während draußen an den Hauswänden das Wasser hinabläuft, weil es auch keine Regenrinnen mehr gibt. Das Abbruchgelände hat sich in einen einzigen Morast verwandelt, übersät mit zerbrochenen Backsteinen und altem Krempel, und ihre Schuhe sind ganz matschig. Ein feuchter, modriger Geruch hängt im Zimmer. Charlotte hat Wodka und eine halbe Tablette von ihrer Ma intus, aber auch das vermag ihre Stimmung nicht aufzuhellen. Die Zukunft sieht finster aus, für sie und für Katie.

Sie schmiegen sich eng aneinander. Es ist inzwischen September und empfindlich kühl geworden, aber das spüren sie kaum. Eine Weile sitzen sie da und halten sich an den Händen, so fest, dass Charlotte das Gefühl hat, sie könnten in eins verschmelzen. Schön wär's. Das wünscht sie sich mehr als alles andere. Der Morgen mit Ma und Daniel war übel, und sie ahnt, dass ihr später noch Schrecklicheres bevorsteht, aber Katies Neuigkeiten sind am schlimmsten.

«Scheiße, ich bring mich um», knurrt sie. «Ich tu's.»

«Sch.» Katie hat den Kopf an Charlottes Schulter gelegt. «Sag so was nicht. Und lass mich nachdenken.»

Charlotte gehorcht. Atmet den exotischen Duft von Katies Shampoo ein, schnuppert dabei aber auch nach dem typischen Katie-Geruch darunter. Diesen Geruch möchte sie einatmen, und sie schließt kurz die Augen und stellt sich vor, wie sie ihre innere Leere ganz mit Katie füllt. Da ist nun viel Platz, jetzt, wo sie alle anderen hinausgelassen hat.

Nachdem Katie ihr ihre Neuigkeiten erzählt hatte, finster dreinblickend und mit einer Glasscherbe in der Hand, mit der sie immer wieder wütend auf die bröckelnden Wände einhackte, war alles aus ihr herausgesprudelt, der ganze Mist, den sie schon so lange mit sich herumschleppt: Tony, Ma, das Zimmer über der Fischbude, wie sehr ihr beschissenes Leben sie ankotzt, und wie sehr sie sich davor fürchtet, irgendwann von all der Scheiße begraben zu werden. Dass es vielleicht noch auszuhalten wäre, wenn da nicht immer Daniel wäre, der kleine Liebling, der ihr das Gefühl gibt, nicht liebenswert zu sein. Dass sie aber immerhin Katie hätte, Katie, die ihr Rettungsanker sei, ihr schlagendes Herz, ihr Fels, mit dem sie die ganze Welt zerschmettern könne, das einzig Schöne und Gute in ihrem Leben.

Aber damit wird bald Schluss sein. Katie und ihr bleiben nur noch wenige Wochen. Kostbare Tage, die viel zu schnell vergehen werden. Die Battens ziehen weg. Verkaufen ihr Haus und ziehen mit Katie nach London, Millionen Meilen weit weg, unten im Süden. Charlotte sieht eine endlose Leere vor sich, sie meint bereits zu spüren, wie sie hineinstürzt. Wie soll sie weiterleben, ohne Katie?

Ihre Ma ist heute Morgen mit Daniel übers Wochenende weggefahren. *Eine Extraüberraschung für meinen kleinen*

Soldaten, das hatte Charlotte Tony noch sagen hören, ehe sie ihre Zimmertür zuknallte. Verabschiedet hat sie sich nicht von ihnen. Wozu auch? Wer würde darauf Wert legen? Hören konnte sie sie allerdings. Tonys Stimme, der leise mit Ma redete, ihr etwas Geld gab, endloses Gewese um die beiden machte.

Charlotte hatte sich auf ihrem Bett zusammengerollt wie eine Faust, sich den prallen Bauch gehalten und die Packung mit billigen Binden angestarrt, die ihre Ma ihr am Vortag gegeben hat, als sie das dunkle, klebrige Blut in ihrer Unterhose entdeckte. So eine Binde trägt sie jetzt, ein unförmiger Verrat. Der Fluch. Sie hat ihn nicht gewollt. Er ekelt sie an. Sie ist doch erst elf. Sie möchte, dass ihr sich verändernder Körper wieder so wird wie früher, flach und hart wie bei einem Jungen. Wie er war, ehe Daniel zur Welt kam. Als überhaupt alles besser war.

Mit ihr ist Ma noch nie übers Wochenende weggefahren. Ist überhaupt noch nie mit ihr verreist. Und jetzt ist sie fort, hat sie zurückgelassen, allein mit Tony, zwei oder sogar drei Tage lang. Ein Gedanke, bei dem ihr mulmig wird, trotz der Schwindelgefühle vom Alk und von der Tablette. Der ihr sogar Angst macht. Ihr, Charlotte Nevill, die sonst vor nichts und niemandem Angst hat. Der Schrecken der Nachbarschaft. Das böse Mädchen, das seine Umwelt terrorisiert. Das kleine Miststück.

«Es ist Mummys Schuld.» Katie blickt starr vor sich hin. «An allem ist immer sie schuld. Ich wollte, sie wäre tot.»

«Ich wollte, Daniel wäre nie geboren worden.»

«Wir dürfen nicht zulassen, dass sie uns das antun», sagt Katie. Sie richtet sich auf und rutscht herum, bis sie Charlotte im Schneidersitz gegenüberhockt, und greift dann wieder nach ihren Händen. Ihre Hände sind klein und weich, mit gepflegten Fingernägeln. Charlottes Hände, viel größer, mit abgekauten Nägeln und rissiger Nagelhaut, wirken plump dagegen. Fast männlich. Es stört sie nicht. Heute mag sie ihre Hände, so wie sie sind.

«Nein.» Charlotte schüttelt den Kopf. «Und wir werden es auch nicht zulassen. Lass uns abhauen. Im Ernst.»

«Ja!», sagt Katie. «Dann sind wir frei. Können für immer zusammenbleiben.»

Charlotte grinst und springt auf, wirbelt übermütig im Kreis herum, so wie Katie manchmal, wenn sie es nicht aushält, stillzusitzen. «Bonnie und Clyde, Clyde und Bonnie», sagt sie und muss plötzlich laut kichern, trotz ihrer Bauchschmerzen.

«Genau wie die», sagt Katie. «Verliebt und auf der Flucht.»

«Auf der Flucht, das gilt nur für dich.» Charlotte hält wieder inne, mit einem heftigen Schwindelgefühl. «Mich wird niemand suchen. Das kümmert die nicht, wenn ich weg bin. Die werden sich freuen, mich los zu sein. Dann sind sie endlich ungestört. Können hier in der Dreckssiedlung glücklich werden, als perfekte Familie. Ohne mich.»

Katie schüttelt den Kopf und zieht sie wieder zu sich auf den Boden. «Nein. *Wir* werden auf der Flucht sein.»

Charlotte wartet, dass sich die Welt wieder beruhigt. Die halbe Tablette, die sie genommen hat, haut jetzt voll rein. Vielleicht ist es eine andere als sonst, sie hat nicht so genau auf die Packung geguckt. Die Wirkung jedenfalls gefällt ihr. Ihr ist ganz warm und leicht und schläfrig zumute. Als wäre sie durch eine nebelhafte Wand vom Rest der Welt getrennt. Es gibt nur noch sie und Katie, wie bei einem ihrer Spiele. «Was quatschst du da?» Sie neigt sich zu Katie vor und lächelt. «Deine Augen sind total blau. Blau wie der Himmel.»

«Reiß dich zusammen, Charlotte! Ich meine es ernst. Das

ist wichtig.» Katie schüttelt sie leicht an den Schultern, und sie versucht sich zusammenzureißen. Reißt sich zusammen.

«Ich höre ja zu, reg dich ab.»

«Gut.» Katie ist sehr ernst. «Warum sollten die eine perfekte Familie sein dürfen? Warum sollten die glücklich sein, wo sie dich so unglücklich gemacht haben? Warum sollte ich davor Angst haben müssen, dass Mummy mein Leben für alle Zeit ruiniert? Die wird mich nie aus ihren Fängen lassen. Ich kann flüchten, wohin ich will, die findet mich.»

«Sie hätte sich bei diesem Sturz von der Treppe das Genick brechen sollen», murmelt Charlotte. Katies Ma hasst sie fast ebenso sehr wie ihren Halbbruder. Sie hasst alles, was Katie unglücklich macht.

«Ja», sagt Katie. «Das wäre schön gewesen.» Sie legt eine Pause ein. «Und es ließe sich immer noch einrichten.»

Kurz senkt sich Schweigen zwischen ihnen herab.

«Auch Kinder können Unfälle haben», fährt Katie fort, ruhig und konzentriert. Langsam, ganz langsam begreift Charlotte, worauf ihre beste Freundin hinauswill.

«Da war dieser kleine Junge in der Cairn Street, der sich einen Stromschlag geholt hat», sagt Charlotte. «Er wäre fast gestorben. Es heißt sogar, er wäre einige Minuten tot gewesen.»

«Genau.»

Was Katie da andeutet, ist ungeheuerlich, richtig *surreal*, und trotzdem lacht Charlotte nun. Ein unschönes Lachen, irgendwie hart, bitter. Sie stellt sich ihre Ma vor, in Tränen aufgelöst. Tony, ganz gebrochen. Kein perfekter Junge mehr, und auch keine Dumme mehr, keine Charlotte, die man in das Zimmer über der Fischbude schicken kann.

«Wir bringen sie um und hauen dann ab», sagt sie, ganz außer Atem vor Aufregung.

«Am selben Tag!» Katie strahlt richtig bei der Vorstellung.

«Ich werde anfangen, meiner Mutter Geld aus dem Portemonnaie zu klauen. Sie weiß sowieso nie, wie viel sie dadrin hat. Und Schmuck nehme ich auch noch an mich. Wir könnten ja vielleicht nach Schottland fahren.»

«Spanien», sagt Charlotte. «Irgendwohin, wo es schön warm ist. Jean war mal in Spanien. Da wären alle Häuser weiß, hat sie erzählt, und dass alle immer fröhlich wären, weil sie nachmittags schlafen.»

Katie lacht, es klingt glockenhell, ganz anders als Charlottes raues, derbes Gelächter. «Na gut», sagt sie. «Wenn es Spanien sein soll, nehmen wir ein Schiff. Vorher fahren wir noch zum Haus meines Opas. Das ist voller Wertsachen, die wir verkaufen könnten, und da wird uns niemand vermuten, zunächst jedenfalls nicht, wenn alle noch unter Schock stehen. Ich werde einen Schlüssel nachmachen lassen. Und für Reisen nach Europa braucht man keinen richtigen Pass. Bloß so einen aus Pappe, die es bei der Post gibt.»

Charlotte hat überhaupt keinen Pass, aber wen juckt's, um all das wird sich Katie kümmern. Im Geist kann sie es schon vor sich sehen, sie beide auf einem Schiff, einer großen Fähre, zusammen in den salzigen Wind kreischend, bis sie so lachen müssen, dass ihnen die Tränen übers Gesicht laufen.

«Wann?», fragt sie. Schon jetzt kommt es ihr vor, als wäre alles besser. Sogar der Regen lässt nach.

«Bald», sagt Katie. «Lass mich erst genug Geld beisammenhaben.»

«Ich glaub nicht, dass ich viel zusammenklauen kann.» Sie hasst es, dass sie so arm ist. Die Armut haftet an ihr wie Schmutz unter den Fingernägeln, der sich nicht entfernen lässt.

«Rede keinen Unsinn.» Katie nimmt Charlottes Gesicht in beide Hände. «Du musst nur *dich* mitbringen.»

«Ich liebe dich, Katie Batten», sagt Charlotte. «Meine Bonnie.»

«Ich liebe dich auch, Charlotte Nevill. Mein Clyde. Mein Komplize.» Sie lächelt, während sie immer noch Charlottes Wangen umfasst hält. «Das machen wir auf jeden Fall, nicht wahr? Abgemacht? Kein Spiel mehr, sondern Ernst?»

Charlotte nickt. «Großes Ehrenwort. Ich schwöre.»

«Großes Ehrenwort. Ich schwöre», flüstert Katie zurück. Und neigt sich vor, um Charlotte zu küssen.

56

JETZT

MARILYN

Es ist schon dunkel, als wir wieder in der Stadt sind. Da ich es nicht riskieren mag, sie in Simons Hotel mitzunehmen, miete ich uns ein Zimmer in einem Travelodge-Hotel unweit der Innenstadt, für zwei Übernachtungen, und zahle im Voraus in bar, nur auf die Gefahr hin, dass die Polizei meine Kontobewegungen im Auge behält. Paranoia kann ansteckend sein. Außerdem gebe ich Lisa hundertfünfzig Pfund, damit sie immer etwas Geld dabeihat. Sie ziert sich erst ein wenig, aber ich bestehe darauf, bis sie es annimmt.

Wir kochen uns einen starken Kaffee und machen es uns auf dem Bett bequem, Lisa im Schneidersitz; das Messer, das sie in der Jugendherberge entwendet hat und in der Jacke dabeihatte, liegt auf dem Tisch, außer Reichweite. Mit ihrem merkwürdigen blauen Haar und in den Khakiklamotten sieht sie so viel jünger aus, wie höchstens Ende zwanzig, aber diese Maskerade erinnert mich auch daran, dass sie eine Frau ist, die praktisch gezwungen war, einen Weg zu finden, um zu überleben. Sie hat mir von ihrem früheren Leben erzählt, als Kind, von dem Plan, den sie mit Katie geschmiedet hatte. Aber danach? Gefängnis. Angst. Leben im Verborgenen. Wer weiß, was sie damals alles durchgemacht hat? Damals wird sie allerdings auch Fähigkeiten ausgebildet haben, die ihr nun, glaube ich, in Fleisch und Blut übergegangen sind. Und mit denen sie nun Ava retten könnte. Von Avas möglicher Schwangerschaft habe ich ihr nichts erzählt. Man muss sie nicht noch unnötig belasten.

«Armer Jon», sagt sie, als die Meldung gerade wieder im Fernsehen läuft. «Er war kein so schlechter Mensch. Bloß schwach. Er hätte Ava nie entführt. Und er kam von Anfang an nicht in Frage. Weil er nichts von Peter Rabbit wusste.»

«Peter Rabbit?», frage ich.

«Daniels Lieblingsplüschtier. Ein Geschenk zu seinem zweiten Geburtstag. Seinem letzten. Jemand hatte einen sehr ähnlichen Hasen bei mir abgelegt, draußen vorm Haus. Jon hätte unmöglich dahinterstecken können.»

Jon Ropers Foto wird wieder eingeblendet, zusammen mit einem von Lisa – meiner Lisa –, und ihr Anblick im Fernsehen ist nach wie vor ein kleiner Schock für mich.

«Er hat uns das gesamte Geld überlassen, das er von der Zeitung bekommen hatte. Dafür, dass er denen alles über unser Leben erzählt hat. Mich bloßgestellt hat. Seine Mutter hatte dafür gesorgt, dass es fast komplett auf der Bank landete, damit er es nicht sofort in Alkohol umsetzte, und als er dann trocken war, hatte er wohl Gewissensbisse. Es war kein Vermögen, aber genug, um das Haus anzuzahlen, und dort konnte ich endlich mit Ava Wurzeln schlagen. Ich hätte ihn nie verletzen können, so wie er nie seiner kleinen Crystal etwas hätte zuleide tun können. Es ist Katie. Ich wusste von Anfang an, dass es Katie war. Wir haben viel rumgesponnen zusammen, uns alles Mögliche vorgestellt, aber immer nur zum Spaß.» Nach einem Schluck Kaffee blickt sie versonnen in den Becher hinab. «Bis zu dieser Abmachung.»

«Warum hast du die vor Gericht nicht erwähnt? Dann hätte Katie auf jeden Fall auch Schwierigkeiten bekommen.» Ich versuche noch, ein klares Bild von der Vergangenheit zu gewinnen, die sie so lange für sich behalten hat. Sie hat mir unterwegs davon erzählt, im Auto, aber es ist alles noch ein wenig konfus in meinem Kopf. Wer sie war. Wer Katie war.

«Ich wollte ja gar nicht, dass Katie Schwierigkeiten bekommt. Außerdem habe ich vor Gericht überhaupt nichts gesagt. Kein einziges Wort. Ich habe den ganzen Prozess über geschwiegen. Und auch vorher schon. Bis auf vier Worte: *Ich habe ihn umgebracht*. Mehr gab es nicht zu sagen. Katie hat geweint und alles Mögliche gesagt, mit leiser, zaghafter Stimme, um nicht bestraft zu werden. Ich saß einfach nur da. Mir war alles egal.»

«Weil Daniel tot war?» Ich sage ganz bewusst nicht, *weil du Daniel umgebracht hattest*.

«Weil es alles umsonst war.» Sie starrt vor sich hin, als würde sich gerade ein Fenster in eine Vergangenheit öffnen, die ich mir nicht vorzustellen vermag. Auch ihre Stimme verändert sich leicht, sie spricht nun mit Charlottes nordenglischem Akzent. «Ich war nur mit mir beschäftigt. Mit dem ganzen Scheiß in meinem Leben. Ich war unendlich eifersüchtig auf ihn. Dass er immer Süßigkeiten bekam, wie behutsam Ma mit ihm umging. Mein Gott, wie habe ich ihn gehasst. Ich war blind für die Wahrheit, obwohl sie mir direkt vor Augen stand.»

Ihr kommen die Tränen, und ich denke an das Mädchen, von dem in den Zeitungen die Rede war, das kleine Ungeheuer, das niemals weinte. Auch ich habe Lisa nie weinen sehen. Leben wir im Grunde nur eine Fortsetzung unserer Kindheit, wenn wir erwachsen sind? Wie viel muss sich in ihr angestaut haben? «Wofür bist du blind gewesen?», frage ich.

«Im Obduktionsbericht war die Rede davon, dass Daniels Körper Spuren einer Anzahl von Verletzungen aufwies, die ihm über einen längeren Zeitraum zugefügt worden waren. Die er erlitten hatte, das war der Wortlaut, glaube ich. Ein Befund, mit dem ich zunächst gar nichts anzufangen wusste. Natürlich gingen alle davon aus, dass ich ihn misshandelt hatte, und mein Schweigen hat sie noch darin bestärkt. Es war mir mittlerweile egal. Ich *wollte* sogar, dass sie es gegen mich verwenden. Weil ich es hätte sehen müssen. Weil ich es hätte wissen müssen.»

«Du hattest ihn nicht misshandelt.»

«Nein. Aber die Momente, wenn er sich um meine Aufmerksamkeit bemühte. Um meine *Zuneigung*. Wenn er hinter mir hergelaufen ist. Er wollte auch nicht mit Tony und Ma alleingelassen werden. Weil Tony ihn auch geschlagen hat. Ich hätte mit ihm weglaufen sollen. Hätte der Frau vom Jugendamt davon erzählen sollen. Er muss so ängstlich und allein gewesen sein, und ich war seine einzige Hoffnung, aber ich war so verblendet vor eigener Wut, eigenem Schmerz und eigener Angst, dass ich nichts wahrgenommen habe. Der Alkohol und die Tabletten haben auch eine Rolle gespielt. Ich hätte ihn beschützen müssen.» Ihr versagt fast die Stimme. «Aber stattdessen habe ich ihn umgebracht.»

Dann bricht sie in Tränen aus. Wird von heftigem Schluchzen geschüttelt, während sie leise vor sich hin weint, von Kummer überwältigt. Ich nehme sie in den Arm, ohne Rücksicht auf meine angeknacksten Rippen, und wiege sie sanft vor und zurück.

«Beruhige dich, ist ja gut, ist ja gut», sage ich, obwohl mir klar ist, dass es nie wieder gut werden kann, dieses schreckliche Ereignis, das sie für alle Zeit mit sich trägt. «Wir finden Ava.» Das Thema Daniel klammere ich lieber aus, um es mit irgendwelchen Floskeln nicht noch schlimmer zu machen. Ava aber ist noch am Leben, und ich habe sie gern, und ich habe auch meine beste Freundin gern, ungeachtet ihrer Vergangenheit. Das Herz folgt seinen eigenen Gesetzen, und mein Herz schlägt für sie beide.

«Wir finden Katie», versichere ich ihr in finster entschlossenem Tonfall. «Und wir retten Ava.»

57

LISA

Es ist noch sehr früh, kurz nach Tagesanbruch, aber Marilyn ist bereits auf den Beinen und angekleidet. Viel geschlafen haben wir beide nicht. «Ich will wieder im Hotel sein, ehe Simon auftaucht», erklärt sie. «Duschen kann ich dort. Und ich werde mein Haar etwas feucht lassen, damit es so wirkt, als wäre ich eben erst aufgestanden. Ist vielleicht etwas übertrieben, aber wir können ja nicht vorsichtig genug sein, oder?»

Sie erstaunt mich, diese Frau. Bei all dem Mist, mit dem sie sich zurzeit selbst herumschlagen muss, und dem, was sie nun über mein Leben weiß, ist sie trotzdem immer noch hier, bei mir.

«Ich werde mich so bald wie möglich entschuldigen, damit ich wegkann», fährt sie fort. «Ein Termin bei der Bank oder so etwas. Bis mittags bin ich hoffentlich wieder hier. Kommst du bis dahin zurecht?»

«Ja. Ich habe genug zu tun.» Auf dem kleinen Schreibtisch in der Ecke liegt ein Notizblock, auf dem in Stichpunkten festgehalten ist, was wir über Katie wissen – nicht sehr viel –, und ich will als Nächstes eine Liste von Personen aus meinem

Umfeld zusammenstellen. Personen, unter denen sie sich aufhalten und versteckt haben könnte.

«Meine Nummer steht da auch.» Marilyn verharrt noch an der Tür, als zögerte sie, mich allein zu lassen. Ich würde ihr gern versichern, dass sie sich um mich keine Sorgen zu machen braucht, trotz gestern Abend. Weil ich nicht nur die Lisa bin, die sie kennt, sondern auch Charlotte Nevill. «Ich bringe dir nachher ein Prepaid-Handy mit, aber falls irgendwas ist, ruf einfach per Hoteltelefon an, in Ordnung?»

«Ich komme schon klar.» Ich stehe auf und umarme sie vorsichtig. «Und danke noch mal. Danke für alles.»

«Dafür hat man doch Freunde, oder?» Sie grinst, trotz ihrer Müdigkeit, trotz ihrer Schmerzen. Vielleicht hilft es ihr irgendwie, mir zu helfen. Gibt ihr Kraft.

Nachdem sie fort ist, hänge ich das *Bitte nicht stören*-Schild an die Tür und setze mich kurz aufs Bett, während die Kaffeemaschine vor sich hin zischt und brodelt. Ich fühle mich anders. Nach all den Tränen, die gestern Abend plötzlich aus mir herausgebrochen sind, Tränen, die ich über Jahre, fast ein ganzes Leben lang zurückgehalten hatte, komme ich mir wie gereinigt vor, erfrischt. Als wären alle möglichen Schichten von mir heruntergespült worden. Und ich habe wieder Hoffnung. Ich habe Marilyn. Sie hat mich gern, so, wie ich bin. Auch ich bin also liebenswert. Wie es auch weitergehen mag, ich kann sagen, dass ich geliebt worden bin.

Wir teilten uns das Bett, beide in Unterwäsche. Trugen unsere Wunden offen zur Schau, die Spuren unseres geheimen Lebens. Die hell verblichenen Brandnarben hinten in meinen Kniekehlen, aus der schlimmsten Zeit in den Tagen *danach*, als ich mir weh tun wollte und mich dort mit Zigarettenglut verbrannte, und die frischen, massiven Blutergüsse, mit denen Marilyns Haut übersät ist. Als wir das Licht ausgemacht hatten und uns die Dunkelheit umfing, erzählte sie mir von Richard. Von der schleichenden Veränderung, die über die Jahre mit ihm vor sich ging. Wie er immer unbeherrschter wurde, nicht mehr bloß gereizt war, sondern sich in Wutausbrüche hineinsteigerte, die in letzter Zeit auch in körperliche Gewalt mündeten, und wie sie jedes Mal gehofft hatte, tief beschämt über sich selbst, es würde nicht wieder vorkommen. Diesmal war ich es, die zuhörte und sich fragte, wie jemand so etwas so lange geheim halten konnte, während im nächtlichen Dunkel mit stockender Stimme die Wahrheit offenbart wurde.

Wir sind stark heute Morgen, Marilyn und ich. Haben gemeinsam zu dieser Stärke gefunden. Und ich fühle mich ruhig. Gelassen. Katie wird Ava nichts tun – noch nicht. Sie mag zwar irre sein, das schon, aber sie schummelt nicht, das muss man ihr zugutehalten. Sie hat Ava in ihre Gewalt gebracht, als Lockvogel, und sie wird diese Schwäche bei mir zum Vorschein bringen wollen, wenn wir uns wiederbegegnen. Die Situation erinnert an die Szenen aus klassischen Gangsterfilmen der Vierziger, die wir damals so gerne auf dem Abbruchgelände nachspielten. Sie ist James Cagney, der sich irgendwo verschanzt hat, mit Geiseln als Druckmittel, und ich bin der FBI-Typ, der ihr auf der Spur ist. Wir mögen älter werden, aber so richtig erwachsen werden wir im Grunde nie. Unser Wesen ändert sich nicht. Ich kenne Katie.

Als Marilyn mich gestern Nacht fragte, nachdem sie mit ihrer Beichte fertig war, worum es Katie eigentlich ging, meiner Ansicht nach, habe ich gelogen. Sie wolle, was ich ihr damals versprochen habe, habe ich gesagt. Dass wir zusammen abhauen, zugleich frei und auf der Flucht sein würden. Keine Ahnung, ob sie mir das geglaubt hat, weiter nachgehakt hat sie jedenfalls nicht mehr. Wie auch? Katie ist für sie völlig abstrakt, eine Art Buhmann. Eine finstere Gestalt aus meiner

Vergangenheit. Mag sein, aber sie hat mich damals nicht nur ruiniert, sondern auch gerettet, beides zugleich. Jene Tage davor gehören zu den schönsten Tagen meiner Kindheit. Wie soll ich das erklären? Nie zuvor hatte ich jemanden so geliebt wie Katie, und umgekehrt war ich noch nie so geliebt worden wie von Katie. Wie kostbar es ist, in diesem chaotischen Leben geliebt zu werden. Ich verschließe die Tür vor den Erinnerungen, wie wir Hand in Hand durch die Trümmerwüste liefen, nur die Abmachung ist präsent. Ich erinnere ihren eindringlichen Blick dabei. Ja, ich weiß, was Katie will. Sie will mich umbringen. Das schulde ich ihr. Eine Mutter gegen eine Mutter.

Vielleicht bringt sie mich am Ende um. Solange Ava nichts zustößt, kümmert es mich nicht, was aus mir wird. In gewisser Weise wäre es eine Erlösung. Gerechtigkeit für Daniel, und für mich eine Befreiung von den Schuldgefühlen, die ich mein Leben lang mit mir herumschleppe. Wenigstens wäre er dann nicht mehr so allein in der Kälte. Vielleicht bringt sie mich um, ja, der Gedanke schreckt mich nicht. Als ich ins Bad gehe, spüre ich Charlottes Stärke in mir, ihr Rückgrat. Angst vor dem Sterben habe ich nicht, mag sein, aber leicht werde ich es ihr nicht machen, auf keinen Fall. Vielleicht bringe ich sie am Ende um. Getötet habe ich schließlich schon einmal. Wie schwer kann es schon sein, es noch mal zu tun?

Um acht sitze ich geduscht und angekleidet am Tisch und blicke auf unsere Notizen. Wir wissen nur sehr wenig über Katie. Sie hat nie geheiratet. Keine Kinder. Hat sich um ihre Mutter gekümmert. Zerbrechlich. Hat nie gearbeitet. Es waren auch keine brauchbaren Fotos aufzutreiben. Auf den Bildern hätte sie sonst wer sein können. Sie ist ein paar Monate älter als ich, also inzwischen um die vierzig, aber die wenigen

Fotos, die wir gefunden haben, waren so undeutlich und alt, dass sie keine Hilfe sind.

Das Fehlen von Bildern gibt mir Rätsel auf. War sie kamerascheu, so wie ich? Ihre Identität war nie publik gemacht worden – die Zeitungen druckten weder ihren Namen noch ihr Foto ab –, aber hatte sie trotzdem Sorge, dass die Welt es irgendwie erfahren und sie in Sippenhaft genommen werden könnte? Nein. Eine wahrscheinlichere Erklärung ist, dass sie alles dem Ziel untergeordnet hat, auf diesen Moment hinzuarbeiten. Den Showdown mit mir. Dazu musste sie ein Phantom bleiben, unsichtbar und unbekannt. Musste sich ebenso sehr verborgen halten wie ich.

Ich trinke einen Schluck Kaffee. Tja, sie hat mich gefunden, und nun werde ich sie finden. Der Kreislauf des Scheißlebens. Ich hätte gern eine Zigarette – Charlotte und ihre alten Gelüste machen sich bemerkbar –, stattdessen schnappe ich mir einen Stift und kaue auf der Verschlusskappe herum wie ein Kind, während ich zu schreiben beginne.

Die Liste der Namen ist deprimierend kurz. Als Lisa habe ich sehr zurückgezogen gelebt; ängstlich und klein.

Penny. Sehr unwahrscheinlich. Julia. Scheidet aus. Ich schreibe die verschiedenen anderen Personen auf, mit denen ich über die Arbeit zu tun habe, und keine davon scheint mir in Betracht zu kommen. Zu alt, zu jung, kenne ich schon zu lange, zu farblos. Mrs. Goldman? Hat sie eine Betreuerin oder Freundin, die sie regelmäßig besucht? Außer ihren Angehörigen habe ich nie irgendwen gesehen, und die lassen sich nicht oft blicken. Vielleicht jemand, der tagsüber vorbeikommt, wenn ich bei der Arbeit bin? Hinter ihren Namen setze ich mehrere Fragezeichen. Vielleicht kann Marilyn bei ihr vorbeischauen. Sie ist eine einsame alte Frau, die sich sicher freuen würde, mal mit jemandem zu reden.

Ich beginne eine neue Liste mit der Überschrift «Avas Lehrerinnen», aber unter den Namen, an die ich mich von Elternabenden erinnere, entdecke ich niemanden, der neu an der Schule wäre oder auffällig ihre Nähe gesucht hätte. Wobei eine Lehrerin vermutlich leicht Zugriff auf ihre Tasche hätte, um ihren Schlüssel herauszunehmen. Und unsere Anschrift wüsste sie auch bereits. Auszuschließen sind sie alle nicht, doch ich kann's mir irgendwie nicht vorstellen. Lehrer haben schließlich Studienabschlüsse, werden vor der Einstellung gründlich überprüft und so weiter. Wie viel davon könnte Katie fälschen? *Unterschätze sie nicht*, warne ich mich. *Hochintelligent war sie damals schon.*

Avas Freundinnen liste ich ebenfalls separat auf. Das ist die größte Grauzone. Ich habe mich immer bemüht, so viel wie möglich an ihrem Leben teilzunehmen, aber das ist mit den Jahren schwieriger geworden. Ich müsse lernen, loszulassen, hat Alison mir ständig gepredigt. Sie ein normales Teenagerleben führen lassen. Tja, so viel dazu. Schönen Dank für den guten Rat, liebe Bewährungshelferin. Geheime Facebook-Nachrichten. Wie viele Leute hat Ava gekannt, von denen ich nie etwas gehört habe? Leute, die durch den Kontakt mit ihr von mir erfahren haben könnten?

Ihre Schwimmkameradinnen kenne ich, sie streiche ich von der Liste. Katie ist kinderlos geblieben, und von bösen Stiefmüttern, die erst kürzlich aufgetaucht sind, wüsste ich auch nichts. Das hätte ich erfahren.

Ich starre das Blatt an und bin ratlos. Sie hat mich über Jon gefunden. Vielleicht sollte ich mit ihm anfangen. Zu seiner Wohnung fahren und mit den Nachbarn reden. Nein, das geht nicht. Die Polizei wird in der Gegend noch aktiv sein, und eine Unbekannte, die plötzlich auftaucht und Fragen stellt, dürfte sofort Verdacht erregen. Dumm, dass ich jetzt nicht Marilyns Handy hier habe. Damit könnte ich zumindest nach Artikeln über ihn suchen. Vielleicht sind Informationen dabei, die wir verpasst haben, weil im Fernsehen nichts darüber berichtet wurde.

Ich denke so angestrengt nach, dass mir die Liste vor den Augen verschwimmt. Katie, Katie, wo bist du? *Sie will, dass du sie ausfindig machst*, erinnert mich Charlotte. *Das hier ist ein Spiel. Sie wird keine Wildfremde sein. Es wird Hinweise geben, Fingerzeige.* Da ist etwas, das mir nicht einfallen will. Ich runzle die Stirn. Etwas, an das ich mich wirklich erinnern sollte.

Und dann sehe ich es. So hell wie der Tag. Ich weiß, wer Katie ist.

58

SIE

Es ist gar nicht so einfach, spurlos zu verschwinden. Ich weiß, wovon ich rede. Weil ich schon einige Male abgetaucht bin. Das muss man planen. Gründlich. Und von langer Hand. Zunächst verschiebt man kleinere Geldbeträge. Gewiss, das hinterlässt Papierspuren, aber wenn man genug Papier erzeugt, entsteht dabei ein solches Durcheinander, dass sich niemand mehr hindurchwühlen mag. Man muss auch warten können, das gehört zur Planung dazu. Im Warten habe ich großes Geschick entwickelt. Als meine Mutter endlich gestorben war – bei manchen Unfällen lässt sich nachhelfen, wenn man Reparaturen von einem betrunkenen Mechaniker erledigen lässt –, habe ich meine Pläne für mein sorgfältig angelegtes Erbe in die Tat umgesetzt.

Ich begab mich auf Reisen. Was die Vorschriften für Bargeldkonten betrifft, lassen Banker im Ausland gern mal fünfe gerade sein, sofern man sich darauf versteht, sie zu überzeugen. Ich verkaufte Immobilien an Offshore-Firmen, die tief in dem komplexen Netz meiner Vermögensanlagen verborgen waren. Ich veräußerte Firmen an diverse Identitäten, die ich gefälscht hatte, um sie zu gegebener Zeit zu nutzen.

Du siehst mich an, als wäre ich irgendwie verrückt, Ava. Ich habe zwar keine Schule besucht und auch nicht studiert, aber ich habe mich immerzu weitergebildet. Ich ging mit der Sorte Finanzjongleuren und Wirtschaftskriminellen ins Bett, die mir viele Tricks beibringen konnten, und wenn ich von ihnen genug gelernt hatte, machte ich mich aus dem Staub. Eine Erlösung, vermutlich nicht nur für mich. Allzu liebenswert bin ich nie gewesen. Das hat Mutter mir in ihren späteren Jahren oft bescheinigt. Als sie begonnen hatte, *mich* zu sehen, statt der Prinzessin, die sie sich immer gewünscht hatte.

Charlotte hatte immer ein verzweifeltes Bedürfnis nach Liebe. Ich nicht. Nach der Freundschaft mit ihr war mein Bedarf gedeckt. Bei Charlotte dagegen wusste ich, dass sie immer jemanden brauchen würde. Und Menschen haben eine Schwäche, die dir wohlbekannt sein dürfte, kleine Ava, sie können nicht den Mund halten. Je größer das Geheimnis, desto höher die Wahrscheinlichkeit, dass sie es letzten Endes ausplaudern, und zwar vor aller Welt, und genau das war bei deinem Vater der Fall.

Ich habe die Geschichte in Spanien gelesen. Nach Charlottes Freilassung habe ich mir täglich die Zeitungen besorgt und nicht einen Tag ausgelassen. Man muss sehr gewissenhaft vorgehen, wenn man jemanden finden möchte. Wie konnte ich das Risiko eingehen, auch nur ein winziges Detail oder Foto zu verpassen, die mich zu ihr führen könnten? Als es dann so weit war, prangte sie auf allen Titelseiten. Als er alles ausgeplaudert hat. Ich habe die Artikel förmlich verschlungen, Wort für Wort. All die lächerlichen Details, die er hinzugedichtet hatte, um sich in ein günstiges und sie in ein schlechtes Licht zu rücken. Schon da wusste ich, dass ich ihn eines Tages umbringen müsste. Einfach nur, weil er so erbärmlich war, selbst dann, wenn es für mich nicht zwingend erforderlich wäre. Wie sich herausstellte, war er am Ende tot weit nützlicher als lebendig. Wie wunderbar sich doch alles fügt, ganz prachtvoll.

Jedenfalls, wo war ich stehengeblieben? Ach ja, die Geschichte, die er verkauft hat. Danach fiel mir das Warten schwerer denn je. Und wie schwer, mein Gott. Was, wenn er vor der Zeit starb? Sich schon jung unter die Erde soff? Einen tödlichen Autounfall hatte? Das Leben erscheint einem nie zerbrechlicher als in Zeiten, wenn der eigene Erfolg davon abhängt, dass jemand anderes noch ein paar Jahre am Leben bleibt. Geduld aber ist das A und O, wenn Pläne nicht vorzeitig scheitern sollen. Wer die Geduld verliert, wird nachlässig. Ich musste mich auf das konzentrieren, was ich zu erledigen hatte, und darauf vertrauen, dass mir das Glück, was Jon betraf, hold bleiben würde. Ich musste jahrelang warten. Aber ich hatte in der Zeit genug zu tun.

Als Erstes musste ich Katie Batten ins Jenseits befördern. Es war nicht schwer. Wenn man allein und ungeliebt ist, stellt niemand Fragen oder sucht nach einem. Jedenfalls nicht die spanische Polizei, die mit betrunkenen oder zugedröhnten Jugendlichen wahrlich genug zu tun hat. Wer wird da schon Zeit mit der Suche nach einer ertrunkenen Engländerin vergeuden? Nachdem Katie also offiziell tot war, aktivierte ich eine meiner anderen, ruhenden Identitäten – ja, so etwas kann nicht nur die Regierung erschaffen – und wartete den rechten Augenblick ab. Ich durfte nicht zu schnell in Jons Welt vordringen. Er musste sie erst vergessen, verstehst du? Musste über die Sache hinweg sein, sich nur noch undeutlich an ihre Worte erinnern, zum Beispiel über Mädchen B. Dazu musste erst eine gewisse Zeit ins Land ziehen.

Selbstverständlich ging ich nach wie vor täglich die Zeitungen durch, aber nach Jons Vertrauensbruch war deine Mutter natürlich sehr viel vorsichtiger geworden. Und sie musste sich auf dich konzentrieren. Dich lieben und dafür sorgen, dass dir nichts passierte. Sie würde also eine ruhige, geregelte Existenz anstreben. Um dir die Kindheit zu bieten, die sie nie hatte. Sie hatte immer ein großes Herz, Charlotte. Beschädigt zwar, aber groß.

Nach einer Weile bezog ich eine Wohnung in Jons Umgebung, suchte mir einen Job – Kassiererin im Supermarkt – und wartete noch etwas länger. Ich konstruierte nach und nach ein Leben um mich herum. Die Menschen glauben an solche Lebenslegenden, als sei darin die Wahrheit über jemanden enthalten, obwohl es sich um bloße Augenwischerei handelt. Man braucht sich doch nur Facebook anzusehen. Diese armen, bedauernswerten Existenzen, die sich gegenseitig mit Urlaubsfotos zu übertrumpfen versuchen, mit tiefstapelnder Angeberei, mit dämlichen Hashtags wie #glücklich. Die Leute als Freunde hinzufügen, denen sie nie im Leben begegnet sind und die sie zu kennen glauben, weil sie irgendwelchen Mist mit ihnen teilen. Mit einem wahllosen Freund als einzigem Bindeglied. Dein Vater hatte für soziale Medien nichts übrig. Nach seinen Erfahrungen mit der Presse hatte er wohl gegen alles mit dem Begriff «Medien» im Namen eine reflexhafte Abneigung. Aber er lebte allein und war trocken, und er machte es einem so einfach, ihm näherzukommen. Langsam, ganz langsam sorgte ich dafür, dass er sich in mich verliebte. Na ja, nicht in mich. In Anna. Anna, das Mädchen von der Supermarktkasse. Lieb und freigebig.

Es heißt immer, Frauen seien das schwache Geschlecht. Ließen sich mehr von Gefühlen leiten als Männer. Wer hat diesen Unsinn je in die Welt gesetzt? Ein verliebter Mann ist die Schwäche in Person. Ein verliebter Mann hat keinerlei

Geheimnisse vor einem. Erzählt einem alles, teilt alles mit einem. Gibt einem alles. Auch bei ihm war es so. Als ich den Hahn in ihm erst mal aufgedreht hatte, kam die Geschichte nur so aus ihm herausgesprudelt. Er hat dich geliebt, weißt du, auf seine eigene, schwächliche Art. Er zeigte mir den Brief, den deine Mutter ihm 2006 geschickt hat, nachdem er ihr das Geld geschenkt hatte. Er hatte es nicht ausgegeben.

Sie hätten dir den Namen Crystal gegeben, hat er erzählt, aber er vermutete, dass sie ihn zu Ava geändert hatte. Ava, so wie sie dich von Anfang an hatte nennen wollen, aber das hatte er unterbunden. Weil er damals fand, es sei ein Altfrauenname, doch er hatte seine Meinung geändert, jetzt fand er ihn schön. Er jammerte in einem fort. Hätte ja so gern Kontakt zu dir gehabt und gewusst, wo du lebtest, und litt ja so darunter, dass du vermutlich gar nichts über ihn wusstest. Nichts Gutes jedenfalls. Dabei solltest du doch nur wissen, dass er dich liebhatte.

Ich musste mir ein Lachen verkneifen, offen gesagt. Was stimmt da nicht mit Männern? Erst brocken sie sich ihr Unglück selbst ein, und dann geben sie die Schuld daran anderen. Immer dieses Selbstmitleid, das muss irgendwie genetisch bedingt sein. Er wollte dich ausfindig machen, hatte aber keinerlei Anhaltspunkte; beim Amt für Bewährungshilfe war er abgeblitzt, da hieß es, dass er sich bis zu deinem achtzehnten Lebensjahr gedulden müsse. Was hatte er denn erwartet? Seinetwegen waren Kosten für eine komplett neue Identität angefallen, und so was ist nicht billig, das kann ich bezeugen.

Ich habe ihm geraten, dich zu vergessen. Seine Sehnsucht nach dir, das sei nicht gesund, es sei an der Zeit, ein neues Kapitel aufzuschlagen. Und zwar mit mir, für unsere gemeinsame Zukunft. Er war schwach, immer so schwach, und stimmte mir zu. Den Brief habe ich natürlich an mich genommen. Weil er ihn zu sehr an die Vergangenheit kettete.

Er hatte es nicht verdient, diesen Brief zu behalten – den Hinweis darauf, wo ihr beide zu finden wart, hatte er glatt übersehen. Den kleinen, verblassten Poststempel, vorne auf der Briefmarke. Mir allerdings fiel das sofort ins Auge. Und zwar klar und deutlich.

59

MARILYN

Ein Segen, dass ich so früh ins Hotel zurückgekehrt bin. Wenige Minuten nachdem ich aus der Dusche kam, rief Simon auf meinem Zimmer an und bestellte mich in einen Besprechungsraum; er müsse einiges mit mir durchgehen. Er ist auffallend blass, wirkt müde und übernächtigt; den Grund dafür meine ich zu erraten.

«Sie wirken ein wenig unpässlich», sage ich, während ich mit Schrecken verfolge, wie er einen Schwung Ausdrucke und Schulungshandbücher auf den Tisch packt und den Projektor anschaltet. Es steht auch ein Teller mit Gebäck bereit, das wir aber beide nicht anrühren. «Wir können das gern auf ein andermal verschieben; ich finde heute sicher genug zu erledigen.» *Wie etwa, weiter einer Mordverdächtigen auf der Flucht zu helfen.*

«Mir fehlt nichts. Bloß schlecht geschlafen.» Weitere Erklärungen kann er sich sparen. Lisa ist diesen Monat Nachrichtenthema Nummer eins. Die Polizei hält sich zwar bedeckt, was neue Informationen angeht, die Nachrichtensender aber berichten trotzdem rund um die Uhr über sie und graben alles Mögliche aus ihrer Vergangenheit aus. Was zwar für Lisa und mich ganz nützlich sein könnte, aber für Simon eher weniger.

«Jedenfalls», fährt er fort, «möchte ich mit Ihnen die verschiedenen Schulungsprogramme und Anreizpläne durchgehen, die wir hier in der Manning Group haben, und zwar nicht nur für Festangestellte, sondern auch für Leiharbeitskräfte. Es ist mir ein Anliegen, dafür zu sorgen, dass hier allen die Möglichkeit offensteht, ihr Potenzial voll auszuschöpfen.»

«Das ist genau der Ansatz, den auch Lisa verfolgen würde.» Schon im nächsten Augenblick bereue ich meine unbedachten Worte. «Entschuldigung, das hätte ich nicht – es ist nur – na ja, was sie nun auch getan oder nicht getan haben mag, das war jedenfalls ihre Philosophie, wenn sie Leute eingestellt hat. Ich glaube auch nicht, dass sie das nur vorgetäuscht hat.» Ich gebe mich defensiv, und in gewisser Weise will ich ihn wohl dazu herausfordern, mich zu feuern. Dann wäre mein Leben zwar im Eimer, aber ich wäre immerhin frei und könnte Lisa helfen, Ava zu finden.

Ich rechne mit einem Anpfiff. Stattdessen macht er den Eindruck, etwas sagen zu wollen, aber nicht zu wissen, wie er es ausdrücken soll. «Es ist eigenartig, oder?», sagt er schließlich. «Ich meine, eigenartig klingt fast zu harmlos, aber eigenartig ist es eben schon.»

«Was meinen Sie?» Ich habe Herzklopfen. Will er mir irgendwie ein Bein stellen? Hat Penny ihm von meinem Ausbruch gestern erzählt, und er will nun ausloten, wie verrückt ich tatsächlich bin?

«Was sie angeblich getan haben soll, nach Aussage der Polizei. Was sie getan hat. Keine Ahnung.» Sein Kiefer wirkt angespannt. «Ich habe ihr mal erzählt, dass ich früher auch Fehler gemacht habe. Dinge getan habe, die ich nicht hätte tun sollen. Ich war in – nun ja, man muss wohl sagen, illegale

Aktivitäten verstrickt. Es heißt ja, man soll Leute nie danach fragen, wie sie ihre erste Million gemacht haben. Diese Frage würde ich äußerst ungern beantworten müssen. Zumindest nicht wahrheitsgemäß.»

«Wir alle tun Dinge im Leben, die wir später bereuen.» Ich weiß nicht, was ich sonst sagen soll, aber ich möchte, dass er weiterredet.

«Ich habe ein gutes Gespür für Menschen. Immer schon. In manchen Situationen war das lebenswichtig.» Er sieht mich direkt an. «Und all diese Sachen in der Presse, dieser neue Mord, ihr Ex, und dann noch Ava ... sehr schwer zu glauben, finde ich. Scheint mir eigentlich unvorstellbar. Ich meine, könnte sie das alles wirklich getan haben? Die ... diese Sache in der Vergangenheit, das ist furchtbar und grauenhaft, und ich werd's nie verstehen können, aber es ist ja doch schon lange her. Aber diese neuen Geschichten? Ein weiterer Mord? Während sie gleichzeitig normalen Umgang mit uns hatte? Da stimmt was nicht. Ganz und gar nicht.»

Es pocht energisch an der Tür, und dann kommt auch schon eine Frau in den Fünfzigern hereingeschneit, im eleganten Kostüm und mit einem kühlen, geschäftsmäßigen Lächeln. «Karen Walsh. Leiterin interne Fort- und Weiterbildung. Ich bin hier für alles zuständig, von der Küche bis hin zum Hotelbetrieb. Sie hätten sich doch nicht herbemühen müssen, Simon.» Sie lächelt ihn an, aber es ist klar, dass seine Teilnahme eher unüblich ist.

«Ich möchte eben nicht aus der Übung kommen», erwidert er, und damit ist die Gelegenheit für uns dahin, uns über Lisa auszutauschen. Dass dieses Weib auch ausgerechnet jetzt hereinplatzen musste! Ist Simon auch der Ansicht, dass Lisa mit dem Mord an Jon nichts zu tun haben kann?

Er wendet sein Augenmerk wieder den Unterlagen zu.

«Das hier sind die Präsentationen, die die neuen Mitarbeiter an unseren Schulungstagen zu sehen bekommen. Wir haben sehr hohe Standards, die in allen Häusern gleichermaßen erfüllt werden müssen, es ist also wichtig, dass hier keine Fragen offen bleiben. Penny hat mir erklärt, dass Sie bis auf weiteres hier arbeiten werden. Da kann es nicht schaden, Ihnen gleich einen umfassenden Einblick in den Betrieb zu ermöglichen.»

Na großartig. Penny hat ihm also von meinem Ausbruch erzählt. Ich senke den Blick auf die endlose Liste von Themen, die sie mit mir durcharbeiten wollen. Das wird Stunden dauern. «Also, dann mal los», sage ich mit angestrengtem Lächeln. «Je eher wir anfangen, desto eher sind wir fertig.» *Warum heute*, denke ich, als er das Licht ausschaltet und den Projektor aufflammen lässt. *Gerade heute, wo Lisa meine Hilfe benötigt?* Ich sehe ihn an. Er starrt auf das Bildfeld, wirkt aber irgendwie abgelenkt. Angespannt. Als würde er im Kopf gerade einen weiteren Knoten in seinen Gedanken entwirren. Ich weiß, wie es sich anfühlt. Ich habe das auch schon hinter mir.

Vorne im Raum beginnt Karen Walsh nun mit der ersten Präsentation. Ich gebe mir wirklich Mühe, ihr zuzuhören, aber meine Gedanken geraten ständig auf Abwege. Was, wenn Lisa von irgendjemandem gesehen wird? Was, wenn sie das Rätsel nicht zu lösen vermag, wer Katie ist? Was, wenn es uns nicht gelingt, Ava rechtzeitig zu retten? Und ist Simon möglicherweise ein Verbündeter?

60

LISA

Mein Haar ist zur Abwechslung nicht knallig blau oder pink, aber ich hab's zum gewohnten Pferdeschwanz gebunden und mich nur dezent geschminkt. Ich bin in einer eher gehobenen Gegend der Stadt unterwegs, und ich möchte nicht unnötig auffallen, auch wenn ich nicht annehme, dass hier hinter jeder Gardine ein Augenpaar lauert. Tatsächlich wirken die Straßen wie ausgestorben, die Leute sind bei der Arbeit oder vielleicht sogar verreist, nach Frankreich oder Spanien, wo sie ihren monatelangen Sommerurlaub verbringen, mit dem sie sich dafür belohnen, dass sie für die Hypothek für ihre großen Häuser die restlichen Monate des Jahres schuften bis zum Umfallen.

Die Vorhänge sind offen, Lebenszeichen aber sind hinter den großen Fenstern an der Hausfront nicht zu entdecken. Es überrascht mich nicht. Dies ist nicht der Schauplatz für einen Showdown zwischen mir und Katie, nur eine Zwischenstation auf dem Weg. Dennoch habe ich schwitzige Hände und einen trockenen Mund, und ich bin heilfroh, das Messer in der Jackentasche dabeizuhaben. Die Polizei oder Marilyn kann ich nicht anrufen, erst muss ich sicher sein.

Und selbst dann kann ich die Polizei erst einschalten, wenn ich genau weiß, wo sie ist. Ich darf mein Baby nicht aufs Spiel setzen. Nach Katie wird nicht gefahndet, nur nach Charlotte. Man würde mich umgehend einlochen, und Ava wäre für alle Zeit verloren.

Das hohe Tor, das seitlich neben dem Haus in den Garten führt, ist nicht abgeschlossen. Sie weiß, dass ich komme. Wozu es mir also unnötig schwermachen? Der Rasen hinter dem Haus ist offenbar länger nicht gemäht worden und passt nicht ganz zu dem nüchternen, steril wirkenden Gebäude. Bist wohl nicht dazu gekommen, Katie, du fleißiges kleines Bienchen, was? Mein Kiefer schmerzt, so sehr spanne ich ihn unwillkürlich an, teils vor Wut, teils vor Angst.

Auch die Schiebetür aus Glas zur Terrasse hin ist nicht verschlossen, und ich trete ins Haus. Ich merke sofort, dass ich richtig vermutet habe. Hier ist niemand. Dazu ist es zu still. Das Haus selbst scheint zu schlummern. Alles wirkt leblos. Penibel aufgeräumt, ohne jeden Krimskrams, der zum Alltag dazugehört. Wäre ich schon früher hier gewesen, hätte ich erkannt, was das hier ist: das Faksimile eines Zuhauses für jemanden, der es nur benötigt, um einen bestimmten Zweck zu erfüllen.

Auf dem Frühstückstresen liegen Zigaretten mitsamt einem Feuerzeug, ein sonderbarer Kontrast zu der ansonsten so unpersönlichen Atmosphäre in der Küche. Ich nehme beides an mich, schließlich sind diese Fluppen für mich bestimmt. Für Charlotte. Alles ein Teil des Plans, Charlotte wieder zurückzubringen. Ich stecke sie ein, zusammen mit dem Feuerzeug, und gehe in den Flur hinaus.

Am Fuß der Treppe stockt mir kurz der Atem, und letzte Zweifel daran, ob ich mit meiner Vermutung richtiglag, lösen sich in Luft auf. Katie war hier. Katie hat mir ein paar

Hinweise hinterlassen. Oh, Katie, du immer mit deinen Spielen.

Katie ist Jodies Mutter, Amelia Cousins. Das steht nun felsenfest.

Immer beruflich unterwegs, der Freund in Frankreich, viel Zeit, um sich um Jon zu kümmern, die Tochter, die die ersten Jahre, ihres Lebens in der Obhut anderer verbrachte. Leicht zu behaupten, dass sie kinderlos geblieben sei, wenn niemand darauf geachtet hat und auch nie eine Leiche gefunden wurde, die man hätte untersuchen können. Hat sie ihre Tochter manipuliert, um über Ava an mich heranzukommen? Um in meiner Nähe sein zu können, ohne mir zu nahe zu kommen?

Ich wende mich wieder der Treppe zu. Auf den cremefarbenen Stufen liegen kleine Muscheln, wie eine Brosamenspur, die zum Haus einer Hexe führt, und ich folge der Muschelspur, die ins große Schlafzimmer mündet. Es ist eine extravagante Geste – als würde ich nicht selbst auf die Idee kommen, mich auch im Obergeschoss umzusehen, wenn ich schon mal hier bin –, aber sie zeugt davon, dass Katie ihren Spaß hat. Auf dem Doppelbett, natürlich so makellos wie in einem Katalog, liegt der Hauptpreis.

Das Erste, was mir ins Auge fällt, ist die Muschelschale, und sogleich steigt in mir die Erinnerung an eine Muschel auf, die mir ans Ohr gedrückt wird, das geheimnisvolle Meeresrauschen, Katies kleine Hand, die meine umfasst hält, ihr entschlossener Gesichtsausdruck. Ich weiß, wieso diese Muschel hier liegt. Als Sinnbild meines Verrats.

Ich hebe sie hoch, aber nur mit den Fingerspitzen, zimperlich fast, als könnte sie irgendwie aus den inneren Windungen zum Vorschein kommen – *Hör doch nur, Charlotte! Ist das nicht wundervoll! Man kann das Meer rauschen hö-*

ren. Klingt nach Freiheit, nicht wahr? –, lege sie beiseite und nehme mit zittriger Hand die Kassettenhülle vom Bett, die unter der Muschel verborgen lag. Ein Sprung zieht sich quer hindurch, der einst glänzende Kunststoff ist ganz zerkratzt und stumpf vor Abnutzung. Das Cover ist selbst gestaltet; auf dem linierten Papier, offenbar aus einem Schulheft, stehen die Worte «K & Cs Super-Songs!», bunt ausgemalt mit Filzstift, in kindlich sorgfältiger und doch übermütiger Handschrift. Katies Kopie der Kassette, die sie mir damals zu dem Walkman geschenkt hat – *Leave with me baby, let's go tonight* –, all die Jahre aufgehoben. Sie fühlt sich zu leicht an, und ich klappe die Hülle auf.

Mir fällt ein kleiner Zettel mit einer Mitteilung auf, sehr ordentlich und exakt geschrieben; eine Erwachsenenschrift. «Suche nicht nach Jodie, ich habe sie in die Ferien geschickt.» Ich starre die Worte an. Was denkt sie denn, was ich vorhätte? Eine Tochter für eine Tochter? Schätzt sie mich ernsthaft so ein – dass ich mich ihrer Tochter bemächtigen würde, weil sie meine in ihrer Gewalt hat? *Ich bin ihr eine Mutter schuldig, kein Kind. Und dennoch hat sie ihres hier erwähnt.* Ist das die kleine Schwachstelle in Katies Rüstung? Vielleicht würde ich versuchen, mir Jodie zu schnappen, wenn mir das helfen könnte, Ava zu finden. Klar doch, sicher. Aber würde ich ihr weh tun? Nein. Ich könnte einem Kind nichts zuleide tun. Einmal reicht. Nie wieder.

Es befindet sich noch mehr in der Kassettenhülle, in das zusammengefaltete Cover geschoben, und ich ziehe es heraus. Ich bekomme Herzklopfen und japse unwillkürlich nach Luft, als ich sehe, was es ist. Das verschwundene Foto von Ava. Mein Baby. Sie blickt mir lächelnd entgegen, mit noch kindlichem Gesicht – das Bild ist einige Jahre alt –, aber trotzdem, es ist ihr Gesicht. Ich halte mir das Foto an den

Mund, als könnte ich sie irgendwie riechen, einatmen, spüren. Ava. Ava, mein Baby. Ich nehme den ganz eigenen Geruch des Fotopapiers wahr, plastikartig, der mir so vertraut war, kurz nach meiner Entlassung aus der Haft, als ich Jon kennenlernte. Lebenskreise, die sich schließen, immer enger zusammenziehen, bis sie mich zu ersticken drohen. Ich darf jetzt nicht schwach sein. Darf nicht meinem Selbstmitleid nachgeben. Ava, Ava, Ava. Sie braucht mich. Ihr Leben hängt von mir ab.

Ich sammle mich zunächst, noch immer mit dem Foto in der Hand, ehe ich noch einmal die Gegenstände mustere. Unsere Fluchtkassette. Die Muschel. Nicht sonderlich subtil als Fingerzeige, aber das ist auch nicht beabsichtigt. Sie will, dass ich sie finde.

Die Muschel verweist auf die Küste. Skegness. Das Haus ihres Großvaters. Aber wo steht es? Woher soll ich wissen, wo ich hinmuss? Ich lege das Foto kurz aus der Hand, obwohl es weh tut, mein kleines Mädchen loszulassen, und sehe nach, ob sich in der Kassettenhülle vielleicht noch mehr befindet. Nein. Heftige Enttäuschung steigt in mir auf. Sie würde mich doch nicht hierherlotsen, nur um die Spur dann erkalten zu lassen. Ich nehme die Muschel und schüttle sie, aber es kommt kein Papierstreifen zum Vorschein, der darauf wartet, herausgezogen zu werden, und ich werfe sie unwillig auf die Tagesdecke zurück, ehe ich mich schwer aufs Bett sinken lasse. So vernagelt kann ich doch nicht sein. Ich muss irgendwas übersehen haben.

Da fällt mein Blick auf Avas Foto. Es liegt mit der Rückseite nach oben da, und darauf steht, in säuberlicher Handschrift: *Crabstick Café, Brown Beach Street*. Mein Herz schlägt wild. Ich schnappe mir das Telefon vom Nachttisch und rufe mir ein Taxi zum Bahnhof. Skegness. Mein Baby ist in Skegness.

Ich nutze die Zeit, bis das Taxi da ist, und rufe bei Marilyn an, aber es springt sofort die Mailbox an.

«Ich weiß jetzt, wer Katie ist», sage ich. «Jodies Mutter. Ich werde sie ausfindig machen. Ich fahre nach ...» Ich halte inne, aus dem plötzlichen Impuls heraus, besser noch keine zu konkreten Angaben zu machen. «... dorthin, wo wir damals hinwollten, auf unserer Flucht. Sie wartet dort auf mich. Ich melde mich wieder bei dir, sobald ich eine genaue Adresse habe.» Am liebsten würde ich ihr noch sagen, dass ich sie gernhabe, dass sie der erstaunlichste Mensch auf der Welt ist, weil sie an mich glaubt, aber irgendwie bekomme ich die Worte nicht über die Lippen, deshalb lege ich einfach auf. Sie weiß auch so, wie gern ich sie habe. Sie ist meine beste Freundin.

Zwanzig Minuten später bin ich am Bahnhof, und gleich darauf sitze ich in einem Zug. In nicht einmal zwei Stunden werde ich in Skegness sein. Ich lehne mich im Sitz zurück, mit Avas Foto, das ich wie einen Talisman in der Hand halte, und blicke aus dem Fenster auf die Landschaft, die rückwärts an mir vorüberzieht. Wie um mich in meine Kindheit zurückzubefördern.

Es ist an der Zeit, das alles zu beenden. Ich bin unterwegs, Katie, um dich zu finden.

61

VORHER

1989

Sie muss zu Katie. Katie ist die Einzige, die sie aufmuntern kann. Katie wird schon auf sie warten. Aber um zu Katie zu kommen, muss sie ihr Zimmer verlassen. Sie liegt schon den ganzen Vormittag zusammengerollt auf ihrem Bett, auf der vollgepinkelten Matratze. Damit niemand reinkann, hat sie einen Stuhl unter den Türgriff geklemmt. Bisher hat keiner versucht, reinzukommen. Sie hat pochendes Kopfweh. Die Tabletten wirken nicht mehr, das gute Gefühl, als wäre sie vom Rest der Welt durch eine Glaswand getrennt und hätte eine Art Nebel im Kopf, will sich nicht mehr einstellen. Sie will trotzdem noch eine nehmen. Sie hat eine ganze Packung, die in ihrer Jackentasche steckt. Ma wird neue besorgen müssen, aber scheiß auf die. Schlimmer als jetzt kann es nicht mehr werden.

Ma ist nicht da, sie hat bei Jean übernachtet. Ein Mädelsabend, und heute ein Einkaufsbummel, für ihren Geburtstag, das hat Jean Tony erklärt, als sie gestern da war. Mit ihrer «und basta»-Stimme. Nur Jean darf sich das bei Tony rausnehmen. Als er rummosern wollte, hat sie gesagt, Charlotte könnte sich um Daniel kümmern – *Wird dem Mädchen nicht schaden, etwas Verantwortung zu übernehmen, sie ist völlig aus dem Gleis geraten, das sieht doch jeder –*, und damit hatte sich der Fall, obwohl Ma noch kurz protestierte. Eine Tasche wurde gepackt, und dann waren sie auch schon fort. Jean setzt immer ihren Willen durch.

Wäre Ma hier gewesen, wäre *das* mit Tony nicht passiert. Ma mag ein Miststück sein, aber das hätte sie nie zugelassen. Nicht Charlotte zuliebe, sondern wegen sich selbst. Sie fühlt sich benommen, und wenn da nicht diese Schmerzen wären, würde sie sich fragen, ob es vielleicht nur ein schrecklicher Traum war.

Es war spät. Es war dunkel. Sie schlief schon. Sie hatte Daniel mit Bohnen auf Toast vor den Fernseher gesetzt und ihm irgendeinen Zeichentrickschrott angeschaltet, ehe sie sich in ihr Zimmer verzog und etwas von dem billigen Wodka trank, den sie unter ihrem Bett versteckt, gekauft mit Geld, das Katie ihr gegeben hatte. Katie machte sich Sorgen um sie. Katie wollte helfen, dass es ihr besser ging. Katie spendete ihr mehr Wärme, als es der Alkohol je könnte, aber Katie war zu selten da, und Charlotte brauchte den Alk, um den Tag zu überstehen.

Viel war nicht mehr drin in der Flasche. Was früher nur hin und wieder mal vorgekommen war, war inzwischen zu einer Gewohnheit geworden, aber darüber wollte sie auch nicht nachdenken. Egal, alles würde besser werden, wenn sie und Katie erst abgehauen waren. Dann würde sie das Trinken nicht mehr *brauchen*. Sie würden Champagner aus hübschen Gläsern trinken, und zwar nur zum Vergnügen, nicht um den ganzen Mist zu unterdrücken, der darauf brannte, rauszukommen. *Besser raus als rein, Liebes.* Es würde nichts mehr geben, was rauskommen müsste, wenn sie erst fort wären, nur sie und Katie. Dann würde alles perfekt sein.

Es würde keine Nächte mehr geben wie letzte Nacht. Sie will nicht daran denken, aber es geht ihr unentwegt durch den Kopf. Sie muss ihr Zimmer verlassen, traut sich aber nicht. Sie hat Angst. Sie braucht Katie. Sie schließt die Augen gegen ihr Kopfweh, aber das stürzt sie sofort zurück in die Finsternis von gestern Nacht. Zu dem, was geschehen ist. Und sie durchlebt es im Kopf alles noch mal, gegen ihren Willen.

Im ersten Augenblick, als er die Tür geöffnet hatte, war da bloß ein dunkler Umriss gewesen, mit dem Flurlicht dahinter. Sie erinnert sich an die plötzliche Helligkeit, an den Gedanken *Was ist jetzt schon wieder, Daniel, was willst du?*, der ihr durch den Kopf schoss, ehe sie richtig wach war und begriff, dass die Gestalt dort viel zu groß war, um ihr kleiner Bruder zu sein. Daniel schlief noch friedlich in seinem Bett. Daniel, dem nie ein Haar gekrümmt wurde.

Die Tür schloss sich, und dann war sie im Dunkel mit dem abscheulichen, knurrenden, stammelnden Monster ganz allein. Schweiß. Gestank. Ein erdrückendes Gewicht. Hände, so viele Hände. Sein Gemurmel und Genuschel, während sein Atem immer schneller ging. Der schändliche Schmerz. Der Atem, der ihr warm ins Gesicht fuhr. Es war wie in dem Zimmer über der Fischbude, aber schlimmer, so viel schlimmer, weil es hier zu Hause passierte und das Monster Tony war, und er tat *es*, und die über der Fischbude taten *es* nie, selbst wenn sie gern gewollt hätten, bloß all das andere, und *es* war so viel schlimmer, als sie es sich hätte vorstellen können, und wenn er *es* jetzt tat, wer sollte dann die anderen davon abhalten, *es* auch zu tun?

Es dauerte nicht lang, und dann war er wieder fort. Sie blieb allein im Dunkel zurück, zitternd und außer Atem. Hinterher hat sie sich vollgepinkelt. Während sie wach war. Sie konnte sich einfach nicht rühren. Rühren kann sie sich noch immer nicht. Aber sie muss. Katie wartet doch. Sie nimmt eine halbe Tablette und kämpft sich vom Bett hoch. Ihr durchnässter Schlafanzug liegt am Boden, die Hose ist ganz zerrissen. Sie vermeidet es, hinzusehen, während sie sich anzieht, Unterhose, Jeans und Pulli. Sie vermeidet es auch, sich selbst anzusehen, ihren Körper. Hat das Bedürfnis, sich zu reinigen, richtig sauber zu schrubben, aber nicht hier. Nicht, solange er im Haus ist.

Als sie fertig angezogen ist, holt sie die Flasche unterm Bett hervor und trinkt zwei große Schlucke, lässt sich von dem Wodka von innen sauber brennen. Sie entfernt den Stuhl und öffnet leise die Tür. Sie hat Angst, und sie hasst es, Angst zu haben. Sie versucht, das Gefühl in Wut umzuwandeln, und sie weiß, dass diese Wut kommen wird, aber erst, wenn sie die Wohnung verlassen hat und weg ist. Es ist schwierig, wütend zu sein, wenn man sich so klein vorkommt.

Sie kann den Fernseher hören, irgendein Pferderennen, und sie geht mit zittrigen Knien die Treppe hinunter, ganz langsam und vorsichtig und leise, *und wo ist Ma wenn doch nur Ma hier wäre sie könnte mich auch kleines Miststück und Quälgeist nennen aber immerhin wäre sie da*, und bei jedem Knarren der Dielen zusammenzuckend, bei dem Tony sie bemerken und nach ihr schreien könnte oder Schlimmeres.

Nervös wirft sie einen Blick ins Wohnzimmer. Bierdosen, auf dem Boden zerstreut. Ein Imbisskarton. Beine in Hosen, lang auf dem Sofa ausgestreckt. Ein leises Brummen. Er schnarcht. Erleichterung durchströmt sie, ein rauschhaftes Gefühl, besser als jeder Tablettenrausch. Er schläft.

«Charrot?»

Sie ist schon an der Haustür, als sie die kleine Stimme hört. Sie dreht sich um und erblickt Daniel, der mit Peter Rabbit im Arm in der Wohnzimmertür steht.

«Wohin gehst du, Charrot?», fragt er leise. Aber nicht leise genug.

«Raus», flüstert sie gereizt zurück. Sie will weg hier.

«Mich mit?»

«Nein.»

Sein pausbackiges Gesicht verzieht sich, sie sieht, wie ihm Tränen in die Kulleraugen schießen, und weiß, dass er nun jeden Moment losweinen wird, und dann wird Tony aufwachen, und wer weiß, was dann passiert.

«Na gut», sagt sie, *sei still sei still bloß nicht heulen du kleiner Scheißer*, «aber sei leise.» Daniel hat seine Tränen im Nu vergessen, er strahlt vor Freude und macht brav, was sie ihm sagt. Er setzt sich vorsichtig auf die unterste Treppenstufe und zieht unbeholfen seine Schuhchen an, während sie seinen blauen Mantel aus dem Second-Hand-Laden holt, der ihm zu groß ist. Sie befördert seine Ärmchen in die Ärmel, ehe sie, den Finger an die Lippen gelegt, behutsam die Haustür öffnet und mit ihm in die Oktoberkälte hinaustritt.

Daniel platzt geradezu vor Aufregung, als er ihr das Händchen entgegenreckt, während er Peter Rabbit unter den anderen Arm geklemmt hat. Sie nimmt seine kleine warme Hand und zieht ihn eilig die Straße hinunter. Sie will ihn nicht bei sich haben. Was wird Katie sagen? Warum konnte er nicht einfach bleiben, wo er war? Wieso muss sich immer alles um ihn drehen?

Er summt vor sich hin und schnieft, weil ihm die Nase läuft. Sie passt sich schließlich seinem Tempo an, und sie stapfen gemeinsam über das Brachgelände. Es bereitet ihm etwas Mühe, er stolpert hin und wieder. Was, wenn Ma zurückkommt, während sie fort sind? Bei dem Gedanken muss sie lächeln. Tony, vor dem Fernseher schlafend, und keine Spur von Daniel, ja, da würde Ma bestimmt ausrasten. Dann würden sich die beiden streiten. Sollen sie sich mal schön Sorgen machen. Zum Spielplatz laufen und dort nach ihm suchen. Sie kann Mas Panik förmlich vor sich sehen, und Tony, ganz kleinlaut. Sie könnte sich schieflachen bei der Vorstellung, und sie bekommt Lust, zu rennen und sich zu betrinken.

Die können sie mal. Alle.

Und da spürt sie sie. Ihre Wut. Sie hält Daniels Hand eine Spur fester.

62

JETZT

MARILYN

Endlich, endlich ist es überstanden. Es war ein endloser Vormittag, und sogar Simon wurde am Ende ungeduldig, wippte unter dem Tisch in einem fort mit den Füßen. Wenigstens hat er für den Nachmittag nichts geplant. Wenn ich mich beeile, kann ich in etwa einer halben Stunde wieder bei Lisa im Hotel sein. Ich hole meine Tasche unterm Tisch hervor und werfe einen Blick auf mein Handy. Es ist ein Anruf von einer Nummer eingegangen, die mir nichts sagt. Mist.

«Haben Sie Lust, irgendwo was essen zu gehen?», fragt Simon. «Keine Sorge, die Arbeit bleibt außen vor. Nur zum Quatschen. Diese Geschichten in den Nachrichten, es ist ...»

Ich unterbreche ihn mit erhobener Hand, während ich mir das Handy ans Ohr drücke, um die Mailbox abzuhören. «Einen Moment noch, bitte», sage ich. Die Nachricht setzt ein. Es ist Lisa. Während ich ihr zuhöre, gehe ich unwillkürlich auf und ab.

«O mein Gott, o mein Gott.»

«Was ist?» Simon starrt mich an. «Was ist passiert?»

«Sie weiß jetzt, wer Katie ist. Jodies Mutter. Sie weiß es ganz sicher. Sie weiß, wo sie sind!» Ich höre die Nachricht noch einmal ab. «Ava. Sie weiß, wo Ava ist.» Ich keuche ein wenig vor Aufregung. Sie ist vorsichtig. Nennt keinen Ortsnamen, umschreibt es nur, aber sie weiß nun, wo die beiden sind.

«Wer? Vom wem reden Sie?»

«Lisa.»

Er starrt mich an, und ich kann hektische rote Flecken sehen, die an seinem Hals auftauchen. «Lisa? Sie haben eine Nachricht von Lisa? Sie müssen die Polizei anrufen.»

«Nein, das geht nicht. Es ist nicht so einfach. Schauen Sie, sie hat mich gefunden. Gestern Abend. Sie –»

«Mensch, Marilyn!» Er kommt spontan auf mich zu. «Sie haben sie gesehen?»

Wir bemerken beide nicht, wie Karen Walsh den Raum verlässt, während ich anfange, ihm die Ereignisse der letzten vierundzwanzig Stunden zu schildern, ein Redestrom, der etwas chaotisch aus mir herausbricht. Ich nehme ganz am Rande wahr, wie sich die Tür schließt, aber ich habe nur den Gedanken, ihm alles so schnell wie möglich zu erzählen. Ich muss es einfach loswerden, und ich hoffe, hoffe inständig, dass er uns glaubt.

«Es war nicht Lisa, die Jon umgebracht und Ava entführt hat. Die Polizei ist auf einer ganz falschen Fährte. Es war Katie Batten. Mädchen B. Sie hat ihren eigenen Tod vorgetäuscht, um Lisa ausfindig zu machen. Sie hatten einen Pakt, und Lisa hat dagegen verstoßen. Dafür will sie sich nun rächen oder so was, völlig verrückt ...» Ich gerate beim Reden ganz außer Atem, und er reißt leicht die Augen auf, während er mir zuhört.

«Langsam, nicht so schnell», sagt er. «Katie Batten?»

«Die müssen wir finden.» Ich möchte gar nicht reden. Ich möchte zu Lisa. Sie ist irgendwo da draußen, ganz allein. Sie hat nicht auf mich gewartet, und ich kann es ihr nicht verübeln. Dass sie zu ihrer Tochter will, ist verständlich, aber ihr könnte alles Mögliche zustoßen. Ich habe zugesagt, ihr zu helfen, und das muss ich einlösen. Außer mir hat sie doch niemanden.

«Und das werden wir auch», sagt er. «Aber Sie müssen es mir erklären. Wer ist Katie Batten?»

«Sie war Lisas – nein, *Charlottes* – beste Freundin», fange ich an. Er hört schweigend zu, während ich ihm von der Freundschaft der beiden erzähle, als Kinder, davon, wie Lisas/Charlottes Leben als Kind war, sogar von den Blutergüssen, die nach seinem Tod am Körper des kleinen Daniel festgestellt wurden, und wie erschüttert Charlotte damals war, als sie begriff, dass sein kurzes Leben nicht viel besser gewesen war als ihres.

Während ich noch rede, öffnet sich die Tür. Wir blicken beide auf, und ich kann Simon ansehen, dass er genauso überrascht ist wie ich.

Es ist die Polizistin, Bray. Was will die hier? Sie kommt zielstrebig ins Besprechungszimmer marschiert, mit ihren beiden Kollegen im Schlepptau, und sie wirkt alles andere als heiter. Ehe ich noch etwas sagen kann, nimmt sie mir mein Handy ab.

«Tüten Sie das ein», sagt sie knapp, während sie es einem der beiden aushändigt. «Wir haben einige Fragen an Sie, ich muss Sie bitten, mit aufs Revier zu kommen. Es wäre besser, wenn Sie uns freiwillig begleiten, sonst sehe ich mich gezwungen, Sie zu verhaften.»

«Sie verhaften? Sie hat nichts verbrochen!»

«Wo soll ich anfangen?», raunzt Bray. «Beihilfe? Begünstigung einer Tatverdächtigen?» Sie wendet sich mir zu. «Wo steckt sie, Marilyn? Wie können Sie das Mädchen so fahrlässig in Gefahr bringen, ich bin fassungslos. Sie hatten mir versprochen, sich zu melden, wenn Sie von Lisa hören, und ich habe Ihnen vertraut.»

Woher weiß sie das alles? Woher weiß sie, dass ich mit Lisa – und dann entdecke ich *sie*, Karen Walsh, die draußen vor der offenen Tür steht. Das Miststück hat die Polizei verständigt.

«Nein, so ist das nicht», sage ich. Auf einmal hält Bray etwas in den Händen, schwarz glänzend. Plastikfesseln, wie mir mit Schrecken klarwird. Hat man ernstlich vor, mich in Handschellen abzuführen wie eine Verbrecherin? Halten die mich für so gefährlich? «Lisa ist unschuldig. Sie hat Jon nicht umgebracht. Jodie, aus Avas Schwimmverein, deren Mutter ist Katie Batten! Das hat Lisa herausgefunden, und sie ist jetzt unterwegs, um sie ausfindig zu machen.»

«Sie hat Sie reingelegt.» Bray sieht mich an, als hielte sie mich für ein unrettbar naives Dummchen, die misshandelte Ehefrau, die schon wieder auf jemanden hereingefallen ist. «Wir haben Haare und andere DNA-Spuren von Lisa gefunden, in Jons Wohnung und in dem Cottage, wo seine Leiche lag. Sogar ihre Fingerabdrücke haben wir sichergestellt.»

«Woher wollen Sie wissen, dass da nicht jemand eine falsche Fährte gelegt hat?», schaltet sich Simon ein, der an meine Seite getreten ist.

«Herr im Himmel, das hier ist kein Fernsehkrimi. Glauben Sie diesen Quatsch etwa auch?» Sie funkelt ihn wütend an. «Nach Avas Verschwinden haben wir mit ihren Freundinnen gesprochen, und auch mit deren Eltern. Alle vollkommen unverdächtig. Und zum letzten Mal, Katie Batten ist tot. Marilyn, Sie begleiten uns jetzt. Wir haben schon genug Zeit vertan, und ich muss alles wissen. Gut möglich, dass Sie durch Ihr Handeln zwei weitere Personen in Gefahr gebracht haben: Amelia und Jodie Cousins.»

Ich sehe Simon hilflos an.

«Ich schicke Ihnen sofort einen Anwalt vorbei, keine Sorge.»

Ehe jemand eingreifen kann, falle ich ihm um den Hals, wie vor überschwänglicher Dankbarkeit, und flüstere ihm ins Ohr: «Finden Sie Katie.»

«Wenn ich bitten dürfte, Mrs. Hussey. *Jetzt.*» Bray nimmt mich am Arm, aber Simon nickt mir zu, ganz unauffällig, als ich zur Tür eskortiert werde.

«Eine Frage hätte ich an Sie», sagt er. «Als Sie mit dieser Frau gesprochen haben, Jodies Mutter, und ihrer Tochter, sprachen Sie da persönlich mit ihnen?»

«Nein», sagt Bray nach einer kurzen Pause. «Wir haben nur telefoniert. Amelia Cousins ist in Frankreich, und Jodie macht zurzeit Ferien in Spanien.»

Damit verlassen wir den Raum. Nachdem sie die Kollegen angewiesen hat, mein Zimmer zu durchsuchen, führt Bray mich ab. Auf dem Weg durchs Hotel fühle ich mich, als müsste ich Spießruten laufen, nackt, vorgeführt und gedemütigt, und dann sitze ich wieder auf dem Rücksitz eines Streifenwagens. Simon. Er ist meine einzige Hoffnung. Als sich der Wagen in Bewegung setzt, fällt mir verspätet ein, wo Katie und Charlotte damals hinwollten, nach ihrer Flucht: an die Küste. Ins Haus ihres Großvaters. Nach *Skegness*.

63

LISA

In Skegness ist es grau und nieselt, dieser schräg fallende Sprühregen, der einem in jede Pore dringt. Es kommt mir nicht ungelegen; kein einziger Passant, der mir auf der Strandpromenade begegnet, sieht mich an, alle sind mit gesenktem Kopf unterwegs oder unter aufgespannten Schirmen. Das schmutzigblaue Meer zu meiner Linken ist in heftig wogender Bewegung, und eine feine, salzige Gischt liegt in der Luft. Davon habe ich als Kind geträumt. Mit Katie hierherzukommen. Und jetzt sind wir endlich hier.

Das Crabstick Café befindet sich nicht an der Hauptflaniermeile, und ich muss dreimal in Nebenstraßen abbiegen, bis ich in der Brown Beach Street ankomme; den Weg dahin habe ich mir am Bahnhof eingeprägt, wo ein Stadtplan mitsamt Straßenverzeichnis aushängt. Ungewohnt, denn sonst greife ich natürlich, wie alle Welt, auf die Hilfe meines Smartphones zurück. Ich setze mich an einen Tisch am Fenster und bestelle mir einen Kaffee. Es ist Sommer, Urlaubssaison, eigentlich sollte hier mehr los sein, aber die wenigen Gäste, die an den alten, verkratzten Resopaltischen sitzen, Tee trinken und Zeitung lesen, wirken wie einsame Existenzen, die hierherkommen, weil sie es zu Hause nicht mehr aushalten. Einheimische, keine Touristen. Keiner von ihnen beachtet mich weiter.

Oben in einer Ecke läuft ein Fernseher, ein tragbares Uraltmodell, und hinter dem Tresen steht ein großer, chromglänzender Heißwasserspender. Sogar ein Münztelefon gibt es, an der Wand neben einer Anschlagtafel. Ein Café, das so wirkt, als wäre hier die Zeit stehengeblieben. Hat Katie es ausgewählt, weil es so altmodisch ist? Als Teil ihres Plans, uns in die Vergangenheit zurückzuversetzen? Und nun bin ich hier. Wie geht es jetzt weiter?

Die Serviererin, korpulent, Mitte fünfzig, in einem Hauskleid, bringt mir meinen Kaffee, und ich starre aus dem Fenster. Auf der anderen Straßenseite befindet sich eine Spielhalle, vor der ein Grüppchen Jugendlicher herumlungert, sichtlich gelangweilt. Wo ist Katie? Beobachtet sie mich von da drüben aus? Wo ist der nächste Fingerzeig?

Mir ist schlecht vor Nervosität. Ich muss herausfinden, wo sie Ava versteckt hält, und dann Marilyn anrufen. Sie kann der Polizei meinen Aufenthaltsort nennen, die sich der Lage dann annehmen kann. Und wenn sie mich erschießen, sobald sie mich sehen, meinetwegen, Hauptsache, Ava wird befreit. Sie ist das einzig Gute, was ich im Leben zustande gebracht habe. Mit mir können sie machen, was sie wollen.

Ich habe meinen Kaffee bereits zur Hälfte getrunken und werde mit jedem Schluck ungeduldiger, als mein Blick noch einmal auf die Anschlagtafel fällt. Eine Tafel von der Art, wie sie früher, vor dem Siegeszug des Internet, in jedem Supermarkt hing, zum Anpinnen von privaten Angeboten aller Art, von gebrauchten Babybettchen bis hin zur Gartenpflege. Ich starre die Tafel an. Eine Informationstafel. Natürlich. Ich stehe auf und schlendere betont beiläufig hinüber.

«Mach mal lauter, Schätzchen», brummt eine bärbeißige Männerstimme von einem der Tische hinter mir, und die Serviererin kommt seinem Wunsch nach und stellt den Fernseher lauter. Ich höre gar nicht hin, weil ich gerade die angepinnten, säuberlich von Hand geschriebenen Angebote durchgehe. Manche sind von sichtlich zittriger Hand geschrieben, von älteren Leuten wohl, ein Anblick, bei dem mir seltsam weh ums Herz wird, warum, weiß ich selbst nicht genau. Einsame Menschen. Ich weiß, wie ihnen zumute ist.

Schließlich werde ich fündig. Schwarze Schrift auf einer blauen Karteikarte. Ich schlucke mühsam, ehe ich sie von der Tafel nehme.

Clyde! Melde dich bei Bonnie! Wir müssen uns mal wieder treffen! Und darunter eine Mobilnummer. Meine Hände beginnen zu zittern. Ich bin so dicht dran. Katie ist bloß einen Anruf weit entfernt. Und damit auch Ava. Ich greife in die Jackentasche, um Kleingeld zum Telefonieren herauszusuchen. Ich muss bei dieser Nummer –

«*... bei der es sich um Marilyn Hussey handeln soll, eine Arbeitskollegin von Charlotte Nevill ...*»

Marilyn?

Ich blicke zum Fernseher hoch.

«*... die Polizei hält sich zur Stunde noch bedeckt, aber nach uns vorliegenden Informationen wurde Ms. Hussey an ihrem Arbeitsplatz zu einer Vernehmung abgeholt. Sie soll der derzeit flüchtigen Kindermörderin Charlotte Nevill Unterschlupf gewährt haben. Wie es aussieht, ist allerdings kein Haftbefehl ergangen.*»

Ich höre ein Summen in den Ohren, mein Herz schlägt wie wild. O Gott, Marilyn. Mein Rettungsanker. Und jetzt in Schwierigkeiten, meinetwegen. Wird sie ihnen verraten, wo ich bin? Hat sie meine Andeutung auf ihrer Mailbox überhaupt entschlüsseln können? Eine sonderbare Ruhe überkommt mich, während ich zum Fernseher starre und dabei die Karte in der Hand zerknülle. Jetzt bin ich ganz auf mich gestellt. Ich könnte immer noch die Polizei anrufen. Nachdem ich mit Katie gesprochen und eine ungefähre Ahnung habe, wo sie sich befinden. Die würden sich sofort auf den Weg machen, in der Annahme, dass sie mich nun schnappen können. Wie aber kann ich sicher sein, wo sie sich aufhalten, ehe ich mein Baby selbst gesehen habe? Was, wenn die Polizei die Örtlichkeit stürmt, um mich zu verhaften, und sie ist gar nicht dort? Dann bringt Katie sie um. Todsicher. Ein Verrat zu viel.

Mein Herzschlag beruhigt sich wieder. Für Marilyn kann ich nichts tun, und ich hätte sie wohl nie mit reinziehen sollen, aber ihr passiert schon nichts. Schlimmstenfalls steht sie als Idiotin da, aber wer weiß, wie weit man zu gehen bereit ist, um eine Frau strafrechtlich zu verfolgen, die gerade erst einem gewalttätigen Ehemann entkommen ist. Falls das alles schiefläuft und man mich verhaftet, erzähle ich denen, dass ich sie dazu genötigt habe, mir zu helfen. Das wird man mir schon abnehmen. Ich gelte ja jetzt wieder als das Ungeheuer, das ich früher mal war.

Vielleicht musste es so kommen. Nur ich und Katie. Um zu beenden, was wir begonnen haben, so oder so. Ich gehe kurz raus und zünde mir im Regen eine Zigarette an. Nur noch einmal durchatmen, ehe ich die Nummer anrufe. Der erste Zug ist heftig, mir wird schwindlig davon, aber es fühlt sich auch wie eine Heimkehr an. So wie alles Übrige. Die in mir schwelende Wut, die Angst, die Tatsache, dass ich ganz auf mich gestellt bin und mir niemand glaubt.

Genau die richtige Stimmung für ein Wiedersehen mit Katie.

64

SIE

Ihr seid alle so auf Bestätigung aus, das ist das Problem mit deiner Generation. Narzisstisch. Jeden Kleinkram sofort bei Instagram posten. Aber es hat trotzdem etwas gedauert, dich aufzuspüren. Du würdest staunen, wie viele Avas es in Elleston gibt, alle in deinem Alter. Aber ich habe sie geduldig abgearbeitet, all diese kleinen Alltagsdetails, die gedankenlos ins Netz gestellt werden und es so kinderleicht machen, jemanden aufzuspüren. Die endgültige Bestätigung erhielt ich dann, als ich dich mit deiner Mutter sah. Es war weniger ihr Aussehen – eine Frau wiedererkennen, die man das letzte Mal als Kind gesehen hat? Ausgeschlossen. Wir sind alle Meister der Verkleidung –, mehr ihre ganze Art. Nervös. Gehetzt irgendwie. Unruhig. Allein.

Das Warten war vorbei. Ich kaufte das Haus und aktivierte Reisepass Nummer drei. Baute Schritt für Schritt eine neue Identität auf und behielt euch im Auge, während ich mich langsam einfügte. Platzierte mich genau richtig, um Charlotte studieren zu können. Kinderspiel. Das war natürlich der Zeitpunkt, an dem ich Jon wirklich brauchte. Nicht ihn selbst, klar, sondern Zugang zu seinem Leben.

Ich wusste, er hätte sich nicht groß verändert – Männer sind solche Gewohnheitstiere, und er hatte nicht das Rückgrat, sich neu zu erfinden –, und er freute sich so jämmerlich darüber, mich wiederzusehen. Wenn auch nicht sehr lange, klar.

Nachdem ich mir Zutritt in euer Haus verschafft hatte, war alles ganz einfach. Ich nahm Fingerabdrücke von Gläsern und sammelte im Badezimmer Haare von ihr ein, um Jons Wohnung entsprechend zu präparieren. Damit es so wirkte, als wäre sie dort gewesen. Dasselbe Spiel wiederholte ich in dem Cottage, das ich von seinem Laptop aus anmietete und in dem ich ihn entsorgt habe. Klar, er war dein Vater, aber nun sieh mich nicht so an. Der Typ war ein Schwächling und dumm obendrein. Glaub's mir, du wärst von ihm enttäuscht gewesen.

Ich richtete eine Facebook-Seite unter seinem Namen ein, klickte bei einigen derselben Seiten wie du auf «Gefällt mir» und fing dann an, als ich so weit war, dir Nachrichten zu schicken. Und was warst du für eine leichte Beute, du lieber Himmel. So bedürftig nach Liebe, die kleine Ava. Und so wild entschlossen, hypererwachsen zu agieren. Voller Sehnsucht nach Romantik. Leidenschaft. All diesem Mist.

Deine Mutter nahm ich auch ins Fadenkreuz. Bereitete ihr gewisse kleine Überraschungen, um bei ihr eine Paranoia auszulösen. Damit sie bei ihrer Bewährungshelferin anrief, um sich bei ihr auszuweinen und dabei gleichzeitig etwas irre zu wirken. Und dann, als so weit alles vorbereitet war, brauchte ich nur noch zur rechten Zeit einen kleinen Jungen in den Fluss zu schubsen, und peng, erschien ein Foto in der Zeitung. Damit konnte ich in die Rolle der anonymen Anruferin schlüpfen und behaupten, ich hätte in ihr Charlotte Nevill wiedererkannt.

Und da wären wir nun. Und warten immer noch. Sie wird bald anrufen, das weiß ich. Also, dann bringen wir dich mal in Position, was? Damit alles bereit ist für die Show.

65

LISA

«Ich bin's.»

Am anderen Ende der Leitung bleibt es kurz totenstill. Ich habe mich mit dem Telefonhörer in die hinterste Ecke des Cafés verzogen, so dicht an der Wand, dass der verschmierte Spiegel dort umgehend von meinem warmen Atem beschlägt.

«Charlotte», sagt sie dann. «Du hast es also geschafft.»

«Ich will mit Ava sprechen.»

«Das wirst du auch. Wenn du erst hier bist. In unserem Unterschlupf. Bonnie und Clyde, endlich auf der Flucht.»

«Wir sind keine Kinder mehr, Katie. Ich habe auf diese Spielchen keine Lust. Jetzt gib mir meine Tochter. Ich will hören, wie es ihr geht.» *Ich will dir eins auf die Fresse geben, du durchgeknalltes Dreckstück.*

«Du hörst dich an wie aus einem dieser Billigthriller, die nur auf DVD erscheinen.» Sie klingt fast heiter. Ihre Sprachmelodie ist unverkennbar Katie, noch immer so fein und gewählt. «Entspann dich. Es geht ihr gut. Freust du dich schon auf unser Wiedersehen?»

«Na ja, ist lange her», sage ich.

«Für mich nicht. Ich beobachte dich schon seit einiger

Zeit.» Dann wechselt sie unvermittelt die Tonlage, klingt mit einem Mal bitterernst. «Ich gebe dir jetzt die Adresse. Wenn du allein herkommst, lass ich Ava laufen. Versprochen. Sie interessiert mich gar nicht. Aber ich schwöre bei Gott, Charlotte, solltest du auf die Idee kommen, die Polizei oder sonst wen einzuschalten, ist sie tot, ehe die noch durch die Tür kommen. Verstanden?»

Ich glaube ihr. Bei so viel Vorarbeit wird sie auch an dieser Hürde nicht scheitern.

«Ja», sage ich. «Verstanden.»

«Aber nicht trödeln, Clyde», sagt sie, nachdem sie mir die Adresse genannt und hinzugefügt hat, dass die Haustür nur angelehnt sein werde. «Das würde mein Misstrauen wecken. Und davon abgesehen kann ich's kaum erwarten, mit dir zu plaudern.»

«Oh, ich komme schon, Katie», sage ich. «Verlass dich drauf.»

66

MARILYN

Es kommt mir vor, als wäre ich seit Stunden hier, die immer selben Fragen, die immer selben Antworten, wir drehen uns in einem einzigen Kreis. Ich habe ihnen alles erzählt, was ich erzählen kann – über Lisa zumindest. Auf Anraten des Anwalts, den Simon mir vorbeigeschickt hat. Es sei besser, wenn ich rede, hat er gesagt, womit er vermutlich recht hat. Ich habe ihnen erzählt, dass sie zu mir ins Auto eingestiegen ist und ich ihr ein Hotelzimmer angemietet habe. Habe ihnen ihre Gedanken zu Katie geschildert. Von Skegness habe ich ihnen nichts erzählt. Wenn sie Lisa dort fänden, ehe sie Gelegenheit hatte, Katie ausfindig zu machen, würde das für Ava den sicheren Tod bedeuten. Wir hatten zehn Minuten Ruhe und Frieden, weil Bray kurz aus dem Zimmer gerufen wurde, aber nun ist sie zurück. Was kommt nun, frage ich mich. Was haben sie Neues gefunden?

«Meine Mandantin räumt ein, dass es ein schwerwiegendes Versäumnis war, Sie nicht unverzüglich zu verständigen, als Charlotte Nevill an sie herangetreten ist. Aber sie hatte die feste Absicht, Sie heute anzurufen. Ihr liegt vor allem Ava Buckridges Wohlergehen am Herzen, deswegen hat sie so gehandelt, wie sie gehandelt hat. In Anbetracht ihrer persönlichen Situation – eine Frau, die erst kürzlich dem Trauma häuslicher Gewalt ausgesetzt war und dazu noch mit den Folgen fertigwerden muss, die sich aus dem Auffliegen von Charlotte Nevills neuer Identität ergeben – bin ich der Auffassung, dass durch eine Anklage nichts zu gewinnen wäre. Sie bereut ihr Tun und Unterlassen von ganzem Herzen, macht aber ein durch emotionale Erschöpfung eingeschränktes Urteilsvermögen geltend, sowie unangebrachte Loyalität einer Person gegenüber, die sie für eine enge Freundin hielt.»

«Sie hatte meine Ermittlungen ernstlich behindert», sagt Bray. «Charlotte Nevill ist eine gefährliche Mörderin.»

«Sie ist unschuldig», sage ich zum tausendsten Mal, ohne den Anwalt zu beachten, der mich aufgebracht ansieht. «Katie steckt dahinter. Katie ist nicht tot. Man hat nie ihre Leiche gefunden. Sie ist Jodies Mutter. Wie oft soll ich es Ihnen denn noch sagen. Wenn Sie Lisa gesehen hätten, würden Sie mir zustimmen. Sie ist davon überzeugt.»

«Das bezweifle ich nicht», sagt Bray. «Mag sein, dass sie das glaubt. Vielleicht haben wir es mit einem Fall von gespaltener Persönlichkeit zu tun. Vielleicht ist sie jetzt Charlotte *und* Katie. Aber wir haben Amelia Cousins' Haus gründlich abgesucht und nichts gefunden, was irgendwie verdächtig wäre. Es gibt allerdings Anzeichen dafür, dass Charlotte dort gewesen ist. Auf Amelias Bett wurde eine Kassette gefunden, beschriftet mit den Initialen C und K, für Charlotte und Katie, außerdem eine große Muschel. Ist Lisa unterwegs zu einem Ort an der Küste, Marilyn?»

«Keine Ahnung», sage ich, während mir der Name Skegness auf der Zunge liegt. «Aber vielleicht hat Katie diese Sachen ja dort zurückgelassen, als Botschaft für Lisa?» Ich kann sie nicht Charlotte nennen. Für mich ist und bleibt sie Lisa.

«Oder Charlotte wollte damit eine falsche Fährte legen.»

«Haben Sie schon mit Amelia Cousins gesprochen?»

«Ihr Handy ist ausgeschaltet oder empfängt kein Signal. Bei Jodie ist es dasselbe. Aber dass sie außer Landes sind, wussten wir ja schon. Amelia hat uns gesagt, sie würde vielleicht zu ihrer Tochter nach Spanien reisen, um einige Zeit mit ihr in der Finca zu verbringen, in der sie wohnt. Was wohl kaum verdächtig ist.» Sie beugt sich über den Tisch zu mir vor. «Ich bemühe mich wirklich um Geduld mit Ihnen, Marilyn. Aber Sie müssen der Tatsache ins Auge sehen, dass Sie Ava durch Ihre Handlungen möglicherweise in Gefahr gebracht haben. Amelia und Jodie Cousins vielleicht auch. Sie müssen uns helfen.»

«Meine Mandantin stimmt dieser Sicht der Geschehnisse durchaus zu. Aber sie ist bereits nach Kräften bemüht, Ihnen zu helfen.» Sein Tonfall ist trocken. Ein ruhiger, sachlicher Gegenpol zu Brays Gereiztheit und meiner Erschöpfung.

«Gehen wir alles noch mal durch. Von Anfang an. In allen Einzelheiten. Es muss etwas geben, was wir übersehen haben. Bitte Aufnahme starten.»

Ich atme tief durch und seufze. Das wird noch ein langer Nachmittag.

67

LISA

Ich habe das Haus immer in Strandnähe vermutet. Als Kind, in jenen langen Stunden, wenn ich mir ausmalte, mit Katie dort zu sein, dem einzigen Menschen, der so etwas wie ein Rettungsanker in meinem elenden Leben war, stellte ich mir immer vor, dass man von der Haustür direkt auf den Sand hinaustrat, während dazu heiß die Sonne vom Himmel brannte, mehr wie auf einer tropischen Insel als in einem englischen Seebadeort, wo die Luft nach Salz und Backfisch und anderem Imbissfraß riecht. Aber es steht nicht in Strandnähe. Befindet sich nicht mal in der Stadt selbst, sondern etwas außerhalb, wo die Gegend schon ländlich wird.

Die Zufahrtsstraße ist eher ein Feldweg, und das Haus ragt schon von weitem vor mir auf, ein großes, elegantes Gebäude, fast schon Art Déco. Es wirkt moderner, als man in Anbetracht seines Alters erwarten sollte. Wann mag es erbaut worden sein? In den 1920ern, so um den Dreh? Ich bleibe stehen und wäge kurz meine Möglichkeiten ab. *Die Haustür wird nur angelehnt sein.* Wovor hat sie Angst – dass ich klingeln und ihr, wenn sie öffnet, ein Messer in die Brust rammen könnte, ehe sie ein Wort sagen kann? Ganz falsch läge sie mit dieser Vermutung nicht, wobei ich aber nicht vorhabe, sie gleich abzustechen. Ich will sie nur außer Gefecht setzen, um sicherzustellen, dass ich Ava ausfindig machen kann.

Von meinem Standort aus, etwas rechts vom Gebäude, halte ich Ausschau nach Kameras, die die Umgebung überwachen. Ich kann keine entdecken. Vielleicht befindet sich eine über der Haustür, damit sie sehen kann, wann ich eintreffe. Die Fenster, schwarz schimmernd im Dämmerlicht, geben nichts preis. Ob von innen womöglich Jalousien heruntergelassen oder Vorhänge zugezogen sind, kann ich aus dieser Entfernung nicht erkennen. Ein hoher Gartenzaun versperrt den Weg auf die Hausrückseite, zu einem möglichen Hintereingang. Sie lässt mir keine andere Wahl. Eintreten und ihren Anweisungen folgen, oder wieder umkehren und die Polizei anrufen. Trete ich ein, wird sie versuchen, mich umzubringen. Gehe ich wieder, wird sie Ava umbringen. Katie, die allmächtige Regisseurin. Katie, das Mastermind.

Ich habe schwitzige Hände. Ava ist dadrinnen, so viel weiß ich. Ava und Katie, die mich schon erwarten. Sie hat versprochen, sie gehen zu lassen, sage ich mir. Auf Ava hat sie es nicht abgesehen. Ich denke über Daniel nach. Über das, was ich getan habe. Über die Last, die ich mit mir herumschleppe. Ava zu retten, das ist das Allerwichtigste. Falls ich dabei draufgehen sollte und dem Ganzen damit ein Ende gesetzt wird, sei's drum. Dennoch zücke ich das Messer und halte es fest umklammert.

Ich setze mich wieder in Bewegung. Eine fast unheimliche Stille umgibt mich, nur das Geräusch des Regens ist zu hören, der auf das Strauchwerk zu beiden Seiten der Auffahrt prasselt, dazu das Knirschen meiner Schuhe auf dem Kies. Während ich mich dem Haus nähere, bleibe ich auf der Hut und sehe mich pausenlos in alle Richtungen um. *Sie wird dich nicht sofort umbringen*, beruhige ich mich. *Erst will sie reden. Sich auf den neuesten Stand bringen.* Das ist mein Vorteil, so viel ist klar. Wenn es mir gelingt, sie zu überrumpeln und mit dem Messer zu verletzen, sie zu schwächen, dann habe ich eine Chance.

Drei helle Treppenstufen führen zu der Tür hinauf, die schneeweiß lackiert ist. Ich atme noch einmal tief durch, ehe ich sie aufstoße und zaghaft über die Schwelle trete, ohne die Tür hinter mir zu schließen. Der Dielenboden ist sauber und glänzt, aber es ist empfindlich kühl, und bei dem leicht dumpfig muffigen Geruch, der darauf schließen lässt, dass das Haus lange nicht genutzt wurde, muss ich sofort an das Abbruchhaus in der Coombs Street denken. Die Bilder, modern und abstrakt, die hier und da noch an den Wänden hängen, machen einen verlorenen Eindruck, als wären sie vergessen worden, ebenso wie die Kommode, die einsam an einer Wand steht. Ein bisschen wie das Gerümpel in dem ausgeweideten Haus damals, wenn auch natürlich wertvoller. Die Zeit faltet sich in sich selbst zusammen. Nein, verbessere ich mich. Die Zeit ist immer in sich zusammengefaltet. Die Schatten der Vergangenheit lassen sich nicht abschütteln, sie begleiten uns auf Schritt und Tritt. Ich kann sie auch jetzt spüren, um mich herum, wie Gespenster, die mich zu erwürgen drohen. *Katie, Daniel, Tony, Ma.*

Es ist eine große, offene Diele, die durch das Fehlen von Mobiliar noch geräumiger wirkt. Hinten sehe ich eine Treppe, die hinauf ins Dunkel führt. Die Fenster sind, wie ich nun sehe, mit Läden verschlossen, es dringt nur an wenigen Stellen ein fahles Licht herein. In der Stille kann ich meine Atemzüge hören. Was nun?

Ich bewege mich einen Schritt vorwärts, dann noch einen. Nirgendwo Gestalten, die in den Ecken lauern. Ich bin ganz allein. Soll ich nach oben gehen? *Wo ist der nächste Fingerzeig, Katie? Was erwartest du hier von mir?*

Sie taucht so plötzlich auf, eine schimmernde Gestalt, dass ich mit einem Aufkeuchen zurückstolpere. Katie, aber so, wie sie als Kind war. Ein Gespenst meiner Katie, ein paar Meter vor mir am Fuß der Treppe. Ich kann gerade noch denken, *Was ist das?*, dann tut sich unvermittelt der Boden unter mir auf.

Das Haus eines Zauberers, schon vergessen?, höre ich Katies Stimme in meinem Kopf flüstern. *Voller Tricks.*

Ich bin mitten in die Falle getappt. Die dumme, blöde Charlotte. Ich spüre ein Netz um mich herum, dann einen widerlich dumpfen Aufprall, als ich mit dem Kopf auf Beton aufschlage, und dann wird alles schwarz.

68

MARILYN

Mein Handy haben sie einbehalten, aber ich darf wenigstens wieder gehen.

«Danke», sage ich zu Simon Manning, der mich bereits mit seinem Wagen erwartet. Wie viel mag ihn dieser Nachmittag gekostet haben? Ich könnte vor Dankbarkeit weinen. «Eine Anklage ist immer noch möglich, aber vorläufig bin ich frei. Ich habe ihnen als Adresse das Hotel genannt, bis auf weiteres. Das ist doch in Ordnung, oder?»

«Aber ja. Steigen Sie ein.» Er blickt zu Bray, die nach draußen gekommen ist, um eine zu rauchen, und richtet das Wort an sie. «Keine Sorge. Sie wird sich nicht absetzen.»

«Davon gehe ich mal aus. Kollegen sind gerade dabei, Videomaterial vom Bahnhof in Elleston durchzugehen, und auch von Bushaltestellen dort, vielleicht entdecken sie Charlotte ja. Hoffentlich werden wir fündig, damit dieses Fiasko nicht noch weitere Menschenleben kostet.»

Ich kann sie zwar reden hören, nehme aber nichts mehr davon wahr. Mir ist etwas anderes ins Auge gefallen. Ein Auto, diskret auf der anderen Straßenseite geparkt, mit einer schattenhaften Gestalt am Steuer. Richard.

Ich wende mich wieder zu den beiden um. «Ich möchte jetzt nur noch unter die Dusche und dann schlafen», murmle ich. «Könnten wir los?»

Richard. Das hat mir gerade noch gefehlt. Woher wusste er, dass ich hier bin? Er steigt zwar nicht aus, aber als wir losfahren, setzt er sich ebenfalls in Bewegung und folgt uns.

«Hat irgendwer davon erfahren, dass mich die Polizei abgeholt hat?», frage ich betont beiläufig.

«Und ob. Alle Welt, leider.» Er wirft mir einen kurzen Blick zu. «Es kam in den Nachrichten.»

Ich stöhne und lasse mich im Sitz zurücksinken. «Aber wie kann das sein?»

«Bray war es nicht. Sie wollte nicht, dass es nach außen dringt, für den Fall, dass Lisa sich meldet. Ich tippe eher auf Karen Walsh, diese arrogante Zicke. Keine Sorge, sie ist schon so gut wie gefeuert.»

«Danke dafür», sage ich. Im Außenspiegel kann ich Richard sehen, der uns in seinem Wagen folgt, in gewissem Abstand zwar, aber immer noch dicht genug.

«Ich war inzwischen auch nicht untätig», erwidert Simon. «Ein Team von Finanzsachverständigen, Juristen und Privatdetektiven ist dabei, Nachforschungen über die Familie Batten anzustellen, insbesondere dazu, was Katie mit ihren Vermögenswerten angestellt hat. Wie sich herausstellt, gibt es dazu einen ganzen Wust von Dokumenten. Identitäten, die hinter einem wahren Labyrinth von Offshore-Firmen und -Konten verborgen sind. Die Familie war nicht arm, aber bei weitem nicht reich genug, um zu solchen Tricks greifen zu müssen. Eins jedenfalls geht aus diesem Dokumentenwirrwarr klar hervor – da hat jemand was zu verbergen.»

«Zum Beispiel die Tatsache, dass sie gar nicht tot ist?»

«Haargenau.»

«Skegness», sage ich. «Katies Familie hatte ein Haus in Skegness. Da wollte Lisa, glaube ich, hin. Der Polizei habe ich nichts davon erzählt. Weil ich nicht wollte, dass man sie dort schnappt, ehe sie zu dem Haus kommen konnte. Das war eine Dummheit, ich weiß, aber die würden ja nie – »

«Schon gut. Ich glaube Ihnen. Ich glaube *ihr*. Und ich werde ...» Er hält inne. Hat offenbar mitbekommen, wie ich immer wieder nervös in den Rückspiegel sehe.

«Was ist?» Er runzelt die Stirn. «Die Polizei?»

Ich schüttle den Kopf. «Schlimmer. Mein Mann.»

Er sagt nichts, aber sein Kiefer spannt sich an, als er den Wagen verlangsamt und von der Hauptstraße abbiegt.

«Was machen Sie denn? Beachten Sie ihn gar nicht.» Ich gerate in Panik und weiß nicht, warum. *Ihn gar nicht beachten.* Als ob das so einfach wäre. Simon rollt immer langsamer dahin, bis vor uns eine freie Parkbucht auftaucht, in die er einbiegt.

«Nicht», sage ich und hasse mich für mein leises, nervöses Stimmchen. «Fahren wir einfach weiter zum Hotel. Bitte.» Ich will nicht, dass Richard ihm etwas antut. Richard hat schon genug angerichtet.

«Warten Sie hier.» Er steigt aus, ohne mich noch einmal anzusehen.

Ich würde am liebsten im Sitz versinken. Stattdessen aber lasse ich das Fenster herabsurren und stecke den Kopf hinaus, um zu sehen, was hinter mir vorgeht. Richard hat ebenfalls angehalten und ist ausgestiegen, sichtlich auf hundertachtzig. Seine Haltung, sein Gesichtsausdruck – das kenne ich nur zu gut. So sieht er aus, wenn sein wahres Ich zum Vorschein kommt.

«Vögeln Sie meine Frau?» Ich winde mich innerlich, als ich sehe, wie er vor Simon in Positur geht, der lässig auf ihn zuschlendert. Er ballt die Fäuste. Wird gleich total ausrasten. «Ob Sie mein fettes Miststück von einer Frau vögeln, habe ich gefragt?» Mein Magen krampft sich zusammen, mir wird speiübel. Er wird erst Simon umbringen, und dann zerrt er mich an den Haaren aus diesem Wagen und bringt mich ebenfalls um.

Danach geht alles ganz schnell. Simon geht auf Richards Frage nicht ein, nimmt aber mit einem Mal die Hände aus den Hosentaschen. Richard reißt noch erschrocken die Augen auf, dann treffen ihn auch schon die präzisen Boxhiebe, gegen die Rippen und in die Magengrube, blitzschnell hintereinander und sichtlich kraftvoll. Ihm bleibt hörbar die Luft weg, er sackt zu Boden. Simon wendet sich wortlos um und kommt zum Wagen zurück, so ruhig und gelassen wie zuvor.

Ich starre ihn an und wage kaum zu atmen, während sich mein Mann einige Meter hinter uns auf dem Asphalt windet.

«Jetzt weiß er, wie sich das anfühlt, wenn einem die Rippen gebrochen werden», stellt er lapidar fest, als er wieder eingestiegen ist.

«Wo haben Sie denn so was gelernt?», frage ich. *Und können Sie mir das auch beibringen?*

Zum ersten Mal nehme ich mir die Zeit, seine Hände näher zu betrachten. Etwas grob, mit rauer Haut. Wie über Jahre gehärtet.

«Ich war nie im Gefängnis», sagt er, als er wieder auf die Hauptstraße einbiegt. «Aber auch nur mit viel Glück. Was glauben Sie denn, woher ich weiß, wie man Leuten auf die Schliche kommt? Das können am besten jene, die selbst gelernt haben, ihre Vergangenheit hinter sich zu lassen. Die Erfahrung damit haben, die Herkunft ihres Einkommens zu verschleiern. Wir kennen die Tricks.»

«Wir müssen Katie finden», sage ich. «Weil die Polizei nichts tut.» Ich blicke aus dem Fenster auf die Wolken, die sich vor uns am Himmel zusammenballen. «Und wir müssen uns beeilen.»

69

LISA

Ich muss fast lachen, als ich die Augen aufschlage und sie vor mir erblicke. Natürlich. Ich hätte gewarnt sein müssen. Dumme Charlotte, immer einen Schritt hinterher. Heftige Übelkeit überkommt mich, als ich aufzustehen versuche, und in meinem Kopf wummert es schmerzhaft.

«Du bist übel gestürzt und mit dem Kopf aufgeschlagen», erklärt sie lächelnd. «Eine Falltür. Einer von Großvaters kleinen Tricks. Wie man eine Person verschwinden lässt. Ein wenig grober als meine Methoden, aber effektiv. Du bist nur halb in dem Netz gelandet und dann auf den Boden geknallt. Ich hatte ganz vergessen, wie unbeholfen du bist.»

Wie habe ich das bisher nur übersehen können? Ihr Lächeln. Die anmutige Gebärde, mit der sie sich das Haar hinter die Ohren streicht. Mein Argwohn gegen die Welt, doch ich war immer darauf gefasst, dass mir Gefahr von Fremden drohte. Von den Zeitungen. So konnte es geschehen, dass die Schlange unbemerkt in mein Nest schlüpfte.

Mein Hals ist ganz rau, ich fühle mich unendlich schlapp. Sie muss mir irgendwas gegeben haben, eine Pille oder so was, die sie mir in die Kehle geschoben hat, als ich besinnungslos war. Tatsächlich spüre ich einen unbestimmten Druck in der Brust, als würde dort etwas feststecken. Es ist dunkel, und ich muss heftig blinzeln, als sie eine kleine Schreibtischlampe anschaltet. «Schon besser.»

Hinten aus der Ecke ist ein Wimmern zu hören, und jetzt sehe ich sie, wenn auch nur undeutlich, weil mir alles vor den Augen verschwimmt. Mein Baby. Meine Ava. Sie liegt auf einer fleckigen Matratze, auf dem Boden, an Händen und Füßen gefesselt und geknebelt. Ihre Augen sind aufgerissen und voller Tränen, und ich würde am liebsten zu ihr stürzen und sie umarmen. Ich blicke sie an und möchte ihr sagen, dass alles wieder gut wird, aber diese Genugtuung gönne ich Katie nicht. Ich muss stark bleiben. Muss wieder zu Charlotte werden, das ist meine einzige Chance. Und Charlotte war zäh. Knallhart. Ließ niemanden an ihr Herz heran.

«Du hast gesagt, du würdest sie gehen lassen.» Ich bringe die Worte nur undeutlich über die Lippen, fast lallend. Was zum Teufel hat sie mir gegeben? Ich versuche meinen trägen Körper zu bewegen, und da erst bemerke ich die plüschigen Handschellen, mit denen sie mich an den Stuhl gefesselt hat. Wie aus einem Sexshop. Spontan frage ich mich, ob ich unter Halluzinationen leide, aber sie lacht. Jenes glockenhelle Lachen, das mich immer so in den Bann geschlagen hat, wie aus Alice im Wunderland. Jetzt würde ich ihr am liebsten die Faust in die Kehle rammen, um es zum Schweigen zu bringen.

«Albern, die Dinger, nicht wahr? Aber es sollen keine Spuren an dir zurückbleiben, verstehst du. Es soll ja hinterher nicht so aussehen, als hättest du irgendwelche Schwierigkeiten gehabt.»

Eine unklare Panik steigt in mir auf, aber ich bin so benebelt, dass ich das kaum zur Kenntnis nehme. Stattdessen frage ich mich, wo mein Messer sein mag. Schließlich entdecke ich es, drüben auf einem langgezogenen Tisch, auf dem etwas steht, das aussieht wie ein Sarg. Ein Sarg? Ist das ihr Plan? Mich lebendig zu begraben? *Katie, Katie, was führst du im Schilde?* Ich sehe mich um. Nirgends ein Fenster zu entdecken. Ein Kellerraum, wir müssen uns in einem Kellerraum befinden. In der Ecke steht eine merkwürdige Uhr, die Ziffern darauf sind ganz falsch angeordnet. In der anderen Ecke sehe ich eine Vorrichtung mit einer Kamera. Ein Glaskasten, mannshoch.

«Hier hat mein Großvater an seinen Illusionsnummern gearbeitet», sagt Katie, schmalhüftig an den Tisch gelehnt, gleich neben meinem Messer. «Ein wohlverborgener Raum. Weil ihn die Sorge umtrieb, dass ihm jemand die Ideen stehlen könnte. Immerhin verdiente er viel Geld mit dem Verkauf seiner Nummern an Zauberkünstler, die sie dann vor zahlendem Publikum vorführten. Absolut schalldicht natürlich. Aber Ava musste ich trotzdem knebeln. Sie wollte keine Ruhe geben, hat ständig um Hilfe geschrien. Ich bekam Kopfweh von dem Geschrei, und ihr selbst hat es sicher auch nicht gutgetan.»

Ich kann nicht den Blick von ihr abwenden. Katie. Nach all den Jahren. Ich hätte sie nie wiedererkannt, aber das war wohl auch Sinn der Übung. Sie hat sich unter das Messer eines Schönheitschirurgen begeben, das ist nicht zu übersehen. Hat jetzt eine richtige Stupsnase, viel kleiner als früher. Ich hätte es ihr damals nie gesagt, aber als wir Kinder waren, war ihre Nase für ihr Gesicht zu groß. Deswegen war sie auch keine Schönheit, sondern höchstens hübsch. Vielleicht hat ihr das vor Gericht sogar geholfen. Wirklich schönen Mädchen schlägt eher Misstrauen entgegen, aber hübsche sind harmlos. Denen nimmt man alles ab.

«Lass sie gehen», nuschle ich abermals. «Du hast es versprochen.»

«Eins nach dem anderen. Nichts überstürzen.» Sie sieht mich lächelnd an, mit einem vergnügten Funkeln in den Augen. Katie in vollem Spielmodus. Sie versetzt dem Tisch, an dem sie lehnt, einen Stoß, und er teilt sich in zwei Hälften, mitsamt dem Sarg. Doch es ist gar kein Sarg. Nur ein Requisit für die Nummer eines Illusionisten.

«Ich habe ihn nie gemocht, du erinnerst dich vielleicht. Gott, war er langweilig. Ein vertrockneter alter Mann, der im Sterben lag. Inzwischen aber weiß ich seine pedantische Genauigkeit zu schätzen. Ich habe mir angewöhnt, selbst mehr auf Details zu achten. Meine Mutter wollte dieses Haus verkaufen, es war nicht leicht, sie davon abzubringen. Aber dazu hatte ich ja jahrelang Zeit, nicht wahr?» Sie sieht mich an, mit einem Anflug von Wehmut in den Augen. Reue? «Wir wollten hierherkommen», sagt sie leise. «Nicht wahr?» In barschem Tonfall setzt sie hinzu: «Wenn du nicht alles verdorben hättest.» Sie atmet tief durch. Wie um sich zu beherrschen. «Aber jetzt sind wir ja hier. Ich kann's kaum glauben. Darauf habe ich so lange gewartet.»

Ich merke, wie mir erneut schwindelig wird. Liegt es an der Gehirnerschütterung, oder kommt das von dem Zeug, das sie mir gegeben hat? Eigentlich unwichtig, denke ich noch, während mir wieder schwarz vor Augen wird. K.o. gehe ich so oder so. Ich kann den Kopf nicht mehr aufrecht halten, er sinkt mir auf die Brust. Katie nehme ich immer weniger wahr.

«Charlotte?» Ihre Stimme dringt wie aus weiter Ferne zu mir. Als wäre ich unter Wasser. «Charlotte? Herrgott noch mal, früher konntest du aber mehr ab.»

Und dann bin ich wieder weg.

70

MARILYN

«Danke. Das ist großartig.» Er beendet das Telefonat. «Wir haben es.»

Ich richte mich ruckartig auf, meine Müdigkeit ist wie weggeblasen. «Sie nehmen mich auf die Schippe.»

«Vom Großvater mütterlicherseits. Harold Arthur Mickleson.» Zum Beweis schiebt er mir das Blatt über den Tisch, auf dem er den Namen notiert hat. «Skegness.»

«Nicht zu fassen.» Ich nehme das Blatt vom Tisch und sehe es mir an. «Ihre Leute haben was drauf.»

«Meine Leute sind die Besten. Aber jetzt ist es an der Zeit, die Polizei anzurufen.» Es ist sehr warm in seinem Büro, wo wir beide nun seit der Rückkehr vom Revier sitzen und auf Anrufe warten, und ihm perlt der Schweiß auf der Stirn, oben am Haaransatz. Seit zwei vollen Stunden sitzen wir hier. Mir kommt es viel länger vor. Vor Anspannung tut mir schon alles weh.

«Lisa ist in Schwierigkeiten, das wissen wir beide», sagt er. «Wenn diese Katie zu einem solchen Aufwand bereit war, nur um sie aufzuspüren, ist sie ihr nie und nimmer gewachsen.»

«Sie haben recht. Ich werde Bray anrufen.» Ich will nach

dem Handy greifen, das er mir zur Verfügung gestellt hat, solange die Polizei meins nicht rausrückt, aber er schüttelt den Kopf.

«Lieber nicht. Ihnen wird man nicht glauben.»

«Schön. Dann übernehmen Sie das.» Es macht mir nichts aus, den Anruf ihm zu überlassen; Hauptsache, er findet bei der Polizei Gehör. Er wählt die Nummer, und dann höre ich ihm gespannt zu, während ich unter dem Tisch unentwegt mit dem Fuß wippe.

«... nein, Marilyn hat damit nichts zu tun. Sie hat eine Tablette genommen und schläft jetzt. Ich habe selbst ein paar Nachforschungen zu Katie Batten anstellen lassen, um meine Neugier zu stillen. Ja, das ist der Vorteil, wenn man Geld hat, aber ich teile Ihnen meine Erkenntnisse ja nun mit, Sie können also Ihre Ressourcen schonen. Sie sollten zumindest das Haus mal überprüfen. Es steht leer. Sollte anscheinend mal in ein Museum umgewandelt werden – er war wohl ein berühmter Illusionist –, aber daraus wurde nichts. Ganz so, wie sich auch der neue Eigentümer nie dort blickenließ. Jemand verbirgt sich hinter einem Berg von Papierkram, Detective Bray, und ob dieser Jemand nun Katie ist oder nicht, ich halte es für sehr wahrscheinlich, dass Lisa dorthin gefahren ist, nach Skegness. Weil sie und Katie über dieses Haus vermutlich geredet haben dürften, oder? Katies Großvater war Anfang des bewussten Jahres verstorben, und falls sie vorhatten, zusammen wegzulaufen, könnte sich so ein leeres Haus ja anbieten, um sich dort einen Tag oder so zu verstecken, oder? Was spräche dagegen, ein paar Beamte vorbeizuschicken, um dort mal nach dem Rechten zu sehen? In einem Fall wie diesem müsste es sich doch machen lassen, innerhalb von zehn Minuten Leute vor Ort zu haben, oder?»

Es tritt eine längere Pause ein, und wir wechseln einen

Blick. Schließlich hellen sich seine Züge auf, er sieht mich an und nickt. «Danke. Ja, mache ich. Nochmals vielen Dank.»

Wir müssen uns lange gedulden. Die Spannung ist mit Händen zu greifen, während wir dasitzen und uns anschweigen. Ich frage mich, ob ihm wohl bewusst ist, dass er Lisa liebt. Er selbst denkt, er würde das alles sozusagen zu seiner Ehrenrettung tun, um sich etwas weniger schlecht zu fühlen, weil er sie attraktiv fand, mit ihr geflirtet hat und sogar mit ihr essen war. Aber es muss mehr dahinterstecken. Ein tieferer Antrieb, auch wenn ihm das nicht so klar ist. Ich habe Lisa ebenfalls lieb, trotz allem, was ich über ihre Vergangenheit weiß. Auch das eine Wahrheit, mit der ich erst mal lernen muss, klarzukommen. Jemand kann eine noch so schreckliche, unverzeihliche Tat begehen – wenn man den Betreffenden liebt, ist man bereit, es ihm nachzusehen. Das Herz macht, was es will.

Endlich ruft Bray zurück. Simon hört zu, und schon nach wenigen Minuten ist das Telefonat zu Ende. Offenbar keine guten Neuigkeiten, seiner Miene nach zu urteilen.

«Sie haben niemanden angetroffen. Das Haus steht leer, wird augenscheinlich nicht genutzt. Eigenartig war nur, dass die Eingangstür offen stand. Die Polizei will versuchen, sich mit dem Eigentümer in Verbindung zu setzen, um morgen früh jemanden vom Schlüsseldienst hinzuschicken. Es hat wohl nichts darauf hingedeutet, dass sich jemand dort aufgehalten hat. Von Ava auch keine Spur.»

«Die müssen was übersehen haben», sage ich. Sie muss dort sein. Das spüre ich, da bin ich mir ganz sicher.

«Aber sie suchen nach einer Mörderin.» Er lässt sich schwer in seinen Bürostuhl fallen. «Also werden sie gründlich vorgegangen sein. Sie können nicht dort sein. Damit sind wir wieder ganz am Anfang. Hoffen wir, dass die Nachforschungen zu Amelia Cousins irgendwas ergeben. Bis dahin können wir nichts tun. Es bringt nichts, wenn wir jetzt hektisch im Nebel stochern.»

Ich senke den Blick auf das Blatt mit der Adresse, das ich noch immer in der Hand halte. Er kann sagen, was er will, die müssen was übersehen haben. Irgendeinen Hinweis oder Fingerzeig zumindest. Katie hat Lisa gezielt zu diesem Haus gelockt. Sicher nicht ohne Grund.

«Sie wirken ziemlich geschafft. Vielleicht sollten Sie erst mal hochgehen und sich ausruhen, nach einer heißen Dusche. Einen Happen essen, wenn Sie was runterbekommen. Falls Bray unvermutet hier auftaucht, um rumzuschnüffeln, weil ihr meine Aktivitäten nicht geheuer sind, wäre es wahrscheinlich nicht so günstig, wenn sie uns beide zusammen anträfe.»

Ich starre weiter auf das Blatt. «Sie haben recht.» Ich ringe mir ein mattes Lächeln ab. «Es ist spät, und ich habe irrsinnige Kopfschmerzen. Kann wohl nicht schaden, wenn ich mich mal ein Stündchen hinlege.»

Ich nehme das Handy vom Tisch. «Ihre Nummer ist doch hier drauf gespeichert, oder? Ich schicke Ihnen eine SMS, falls mir irgendwas einfällt, das uns weiterbringen könnte.»

Er nickt. Es würde schon alles wieder gut, versichert er mir, wie Männer das bei Frauen so machen, als wären wir kleine Kinder. Als wüssten wir nicht, wie oft die Dinge eben nicht gut ausgehen. Als könnten sie uns irgendwie vor aller Schlechtigkeit auf der Welt beschützen, obwohl es gerade Männer sind, die uns so oft schlecht behandeln. Er hat recht, ich bin müde, und ich habe die Nase voll. Davon, ein Opfer zu sein. Mich immer von Männern abhängig zu machen. Und ich bin auch die Warterei leid.

«Ich glaube, mir fallen sofort die Augen zu», sage ich, als

ich an der Tür bin. «Aber rufen Sie ruhig an, wenn sich irgendwas Neues ergibt.»

«Mache ich», erwidert er. Ich warte, bis er sich kurz abwendet, dann schnappe ich mir noch etwas anderes vom Schreibtisch, gleich neben seiner Kaffeetasse.

Wenige Minuten später sitze ich in seinem Auto und gebe die Adresse von Katies Großvater in sein hochwertiges Navi ein. Da mir klar ist, dass die Polizei jemanden vorm Hotel postiert haben dürfte, um meinen Wagen im Auge zu behalten, habe ich das Gebäude durch den Hinterausgang verlassen, vorbei an der Küche, wo sich der Personalparkplatz befindet. Auf Simons Wagen achtet niemand. Wann ihm wohl auffällt, dass ich seinen Autoschlüssel vom Tisch genommen habe? In einer Stunde? Vielleicht, wenn ich Glück habe, bleibt mir sogar noch mehr Zeit. Ich lasse Lisa nicht im Stich. Skegness ist nur etwa eine Fahrstunde entfernt, um diese Uhrzeit geht es vermutlich sogar schneller. Ich werde nicht warten, bis ein Mann sich zum Retter des Tages aufschwingt. Damit ist jetzt Schluss.

71

LISA

Mein Hals ist wie ausgedörrt. Es tut weh, die Augen zu öffnen, obwohl der Raum nur schummrig erhellt ist.

«Trink das.» Sie hält mir ein Glas hin, und ich trinke gierig einen großen Schluck. Es brennt so sehr, dass ich ins Husten und Japsen gerate. *Kein Wasser.* Hat sie mir Säure eingeflößt? Dann erinnere ich mich. *Wodka. Pur.* Eine billige Sorte. Ruckartig bin ich hellwach und schüttle den Kopf, trotz des schmerzhaften Wummerns.

Katie nippt an dem Glas und verzieht das Gesicht. «Ich habe nie verstanden, wie du das Zeug trinken konntest.»

«Weil es gewirkt hat», sage ich.

«Ja, du hast dich immer gern betäubt. All deine Energie lahmgelegt.»

Ich sehe zu der Matratze hinüber und erschrecke heftig, was Katie nicht entgeht. Über Ava ist eine Decke gebreitet, von Kopf bis Fuß. *O Gott, nein, bitte, nein –*

«Sie ist nicht tot, keine Angst.» Sie schaut zu Ava. «Beweg dich mal für deine Mutter, Ava. Damit sie weiß, dass du am Leben bist.»

Unter der Decke bewegt sich etwas, und sie lässt einen

langgezogenen Laut vernehmen. Angstvoll zwar, aber auch unwillig. Wütend. *So kenne ich mein Mädchen.*

Katie neigt sich zu mir vor. «Sie hat auch schon Wodka bekommen», verrät sie mir mit gedämpfter Stimme.

«Wann lässt du sie endlich gehen?», frage ich. Meine Stimme klingt wieder etwas klarer, aber ich spreche bewusst undeutlich. Um ihr vorzumachen, dass die Wirkung der Pille oder Tablette, die sie mir verabreicht hat, noch anhält. «Du hattest es versprochen.»

«Ja. Ich hatte es versprochen, nicht wahr?» Sie zieht einen Stuhl heran, setzt sich. Sicher, sie hat ihr Aussehen operativ verändern lassen, aber wieso habe ich diese Augen nicht wiedererkannt? Dieses fiebrige Funkeln, wenn sie an etwas ihr Vergnügen hatte, das mehr als nur ein klein wenig irre wirkt, wie ich schon damals hätte erkennen sollen. «Aber mitunter überlegt man es sich anders, nicht wahr, Charlotte?»

«Ich weiß, dass ich unsere Abmachung gebrochen habe», sage ich. «Tut mir leid, dass ich dich habe hängenlassen. Tut mir leid, dass ich die Polizei angerufen habe. Aber das war ich, nicht Ava. Ava hat damit nichts zu tun.»

«Du hast mich verraten und bist dir dessen nicht einmal bewusst. Ich habe dich geliebt, und du hast mich verraten.» In ihren Augen schimmern Tränen. «Und wofür? Für dieses Leben? Wir hätten alles haben können. Wir hätten *glorreich* sein können. Aber sieh dich an. Was für eine graue Maus du bist. Wie durch und durch gewöhnlich.»

Ich lasse meinen Kopf vornübersinken und tue so, als hätte ich große Mühe, ihn wieder anzuheben. Eine ihrer Äußerungen gibt mir Rätsel auf. «Was soll das heißen, ich bin mir dessen noch nicht einmal bewusst?»

«Woran erinnerst du dich, Charlotte?», flüstert sie, reißt mich schmerzhaft am Haar zurück und flößt mir noch einen

Schluck Wodka ein, der mir heftig in der trockenen Kehle brennt.

«An gar nichts.» Ich weiß, dass ich es getan habe, wozu also sollte ich mich daran erinnern wollen? Mein ganzes Leben lang habe ich mir diese Erinnerung vom Leib gehalten. Ich mag nicht darüber nachdenken. Niemals.

«Nein, das stimmt nicht», gurrt sie. «Natürlich erinnerst du dich. Nur eben nicht richtig.»

72

DAMALS

1989

Katie stört es kein bisschen, dass sie Daniel dabeihat. Er ist zunächst scheu und anhänglich, lässt sich aber dann mit Peter Rabbit auf dem Boden nieder und spielt mit ein paar alten Backsteinen, die Charlotte von draußen mitgebracht hat. Der Ausdruck seiner Augen jedoch ist irgendwie nervös, Charlotte vermeidet es, ihn anzusehen. Sein Blick löst ein komisches Gefühl in ihr aus. Vielleicht hätte sie ihn besser zu Hause lassen sollen.

Sie trinkt noch mehr Wodka. Katie hat ebenfalls welchen dabei, eine Halbliterflasche, außerdem einige Tabletten von ihrer Mutter, gegen Angststörungen und Depressionen. «Die habe ich ihr schon vor einiger Zeit geklaut, für einen besonderen Anlass», erklärt sie lächelnd. «Lass uns heute mal richtig was reinziehen!»

«Spiel mit mir, Charrot», sagt Daniel, während er vorsichtig einen Stein auf den anderen legt. «Ich bau eine Feuerwache.»

«Ich unterhalte mich mit Katie.» Sie steckt sich eine Tablette in den Mund und spült sie mit Wodka hinunter. «Spiel alleine. Hier, trink ein Schlückchen.» Sie hält ihm die Flasche an die Lippen und zieht sie eilig wieder zurück, nachdem er ein wenig getrunken hat. Er hustet. Sieht kurz aus, als wollte er losheulen, lässt es aber bleiben. Vielleicht hat er ja schon gelernt, dass man mit Heulen in dieser Familie nicht viel erreicht. Oder er weiß bereits, dass er von Charlotte keine Zuwendung erwarten darf. Dass sie ihn nicht in den Arm nehmen wird, bis es ihm besser geht. «Mag ich nicht», sagt er.

Diese Reaktion freut sie irgendwie. «Dann halt jetzt die Klappe und spiel. Aber leise.» Beim Reden sieht sie ihn nicht mal an. Sie will nicht, dass er ihr leidtut. Sie will sich nur selbst bedauern.

Katie sprüht nur so vor guter Laune, Charlotte aber gefällt es nicht wirklich, wie heftig sich alles um sie herum dreht. Sie süffeln weiter. Katie hat ihren rosa Radiorekorder mitgebracht, mit dem doppelten Laufwerk, damit sie ihre Kassette hören können. Aber in dem feuchten, kalten Haus klingt die Musik irgendwie blechern. Ein Windzug fährt durch das kaputte Fenster herein, und Charlotte überläuft ein angenehmes Frösteln.

«Unglaublich, dass wir es tatsächlich tun werden», sagt Katie.

«Was tun?» Charlotte kann sich kaum konzentrieren. Doch sie fühlt sich gut an, diese chemische Wärme in ihr. Die Wundheit da unten, von letzter Nacht, spürt sie gar nicht mehr. Nur noch ein leises Pochen, wie ihren Herzschlag. Sogar ihre Wut fühlt sich gut an. Katie lehnt sich an sie und nimmt den nächsten Schluck, ehe sie die Flasche an sie zurückreicht.

«Unseren Pakt!» Katie schmiegt sich enger an sie. «Deswegen hast du ihn mitgebracht, nicht wahr? Weil wir es heute tun werden!»

Charlotte runzelt die Stirn. Hat sie ihn deshalb mitgebracht? Um ihren Pakt einzulösen? «Er ist mir einfach nachgelaufen», sagt sie. «Ich hab nix gestohlen. Hab kein Geld, gar nichts.»

«Ich hab alles, was wir brauchen. Wir fahren zum Haus meines Opas und verstecken uns da für ein paar Tage. Es ist der perfekte Ort.» Katie drückt aufgeregt ihren Arm. «Trinken wir uns einen an, und dann machen wir es. Hinterher gehen wir zu mir und erledigen meine Mutter, wenn sie heute Nachmittag nach Hause kommt. Danach sind wir frei! Bonnie und Clyde!»

Charlotte denkt kurz darüber nach. Nichts wünscht sie sich mehr, als hier abzuhauen, zusammen mit Katie. Kein Tony mehr. Keine Ma mehr. Sie blickt Daniel an, der beim Spielen leise auf Peter Rabbit einredet. Sie hasst ihn. Keine Frage, das steht fest.

«Vielleicht sollten wir bloß so abhauen», sagt sie mit schwerer Zunge. «Den restlichen Mist vergessen. Scheiß doch auf die.»

«Die lassen mich nie gehen.» Auch Katie lallt bereits. «Wenn sie kann, behält meine Mutter mich für immer bei sich.» Sie lehnt ihren süß duftenden Kopf an Charlottes Schulter. «Und wir haben einen Pakt geschlossen. Großes Ehrenwort. Ich schwöre. Nicht vergessen.»

«Großes Ehrenwort. Ich schwöre», murmelt Charlotte. «Aber erst noch betrinken.» Sie mag nicht über ihren Plan nachdenken. Es war ein Spiel, das sich nun etwas zu real anfühlt. «Ich will richtig hackedicht sein.»

Als die Tabletten zu wirken beginnen, vergeht ihr Hören und Sehen. Kurz steigt die Angst in ihr auf, dass sie zu viele genommen haben könnte. Ihr wird immer wieder schwarz vor Augen, sie fühlt sich wie von einem Nebel umhüllt, hat beinahe das Gefühl, aus ihrem Körper gehoben zu werden.

«Was ist das?», versucht sie zu sagen, und kurz sieht es so aus, als würde Katie sie anlächeln und dabei *leuchten*, dann sinkt sie an die Wand zurück und schläft ein. Sie verliert jedes Zeitgefühl, dämmert immer wieder in einen Zustand von Verwirrung hinüber. Alles ist ein einziger Nebel.

«Charrot?» Mit einem Mal ragt Daniels Gesicht groß vor ihr auf. Sie nimmt fast nur seine Augen wahr, Tonys Augen. «Übel sein, Charrot.»

Ist ihm übel, oder soll das eine Frage sein? Wie auch immer, sie will ihn jetzt nicht sehen. Nicht an ihn denken. «Klappe, Daniel», murmelt sie, obwohl sie die Worte kaum über die Lippen bekommt. Zu viel. Sie hat zu diesen Tabletten zu viel getrunken. Sie schließt die Augen, während sie noch spürt, wie Daniel an ihr herumzupft.

Es ist alles seine Schuld, sagt eine Stimme in ihrem Kopf. Alles. Das Zimmer über der Fischbude. Dass deine Ma dich nicht mehr liebhat. Tony und sein Gürtel. Das ist alles erst so, seit er da ist. Seit sie ihn lieben, haben sie gemerkt, wie wenig sie dich lieben, das ist die Wahrheit. Es ist alles seine Schuld.

Sie schlägt mühsam die Augen auf, verwirrt von der Stimme. Sie hört sie in ihrem Kopf, es muss ihre Stimme sein. Daniel steht immer noch vor ihr. Er schwankt, wirkt auch irgendwie bedusselt. Hat sie ihm noch was zu trinken gegeben? Sie kann sich nicht erinnern. Kann sein. Sie weiß nicht mal mehr, wie viel sie schon getrunken hat. Ist alles seine Schuld? Ja, denkt sie. Ja, auf jeden Fall. Die Stimme in ihrem Kopf hat recht, das weiß sie, aber er ist fast noch ein Baby, und eigentlich kann es nicht seine Schuld sein. Er nuckelt an einem von Peter Rabbits Ohren, sieht ängstlich aus. Sie will nicht, dass er ängstlich aussieht. Es rührt etwas in ihr an.

Die Stimme in ihrem Kopf redet weiter, erinnert sie daran, wie viel Liebe und Fürsorge ihre Ma ihm widmet und wie viel sie, Charlotte, dagegen auszustehen hat. Dass es für Ma eine gerechte Strafe wäre, wenn Daniel was Schlimmes zustoßen würde. Dass sie, Charlotte, sich genau das wünscht. Klar wünscht sie sich das, aber irgendwie auch nicht. Sie weiß nicht mehr, was sie sich wünscht. Sie möchte nur die Augen zumachen. Einschlafen. Alles vergessen. Aber die Stimme gibt keine Ruhe, stichelt in ihrem Kopf immer weiter. *Er ist ein kleiner Scheißer, das weißt du. Er ist verwöhnt. Ein Rotzbalg. Er ist der Grund, warum sie dir weh tun.*

Wieder senkt sich der Nebel herab, wieder wird ihr schwarz vor Augen – *Tu es, versuch's mal. Drück ihm die Gurgel zu, dann wird alles besser*. Sie sieht ihre Hände an seinem Hals, kann seine zarte Haut spüren, die Stimme in ihrem Kopf tobt jetzt geradezu, und seine Augen sind groß aufgerissen, und sie weiß nicht genau, was hier vorgeht. Wieder wird alles schwarz. Sie ist hier und doch wieder nicht. Sie tut es und doch wieder nicht. Ihr Hirn will nicht richtig funktionieren, und ihr Körper fühlt sich ganz falsch an. Irgendwann ist da ein Backstein, ein dumpfer Schlag. Und dann nichts mehr, nur noch Finsternis um sie herum.

Als sie die Augen das nächste Mal öffnet, kann sie wieder klar sehen, aber sie hat fürchterliches Kopfweh. Ihr ist kotzübel. Was sind denn das für Tabletten, die Katies Ma nimmt? Die rührt sie nie wieder an, auf keinen Fall. Katie lehnt zusammengesunken neben ihr an der Wand, bewusstlos, mit weit gespreizten Beinen, es passt kein bisschen zu ihr. «Katie?», sagt sie, und ihr wird leicht schwindelig, während sie erneut Brechreiz überkommt. «Bist du wach, Katie?»

Da fällt ihr Peter Rabbit ins Auge. Er liegt verloren auf dem Boden, unweit von ihren Füßen. Blitzartig steht ihr etwas vor Augen – *Hände, Hals, Daniel*. Ein Traum? Die Übelkeit lässt nach, stattdessen wird ihr eiskalt. Kalt vor Furcht. Am Rande ihres Gesichtsfelds sieht sie einen kleinen Schuh. Ein Beinchen, das sehr still daliegt. Sie will nicht hinsehen, nein, lieber nicht, ihr graut davor, aber sie kann nicht anders.

O Scheiße, Daniel. Sein Gesicht ist abgewandt, aber sie kann Blut auf dem Boden sehen und er rührt sich nicht und er ist tot sie weiß dass er tot ist. Sie hat das Gefühl, schreien zu müssen oder –

«O mein Gott, Charlotte.» Katie ist dabei, sich an der Wand aufzurichten, sie blinzelt und reißt dann die Augen auf. «Du hast es getan. Du hast es tatsächlich getan.»

Charlotte zittert, schlottert am ganzen Leib, als würde sie neben einem dieser blöden Presslufthämmer stehen, die oben an der Hauptstraße zum Einsatz kommen, und *es ist so surreal, es ist alles so surreal, und er kann nicht tot sein, nicht wirklich tot, nicht so, wie wir es uns zusammengesponnen haben, Hände, die seinen Hals umfassen, o Gott, Daniel, du kleiner Scheißer, es tut mir so leid.* Katie nimmt ihre kalten Hände und hält sie sich ans Gesicht.

«Sieh mich an, Charlotte.»

Sie gehorcht. Solange sie nur Klein-Daniel nicht ansehen muss, *o Gott, was wird Ma sagen*, und so blickt sie direkt in Katies vollkommene Augen. «Es ist vollbracht», flüstert Katie, ihr Atem fährt ihr warm ins Gesicht, *Daniel wird nie wieder atmen, o Scheiße o Scheiße.* Katie küsst sie sanft auf ihren offenen Mund. «Du hast es getan, Charlotte. So fängt es an. Wir können frei sein! Nicht zu fassen, du hast es getan, wirklich getan. Oh, Charlotte, du bist mein Held. Jetzt gibt es kein Zurück mehr. Als Nächste ist meine Mutter dran. Dann hauen wir ab. Fliegen davon wie der Wind. Nur wir, du und ich. Für immer. Es führt kein Weg zurück.»

Charlotte merkt, wie ihr die Zähne zu klappern beginnen. Es kann nicht real sein, wie soll das real sein, es war doch nur eine Phantasie, ein verrücktes Spiel. Alles ist zu hell, zu real, und dabei gleichzeitig zu *surreal*. Es führt kein Weg zurück.

«Ich muss erst nach Hause», hört sie sich selbst sagen. «Damit alles ganz normal wirkt. Falls Ma da ist, sage ich, ich ziehe los, um Daniel zu suchen. Und komme dann zu dir. Sie wissen nichts von dir. Können mich also auch nicht bei dir zu Hause suchen.» Wie bringt sie es fertig, so normal zu klingen? So ruhig. «Wir erledigen deine Ma und hauen dann ab, in Ordnung?» Sie küsst Katie zurück, obwohl sie einen bitteren, säuerlichen Geschmack im Mund hat. *Faulig.*

«In einer halben Stunde? Bei mir?»

Charlotte nickt. Sie muss hier raus, muss hier weg. Was ist aus ihrer Wut geworden? Wo ist sie hin? *In deine Hände ist sie hin, um Klein-Daniels Hals, nirgendwo sonst, und, o Scheiße, es führt kein Weg zurück.*

«Ich liebe dich», sagt Katie mit einem Lächeln, als sie wieder in die kalte Oktoberluft hinausklettern.

«Ich dich auch», erwidert Charlotte und lächelt zurück, aber es ist mehr eine Grimasse. Und vielleicht stimmt das auch. Nein, sie liebt sie wirklich. Aber jetzt ist alles kaputt. Sie ist jetzt kaputt. *Daniel ist kaputt kann nicht mehr heil gemacht werden, nie mehr o Gott o Gott.* «Dann bis gleich.»

Damit trennen sich ihre Wege, und Charlotte weiß, dass sie Katie nie wiedersehen wird. Nicht mehr so wie bisher. Als sie um die Ecke gebogen ist, muss sie sich übergeben, Wodka und Galle, die in einem Schwall auf der Erde landen. Hinterher fühlt sie sich leer. Wie ausgehöhlt.

Sie sieht zu dem Haus zurück, einer halben Ruine, ungeliebt und auch nicht liebenswert. Sie will Daniel nicht dort zurücklassen, ganz allein, bis auf Peter Rabbit. Er wird sich ängstigen. Wird die Welt nicht mehr verstehen. *Er ist tot, du bescheuertes Stück Scheiße, er wird nie wieder irgendwas ver-*

stehen, wegen dir und deinen Tabletten und der bescheuerten Stimme in deinem Kopf und deinen bescheuerten Händen und deiner bescheuerten Wut, und er hat dir nie was getan, nicht wirklich, Daniel hat dich nie in das Zimmer über der Fischbude geschickt oder dich geschlagen oder dir das angetan, was Tony dir gestern Nacht getan hat. Warum ist jetzt auf einmal alles so klar? Warum hinkt sie immer einen Schritt hinterher?

Sie weiß, was sie tun muss. Das Einzige, was sie tun kann. *Kein Weg zurück.* Sie rennt los, rennt, so schnell sie nur kann, den ganzen Weg bis zum Bahnhof. Dort gibt es eine Telefonzelle. Der Atem brennt ihr in der Brust. Ihr ist noch immer schwindelig vom Wodka, von den Tabletten und dem noch nicht verklungenen Schock, aber sie wählt mit zitternden Fingern die 999. *Tut mir leid, Katie,* denkt sie, als der Anruf erledigt ist. *Tut mir echt leid.*

Daniel. Es tut mir so leid.

Wenn sie doch bloß weinen könnte. Oder sterben. Stattdessen trottet sie wie betäubt nach Hause, mit betäubtem Herzen, und wartet, bis sie die Sirenen heulen hört. Nur wenig später heult auch Ma auf, stößt Tony grob von sich.

Als sie mit ihr zum Streifenwagen gehen, schaut sie nicht mehr zurück.

Es führt kein Weg zurück. Nie wieder.

73

JETZT

MARILYN

Ich parke auf der abgeschiedenen Zufahrtsstraße, in einiger Entfernung von dem Haus, das sich als schwarzer Umriss im Dunkel vor mir abzeichnet. Ich nehme die Taschenlampe aus dem Kofferraum. Vorläufig aber lasse ich sie ausgeschaltet und gebe acht, dass ich auf der unebenen, nicht beleuchteten Straße, mehr ein Feldweg, nicht ins Stolpern gerate; in der Finsternis kann ich meine eigenen Füße nicht sehen. Es regnet nicht, aber die Luft ist feucht und schwül, unter einer tief hängenden Wolkendecke. Als ich in die Auffahrt einbiege, habe ich endlich freie Sicht auf das Haus. Kein anderes Auto weit und breit, schon gar kein Streifenwagen, und ausnahmsweise kann ich den jüngsten Sparmaßnahmen der Regierung, von denen auch die Polizei betroffen ist, mal etwas Gutes abgewinnen. Alle Fenster sind dunkel, das Haus wirkt vollkommen unbelebt. Falls sie hier sind, muss Katie ihren Wagen irgendwo außer Sichtweite abgestellt haben. Ohne lange nachzudenken, steige ich die Stufen zum Haus empor. Kein Absperrband, keine Bretter, die provisorisch vor die Tür genagelt wären. Nichts, was darauf hindeuten würde, dass die Polizei dieser Spur ernsthaft nachgegangen wäre.

Als ich die Tür aufstoße, verstehe ich, warum. Das Haus ist leer. Vollkommen leer, das spürt man irgendwie. Ich lasse die Taschenlampe aufflammen, ein gelber Lichtschein in der Finsternis. Viel gibt es nicht zu sehen; einen Dielenboden und hell gestrichene Wände, und weiter hinten ein breiter, moderner Treppenaufgang, der eine Kehre um einen Absatz macht und dann weiter ins Obergeschoss führt. Es ist mucksmäuschenstill.

Mobiliar gibt es so gut wie keines, die meisten Räume finde ich leer vor, als ich das Haus methodisch von oben bis unten inspiziere; auf die eine oder andere Hinterlassenschaft aber stoße ich dennoch. In einem Raum erschrecke ich über einen Spiegel, der absurderweise nichts widerspiegelt. Ach ja, der Großvater war ja Illusionist. War der Spiegel Teil einer Nummer, oder diente er nur dazu, Gäste zu erschrecken? In einem der Wohnzimmer stehen in den eingebauten Bücherregalen noch einige Bücher, in den Küchenschränken ein wenig Geschirr. Wenn hier ein Museum geplant war, wo ist dann die übrige Einrichtung gelandet? In einem Möbellager irgendwo? Und wäre ein so unterkühltes, modernes Haus für Besucher überhaupt attraktiv gewesen? Wie das Haus eines Zauberers mutet es nicht an, eher wie das Domizil eines Bankers oder Geschäftsmanns.

Ich kehre wieder in die Diele zurück und nehme sie mir mit der Taschenlampe noch einmal systematisch vor. Dabei entdecke ich auf dem Boden einen Teppich. Über der Tür eine Art alten Projektor, allerdings verborgen in einem, passend zur Wandfarbe, weiß gestrichenen Holzkasten, sodass er kaum auffällt. Listig. Wie der Großvater, so die Enkelin. Sonst aber findet sich hier nichts, kein Hinweis, kein Fingerzeig, kein gar nichts.

Hinter einem Raum, der vielleicht mal eine Waschküche war, stoße ich schließlich auf die Kellertür. Ich öffne sie behutsam und horche nach unten. Alles still. *Es regt sich nichts, nicht mal eine Maus.* Ich fröstele unwillkürlich. Aber ich bin kein Kind mehr. Es ist bloß ein Keller. Ich will eben die Treppe hinuntergehen, als das Handy in meiner Tasche summt. Mist. Simon.

«Menschenskind, wo stecken Sie denn?», fragt er. «Ich dachte, Sie wollten sich hinlegen. Sind Sie mit meinem Auto unterwegs?»

Er hört sich wie Richard an, verärgert und fordernd, und im ersten Moment verspüre ich den Impuls, ihn kleinlaut um Entschuldigung zu bitten. Aber ich kann mich noch bremsen.

«Ich bin in Skegness.» Ich rede leise, aber selbst das klingt in diesem Mausoleum von einem Haus viel zu laut. «In dem Haus.»

«Wo sind Sie? Herrgott, Marilyn, falls Sie dort von der Polizei – »

«Hier ist keine Polizei. Weit und breit nicht. Aber ich kann nicht einfach untätig bleiben. Und dieses Haus spielt eine Rolle. Enthält zumindest irgendeine Spur, einen Hinweis, ganz sicher. Falls ich nichts finde, setze ich mich ins Auto und komme sofort wieder zurück. Niemand wird je wissen, dass ich überhaupt hier war.»

«Gefällt mir nicht, dass Sie ganz allein da unten sind. Hätten Sie doch bloß was gesagt, dann wäre ich mitgekommen.»

Nein, er ist kein bisschen wie Richard, merke ich nun. Er ist nicht verärgert, sondern besorgt. Dieselbe Medaille, aber verschiedene Seiten. Richard hat seine Paranoia immer gern als Besorgnis getarnt. *Trag dieses Kleid heute besser nicht, du weißt doch, wie Männer sind.*

«Aber hören Sie», sagt er, «wir haben was. Ich werde gleich die Polizei deswegen anrufen. Amelia Cousins ...»

«Sie können sie zu Katie zurückverfolgen?» Vor Aufregung verschlägt es mir den Atem.

«Nein, nicht ganz, aber ihre Vorgeschichte gibt wenig her. Selbst wenn man nur wenige Jahre zurückgeht. Aber darum geht es nicht.»

«Worum geht es dann?»

Er schweigt kurz. «Katie hat sich, glaube ich, nicht nur für eine, sondern sogar für *zwei* andere Personen ausgegeben.»

74

AVA

Jodie. Dieses verdammte Miststück. Ein kleines Schluchzen entkommt meinem Knebel. Jodie. Ich habe ihr vertraut. Sie war meine beste Freundin. Ich habe Kopfweh und bin entsetzlich betrunken, das Denken fällt mir schwer. Nein, sie war nie meine Freundin. Sie war mal *Mums* beste Freundin. Katie. Mädchen B. Wie auch immer.

Ich werde hier sterben, das weiß ich. Ich und Mum, wir beide zusammen. Jodie wird uns umbringen, weil Jodie nicht Jodie ist. Sie ist total durchgeknallt und ich schäme mich so und mir ist schlecht und es tut mir so leid, dass Mum hier mit mir sterben wird. Ich muss ständig an das Baby in mir denken und dass es auch sterben wird, und das ganz ohne seine Schuld. Wieder kommen mir die Tränen, aber ich reiße mich zusammen. Wenn ich weine, bekomme ich keine Luft. Ich habe Angst vorm Weinen. Ich habe Angst vorm Sterben. Ich habe eine solche Scheißangst und möchte nur, dass Mum alles wieder in Ordnung bringt, aber ich glaube nicht, dass sie das schafft. Inzwischen sind mir die bescheuerten Facebook-Nachrichten nicht mal mehr peinlich. Kommt mir vor, als wäre das ewig her. Ich war anders damals. Ich war dumm.

Meine Augen sind vom vielen Weinen verquollen, mein Kiefer schmerzt von dem Knebel, und ich hasse mich dafür, dass ich so hilflos bin. Ich hätte mich wehren sollen. Hätte peilen müssen, dass etwas faul war, als ich sie an dem Wagen stehen sah, aber es ging alles so schnell, und ich war so verwirrt. Ehe ich wusste, wie mir geschah, war da auch schon dieses Tuch an meinem Gesicht und die Dunkelheit, und dann bin ich hier zu mir gekommen, ganz wund und zerschrammt.

Ich hasse Mum nicht. Ich hab sie lieb. Das würde ich ihr so gern sagen. Sie wird in dem Glauben sterben, dass ich sie hasse. Das darf nicht passieren, das kann ich nicht zulassen. Sie denkt, dass sie von allen gehasst wird. Ich möchte mich übergeben. Aber ich darf nicht, weil ich dann ersticke. Die Decke liegt mir schwer auf dem Gesicht, und ich versuche sie runterzuschütteln, aber das geht nicht. Ich möchte meine Mum sehen. Sie ist so anders als sonst, richtig knallhart. So kenne ich sie überhaupt nicht. Sie ist hergekommen, um für mich ihr Leben zu geben. So sehr liebt sie mich. Ich habe in den letzten Tagen viel von ihrem Leben als Charlotte erfahren. Meine Mum, bevor sie erwachsen wurde. Sie wollte immer nur, dass mir so was erspart blieb, und egal, was sie getan hat, so abscheulich das auch gewesen sein mag, ich war egoistisch und gedankenlos und unausstehlich, und jetzt komme ich mir wieder vor, als wäre ich fünf. Armselig. Ich bin einfach nur armselig.

Ich kann Psycho-Katie hören, die gerade mit ihr spricht. Sie redet über den Tag, an dem Daniel gestorben ist. Sie hat das Interesse an mir verloren, jetzt, wo Mum da ist. Es ging ihr immer nur um Mum. Ich bedeute ihr nichts. Schlimmer noch, ich war für sie nur eine Schachfigur, und jetzt wird sie mich vom Brett stoßen. Die Zeit im Schwimmverein, *My-*

Bitches, die Fabelhaften Vier, das Gelaber über den Club der komischen Mütter, wie ich zu ihr aufgeblickt habe, wie wir alle so ein bisschen zu ihr aufgeblickt haben – alles gelogen, alles nur Fake. Ich merke, wie ich eine Stinkwut bekomme, trotz allem. Wie konnte sie uns das antun, was bildet sich die Schlampe eigentlich ein?

Sie hat das Interesse an mir verloren, jetzt, wo Mum da ist. Der Gedanke geht mir immer wieder durch den beduselten Kopf. *Sie kann mich nicht mal sehen. Ich liege unter einer Decke.* Wann hat sie mir das letzte Mal die Hände neu gefesselt? Vor einem Tag? Ist es länger her? Kürzer? Ich habe jedes Zeitgefühl verloren. Es ist jedenfalls schon etwas her. Ich bewege die Finger, um zu sehen, ob ich etwas Spielraum habe. Es ist sehr warm unter der Decke, ich schwitze. Schweiß ist gut. Schweiß ist ein Gleitmittel.

75

MARILYN

Ich bin so mit dem beschäftigt, was Simon mir erzählt hat, dass mich der Keller überhaupt nicht schreckt. Ich leuchte mit der Taschenlampe die Treppe an und gehe nach unten. Jodie Cousins hat nie wirklich studiert. Sie hat sich an der Allerton University eingeschrieben, alle nötigen Formulare ausgefüllt, um sich mit Studienbuch, Studentenausweis und so weiter zu versehen, aber nie auch nur eine Veranstaltung besucht. Als Ava verschwand, waren bereits Semesterferien, deshalb war die Polizei nie an der Uni, um sie zu befragen. Ihre Nummer hat ihnen sicher eine von Avas Freundinnen gegeben, von der Schule oder aus dem Schwimmverein. Jodie dürfte ihnen dann die Nummer ihrer Mutter gegeben haben – immer beruflich unterwegs oder bei ihrem Freund in Paris –, und damit hatte sich der Fall. Schließlich waren die Mädchen keine Verdächtigen.

Katie war sowohl Amelia als auch Jodie Cousins. Als Mutter hat sie das Haus gekauft, die Begleichung aller laufenden Rechnungen geregelt und ist im Anschluss nach Paris entschwunden, in ein imaginäres Leben dort; danach ist sie als eigene Tochter in Erscheinung getreten, um sich, über Ava, in

Lisas Leben einzuschleichen. Niemand war Amelia je persönlich begegnet, nur Jodie. Ich rufe mir Jodie vor Augen. Klein, zierlich, knabenhafte Figur, drahtig, ohne ein Gramm Fett. Stets ungeschminkt. Eher still. Immer im Hintergrund. Man sieht nur, was man sehen will. Man traut dem Augenschein. Da kommt mir ein weiterer Gedanke. Katie war angeblich ertrunken, und das als gewandte Schwimmerin. Wahrscheinlich konnte sie ihr Glück kaum fassen, als sie herausfand, dass Ava ebenfalls Schwimmerin war. Eine Fügung des Schicksals.

Der Keller ist ziemlich vollgeräumt und staubig. An der Wand türmen sich alte Möbel. Eine mit einem Laken abgedeckte Kommode, vermutlich ein recht wertvolles Stück. Kartons voller Nippes. Hinterlassenschaften aus einem Leben, an das sich niemand mehr erinnert. Sollte hier irgendein Hinweis verborgen sein, dürfte die Suche danach etwas länger dauern.

Trotzdem, irgendwas fühlt sich eigenartig an. Ich sehe mich mit der Taschenlampe gründlich um, leuchte in jede Ecke, jeden Winkel, jede Ritze. An einer Wand ist der Putz feucht und rissig. *Da sollte mal was gemacht werden*, wie Richard es fachmännisch kommentieren würde. Ich sehe mir die Wand gegenüber an, die von der Treppe am weitesten entfernt ist. Auch sie ist verputzt. Ich trete näher und schiebe einige der Kartons beiseite, die davor aufgetürmt sind, ohne mich darum zu kümmern, dass ihr Inhalt herauspurzelt. Nun stelle ich fest, dass der Putz hier anders aussieht. Frei von Rissen und glatter, weniger körnig. Ich drehe mich um und betrachte den Raum noch einmal. Diesmal sehe ich ihn mit neuen Augen. *Er ist nicht groß genug. Sollte viel geräumiger sein. Das Haus eines Illusionisten.*

Ich hetze nach oben ins Erdgeschoss. Sobald mein Handy Empfang hat, rufe ich bei Simon an.

«Sie müssen die Polizei herschicken. Sofort.» Auf seine Fragen und Proteste gehe ich nicht ein. «Es gibt einen weiteren Raum hier, einen geheimen Raum. Irgendwo unten im Keller.» Ich bin unglaublich aufgeregt, weil das nur eins bedeuten kann: *Sie sind hier. Ganz in meiner Nähe.* «Da werden sie sein. Ich muss diesen Raum finden. Sorgen Sie dafür, dass die Polizei herkommt, jetzt gleich. Sagen Sie meinetwegen, ich wäre hier, mit Lisa, oder lassen Sie sich etwas anderes einfallen. Aber schicken Sie sie her, egal wie!»

Ich beende den Anruf und sehe mich um. Mein Gesicht glüht vor Aufregung. Ein Haus der Tricks, der Sinnestäuschungen. Irgendwo hier gibt es einen verborgenen Zugang. Ich kann das Eintreffen der Polizei kaum erwarten, damit sie ihn ausfindig macht.

76

LISA

Ich bin alkoholisiert und habe irgendein Mittel intus, durch das alles wie verlangsamt wirkt. So weggetreten, wie Katie es gern hätte, bin ich aber nicht. Medikamente waren meine ständigen Begleiter, immer – Mittel gegen Angststörungen, Anti-Depressiva, Valium, Schlaftabletten, diese Pharmakrücken sind mir wohlvertraut. Und das zahlt sich jetzt aus. Katie geht davon aus, dass bei mir noch immer dieselbe Dosis wirkt wie mit elf. Ein Trugschluss, Katie. Ich hänge zusammengesunken auf dem Stuhl und tue so, als könnte ich kaum noch geradeaus gucken. Als wäre ich zwar da, aber abwesend.

«Du denkst, du hättest mich durch den Anruf bei der Polizei verraten?» Sie sieht mich mit großen Augen an. «O ja, das war ein Teilaspekt. Den eigentlichen Schaden aber hattest du schon davor angerichtet. Ich habe noch versucht, die Sache wieder hinzubiegen, aber du hast es verdorben.»

«Wovon redest du?», frage ich.

«Du hast es dir anders überlegt.» Sie speit mir die Worte förmlich entgegen, voller Ekel. Ihr Tonfall wechselt ständig, von einem Moment zum anderen, mal klingt sie heiter-amüsiert, dann wieder hart und verbittert.

«Ich weiß. Es tut mir leid. Aber was hat Ava damit –»

«Nein, du weißt eben nichts! Gar nichts weißt du!» Sie wird so laut, dass ich zurückzucke. Dann kommt sie dicht an mich heran und flüstert: «Trotz allem, was sie dir angetan haben, hast du's trotzdem nicht gebracht.» Sie bemerkt meine Verwirrung. «Du hast es dir nicht hinterher anders überlegt. Sondern *vorher* schon. Du hast Daniel nicht umgebracht.» Sie lächelt, aber ihr Blick ist kalt. «Ich war's. Ich hab's für dich getan.»

Einen Augenblick lang ist alles wie eingefroren. Was redet sie da?

«Nein.» Mein Herz pocht wie wild. Was sie sagt, kann nicht stimmen. Ich habe meinen kleinen Bruder ermordet, das ist eine Tatsache. Die eine, grundlegende Wahrheit, auf der mein ganzes armseliges Leben fußt. «Nein», sage ich noch mal. «Ich erinnere mich, wie ich ihm die Hände um den Hals gelegt habe. Meine wütenden Gedanken.» Ich denke kurz nach. «Und Mrs. Jackson, aus dem Laden. Sie hat mich doch gesehen. Hat beobachtet, was ich getan habe, während du geschlafen hast.»

Sie schnaubt abfällig. «Ich bitte dich. Mrs. Jackson hat dich gehasst. Und meine Eltern haben etwas nachgeholfen, denn dass ich deinetwegen mit in die Tinte lande, das hätten sie niemals zugelassen. Nicht ihr kleiner Engel. Mummy hat Daddy bei ihr vorbeigeschickt. Und sie haben sich einigen können. Mrs. Jackson war hocherfreut, dass sie dabei helfen konnte, dich hinter Gitter zu bringen.»

«Nein.» Mir ist schwindelig. «Nein, das kann nicht sein. Wie soll das …» Nichts ergibt irgendeinen Sinn. Die Battens haben Mrs. Jackson Geld dafür gegeben, vor Gericht zu lügen? «Aber ich weiß noch, wie … ich …»

«Er ist doch noch so klein, Katie. Wir haben es doch gar

nicht so gemeint, Katie, oder? Wir können doch nicht wirklich jemanden umbringen.» Ihr Tonfall ist spöttisch, höhnisch. «Na, erinnerst du dich?»

Die Worte finden einen Widerhall, tief in meinem Unterbewusstsein. Sie kommen mir irgendwie bekannt vor. «Aber», sage ich, während meine gesamte Existenz, inklusive aller Personen, die ich war, flimmert und knackt. «Ich war doch so wütend auf ihn. Ich erinnere mich an meine Hände an seinem Hals.»

«Du erinnerst dich an das, was ich dir vorgegeben habe. Die leichtgläubige Charlotte. Immer das Opfer. Du warst dermaßen weggetreten. Du doch auch, Katie, denkst du jetzt, aber von wegen. Kontrollverlust, das hat mich nie gereizt. Wenn man die Kontrolle verliert, haben andere leichtes Spiel, Charlotte. Können sonst was mit einem anstellen.»

«Nein», murmle ich. «Ich habe ihn umgebracht. Das weiß ich. Da waren diese Gedanken in meinem Kopf ...»

«*Ich* war die Stimme in deinem Kopf, Charlotte. Das alles waren meine Worte. Du hast ihm die Hände nur ganz kurz um den Hals gelegt, zum Spaß, und dann darüber gelacht, obwohl wir uns geschworen hatten, es zu tun, und du ihn mitgebracht hattest. Plötzlich fingst du mit der Leier an, *Wir haben es doch nicht so gemeint, Katie, nicht wahr? Er ist doch noch so klein. Wir können nicht wirklich jemanden umbringen.* Kannst du dir vorstellen, wie ich mich dabei gefühlt habe? Du hast geschwächelt. Das war nicht gut für dich. Und auch nicht für uns. Ich habe dir deine Schwäche verziehen, Charlotte, aber ich musste sie ausgleichen. Wir hatten einen Plan. Hatten eine Abmachung.»

Sie läuft unruhig vor mir auf und ab, als würde die Erinnerung sie aufregen oder beleben, was auch immer. Ich bin wie vor den Kopf geschlagen. Mein ganzes bisheriges Leben löst sich vor meinen Augen auf, und das erschreckt mich zutiefst.

«Du hast es dir anders überlegt, und ich bin zum Schein drauf eingegangen, bis du k. o. warst», fährt sie fort. «Ich tat so, als würde ich die Besinnung verlieren, solange du noch was mitbekommen hast. Und als du dann in deinen Stupor verfallen bist, als klar war, dass du nicht mehr wusstest, was ist real, was ist Traum, war ich die Stimme in deinem Kopf. Hab dich beschwatzt und ermuntert. Aber du wolltest es immer noch nicht tun. Du hast *ihn* mir vorgezogen. Weißt du, wie weh du mir damit getan hast? Wie ich mich demütigen musste, um darüber hinwegzugehen? Nach allem, was du gesagt hattest, was wir uns ausgedacht hatten, und auf einmal willst du es nicht mehr durchziehen?»

Sie starrt mich an. Wie eine Wahnsinnige. Sie ist wahnsinnig, keine Frage. «Ich wusste, das konntest du nicht ernst meinen.» Sie zuckt die Achseln. «Also bin ich für dich eingesprungen. Er war müde und verängstigt. Wollte den Wodka nicht trinken. War offenbar besorgt um dich. Es war nicht schwer, ihn zu mir zu locken. Und das war's dann. Hinterher habe ich noch mal deine Hände genommen und sie ihm um den Hals gelegt, und dann habe ich ihm mit dem Backstein den Rest gegeben. Danach habe ich dir noch mehr ins Ohr geflüstert, damit dir klarwurde, was du getan hattest, habe dafür gesorgt, dass auf dem Backstein Fingerabdrücke von dir zurückblieben, und mich dann schlafend gestellt, bis du wieder zu dir kamst.»

Das gesamte Gewebe meiner Existenz zerfällt, löst sich auf. Ich habe Daniel nicht umgebracht. Kann das stimmen? Darf ich diesen Gedanken wagen? Oder bilde ich mir das alles nur ein, halluziniere ich? Weil mein Rausch eben doch schlimmer ist als vermutet?

«Und dann», knurrt sie böse, «hast du mich trotzdem noch hängenlassen.»

Ich habe Daniel nicht umgebracht. Ich war's nicht. Ich weiß nicht, wie ich das verarbeiten soll. Keine Ahnung, ob ich das überhaupt schaffe.

«Lass Ava gehen», sage ich. «Sie brauchst du nicht.»

«Ah, und ob!» Nun strahlt sie wieder über das ganze Gesicht, und mir wird flau. *Was kommt jetzt für ein Spielchen, Katie, du durchgeknalltes Miststück? Was hast du als Nächstes geplant?*

«Du wirst es noch mal tun, Charlotte.» Sie lächelt mich an, packt mich wieder am Haar und flößt mir noch mehr Wodka ein. «Ganz wie damals. Arme Charlotte Nevill, hat den Verstand verloren. Hat erst ihren Ex umgebracht und dann noch ihre Tochter, genauso wie damals ihren kleinen Bruder. Danach landest du in der Geschlossenen, bis an dein Lebensende. Über mich kannst du erzählen, was du willst, man wird dir nicht glauben. Katie Batten ist tot. Du bist die psychisch kranke Kindermörderin. Ich würde sagen, das ist die gerechte Strafe für dich, nach dem, was du mir angetan hast, findest du nicht? Deinetwegen war ich dazu verdammt, unter der Fuchtel meiner Mutter zu bleiben. Diese ganzen verfluchten Jahre.»

Mir ist schwindelig, alles verschwimmt mir vor den Augen, und das löst Panik in mir aus. An Tabletten mag ich gewöhnt sein, aber Alkohol vertrage ich ganz und gar nicht. Ich darf nicht einnicken. Ich darf nicht.

«Und weißt du, was die Krönung ist?», flüstert sie. «Ava ist schwanger. Und schließlich schuldest du mir eine Mutter. So schlage ich zwei Fliegen mit einer Klappe.»

Mir fallen die Augen zu, und der Mund klappt mir auf.

«Kannst du mich noch hören, Charlotte?», fragt sie. «Schlaf

ruhig, wenn du müde bist. Alles Weitere kannst du getrost mir überlassen. Also, dann wollen wir mal. Zunächst gehören natürlich deine Fingerabdrücke an ihren Hals. Der Teufel steckt im Detail.» Sie kramt einen Schlüssel heraus und beginnt, meine Handschellen aufzuschließen.

Ich habe Daniel nicht umgebracht. Ich habe Daniel nicht umgebracht. Langsam, nach und nach erfasse ich die Wahrheit in ihrer vollen Tragweite. Mein ganzes klägliches Leben beruht auf einer Lüge. *O ja, Katie,* denke ich und stelle mich zum Schein schlafend, während zugleich eine Mordswut in mir aufsteigt. *Dann wollen wir mal.*

77

MARILYN

Denk nach, denk nach, denk nach. Ich haste noch einmal durch sämtliche Zimmer, um herauszufinden, was ich übersehen habe. Im Fußboden der Diele entdecke ich etwas, eine Art Falltür offenbar, aber sie lässt sich nicht öffnen und fühlt sich unter meinen Füßen äußerst robust an. Ist das der Zugang zu dem geheimen Raum? Oder wieder nur ein Schabernack? Wie soll ich das Ding bitte schön aufbekommen? Ich probiere alle Lichtschalter durch, in der verwegenen Hoffnung, dass einer vielleicht einen Hebelmechanismus auslöst, aber nichts geschieht. Klar: kein Strom. Kein Licht, und auch kein Öffnen von Falltüren.

Sie lässt sich also nur von innen öffnen. Mit anderen Worten, sie scheidet als Zugang aus. Ich versuche mein Glück noch einmal im Keller, aber das wäre wohl zu offensichtlich. Unterdessen verstreicht die Zeit. Lisas und Avas Zeit. *Vielleicht sind sie schon tot.* Nein, das glaube ich nicht; es ist nur meine wachsende Panik, die mich solche Szenarien ausmalen lässt. Wenn sie tot wären, hätte Katie sich schon längst vom Acker gemacht. Und, wichtiger noch, sie hätte ihre Leichen gut sichtbar platziert. Damit sie gefunden werden. Sie hat von langer Hand eine Bühne vorbereitet, und dies ist nun die große Vorstellung. Auch sie ist eine Illusionistin. Sie mag weitaus gefährlicher sein als ihr Großvater, tödlicher, aber um eine Inszenierung handelt es sich dennoch. Die Leichen verschwinden zu lassen würde ihren Absichten zuwiderlaufen. Nein. Sie hat irgendwas Krankes, Abartiges geplant, und das soll alle Welt sehen.

Ich atme tief durch. Ich habe noch Zeit. *Denk nach, denk nach, denk nach. Benutz deinen Kopf.* Ich kehre noch einmal zu der Waschküche zurück und leuchte mit der Taschenlampe nach unten in den engen Keller. Die Treppe ist allerdings ziemlich breit, dazu muss eigentlich ein entsprechend großer Keller gehören. Geräumig. Für Räume habe ich immer schon ein Gespür. *Sieh dir die Räume an.* Unterhalb welcher Räume müsste sich der Keller befinden? Die Küche scheidet aus. Zu der Zeit, als das Haus noch bewohnt war, wäre sie kein geeigneter Ort für einen geheimen Zugang gewesen. Hier war eine Köchin, Haushälterin oder was auch immer beschäftigt. Woanders also.

«Ich bin unterwegs, Lisa, ich komme schon», murmle ich, während ich durch die Flure streife, mit den Fingern an den Wänden entlangfahre und dagegenklopfe, in der Hoffnung, einen Hohlraum zu entdecken. Fehlanzeige. Am Ende biege ich in das Wohnzimmer ab, und jetzt kommt mir die Erleuchtung. Ich muss beinahe lächeln.

Das Bücherregal. Diese alten Bücher sind dort nicht ohne Grund zurückgelassen worden. Wenn ein Haus mit geheimen Räumlichkeiten geplant wird, ist es naheliegend, den Zugang dazu hinter einem Bücherregal zu verbergen.

Mit Herzklopfen mache ich mich daran, die Fächer zu leeren. Nehme die Bücher heraus, eins nach dem anderen, und werfe sie achtlos zu Boden. Bis ich zu einem komme, das sich nicht herausnehmen lässt, als wäre es angeleimt. *Ein fester Bestandteil des Regals.* Ich halte keuchend inne, richte die Taschenlampe auf das Regal und stoße es an, ganz behutsam. Ich höre ein Klicken, dann schwingt es nach innen hin komplett auf. Ein kühler Luftzug weht mir entgegen. Ich bin vollkommen sprachlos.

Ich habe den Zugang gefunden.

Mir ist, als würde ich fernes Sirenengeheul hören, noch kaum lauter als das Sirren einer Mücke. Falls es die Polizei ist, wird es noch dauern, bis sie hier sind. Ich halte es vor Ungeduld kaum aus. Aber ich habe keine Waffe, bis auf die Taschenlampe. Ich sollte auf die Polizei warten. Ein einfaches Gebot der Vernunft. Weil es Wahnsinn wäre, sich unbewaffnet in die Höhle des Löwen zu wagen.

Dann aber höre ich einen spitzen Schrei, der die Treppe heraufdringt, und schlage alle Bedenken in den Wind. Ich mache mich auf den Weg nach unten.

78

LISA

Sie wollte, dass ich wieder zu Charlotte werde. Aber das geht nicht. Charlotte, das war einmal. Heute bin ich Lisa, und ich habe meinen eigenen Zorn, dazu aber auch noch den von Charlotte, eine wahrhaft explosive Mischung. Als ich die Handschellen endlich los bin, springe ich auf und stürze mich mit einem Wutschrei auf sie.

«Du mieses Dreckstück!» Ich versetze ihr einen heftigen Stoß. «Du verdammtes, mieses Dreckstück!» Es gibt so vieles, was ich gern loswerden und ihr ins Gesicht schreien würde, all den Kummer, all das Leid, meine lebenslangen Schuldgefühle, was sie mir angetan hat, was sie Daniel angetan hat, aber das sind die einzigen Worte, die aus mir herauskommen.

Sie kracht gegen den Tisch, und ich taumle zur Seite, weil ich eben doch nicht mehr ganz nüchtern bin. Ich fange mich wieder, aber um mich herum dreht sich weiter alles. *Mist.* Katies anfänglicher Schock weicht einem hämischen Grinsen, und ich sehe auch, warum, während mir vor Übelkeit fast schwarz vor Augen wird. *Das Messer. Mein Messer.* Sie streckt die Hand danach aus. Ich stürze auf sie zu, um sie daran zu hindern, aber im Gegensatz zu mir ist sie nüchtern und weicht mir behände aus. Und dann hält sie es auch schon in der Hand. Sie setzt ein triumphierendes Lächeln auf, während ich Mühe habe, sie deutlich zu erkennen.

«Du warst mir immer unterlegen», sagt sie.

«Fick dich.» Hinter ihr kann ich Bewegung unter der Decke sehen. Kein panisches Zappeln, sondern zielstrebig. Ich muss Katie weiter ablenken. Muss so lange am Leben bleiben, dass mein Baby entkommen kann. «Willst du mich jetzt erstechen? Das vermasselt dir doch deinen schönen Plan, oder?»

«Ich werde mir eben was einfallen lassen», erwidert sie, aber ich kann ihr die Verärgerung ansehen. Deutliche Bewegungen unter der Decke. Ist Ava dabei, sich von ihren Handfesseln zu befreien? «Mir wär's lieber, wenn du eingelocht wirst, aber wenn ihr beide draufgeht, könnte ich damit leben.»

Sie geht unvermittelt mit dem Messer auf mich los. Ich schaffe es mit knapper Not, zur Seite zu taumeln. Sie lacht, und mir wird klar, dass sie nur mit mir spielt. Ich kann mich kaum aufrecht halten.

«Lisa?»

Vor Überraschung, diese Stimme zu hören, drehe ich mich um. Sie steht in einem Türrahmen hinter uns, mit schreckgeweiteten Augen und einer Taschenlampe in der Hand, die sie schlapp nach unten hängen lässt. *Marilyn.* Marilyn hat uns gefunden. Ich schluchze leise auf, als ich meine beste Freundin so unvermutet vor mir sehe, meine wahre beste Freundin. Sie jedoch stürzt plötzlich auf mich los, und die Taschenlampe fällt zu Boden, als sie mich mit aller Kraft zur Seite stößt.

Ich gerate aus dem Tritt, stolpere zurück und lande mit voller Wucht auf dem Boden. So bekomme ich eben noch mit, wie Katie mit hassverzerrtem Gesicht die Hand mit dem Messer niedersausen lässt, genau dort, wo ich eben noch gestanden habe. Wo jetzt Marilyn steht.

Ich höre Marilyn aufkeuchen. Weniger vor Schmerz, mehr vor Überraschung. Sie blickt an sich hinunter. Das Messer steckt bis zum Griff in ihrer Brust. Kurz hält sie reglos inne, dann wendet sie mir das Gesicht zu, mühsam lächelnd. Ihre Lippen bewegen sich, sie will etwas sagen, und ich kann das feuchte Rasseln hören, das ihre Atemzüge begleitet.

«Lauf weg», sagt sie schließlich, ehe sie zusammenbricht wie eine Marionette, der man die Fäden gekappt hat.

Ich laufe nicht weg. Ich bin das Davonlaufen satt. Ich zwinge mich, den Blick von meiner lieben Freundin loszureißen, die leblos am Boden liegt, und dann stoße ich einen urtümlichen Schrei aus. Ich höre das Geräusch, und ich weiß, dass es von mir stammt, aber es ist, als käme es von weit weg, von jemand anderem, irgendwo weit außerhalb von mir. Ich denke nicht nach. Der Schmerz macht mich zu einer Waffe, und ich springe auf und stürze mich auf Katie, mit solcher Wucht, dass wir beide zu Boden gehen, sie unter mir, ich auf ihr drauf. Unter meinem Gewicht bleibt ihr hörbar der Atem weg. Ich lege ihr die Hände um den Hals und drücke zu.

Marilyn. Daniel. Ich. Ava. All diese Jahre. Mein ganzes Leben. Sie wehrt sich heftig, aber meine Hände sind wie eine Schraubzwinge, die sich immer fester um ihren schlanken Hals schließt. Ich sehe die Angst in ihren Augen, und ich weide mich daran. «Fick dich, Katie Batten», stoße ich mit zusammengebissenen Zähnen hervor, während mir Tränen in die Augen steigen. «Fick dich, du verrücktes Dreckstück.»

Sie ist dabei zu ersticken, es dringen grässliche Laute aus ihrer zerquetschten Luftröhre, während sie verzweifelt um Atem ringt, doch ich drücke immer noch fester zu, obwohl meine Hände bereits schmerzen vor Anstrengung. Ich werde sie umbringen. Das weiß ich. Und es fühlt sich gut an.

«Mum, nein!» Hände an meinen Armen, die versuchen, mich von ihr loszureißen. «Nicht. Mum, nicht!»

Ava, meine Ava. Sie ist verdreckt, ihr Gesicht ist verschmiert von Tränen und Rotz, das Haar strähnig und voller Knoten, aber ihre Augen sind licht und klar, als sie mein Gesicht berührt.

«Du bist keine Mörderin. Lass sie. Ich hab dich so lieb, Mum. Tu's nicht.»

Ich blicke in ihre Augen, sie ähneln denen von Jon. Und ich sehe mich darin. Sie ist mein Baby.

«Bitte, Mum», sagt sie. «Bitte.»

Ich merke, wie sich mein Griff lockert. Katie beginnt unter mir zu röcheln und zu husten, als ich sie loslasse, um stattdessen Ava in die Arme zu schließen. Ich ziehe sie an mich, und so liegen wir uns weinend in den Armen, während ich in ihr Haar murmle, *ist ja gut, ist ja gut, mein Baby, Mummy ist jetzt hier, es ist vorbei, es ist vorbei.* Von oben sind Stimmen zu vernehmen, dann das Geräusch von Schritten, die eilig die Treppe herunterkommen, und da weiß ich, dass uns nun nichts mehr passieren kann.

Ich merke, wie Katie sich unter mir erst anspannt und dann versucht, sich aufzurichten. Ich löse mich von Ava, wende mich wieder Katie zu und haue ihr mit aller Kraft eine runter. Danach rührt sie sich nicht mehr.

EPILOG

Albträume hat sie immer noch. Daran wird sich wohl auch nicht so bald etwas ändern, nicht nur bei ihr, bei ihnen allen nicht. Doch die Träume sind nun anders, und sie sind nicht real, wie sie sich immer wieder vor Augen hält. Katie kann ihnen nichts mehr anhaben. Katie sitzt sicher hinter Schloss und Riegel. Katie würde ihr in der Haft Briefe schreiben, hat man ihr gesagt, aber die liest sie nicht. Sie hat die Gefängnisleitung gebeten, sämtliche Korrespondenz zu verbrennen. Was Katie ihr zu sagen hat, interessiert sie nicht.

Sie ist jetzt wieder Charlotte und hat festgestellt, dass sie damit gut klarkommt. Diesmal hat sie das Gefühl, dass ihr die Therapie etwas bringt, auch wenn sie Mühe hat, sich von den lebenslangen Schuld- und Schamgefühlen zu lösen. Sie reden viel über ihre Kindheit. Sie reden über Daniel. Sie lässt ihren Tränen freien Lauf.

Neben den Albträumen, in denen Katie nach ihr sucht, träumt sie nach wie vor davon, wie sie Daniels Hand hält. Diese Träume wird sie wohl bis ans Ende ihrer Tage haben. Das ist in Ordnung. Er ist in ihr und wird immer in ihr bleiben, aber sie hat nun ihren Frieden mit ihm geschlossen.

Er ist tot, daran lässt sich nichts mehr ändern. Es ist an der Zeit, den Blick nach vorn zu richten. Zu leben. Und neues Leben willkommen zu heißen. Sie muss versuchen, glücklich zu sein. Sie kann jetzt auch glücklich sein. Dazu hat sie allen Grund. Heute ist sie glücklich. Heute ist sie voller Hoffnung.

Ava, blass und matt und wunderschön, hält ehrfürchtig staunend das Baby im Arm, das so winzig und neu und zerbrechlich ist, und Charlotte ist überzeugt, dass es auf der Welt keine schöneren Geschöpfe geben kann als ihre junge Tochter und deren Kind. Sie sind ihre Kraft. Sie werden immer ihre Kraft bleiben. Courtney ist jetzt erst mal nach Hause gefahren, einigermaßen verstört und konfus, aber Charlotte ist zuversichtlich, dass er sich schon wieder berappeln wird. Er ist ein guter Junge, und sie traut ihm zu, mit etwas Unterstützung von außen, auch ein guter Vater zu werden. Dieses Baby wird immer genug Menschen um sich haben, die es lieben.

«Er ist wunderschön.» Sie sieht ihre Tochter lächelnd an und kann die Tränen nur mit Mühe zurückhalten. Inzwischen hat sie ziemlich dicht am Wasser gebaut. Lustig, wie sich die Dinge ändern können.

«Ich hab Weingummi mitgebracht, Jelly Babies!» Es ist Marilyn, die nun ins Krankenhauszimmer kommt und die Süßigkeiten in der Luft schwenkt, mit ihrem heilen Arm. Auch für sie war es ein langer Weg, aber sie ist eine Kämpferin. Anders hätte sie es auch nicht geschafft. Inzwischen kehrt langsam ihre alte gesunde Gesichtsfarbe zurück. Ihr Lächeln wirkt nicht mehr so gequält. Auch sie hat Albträume. Charlotte kann sie manchmal nachts schreien hören. Nach ihrer Entlassung aus dem Krankenhaus schien es ganz natürlich, dass Marilyn, erst mal nur als Übergangslösung, bei ihnen einzog. Mittlerweile wohnt sie dauerhaft mit im Haus, ohne dass sie je ein Wort darüber verloren hätten. Charlotte, Ava und Marilyn: eine kuriose kleine Familie, aber sie würde nichts daran ändern wollen. Sie drei sind Überlebende, sie werden das gemeinsam überleben. Die übrige Welt kann warten. Sie weiß, dass Simon ihre Beziehung gern vertiefen würde, aber dazu ist es augenblicklich noch zu früh. Mal sehen, eines Tages vielleicht. Sofern er die Geduld aufbringt.

«Also, es zieht bald ein kleiner Mann bei uns ein», verkündet Charlotte und lässt sich am Bettrand nieder. Sie schiebt behutsam den Finger in eins der winzigen, runzligen Händchen und kann sich kaum an dem Baby sattsehen. Eine Abtreibung stand nie ernsthaft zur Debatte. Ava brachte es nicht übers Herz, und Charlotte hätte gegen ihre Entscheidung nie Einwände erhoben. Unter anderen Umständen vielleicht schon, in einem anderen Leben. Aber nicht in ihrer und Avas Situation.

«Hast du bereits einen Namen?», fragt Marilyn. Charlotte blickt ihre Tochter neugierig an. Über ihre Wunschnamen hat Ava sich bis zum Schluss ausgeschwiegen, um erst abzuwarten, ob es ein Junge oder Mädchen würde. Ava, der das Haar noch schweißfeucht am Gesicht klebt, nickt.

«Daniel», sagt sie. «Ich möchte ihn Daniel nennen.»

Charlotte spürt, wie sich das Händchen des Kleinen fest um ihren Finger schließt, und ihr stürzen auf einmal die Tränen aus den Augen. Sein Griff ist verblüffend kräftig, und er lässt sie nicht los.

Daniel. Das klingt perfekt.

DANKSAGUNG

Wie immer ein Dankeschön an Veronique Baxter, meine Agentin bei David Higham, und an Grainne Fox bei Fletcher & Co. Ihr Ladys rockt – und sorgt dafür, dass ich nicht gar so viel vor und zurück wippe! Ein großes Dankeschön an das gesamte Team bei HarperFiction UK, besonders an Jaime Frost und, versteht sich, immer, an Natasha Bardon, meine Freundin und unübertreffliche Lektorin. Herzlich danken möchte ich auch David Higfill bei William Morrow in den USA, der von dem Buch so angetan war und mich noch enger in das globale Programm von HarperCollins eingebunden hat.

Zu guter Letzt ein Dankeschön an meine Familie und meine Freunde, die mich stets anspornen und ermutigen und sich nicht daran stören, dass ich selten etwas anderes anhabe als die Klamotten, in denen ich den Hund ausführe. Ich bin euch allen Wein schuldig.

Das für dieses Buch verwendete Papier ist FSC®-zertifiziert.